오디세이아

오디세이아

초판 1쇄 발행 | 2018년 12월 15일

지은이 | 호메로스
편 역 | 김대웅
펴낸이 | 김형호
펴낸곳 | 아름다운날
출판 등록 | 1999년 11월 22일
주소 | (04031) 서울시 마포구 서교동 351-10 동보빌딩 202호
전화 | 02) 3142-8420
팩스 | 02) 3143-4154
E-메일 | arumbook@hanmail.net

ISBN 979-11-86809-63-1 (03890)

그리스어판 일러스트

오디세이아

호메로스 지음 | 김대웅 편역

Homeros

아름다운날

차례

해설 『오디세이아』 · 7

해설 『오디세이아』

두 서사시의 배경 '트로이 전쟁'

기원전 850년경 전설적인 장님 시인 호메로스(Homeros, 호머)는 서양에서 가장 위대한 장편 서사시 『일리아스』(Ilias, 일리아드)와 『오디세이아』(Odysseia, 오디세이)를 지었다. 이 작품들은 서양 문학의 최초이자 최고의 걸작으로 기원전 8세기경에 구전으로 성립되고, 기원전 6세기경에 문자로 기록되었다고 추정된다. 지금으로부터 무려 수천 년 전의 작품이 그토록 짜임새 있는 구조와 풍부한 내용을 담고 있다는 사실은 지금도 경탄을 자아내고 있다.

그러면 이 두 작품의 배경인 트로이 전쟁은 왜 일어났을까?

무척 아름다웠던 테티스는 제우스가 탐을 내던 '바다의 요정'이었다. 하지만 그녀가 신과 결혼해서 낳은 아들이 아버지를 죽일 것이라는 예언이 있었다. 그래서 제우스는 그녀를 인간인 아이기나 섬의 왕 아이아코스(Aeacus)의 아들 펠레우스(Peleus)와 결혼시켰다.

그런데 실수로 이들의 결혼식에 초대를 받지 못한 '불화의 여신' 에리스(Eris; '전쟁의 신' 아레스의 여동생)는 몹시 화가 나 '최고의 미인에게'라는 글귀를 새긴 황금사과를 결혼식 피로연에 던졌다. 그러자 헤라와 아테나 그리고 아프로디테가 그것을 서로 자기 것이라고 우겼다. 팽팽히 맞선 세 여신들은 하객들에게 물어 결판을 짓자고 했으나, 후환이 두려운 하객들은 아무도 대답을 하지 못했다.

오랜 세월이 흘러도 결판이 나지 않자 보다 못한 제우스가 나서 이다 산의 목동 파리스(Paris)에게 판정을 맡겼다. 그는 원래 트로이의 둘째 왕자였다. 하지만 나라를 망치게 하리

파리스의 심판

라는 점괘를 타고나 태어나자마자 들판에 버려졌고, 다행히 양치기 노인에게 발견되어 목동으로 자랐다.

세 여신은 각각 파리스에게 자신을 승자로 뽑아주는 대가로 나름대로 조건들을 내걸었다. 헤라는 부귀영화와 권세를, 아테나는 전쟁에서의 승리와 명예를, 아프로디테는 세상에서 가장 아름다운 여인을 주기로 약속했다. 젊은 파리스는 서슴없이 아프로디테를 택했다. 그래서 파리스가 스파르타의 왕 메넬라오스(Menelaos)의 부인인 헬레나(Helena)를 납치해 트로이로 갈 때 아프로디테는 그를 적극적으로 도와주었다.

그러자 부인을 빼앗긴 메넬라오스는 그리스 각처의 왕들에게 동맹군을 결성해 트로이를 치라고 선동했다. 마침내 그의 형이자 미케네와 아르고스의 왕인 아가멤논(Agamemnon)을 총사령관으로 하는 '그리스 동맹군'이 트로이로 진격하면서 전쟁이 시작된다.

『일리아스』와 『오디세이아』에 대한 다양한 해석들

『일리아스』는 10년 동안 트로이 전쟁에서 벌어진 영웅들의 이야기와 전사들의 무용담을 그렸고, 『오디세이아』는 주인공 오디세우스가 트로이 전쟁을 끝내고 다시 10년에 걸친 귀향길에서 겪었던 모험, 사랑과 방랑 등 파란만장한 귀향길 이야기로 꾸며졌다.

트로이는 건설자 트로스(Tros)의 이름을 따서 '트로스의 도시'라는 뜻의 트로이아(Troea, 트로이 Troy)라 불렀으며, 그의 아들 일리오스(Ilios)의 이름을 따 '일리오스의 도시'라는 뜻의 '일리온(Ilion)이라고도 불렀다. '일리아스'는 '일리온에 대한 이야기, 노래'라는 뜻이며, '오디세이아'는 '오디세우스의 여정, 귀환'이라는 뜻이다.

『일리아스』에서는 모든 사건의 분노의 모티프를 중심으로 전개되지만, 『오디세이아』는 여러 모티프가 복잡하게 얽혀 있다. 두 서사시를 비교해보면 『일리아스』는 비극적이고, 『오디세이아』는 낭만적이라고 흔히들 얘기한다. 『일리아스』가 인간의 조건을 보여주는 데 비해, 『오디세이아』는 인간의 삶이 어떻게 펼쳐지는지를 제시한다는 견해도 있으며, 『일리아스』가 인간은 궁극적으로 죽을 수밖에 없다는 사실에 분노를 표출하는 것인 반면에, 『오디세이아』는 인간으로 태어났다는 사실 자체를 괴로워하는 내용을 담았다는 해석도 있다.

두 서사시의 대조적인 성격으로 인해 기원전 8세기 전후의 인물로 알려진 호메로스가 정말 실존인물이었는가, 호메로스 혼자

썼을까, 아니면 여러 사람들의 합작품인가 등 작가 호메로스와 두 작품을 둘러싼 논쟁들이 끊이지 않는다. 하지만 누군가가 큰 틀을 잡아놓았고, 그 재료는 오래전부터 전해내려 온 것이라는 주장을 대체로 받아들이고 있다.

어떤 학자들은 『오디세이아』의 구성 등이 기원전 3000년경 메소포타미아의 도시 국가 우룩(Uruk)을 다스린 위대한 왕 길가메시(Gilgamesh)의 이야기에서 영향을 받았다고 주장하기도 한다. 사랑하던 친구의 죽음으로 인한 인간적 한계의 자각과 '영원한 생명'을 찾아 광야를 헤매는 인간적 고뇌의 표현, 몇 개의 에피소드로 나뉘어 전개되는 만남과 연애, 우정, 죽음, 모험의 작품 세계를 지닌 『길가메시』와 세상 끝으로의 여행, 길고 험난한 여행 끝에 귀향으로 마무리되는 것, 주인공에게 조언을 해주는 여인 등을 내용으로 하는 『오디세이아』가 서로 연결되는 점이 많기 때문이다.

『일리아스』와 『오디세이아』의 줄거리

전쟁 10년째 되던 해의 단 50일 정도를 묘사하고 있는 『일리아스』의 줄거리는 간단하다.

그리스 군 용사 아킬레우스는 자신을 무시하는 총사령관 아가멤논에게 화가 잔뜩 나서 전투를 거부한 뒤, 어머니 테티스에게 부탁해 자기편이 지도록 일을 꾸민다. 그래도 그리스 군은 한동안 아킬레우스 없이 잘 싸우지만 끝내 위기에 처한다. 이를 보다 못해 아킬레우스의 절친한 친구 파트로클로스가 아킬레우스의 갑옷을 빌려 입고 나가 전투에 뛰어든다.

그는 잠깐 동안 큰 전공을 세우고 트로이 군을 무찌르지만, 결국 헥토르에게 죽고 만다. 그러자 분노에 찬 아킬레우스는 헤파이스토스가 만든 새로운 갑옷을 입고 나가 헥토르를 죽임으로써 원수를 갚는다. 그래도 화가 풀리지 않은 아킬레우스는 헥토르의 시신을 전차에 매달고 파트로클로스의 무덤을 세 번 돌며 유린한다. 결국 헥토르의 아버지 프리아모스 왕이 밤에 몰래 아킬레우스를 찾아가 황금으로 배상을 하고 아들 헥토르의 시신을 찾아오는 것으로 이야기는 마무리된다.

유명한 '트로이의 목마'가 나오는 부분은 서사시환(敍事詩環, 트로이 전쟁과 관련된 서사시 모음) 중 하나인 〈일리온 성의 함락〉에서 다루고 있다. 『일리아스』에서는 트로이가 멸망할 것이라는 점을 작품 전체에 걸쳐 암시하고 있을 뿐이며, 『오디세이아』에서도 '트로이의 목마' 이야기는 다루어지지 않고 있다.

『오디세이아』는 10년 걸린 트로이 전쟁이 끝나고 나서 10년에 걸친 오디세우스의 귀향길을 묘사하고 있다. 오디세우스는 트로이 전쟁에서 혁혁한 공을 세우고 고향 이타카로 돌아가기 위해 항해에 나선다. 올림포스의 신들이 결정한 그의 운명은 이름처럼 고난과 역경으로 가득 차 있다. 이타카 왕인 오디세우스가 자리를 비운 사이 왕비 페넬로페에게 108명의 청혼자들이 몰려들어 오만

부인 페넬로페를 괴롭힌 청혼자들을 활로 쏘아 죽이는 오디세우스

방자하게 굴지만, 그녀는 낮에 짰던 베를 밤에 다시 푸는 베짜기를 반복하며 남편이 돌아오기만을 기다린다.

　오디세우스는 항해 도중 포세이돈의 아들인 외눈박이 거인 폴리페모스의 동굴에 갇혔다가 불에 달군 말뚝으로 그의 외눈을 찌르고 가까스로 탈출에 성공한다. 요정 키르케의 마술에 걸려들어 일행이 모두 돼지로 변하는 위기도 겪고, '사이렌'이라는 말의 어원이 된 세이렌(Seiren; 시렌) 자매가 사는 바위 옆도 지난다. 폴리페모스를 장님으로 만든 것에 분노한 포세이돈이 풍랑을 일으켜 그를 요정 칼립소의 섬으로 가게 하고, 그 섬에서 한동안 발이 묶인다. 귀향을 위해 저승까지 찾아갔던 오디세우스는 이후에도 몇 번의 난

파와 표류 등 죽을 고비를 넘긴다. 결국 스케리아 섬에서 나우시카 공주에게 구조돼 천신만고 끝에 고향 이타카 섬으로 돌아간다.

고향에 돌아온 오디세우스는 거지 차림을 해서 아무도 알아보지 못했으나 돼지치기 에우마이오스가 알아보고 그를 돕는다. 마침내 오디세우스는 페넬로페를 괴롭히던 청혼자들을 활로 쏘아 죽이고, 집 떠난 지 무려 20여 년 만에 페넬로페와 재회의 감격을 누린다.

|트로이 전쟁 이후의 이야기|

『일리아스』에서 다루고 있는 것은 '아킬레우스의 분노'와 그것이 가져온 끔찍한 결과이다. 그런데 헥토르가 죽은 직후 오디세우스가 내놓은 소위 '트로이의 목마'라는 책략으로 트로이가 함락된 이후 트로이와 이 서사시의 주인공들은 과연 어떻게 되었는지 『일리아스』에서는 전혀 거론되고 있지 않다. 그것에 대한 상세한 이야기는 베르길리우스(Virgil)의 『아이네이아드』(Æneiad, 아이네이드) 제2권에 서술되어 있다.

중요 인물들의 후일담을 간단히 소개하면 다음과 같다.

아킬레우스는 헥토르가 죽으면서 예언했듯이, 트로이가 함락되기 전 뒤꿈치에 파리스의 화살을 맞고 죽는다.

불행한 노인 프리아모스 왕은 아킬레우스의 아들인 피로스 (Pyrrhus, 네오프톨레모스)와 싸우다가 죽는다.

아킬레우스가 죽은 뒤, 큰 아이아스는 헤파이스토스가 만들어 준 아킬레우스의 갑옷을 놓고 오디세우스와 대결을 벌이다 패하자 스스로 분함을 참지 못해 자살하고 만다.

파리스가 죽은 뒤 헬레네는 그의 동생 데이포보스(Deiphobus)와 결혼한다. 하지만 그를 사랑하지 않았던 헬레네는 첫 남편 메넬라오스와 화해하기 위해 그를 배반하고 그리스 군이 트로이를 탈취하는 데 일조했으며, 메넬라오스는 기꺼이 그녀를 받아들인다.

아가멤논은 귀국 후 아내 클리타임네스트라(Clytemnestra)의 사주를 받은 정부(情夫) 아이기스토스(Ægysthus)에게 무참히 살해당한다.

트라키아의 왕 디오메데스(Diomedes, Diomed)는 트로이 멸망 후 조국에서 추방당한다. 아내 아이기알레이아(Aegialeia, Ægiale)에게 배반당해 간신히 도망쳐 마침내 아풀리아(Apulia, 이탈리아 동남부 아드리아 해안 지방)의 다우노스 왕(Daunus)에게 몸을 의지했다가 나중에 왕국을 나눠 갖는다. 그가 어떻게 죽었는지는 불확실하다. 아이기알레이아는 종종 클리타임네스트라와 비교되곤 한다.

네스토르는 자기의 고향 필로스(Pylos)에서 자식들과 평화롭게 살았다.

오디세우스는 수많은 시련을 겪은 뒤 10년 만에 고향 이타카(Ithaca)로 돌아가는데, 이러한 여정이 바로 『오디세이아』의 내용이자 주제이다.

『일리아스』『오디세이아』가 후대 문학에 끼친 영향

이 두 작품은 서양 문학에서 엄청난 영향력을 발휘하는 최고의 고전으로 꼽힌다. 실제로 이 두 서사시에 영향을 받은 작품은 고대에서 현대에 이르기까지 모든 시대를 아울러 상당히 많이 있다.

고대 그리스 3대 비극작가 아이스퀼로스, 소포클레스, 에우리피데스 중 한 사람이자 『오레스테이아』(Oresteia) 3부작의 작가 아이스퀼로스(Aeschylus, 애쉴루스)는 자신의 작품들은 모두 '호메로스의 위대한 만찬의 한 조각'에 지나지 않는다고 말했다.

고대 로마 문학을 대표하는 베르길리우스는 『일리아스』와 『오디세이아』를 종합하여 12편의 로마 건국 서사시 『아이네이스』(Aineis)를 구상했다.

『아라비안 나이트』의 신밧드의 모험 이야기도 일부는 『오디세이아』의 영향을 받았다고 보고 있다.

이탈리아의 알리기에리 단테는 "호메로스야말로 이야기의 기초를 세운 아버지이다."라고 말하면서, 자신의 대작 『신곡』의 '지옥편' 첫머리에 호메로스를 등장시켰다.

영국의 대문호 윌리엄 셰익스피어도 영어로 된 호메로스의 작품을 읽고 희곡 『트로일로스와 크레시다』(Troilus and Cressida)를 썼다.

독일의 문호 요한 볼프강 괴테는 "호메로스는 나의 원초적 모델이었다."고 말했다.

20세기 최고의 영어소설로 꼽히는 『율리시즈』(Ulysses)의 저자인 아일랜드의 제임스 조이스는 오디세우스의 이름을 소설 주인공으로 삼았는데, 그리스어 '오디세우스'의 영어식 표기가 바로 '율리시즈'이다.

그리고 일부 학자들은 마크 트웨인의 『허클베리 핀의 모험』도 『오디세이아』의 영향을 받았다고 주장하고 있다.

|트로이 전쟁의 유적|

『일리아스』와 『오디세이아』의 배경인 트로이라는 고대 도시가 분명 존재하고, 트로이 전쟁이 역사적 사실이라고 굳게 믿었던 독일의 아마추어 고고학자 하인리히 슐리만(Heinrich Schliemann, 1822~1890)은 마침내 트로이 유적지의 비밀을 밝혀냈다.

슐리만이 여덟 살 때 루터교 목사였던 아버지는 아들에게 크리스마스 선물로 게오르그 루트비히 예러(Georg Ludwig Jerrer)의 『아이들을 위한 세계사』라는 책을 선물했다. 슐리만은 이 책을 읽으며 트로이 군에서 헥토르 다음가는 용사 아이네이아스(Aeneas)가 아내를 잃어버린 채 아버지를 등에 업고 아들과 함께 불타는 트로이를 빠져 나오는 삽화를 보고 트로이라는 신화 속 고대 도시를 발굴하기로 마음먹었다. 아버지가 트로이 전쟁은 신화 속 이야기일 뿐이라고 말했지만, 어린 슐리만은 호메로스의 『일리아스』를 사실로 믿고 트로이 전쟁의 유적지를 발굴해 실체를 확인해 보려는 꿈을 간직했다.

그는 상점 점원, 가게 주인을 거치면서 틈틈이 돈을 모은 뒤, 러시아로 이주해 인디고(푸른색 계열의 염료) 물감을 팔아 엄청난 거부가 되었다. 그리고 마침내 파리에서 고고학을 조금씩 익힌 뒤 트로이 유적지 발굴에 뛰어들었다. 약간의 시행착오를 겪은 그는 1873년, 드디어 3년에 걸친 고된 작업 끝에 그리스 출신 젊은 부인 소피아 엥가스트로노메스(Sophia Engastronomes)와 함께 오늘날 터키 북서쪽의 지중해 가까운 마을 히사를리크(Hissarlik, '궁전'이라는 뜻)에서 트로이의 유적지 발굴에 성공했다.

트로이 유적지에서 발굴한 목걸이를 한 소피아 엥가스트로노메스

『일리아스』와 『오디세이아』에서 유래된 말과 표현들

|파리스의 심판|

트로이 왕 프리아모스가 헤카베(Hekabe, 헤쿠바)에게서 낳은 장남이 헥토르였고 둘째가 파리스이다. 헤카베는 파리스를 낳기 전에 태어날 아이가 장작불로 변하는 꿈을 꾸었는데, 신탁을 들어보니 트로이 멸망의 원인이 될 것이라고 했다. 그래서 아이를 낳자마자 하인에게 맡겨 죽여 없애라고 명령했다. 하지만 하인은 아기를 불쌍히 여겨 산속에 버리고 돌아왔고 파리스는 기적적으로 양치기에게 발견되어 그의 손에서 자랐다. 그가 바로 '불화의 사과'(apple of discord)의 주인을 선택해야만 했던 것이다. 젊은 파리스는 지체 없이 아프로디테를 지목했는데, 이것이 바로 그 유명한 '파리스의 심판'(judgement of Paris)이다. 하지만 정황상 잘잘못을 판단하는 행위가 아니라 일종의 미인대회 심사이므로 '파리스의 심사 또는 판정'이 더 적절한 표현일 것이다. 이것은 사실 제대로 된 판단이었으나 헤라와 아테나는 심한 모욕감을 느낀 나머지 파리스와 트로이를 미워한다. 파리스는 간직하고 있던 증표를 아버지 프리아모스에게 보여주고 아프로디테의 도움을 받아 납치해 온 헬레네와 함께 트로이의 왕궁으로 복귀했다.

헬레네는 오늘날에도 Helena, Ella, Ellena, Ellain, Eleanor, Elenora 등의 이름으로 변형되어 여전히 절세 미녀의 상징으로 사랑받고 있다.

|아킬레스건|

아킬레우스는 펠레우스와 테티스 사이에서 태어난 아들이다. 그런데 펠레우스와 테티스의 결혼식이 끝나고 얼마 되지 않아 트로이 전쟁이 일어났는데, 어느새 아킬레우스가 성장해서 참전까지 한다. 더구나 10년 정도 걸린 전쟁이 끝나기 전에 그의 아들 네오프톨레모스(Neoptolemos, 스키로스 왕 리코메데스의 딸인 데이다미아가 어머니이다. '피로스'라고도 부른다.)까지 참전한다. 신들은 인간의 시간을 초월한 존재이기 때문일까.

아킬레우스는 그리스 신화에서 헤라클레스 다음으로 유명한 영웅이지만, 헤라클레스와는 달리 문무를 겸비한 영웅이었다. 그가 태어나자 어머니 테티스는 그를 스틱스 강물에 담가 불사의 존재로 만들려고 했지만, 아쉽게도 그녀가 잡고 있던 발뒤꿈치 부분을 물에 적시지 못했다. 그래서 트로이 전쟁 도중 파리스가 쏜 화살이 발뒤꿈치에 맞아 목숨을 잃고 말았다. 이 때문에 '치명적인 약점', '급소'를 아킬레스의 뒤꿈치라 하며, 장딴지 근육과 뒤꿈치 뼈를 이어주는 튼튼한 힘줄을 아킬레스건(Achilles tendon)이라고 한다.

아킬레스를 처음 의학용어에 도입한 사람은 플랑드르 출신의 해부학자 페어하인(P. Verheyen, 1648~1711)이다. 그는 자기 발을 직접 잘라 해부하면서 라틴어로 아킬레스건(chorda Achillis)이라 이름 붙였다. 이 용어를 오늘날 사용하는 Tendo Achillis로 바꾼 사람은 독일의 해부학자 하이스터(Lorenz Heister, 1683~1758)이며, 이것이 영어로 Achilles tendon이 되었다.

|개미군단 뮈르미돈 부대|

아킬레우스가 이끈 군대를 '뮈르미돈(Myrmidon)'이라 불렀는데, 이것은 '개미'라는 뜻의 그리스어 뮈르메크스(myrmex)에서 나온 이름이다. 어느 날 아킬레우스의 할아버지 아이아코스가 제우스에게 탄원을 하고 있을 때 마침 앞에 참나무가 있었는데, 거기에 수많은 개미들이 열을 지어 지나가고 있었다. 아이아코스가 "나의 백성들도 저 개미처럼 많았으면 좋으련만."이라고 말하자, 다음 날 개미들이 모두 사람으로 변하여 온 나라에 가득 찼다. 이렇게 생긴 사람들을 '개미에서 나온 사람들'이라는 뜻의 뮈르미돈으로 불렀다. 아들 펠레우스에서 손자 아킬레우스에게까지 이어진 뮈르미돈 부대는 나중에 트로이 전쟁에 참가하여 용맹을 떨친다. 영어에서는 '명령을 무조건 수행하는 부하', '충복'(忠僕, faithful servant, old retainer), '튼실한 종자'(solid seed)라는 뜻으로도 쓰인다.

|아킬레우스와 헥토르의 대결|

그리스 동맹군이 트로이를 치기 위해 아울리스(Aulis) 항구로 집결했으나 바람이 불지 않아 출항을 못하고 있었다. 이때 예언가들이 아가멤논의 딸을 아르테미스 신전에 바쳐야 한다고 말했다. 미케네의 왕 아가멤논은 딸 이피게네이아(Iphigeneia, 이피게니아)를 아킬레우스에게 시집보내려 하니 당장 아울리스로 보내라고 아내 클리타임네스트라에게 거짓말로 둘러댔고, 딸을 희생물로 바치자 비로소 바람이 불기 시작했다. 나중에 이 사실을 안 클리타임네스트라는 남편을 증오하게 된다.

트로이 전쟁은 지리멸렬하다가 아가멤논이 아킬레우스와 다투면서부터 활기를 띠기 시작했다. 그런데 일부 전리품의 분배방식을 놓고 언쟁을 벌이다 화가 난 아킬레우스는 파트로클로스와 부하들을 이끌고 후방으로 철수해버렸다. 그 틈을 타 트로이 군이 성 밖으로 나와 그리스 군을 격퇴하기 시작했지만, 아킬레우스는 강 건너 불구경하듯 방관만 하고 있었다.

헥토르를 죽이는 아킬레우스

아킬레우스가 꿈쩍 않자 그리스 동맹군은 패배 일보 직전까지 갔다. 이를 보다 못해 파트로클로스가 아킬레우스를 대신해 그의 갑옷을 빌려 입고 전투에 나섰다. 승승장구하던 파트로클로스는 아킬레우스의 당부도 잊은 채 무모하게 헥토르와 대결하다가 죽고 말았다.

그러자 친구의 죽음에 분노한 아킬레우스는 당장 뛰쳐나가 트로이 군을 격파시키고 헥토르와 맞대결을 벌였다. 이들은 물러설 수 없는 한판 승부를 벌였고 승리는 아킬레우스에게 돌아갔다. 그는 헥토르의 시신을 전차에 매달아 끌고 다니며 유린했다. 그날 밤 트로이의 왕 프리아모스가 아킬레우스의 막사로 몰래 찾아와 아들의 시신을 건네줄 것을 간청하자 헥토르 몸무게만큼의 황금을 받고 되돌려주었다.

『일리아스』에서 헥토르는 항상 멋진 청동 투구에 화려한 갑옷을 입고 트로이 군을 지휘한다. 그래서 hector는 명사로 '뻐기는 사람', 동사로는 '잘난 체하다', '뻐기다', '남을 못살게 굴다'라는 뜻으로 쓰인다.

| 오디세이아 |

메넬라오스는 프리아모스 왕에게 아내 헬레네를 되돌려달라고 요구했으나 거절당하자 그리스의 모든 지역에 전령을 보내 트로이 공격에 동참할 것을 호소했다. 그러나 이타케 섬의 왕 오디세우스(Odysseus, 라틴어로는 울리세스, 영어로는 율리시즈)는 헬레네의 사촌 페넬로페(Penelope 또는 페넬로페이아Penelopeia)와의 사이에

텔레마코스(Telemachos)라는 아들을 두고 있었기 때문에 참전을 꺼렸다.

하지만 그리스 동맹국 간의 약속을 지켜야 했고, 그가 나서지 않으면 그리스가 패한다는 예언 때문에 결국 참전하여 전쟁을 승리로 이끄는 데 큰 역할을 했다. 그의 아버지 라이르테스(Laertes)도 '콜키스의 황금 양털'을 찾아 떠났던 '50명의 아르고 호 선원' 중 한 사람이었다.

또한 그는 아킬레우스가 죽고 그가 쓰던 갑옷을 가장 용감한 사람에게 물려주게 되었을 때, 큰 아이아스(Ajas, the greater)와 겨루어 이기고 그것을 차지하기도 했다. 전쟁 끝 무렵에는 목마(木馬) 속에 병사를 숨기는 전술을 발휘해 트로이를 함락시키고 헬레네를 구출하기도 했다. 오랜 고생 끝에 마침내 그는 고향 이타카로 돌아간다. 그래서 오디세이(odyssey)는 '여정', '모험 여행'으로, odyssean은 '장기 모험 여행의'라는 뜻으로 쓰인다.

죽은 아킬레우스의 갑옷을 놓고 겨루는 오디세우스와 큰 아이아스

|카산드라의 예언|

카산드라(Cassandra) 공주는 트로이의 마지막 왕 프리아모스의 딸로 〈그리스 신화〉에 나오는 최고 미녀들 중 한 명이다. 트로이 전쟁에서 트로이 쪽에 서서 싸운 아폴론은 태양의 신이자 예언의 신이다. 아폴론은 카산드라의 미모에 끌려 자신의 구애를 받아들 여주면 예언 능력을 주겠다고 제의했다. 카산드라는 이를 받아들 였고, 사랑에 눈이 먼 아폴론은 약속대로 그녀에게 뛰어난 예언 능력을 주었다.

그러나 카산드라는 이렇게 큰 선물을 받고도 약속을 지키지 않 았다. 화가 머리끝까지 치밀어 오른 아폴론은 그녀에게 저주를 내 렸다. 그녀가 미래를 예견할 수는 있지만 아무도 그녀의 말을 믿 지 않도록 만들어버린 것이다. 결국 아무도 카산드라의 예언을 믿 지 않아 그녀의 예언 능력은 쓸모가 없어졌다. 이것이 '카산드라의 예언'(Cassandra's Prophesies)이자 비극이다. 그래서 이 말은 '겉으 로는 그럴듯하지만 현실적으로는 아무 쓸모가 없는 예측'을 가리 키기도 한다.

아폴론의 저주 이후 사람들은 모두 카산드라의 말을 무시해버 렸고, 그녀를 헛소리나 하는 미치광이라고 여겼다. 시간이 흐르면 서 사태는 한층 더 악화되었다. 그리스 군이 성 앞에 목마를 갖다 놓자 카산드라는 그 목마를 성 안에 들여놓으면 트로이가 멸망할 것이라고 경고했다. 하지만 설득력을 잃어버린 그녀의 말을 아무 도 믿지 않았고, 결국 트로이는 멸망했다.

카산드라는 승리를 거둔 그리스 군의 영웅 아이아스에게 강간을 당했으며, 총사령관인 아가멤논은 그녀를 미케네로 끌고 갔다. 거기서도 카산드라는 남편인 아가멤논을 살해하려는 클리타임네스트라의 음모에 대해 말하기 시작했다. 하지만 그녀의 예언은 무시당했고 급기야 그녀는 클리타임네스트라에게, 아가멤논은 클리타임네스트라의 정부 아이기스토스에게 살해당하고 만다.

그래서 오늘날 그녀의 이름은 '재앙의 예언자'(The prophets of disaster)나 '흥을 깨는 사람'(a wet blanket, wowser)이라는 의미로 사용되고 있다. 자신이 말하는 진실을 알아주는 사람이 없다는 것은 크나 큰 고통이 아닐 수 없다. 카산드라의 예언은 아무리 탁월한 아이디어를 가지고 있더라도 상대방을 설득할 능력이 없다면 아무 소용이 없다는 교훈을 남겼다.

| 트로이의 목마 |

트로이 전쟁의 승리는 오디세우스의 전술에서 나왔다. 그는 거대한 목마를 만들어 그 안에 병사들을 가득 태우고 성문 밖에 세워두었다. 나머지 병사들은 성 위쪽으로 매복하기 위해 승선하고 있었다. 트로이 병사들은 이를 보고 그리스 동맹군이 철수하는 것으로 착각하고, 목마를 아테나 여신에게 바치는 전리품으로 여겨 성 안으로 들여놓았다.

아폴론을 모시고 있던 사제 라오콘(Laocoon)은 이런 경솔한 행동에 경고를 했다. "저는 그리스 인들이 선물을 가져오더라도 두렵기만 합니다." 이 말에는 오랫동안 적대시하던 사람이 갑자기 친절하다고 해서 그를 믿어서는 안 된다는 경고가 들어 있다. 그러자 그리스 편을 들고 있는 포세이돈이 바다뱀을 보내 그와 쌍둥이 두 아들을 목 졸라 죽였다.

트로이 군사들이 승리에 도취해 잔치를 벌인 뒤 잠이 들자 목마에 숨어 있던 그리스 병사들이 뛰쳐나와 성문을 열어주었고, 성 밖에서 매복해 있던 병사들이 물밀듯이 들이닥쳤다. 트로이는 순식간에 아수라장이 되었고 프리아모스와 그의 아들들도 모두 몰살을 당했다. 헬레네도 붙잡혔으나 메넬라오스는 너무도 아름다운 그녀를 차마 죽이지 못하고 다시 스파르타로 데려갔다.

이렇게 해서 10여 년에 걸친 트로이 전쟁은 대단원의 막을 내렸다. 로마의 전설에 따르면, 트로이의 왕족인 아이네아스(Aeneas)는 아내를 잃고 아버지와 아들을 데리고 탈출에 성공했고, 그 후손들이 나중에 로마를 건설했다고 한다.

지금도 '적의 심장부에 잠입해 공격 기회를 노리는 집단'을 트로이의 목마라고 부른다.

| 엘렉트라 콤플렉스 |

아가멤논이 트로이 전쟁에 나간 틈을 타 아가멤논의 아내 클리타임네스트라는 예쁜 딸 이피게네이아를 트로이 전쟁 승리의 제

물로 빼앗긴 것에 대한 복수로 아이기스토스와 통정을 하고 만다. 전쟁이 끝나 남편이 귀환하자 그녀는 정부 아이기스토스와 짜고 개선 축하연에서 아가멤논을 독살해버렸다. 그녀는 보복이 두려워 어린 아들 오레스테스(Orestes)까지 없애려고 했다. 이때 아가멤논의 장녀 엘렉트라(Electra, '현명한 사람'이라는 뜻)는 오레스테스를 아가멤논의 처남인 포키스의 왕 스트로피오스(Strophios)에게 보내 훗날을 기약했다. 복수의 기회를 엿보던 엘렉트라는 동생이 장성하자 그를 미케네로 불러들여 어머니와 정부를 죽이고 아버지의 원수를 갚는다.

이처럼 엘렉트라 이야기는 무지한 상태에서 우발적으로 아버지를 죽인 오이디푸스 이야기와는 사뭇 다르다. 엘렉트라는 처음부터 계획적이고 치밀하게 복수를 실행에 옮겼기 때문이다.

이 엄청난 사건은 재판에 부쳐졌다. 모권제(母權制)의 수호자인 퓨리스 세 자매는 모친 살해라는 중죄를 진 오레스테스를 고소했지만 새로운 제도인 부권제(父權制)의 수호자 아폴론은 오레스테스를 옹호했다. 결국 심판장인 아테나가 오레스테스의 손을 들어주었다. 이는 젊은 세대의 신들이 구시대 신들을 이겼다는 의미이자 모권제에 대한 부권제의 승리를 의미한다.

여자아이가 무의식적으로 어머니에 대해 적의를 품고 아버지에 애정을 품는 심리상태, 즉 '친부복합'(親父複合)을 '엘렉트라 콤플렉스'(Electra Complex)라고 한다. 이 용어를 처음 사용한 사람은 스위스의 심리학자 융(Carl Jung, 1875~1961)이다.

어머니를 살해하는 오레스테스

엘렉트라는 섬뜩하고 찌릿찌릿한 전율이 흐르는 단어들을 만들어냈다. 엘렉트라는 그리스어로 '호박'(琥珀, amber, 보석의 일종)이라는 뜻도 있는데, 그녀의 눈이 호박색이었다는 이유에서였다. 호박을 명주 천에 문지르면 정전기가 발생한다고 해서 electricity(전기), electric current(전류), electron(전자) 등의 단어들을 그녀의 이름에서 따왔다.

|오디세우스와 제피로스|

오디세우스(Odysseus)는 '오디움(odium, 그리스어로 미움)을 받은 자'라는 뜻을 가지고 있다. 그의 외할아버지이자 소문난 도둑인 아우톨리코스는 오디세우스가 출생한 직후 이타카를 찾았는데, 이때 유모가 아이의 이름을 지어달라고 부탁했다. 그는 잔인하게도 자신이 이곳에 오기 전에 많은 사람들에게 미움을 받았으므로 외손자에게 오디세우스란 이름을 지어주었다. 이런 불길한 이름 때문에 그의 고난은 트로이 전쟁에서 끝나지 않고 더 많은 시련을 겪게 된다.

10년 가까이 걸린 전쟁이 끝나고 귀향길에 오른 오디세우스는 집에 당도하기까지도 다시 10여 년의 세월이 걸렸다. 그가 처음 머무른 곳의 원주민들은 로토스(lotus)라는 과일을 먹고 있었는데, 이것을 먹으면 그 맛에 반해 만사를 잊어버리기 때문에 그곳을 떠나려 하지 않았다. 이 이야기에 근거해 무위도식자(lotus-eater), 도원경(lotus land, paradise)이라는 단어가 생겼다. 이 식물은 신화 속에서만 존재하며, 현실에서는 '연꽃'을 가리킨다.

오디세우스는 '바람의 신' 아이올로스(Aeolos)가 살고 있는 섬에서도 머물렀다. 그가 서풍 이외에 바람이 든 주머니를 오디세우스에게 주었기 때문에, 이 자루를 묶어 놓으면 서풍만 불어 고향 이타카 섬까지 갈 수 있었다. 하지만 눈앞에 고향을 두고 방심한 나머지 오디세우스가 잠이 든 사이에 부하들이 호기심을 참지 못하고 자루를 풀어헤치고 말았다. 그러자 온갖 바람이 불어 일행은 다시 망망대해로 표류하게 되었다.

모든 별들의 신 아스트라이오스와 새벽의 여신 이오스의 아들 가운데 보레아스(Boreas)는 매서운 '북풍'인데 영어의 boreal(북쪽의)로 남았으며, 부드러운 '서풍' 제피로스(Zephyros)는 영어 zephyr(서풍)로 남았다.

| 스킬라와 카리브디스 |

스킬라(Scylla)와 카리브디스(Charybdis)는 2대 바다 괴물로 좁은 해협의 양옆에 살았다. 고향 이타카로 가던 오디세우스가 좁은 바다(메시나 해협으로 추정된다.)를 건널 때 그를 공격했던 스킬라는 초자연적인 괴물로, 동굴에 있는 자기의 보금자리로 들어오는 것은 무엇이든지 먹어치웠기 때문에 오디세우스의 동료 6명도 그녀의 먹이가 되었다. 당시 오디세우스가 배와 선원 모두를 소용돌이로 몰아넣는 카리브디스 쪽보다는 몇 명의 선원을 잃는 스킬라 쪽을 택했기 때문이었다.

스킬라의 원래 모습은 사람이었지만 키르케 또는 암피트리테가 그녀를 질투해 마법을 걸어서 무서운 모습으로 만들어버렸다는 설도 있다.

카리브디스는 조금 떨어진 건너편 기슭에서 무화과나무 밑에 몸을 숨기고 하루에 세 번씩 물을 삼켰다가 뱉어냈는데, 이것은 항해하는 배들에게는 치명적이었다.

이러한 특성들 때문에 스킬라는 옛날부터 종종 바위나 암초의 의인화로, 카리브디스는 소용돌이의 의인화로 상징되었다. 지금 이곳은 이탈리아 본토와 시칠리아(시실리) 사이의 메시나 해협(the

Strait of Messina)을 가리킨다는 게 중론이다.

그래서 between Scylla and Charybdis는 '진퇴양난에 빠져', '선택을 강요당해'라는 뜻으로 쓰인다. 또 Scylla가 상대적으로 Charybdis보다 덜 위험하기 때문에 from Scylla to Charybdis는 '갈수록 태산'이라는 뜻이다.

| 페넬로페의 베짜기 |

오디세우스의 고향 이타카 섬에서는 오디세우스가 이미 죽었다는 풍문이 나돌았고, 온갖 실력자들이 그의 아내 페넬로페에게 청혼을 했다. 하지만 정숙한 아내는 남편이 살아 있음을 확신했기 때문에, 청혼자들에게 시아버지 라에르테스의 수의(壽衣)를 다 짜면 결정하겠다고 둘러댔다. 그녀는 낮에는 수의를 짜고 밤에는 짜 놓은 수의를 다시 풀어버렸는데, 이 일은 하녀 때문에 발각되고 만다.

아들 텔레마코스는 어리고 힘이 없어 어머니를 도울 수 없었다. 그는 스승인 늙은 충신 멘토르(Mentor)의 충고대로 움직였다. 멘토(mentor)는 지금 '조언자', '고문'(顧問)이라는 뜻으로 쓰인다.

오디세우스는 천신만고 끝에 고향으로 돌아왔고, 마음씨 좋은 돼지치기 에우마이오스(Eumaeos)가 거지로 변장한 그에게 도움을 준다. 오디세우스의 집은 청혼자들로 북적거렸으며 거지 차림의 오디세우스도 거기에 잠입해 있었다. 페넬로페는 오디세우스가 쓰던 활로 과녁을 맞히는 사람과 결혼하겠다고 선언했다. 하지만 누구도 활시위를 당기지 못했다. 이때 오디세우스가 나서서 정확히 과녁을 관통했고 페넬로페는 그가 남편임을 한눈에 알아보았다. 그 순간 오디세우스의 충신들이 들이닥쳐 청혼자들을 모두 처치해 버린다.

| 영어에 이름을 남긴 트로이 전쟁의 조연들 |

필로스(Pylos)의 왕 네스토르(Nestor)는 100살을 넘긴 나이였지만 트로이 전쟁에 그리스 동맹군으로 참전해 끝까지 살아남았다. 그는 경륜이 풍부하고 지혜로운 인물이라 그의 이름은 영어에서도 '지혜로운 자'라는 뜻으로 쓰인다.

전령사 스텐토르(Stentor)는 큰 목소리 덕분에 병사들을 집합시킬 때 아주 쓸모가 있었는데, stentorian(소리가 큰), stentorphone(고성능 확성기) 등에 이름을 남겼다. 『일리아스』에서 나오는 못생기고 겁 많은 선동가 테르시테스(Thersites)는 thersitical(소란스러운, 입버릇이 나쁜)이라는 형용사를 낳았다.

아이아스(Aias, 라틴어로 Ajax)는 살라미스의 왕 텔라몬의 아들로 '큰 아이아스'(Ajax the greater)로 불린다. 트로이 전쟁에서 아킬레우스 다음가는 용사로 인정을 받았으나, 아킬레우스가 죽은 후 그의 유품인 갑옷을 놓고 오디세우스와 겨루었다가 패하자 분한 나머지 자살하고 말았다. 그는 네덜란드 축구 명문구단 'AFC 아약스'(1900년 창단. 암스테르담)의 명칭으로 남기도 했다.

트로이 전쟁이 끝난 지 100년도 채 되기 전에 그리스 북부에 살던 일단의 종족들이 남하했다. 도리스 인(Dorians, 도리아인)이라 불리는 그들은 BC 1200년경 철기문명을 가지고 달마치아와 알바니아 지방으로부터 미케네 문명세계인 그리스 본토로 침입해 온 것이다. 이것이 바로 '도리스인의 침입'(Dorian invasion)이다.

이후 이들은 뮈케나이(미케네)와 튀린스(티린스)를 멸망시키고 그리스의 여러 지역에 정착했다. 이들은 강력한 철제 무기를 가지고 있었기 때문에 청동기 무기를 가지고 있던 그리스 인들은 도저히 그들의 상대가 되지 못했다.

헤라클레스의 자손들과 도리스 인은 긴밀히 연합하여 하나의 사회를 이루었는데, 전설에 따르면 헤라클레스의 후손들이 이들을 데리고 남하했다고 한다. 그래서 도리스 인들은 자신들의 남하를 '헤라클레스 자손들의 귀환'(Return of Heracleidae)으로 간주했다. 비록 헤라클레스의 직계 자손들(Heraclids)은 그리스에서 쫓겨났었지만, 그 후손들이 다시 그리스로 돌아온 것이라고 주장함으로써 자신들의 그리스 정복을 정당화한 것이다.

이를 뒷받침하기 위해 그들은 헤라클레스의 정복 업적을 과대 포장했으며, 후세의 신화 작가들도 헤라클레스가 수많은 도시들을 정복했다는 내용으로 새로운 이야기를 만들어내야만 했다.

도리스 인들은 건축·도기·조각 등에 뛰어났으며, 그리고 문화 형성에 크게 기여했다. 특히 건축에서는 '그리스 3대 건축양식'(도리아식→이오니아식→코린트식) 중 하나를 만들어내기도 했다.

이후 그리스 인들, 특히 아테나이(아테네) 인들은 그리스에 계속 남아 있었지만, 다른 종족들은 소아시아(지금의 터키)로 건너갔다. 그리고 본토가 도리스 인들의 지배 하에서 어둠의 시대를 보내고 있었던 것과는 달리, 소아시아에서 본토보다 200여 년 앞선 문명화된 도시를 건설하기도 했다.

사실 도리스 인들의 지배가 시작되면서 그리스 신화의 시대는 막을 내렸다. 신과 인간과 괴물이 어우러져 환상과 전설로 찬란한 불꽃을 피웠던 시대는 스러져가고, 무덤덤한 역사의 시대가 도래한 것이다.

그러나 청동기시대가 완전히 사라진 것은 아니다. 왜냐하면 결코 잊혀지지 않을 이야기들을 우리에게 유산으로 남겨주었기 때문이다. 이 이야기들은 지금 우리의 문학과 예술과 음악과 건축에, 더 나아가 우리의 삶속에 고스란히 스며들어 있다. 특히 그들에게서 유래된 영어 단어들은 앞으로도 그 화려했던 신들과 영웅들의 시대를 고이 간직하고 있을 것이다.

주요 등장인물과 신들

그리스 동맹군 측

아킬레우스(아킬레스); 『일리아스』의 최고의 영웅. 펠레우스와 바다의 요정 테티스의 아들. 펠레우스는 아들이 트로이 전쟁에서 전사하리라는 신탁을 받고 아킬레우스를 숨겼으나, 아킬레우스 없이는 트로이를 함락시킬 수 없다는 점괘가 나오자, 그리스인들은 그를 기어이 찾아냈다. 전쟁 막판에 파리스의 화살에 뒤꿈치를 맞아 죽는데, 여기서 '치명적인 약점'이라는 뜻의 '아킬레스 건'이라는 말이 나왔다.

오디세우스(율리시즈); 라이르테스와 안티클레이아의 아들이자 이타카의 왕. 아내인 페넬로페와의 사이에 아들 텔레마코스를 낳았다. 인간관계의 위기를 해결하는 데 가장 알맞은 인물로 등장하며, 그의 용기와 재주가 계속해서 이야기된다. '트로이 목마' 전술도 그의 지략이다.

아가멤논; 미케네(아르고스)의 왕이자 우유부단한 성격의 그리스 동맹군 총사령관. 클리타임네스트라와의 사이에서 아들 오레스테스와 딸 이피게네이아·엘렉트라·크리소테미스를 낳았다. 트로이를 함락한 뒤 귀향해 아내의 정부인 아이기스토스에게 살해당했다. 오레스테스는 어머니와 아이기스토스를 죽이고 아버지의 원수를 갚는다.

네스토르; 아들 안틸로코스와 트라시메데스와 함께 90척의 배와 필로스 군을 이끌고 트로이 전쟁에 참가하는데, 이때 나이가 이미 100세 이상 되었을 것으로 추정된다. 『일리아스』에서는 아가멤논과 아킬레우스의 불화를 중재하고 젊은 영웅들에게 조언을 해주는 현명한 조언자로 묘사된다. 트로이 전쟁이 끝나고 네스토르는 무사히 고향 필로스로 돌아왔다. 오디세우스의 아들 텔레마코스가 찾아왔을 때 극진히 대접하고 보살펴주었다.

메넬라오스; 아가멤논의 동생이자 헬레네의 남편. 파리스에게 아내를 빼앗겼으나, 트로이가 함락된 뒤 헬레네를 되찾아 집으로 데려온다.

디오메데스(디오메드); 아르고스의 왕으로 80척의 '아르고스 선단'을 지휘했으며, 트로이 전쟁에서 아킬레우스와 아이아스 다음가는 장수로, 『일리아스』 제5권은 대부분 그의 무공을 내용으로 하고 있다. 아프로디테에게 상처를 입히고, 레소스와 그가 이끄는 트라키아인들을 몰살시켰으며, 트로이의 수호 여신 팔라스 아테나의 성상인 '트로이 팔라디움'을 노획하는 등 혁혁한 공적을 세웠다.

파트로클로스; 메노이티오스의 아들이며 아킬레우스가 매우 아꼈던 친구이다. 아킬레우스의 갑옷을 입고 나가 싸우다 전사한다. 그의 죽음으로 트로이 전쟁의 양상이 완전히 뒤바뀌었다.

큰[大] 아이아스; 헤라클레스의 절친한 친구였던 텔라몬과 페리보이아 사이에서 태어난 아들. 엄청나게 큰 체구와 힘을 자랑하는 장사였고, 그리스 동맹군 측에서 아킬레우스 다음가는 무장이지만 지략이 모자랐다. 아킬레우스가 죽고 나자 아킬레우스의 방패와 갑옷 등 유품을 두고 오디세우스와 다투다 오디세우스에게 지자 자살한다. 소(小) 아이아스와 구별하기 위해 대(大) 아이아스 또는 큰 아이아스, 텔라몬의 아들 아이아스로 불린다.

작은[小] 아이아스; 로크리스의 왕 오일레우스의 아들. 잘난 체하고 거만
하다.

이도메네우스; 크레테의 왕으로 미노스의 손자이자 데우칼리온의 아들이
다. 트로이 전쟁 후 귀향길에 폭풍을 만나자 아들을 제물로 바쳤는데,
그로 인한 천벌로 나라에 돌림병이 돌아 백성들이 그를 국외로 추방
하였다고 한다.

헬레네(헬렌); 메넬라오스의 아내. '세상에서 가장 아름다운 여인'으로 선정
되어 아프로디테가 파리스에게 넘겨주었다. 헬레네는 백조로 변신한
제우스와 레다 사이의 딸로 알려져 있다. 제우스와 네메시스(Nemesis)
사이에서 낳은 딸인데, 백조의 알로 태어나 레다가 데려다 길렀다는
설도 있다.

안틸로코스; 네스토르의 아들. 용감한 청년 투사. 파트로클로스를 추모하
기 위한 장례 경기에서 전차경주 2등, 달리기 경주 3등을 했다.

칼카스; 그리스 동맹군의 예언가, 점쟁이. 그리스 함대가 아울리스에서 심
한 풍랑 때문에 트로이로 출발하지 못하고 있을 때 그는 아가멤논이
아르테미스 여신의 분노를 샀기 때문에 벌을 내리셨다면서 아가멤논
의 딸 이피게네이아를 희생물로 삼아야 한다고도 예언했다. 또 그리스
진영에 괴질이 돌았을 때도 아폴론 신전의 사제인 크리세이스를 돌려
주어야 괴질이 멈춘다고 예언했다. 이 때문에 아가멤논과 아킬레우스
의 불화가 시작된다.

테르시테스; 계급이 낮은 평민으로 지독한 독설가이자 수다쟁이. 트로이 진영을 도운 아마조네스의 여왕 펜테실레이아를 죽인 아킬레우스가 그녀의 투구를 벗겼는데, 너무나 아름다워 그만 사랑에 빠지고 말았다. 아킬레우스는 그녀의 시신을 가져와서 겁탈했는데, 이를 보고 테르시테스가 네크로필리아(Necrophilia, 시신·유골 애착증 환자)라며 조롱하자 그를 죽여버렸다.

트로이 군 측

프리아모스(프리암); 트로이의 왕. 헥토르와 파리스 그리고 아가멤논의 포로가 된 공주 카산드라의 아버지. 프리아모스는 '나는 산다'라는 뜻이다.

헤카베(헤쿠바); 프리아모스의 아내.

헥토르; 프리아모스의 장남. 트로이 전쟁에서 아킬레우스 다음의 영웅. 헌신적인 남편이자 자상한 아버지의 면모를 지닌 인물로 묘사되고 있다.

안드로마케; 헥토르의 아내. 현모양처 형의 여성 표본.

안티포스; 프리아모스와 그의 아내 헤카베 사이에서 태어난 50명의 아들 중에 하나. 트로이 전투 중에 큰 아이아스에게 창을 던졌으나 맞히지 못하고 오디세우스의 부하인 레우코스를 죽였다. 아킬레우스가 그를 사로잡았다가 몸값을 받고 풀어주었다고 한다

아스티아낙스; 헥토르와 안드로마케 사이에 난 어린 아들.

파리스; 프리아모스의 차남. '알렉산드로스'라고도 불린다. 트로이 전쟁의
　　원인인 메넬라오스의 아내 헬레네를 트로이로 데려온다. 그래서 양측
　　으로부터 그리 환영받지 못하지만, 활로 아킬레우스의 뒤꿈치를 쏘아
　　죽인다.

카산드라; 프리아모스 왕의 딸. 헥토르와 파리스의 여동생. 아폴론이 구애
　　하자, 사랑을 받아들이는 조건으로 예언 능력을 달라고 했지만 예언
　　능력만 받고 약속을 안 지키자 아폴론은 아무도 그녀의 예언을 아무
　　도 안 믿게 하는 형벌을 내린다. 결국 그녀가 트로이 전쟁에서 그리스
　　군의 거대한 목마를 성 안으로 들여놓으면 트로이가 멸망할 것이라고
　　예언했으나 아무도 믿지 않았다

아이네이아스(아이네아스); 아프로디테의 아들이자 트로이 군 서열 2위의
　　지휘자.

사르페돈; 제우스의 아들로, 트로이 군에서 헥토르, 아이네이아스와 함께
　　트로이카를 형성하고 있는 영웅이다. 하지만 아킬레우스의 갑옷을 입
　　고 나온 파트로클로스와 싸우다가 창에 찔려 죽는다.

글라우코스; 히플로코스의 아들이자 리키아 군의 장군. 사르페돈의 사촌
　　으로 그의 밑에서 근무했다. 같은 이름의 신들도 몇 명 있다.
판다로스; 뛰어난 활솜씨를 자랑하지만 휴전을 깨뜨리는 반역자. 아테나
　　는 판다로스를 꾀어 메넬라오스에게 활을 쏘아 부상을 입힘으로서 두
　　진영 사이에 맺은 이전의 협약을 깨버린다.

라오콘; 아폴론을 섬기던 트로이의 사제. 라오콘은 '트로이 목마'를 들여오려는 경솔한 행동에 "저는 그리스 인들이 선물을 가져오더라도 두렵기만 합니다."라고 경고했다. 그러자 그리스 편을 들고 있는 포세이돈이 바다뱀을 보내 그와 두 아들을 목 졸라 죽였다.

크리세스; 아폴론 신전의 사제. 그의 딸 크리세이스가 아가멤논에게 끌려가지만 아폴론의 도움으로 풀려난다.

브리세이스; 리르네소스의 왕 미네스의 왕비이자 브리세우스의 딸이다. 아킬레우스는 트로이를 공격하기 전 이웃 도시 리르네소스도 공격했는데, 그는 미네스를 죽인 뒤 브리세이스를 여종으로 삼았다. 아킬레우스는 그녀를 무척 사랑했다고 한다.

신들

제우스(유피테르, 주피터); 신들의 제왕. 헤라의 남편으로 여자 문제 때문에 그녀와 자주 다툰다. 트로이 전쟁에서는 중립을 지키면서도 은근히 트로이를 돕는다. 테티스의 간청에 따라 아가멤논에게 반기를 드는 그녀의 아들 아킬레우스도 돕는다.

헤라; 제우스의 여동생이자 부인. 모든 여신들의 어머니이지만, 황금사과를 아프로디테에게 빼앗긴 분노로 남편 제우스까지 속여가면서 그리스 편을 든다.

포세이돈(넵투누스, 넵튠); 제우스의 둘째 형. 제우스에게 반기를 들다 트로이로 쫓겨나 라오메돈(Laomedon, 프리아모스 왕의 아버지)을 도와 성을 쌓았으나 노임을 주지 않아 화가 나 트로이 전쟁 때 그리스 편을 든다. 하지만 그리스 군이 자기가 쌓은 성을 파괴하자 그때는 오히려 오디세우스의 귀향을 방해한다.

하데스(플루토); 제우스의 맏형으로 지하세계의 신. 죽은 자들의 노잣돈을 챙겨 돈이 많다. 그래서 경제력이 있는 소수의 부유한 계층이 지배하는 '금권정치'를 영어로 '플루토크라시'(plutocracy)라고 한다.

아테나(미네르바); 제우스의 머리에서 태어난 '지혜와 전쟁의 여신'이다. 지혜의 상징인 올빼미와 함께 다닌다.

아프로디테(베누스, 비너스); '미의 여신'으로 아들은 쿠피도(에로스)이다. 파리스 심판의 최후 승자. 파리스가 헬레네를 납치하는 데 적극적으로 도와준다.

아레스(마르스); '전쟁의 신'이다. 하지만 아테나는 지략과 이성을 지녔고, 아레스는 공격적이며 야만스럽다. 트로이 전쟁 때는 아테나와 사이가 안 좋아 트로이 편에 섰다.

아폴론(포에부스, 아폴로); '궁술과 태양의 신'으로 아르테미스의 쌍둥이 오빠. 아레스와 함께 트로이 편에 섰다.

아르테미스(디아나, 다이아나); '사냥과 달의 여신'으로 아폴론의 쌍둥이 여동생.

헤파이스토스(불카누스, 벌컨); '불과 대장간의 신'. 아프로디테의 남편. 테티스의 부탁을 받고 인간에게는 유일하게 아킬레우스에게 무장을 선물한다.

헤르메스(메르쿠리우스, 머큐리); 올림포스 12신 가운데 막내. '전령의 신'이자 '의학과 장사의 신'이다. 뱀 두 마리가 감긴 '카드케우스'(caduceus)라는 지팡이를 들고 다닌다. 이것은 주로 치료나 의학에 관련된 단체의 엠블렘으로 사용되고 있다.

이리스(아이리스); '전령의 여신'으로, 무지개 형태로 나타난다. 무지개는 하늘과 땅에 걸려 있는 것처럼 보이기 때문에 신의 뜻을 인간에게 전달하는 사자(使者)로 여겨졌다 이리스(Iris)는 영어로 '홍채'(虹彩), '붓꽃'라는 뜻이 있다.

디오네; 『일리아스』에서는 디오네(Dione)가 제우스와의 사이에서 아프로디테를 낳았다고 한다.

테티스; '바다의 요정'으로 아킬레우스의 어머니.

크산토스; 제우스의 아들로 트로이 근처의 '강의 신'. 제21권에서 아킬레우스와 싸우지만 헤라가 보낸 헤파이스토스의 불에 패배한다. 인간들은 그를 스카만드로스(Scamandros)라고 불렀다.

올림포스 신들과 티탄족의 계보

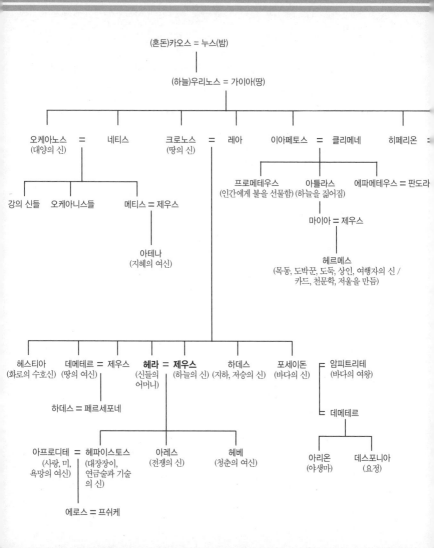

(혼돈)카오스 = 누스(밤)

(하늘)우리노스 = 가이아(땅)

오케아노스 = 네티스
(대양의 신)

크로노스 = 레아
(땅의 신)

이아페토스 = 클리메네

히페리온 =

강의 신들   오케아니스들   메티스 = 제우스

프로메테우스   아틀라스   에파메테우스 = 판도라
(인간에게 불을 선물함) (하늘을 짊어짐)

아테나
(지혜의 여신)

마이아 = 제우스

헤르메스
(목동, 도박꾼, 도둑, 상인, 여행자의 신 /
카드, 천문학, 저울을 만듦)

헤스티아   데메테르 = 제우스   헤라 = 제우스   하데스   포세이돈   암피트리테
(화로의 수호신) (땅의 여신)   (신들의   (하늘의 신) (지하, 저승의 신) (바다의 신)   (바다의 여왕)
                              어머니)

하데스 = 페르세포네   데메테르

아프로디테 = 헤파이스토스   아레스   헤베   아리온   데스포니아
(사랑, 미,   (대장장이,   (전쟁의 신) (청춘의 여신)   (야생마)   (요정)
욕망의 여신) 연금술과 기술
            의 신)

에로스 = 프쉬케

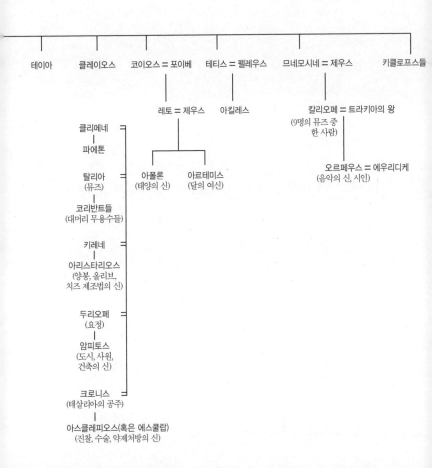

※ ＝는 부부관계, ━는 자식관계를 나타냄.

테이아 클레이오스 코이오스 ＝ 포이베 테티스 ＝ 펠레우스 므네모시네 ＝ 제우스 키클로프스들

레토 ＝ 제우스 아킬레스 칼리오페 ＝ 트라키아의 왕
(9명의 뮤즈 중
한 사람)

클리메네

파에톤

탈리아
(뮤즈)

코리반트들
(대머리 무용수들)

키레네

아리스타리오스
(양봉, 올리브,
치즈 제조법의 신)

두리오페
(요정)

암피토스
(도시, 사원,
건축의 신)

크로니스
(테살리아의 공주)

아스클레피오스(혹은 에스쿨랍)
(진찰, 수술, 약제처방의 신)

아폴론
(태양의 신)

아르테미스
(달의 여신)

오르페우스 ＝ 에우리디케
(음악의 신, 시인)

그리스·로마 신화에 나오는 신들의 이름 대조표

순서	희랍어이름	라틴어이름	영어이름	비고	관계
1	크로노스 Cronos	사투르누스 Saturnus	새턴 Saturn	천공의 신	2의 남편
2	레아 Rhea	키벨레 Cybele	시빌레 Cybele	동물의 안주인	1의 아내
3	제우스 Zeus	유피테르 Jupiter	주피터 Jupiter	하늘의 신	1과 2의 아들 4의 남편
4	헤라 Hera	유노 Juno	주노 Juno	가정의 여신	1과 2의 딸 3의 아내
5	포세이돈 Poseidon	넵투누스 Neptunus	넵튠 Neptune	바다의 신	1과 2의 아들
6	하데스 Hades	플루톤 Pluton	플루토 Pluto	저승의 신	1과 2의 아들 19의 남편
7	데메테르 Demeter	케레스 Ceres	세레스 Ceres	땅의 여신	1과 2의 딸 19의 어머니
8	헤르메스 Hermes	메르쿠리우스 Mercurius	머큐리 Mercury	전령의 신	3의 아들
9	헤스티아 Hestia	베스타 Vesta		불/화로의 여신	1과 2의 딸
10	헤파이스토스 Hephaestos	불카누스 Vulcanus	벌컨 Vulcan	불/대장간의 신	4의아들 11의 남편
11	아프로디테 Aphrodite	베누스 Venus	비너스 Venus	미의 여신	10의 아내 17의 어머니
12	아폴론 Apollon	아폴로 Apollo 포에부스 Phoebus	아폴로 Apollo	태양/활의 신	3의 아들
13	아르테미스 Artemis	디아나 Diana	다이아나 Diana	달/사냥의 여신	3의 딸
14	아레스 Ares	마르스 Mars		전쟁의 신	3과 4의 아들
15	아테나 Athena	미네르바 Minerva		지혜/전쟁의 여신	3의 딸
16	디오니소스 Dionisos	바코스 Bacchos	바커스 Bacchus	술의 신	3의 아들

17	에로스 Eros	쿠피도 Cupido	큐피드 Cupid	사랑의 신	11의 아들 20의 남편
18	티케 Tyche	포르투나 Fortuna	포천 Fortune	행운의 여신	
19	페르세포네 Persephone	프로세르피 네Proserpine	리베라 Libera	저승의 여신	3과 7의 딸 6의 아내
20	프수케 psukhe	프시케 psyche	사이키 psyche	정신	17의 아내
21	에오스 Eos	아우로라 Aurora	오로라 Aurora	새벽의 여신	22의 누이
22	헬리오스 Helios	솔 Sol,Sola		태양의 신	티탄족 신
23	셀레네 Selene	루나 Luna		달의 여신	티탄족 여신
24	레토 Leto	라토나 Latona		검은 옷의 처녀	3의 연인 12와 13의 어머니

오디세이아

제 1 권

신들의 회의

　뮤즈 여신이시여, 뛰어난 지략과 용기로 거룩한 트로이의 성을 함락시킨 그 용사의 이야기를 들려다오. 그는 참으로 많은 섬들을 방황하며 각기 다른 그곳의 풍토에 따라 사려 깊게 적응하고 동료들을 귀국시키기 위해 고뇌에 차 있었지.

　하지만 엄청난 노력을 했음에도 불구하고 끝내 부하들을 구하지 못했으니 이는 분명 신의 노여움을 샀기 때문이리라. 어리석은 건 인간이 하늘을 가로질러 가는 태양신 히페리온(Hyperion)의 들소를 마구 잡아먹었기 때문이었다.

　그런 파란만장한 사연들을 제우스의 따님이신 뮤즈의 여신이시여, 우리에게 들려주오. 다른 용사들은 죽음의 전쟁에서도, 험한 바닷길에서도 운 좋게 벗어날 수 있었으나 유독 아내를 애타게 그리던 오디세우스만은 님프 칼립소(Calypso)가 그에게 연모의 정을 품는 바람에 불행히도 붙잡혀 있는 까닭을 말이오.

　하지만 그의 귀국이 허락된 뒤에도 일은 순탄치 못했으니, 바다의 신 포세이돈만이 노여움을 풀지 못 해 그의 귀국을 반대했던 것이다. 그러던 중 마침 포세이돈이 자리를 비운 때가 왔다. 그는 인간 세계의 맨 끝인 아이티옵스족들(Æthĭops; 에티오피아 사람들)의 제사에 참석하려고 떠났다.

그가 제사에 참석해서 즐거운 시간을 보내고 있는 동안, 그를 제외한 모든 신들이 올림포스에 있는 제우스 신의 궁전에 모여 있었다. 먼저 신들의 아버지 제우스가 문득 아이기스토스(Aegisthus)의 용맹을 떠올리며 이야기를 꺼냈다.

"허 참, 인간들이란 역시 미련하단 말이야. 재앙은 모두 우리가 내린다고 불평만 하고 있지만 정작 분수에 벗어난 자신들의 무례함 때문에 타고난 운명보다 더욱 쓰라린 역경을 당하게 된다는 걸 모르거든. 이번 아이기스토스 일만 하더라도 그렇지, 아가멤논이 없는 틈을 타서 그의 아내 클리타임네스트라(Klytaimnestra)와 통정을 하다가 마침내 아가멤논을 죽이지만 아가멤논의 아들 오레스테스(Orestes)의 손에 살해당하기에 이르렀지. 우리가 미리 훌륭한 파수꾼, 즉 아르고스의 살해자인 헤르메스를 전령으로 보내 경고를 했는데도 말이야. 지금 당장은 나이가 어리고 타국에 가 있지만, 나중에 커서 귀국한 오레스테스에게서 복수를 당하게 될 것은 뻔하기 때문에 자중하라고 했는데도 그 얼빠진 인간은 결국 일을 저지르고 말았지."

그러자 빛나는 눈의 여신 아테나가 말을 받았다.

"왕 중의 왕이자 크로노스의 가장 위대한 아드님이시여, 정말이지 그 사나이의 죽음은 불륜의 대가로 당연한 일이 아니겠습니까. 하지만 그와 달리 저 선량한 오디세우스의 처지는 생각할수록 가

제우스 앞에서 오디세우스에 대해 이야기하는 아테나와 헤르메스

엾어서 못 참겠군요. 참으로 불운한 사람이에요. 그 죽음의 전쟁
이 승리로 끝났는데도 아직 대양의 배꼽이나 다름없는 섬에서 고
초를 겪다니. 그곳은 나무숲으로 덮인 조그마한 섬인데, 저주 받
아 마땅할 아틀라스의 딸이 도사리고 있지요. 모든 바다를 속속
들이 알고 있고, 밤과 낮이 합치는 지점에서 대지와 천공을 떼어
놓는 커다란 기둥을 혼자 힘으로 지탱하고 있는 그 아틀라스의
딸 님프가 막무가내로 그를 사모하여 붙잡아두고 있답니다. 그런
데도 당신께선 수수방관하시니 왜 그런지요. 혹 오디세우스가 트

로이에 있었을 때, 제물과 함께 문안을 드리지 않아 화가 나서 그런 겁니까?"

이에 제우스가 대답했다.

"나의 딸이여, 무슨 말을 그리 하느냐. 어찌 내가 그 영특하고 충성스러운 오디세우스를 잊겠는가. 모든 것은 바다를 다스리는 포세이돈의 노여움에서 비롯된 것이란다. 그는 아들 폴리페모스(Polyphemus; 키클로프스들 중 한 명)의 눈을 멀게 해서 몹시 화가 나 그를 죽일 수는 없었지만 그의 행복을 철저히 방해하고 있는 것이란다. 하지만 우리도 보고 있을 수만은 없는 일이지, 그가 집으로 돌아갈 수 있도록 계책을 세워주어야 하지 않겠느냐. 우리 모두의 뜻이라면 유독 포세이돈만이 끝까지 버티지는 못할 것이다."

제우스의 말에 아테나가 기뻐하며 대답했다.

"모든 지배자 중에서도 가장 높으신 어른이시여, 만일 이 일에 모든 신들의 의견을 합하게 된다면 하루빨리 저 안내의 신이며 아르고스의 살해자인 헤르메스 신을 오귀기에 섬(the Ogygian island)으로 보내 칼립소에게 전하도록 해주십시오. 인내심 강한 오디세우스를 곧바로 귀국시키는 것이 신들의 뜻임을 잊지 않게 해주십시오. 그러면 저는 곧 이타카(Ithaca) 섬으로 찾아가서 그의 아들 텔레마코스(Telemachus)를 한층 격려하여 가슴속의 용기에 불을 붙여 주겠습니다. 아카이아 사람들을 회의에 소집할 수도 있고, 또 페넬로페의 청혼자들을 모두 쫓아버릴 수도 있는 그런 용기 말이에요. 그리고 그를 스파르타(Sparta)나 필로스(Pylos)로 보내 사

청동 창을 들고 이타카 섬으로 가는 아테나 여신

랑하는 아버지의 귀국에 대해 알아볼 수 있도록 허락해주십시오.
또한 그가 세상 사람들 사이에서 좋은 평판을 얻을 수 있도록 해
주십시오."

이렇게 말하고 그녀는 번쩍거리는 황금 샌들을 고쳐 신고, 거대
한 청동 창을 손에 들었다.

그리고는 올림포스의 높은 봉우리를 훌쩍 떠나는데 금세 이타
카 섬에 다다랐다. 그녀는 어느새 오디세우스와 아주 친한 타포스
섬(the Taphians)의 군주 멘테스(Mentes; 오디세우스의 친구. 트로이 편

에 서서 그리스 군과 싸운 두 명의 멘테스가 있다. 에티오피아 왕 멤논의 부하 멘테스는 아킬레우스에게 살해되었다. 또 한 명의 멘테스는 키코니아 사람들을 이끌고 트로이에 왔다. 메넬라오스가 전사한 파트로클로스의 무구(武具)를 가져가려고 했을 때, 멘테스의 모습으로 변신한 아폴론이 헥토르에게 다가가 메넬라오스를 공격하도록 부추겼다.)의 모습을 하고 있었다. 오늘도 성 안은 각지에서 몰려든 청혼자들로 넘쳐났는데, 그들은 문 앞에서 체스를 두고 있었다.

그들이 깔고 앉아 있는 여러 장의 소가죽들은 죄 없는 소들을 멋대로 도살했음을 말해 주고 있었다. 그들 옆으로 수많은 충성스런 하인들이 분주히 움직이고 있었다. 그들은 혼주기(混酒器; 술을 섞는 도구)로 포도주를 물에 타는가 하면, 젖은 해면으로 탁자를 닦아내고, 다른 한편에서는 고깃덩어리를 썰고 있었다.

이 북새통에서도 여신의 모습을 맨 먼저 발견한 사람은 신과 같은 모습을 한 텔레마코스였다. 그는 항시 하루바삐 아버지가 돌아와서 이 혼란을 평정하여 그 자신도 옛날의 근엄한 지위를 되찾아 재산을 지배하게 되기를 기도했던 차에 아테나의 모습을 본 것이었다.

그는 곧바로 달려 나가서 오른손을 맞잡고 한 손으로는 청동 창을 받아 들어 정중하게 인사했다.

"어서 오십시오. 저희는 누구든 기꺼이 맞이합니다."

아버지의 소식을 애타게 기다리던 텔레마코스는 여신을 극진히 모셨다. 이윽고 술과 음식의 잔치가 절정에 이르렀을 때, 시종

오디세우스의 집에서 먹고 마시며 유흥을 즐기는 청혼자들

이 음유시인 페미오스(Phemius)에게 훌륭한 칠현금을 갖다 주었
다. 그는 마지못해 또다시 청혼자들을 위해 줄을 뜯으며 노래를
읊기 시작했다. 이때 텔레마코스는 좌중의 분위기가 무르익은 틈
을 타 아테나에게 머리를 갖다 대고 말을 건넸다.

"손님이시여, 이런 말씀을 드리면 저를 나무라시겠습니까. 보시
다시피 이들은 지금 칠현금 소리에 취해 있습니다만, 남의 재물을
축내는 악당들이지요. 그것도 생사도 모르는 사람의 재물을 말입
니다. 그 사람이 이타카로 돌아오기라도 하는 날에는 누구 할 것

없이 지은 죄가 있어 혼비백산하여 도망갈 것입니다. 하지만 지금으로서는 그런 희망조차 없습니다. 그분의 소식이 끊긴 지가 벌써 10여 년이 지났으니 애꿎은 죽음을 당하신 게 분명할 테니까요. 이 땅에 있는 그 누구도 이젠 그의 귀환을 기대하지 않으며, 저 역시 이젠 포기상태이죠. 그런데 당신은 누구이시며 어디서 오셨습니까. 고향은 어디며 어떤 배편을 이용하셨는지요? 또한 저의 집에는 하루에도 몇 십 명씩 찾아오고, 아버님도 여러 방면의 분들과 사귀었기에 묻는 겁니다만, 이타카가 초행이신지, 아니면 저의 조상 때부터 인연을 맺고 계시던 분인지 자세히 말씀을 해 주십시오. 참으로 궁금합니다."

그 많은 질문에 아테나 여신은 더욱 눈을 반짝이며 대답했다.

"그렇다면 분명히 말해주겠소. 나는 일찍이 슬기로운 지혜로 이름난 앙키알로스의 아들 멘테스라는 사람으로서, 항해를 좋아하는 부하들과 함께 배를 타고 이곳으로 왔다오. 무기를 만들 청동을 구하려고 테메세까지 항해했는데, 번쩍번쩍 빛나는 청동을 가득 싣고 왔소. 내가 타고 온 배는 지금 울창한 네이온 산 밑에 있는 레이트론 포구에 정박시켜 놓았소. 우리와 그대의 조상들은 대대로 깊은 유대관계를 맺고 지내왔다오. 이는 라에르테스(Laertes; 오디세우스의 아버지) 님께 물어보면 곧 알 수 있을 거요. 들리는 소문에 따르면 당신 아버님은 지금 고향으로 돌아오시는 길이라는데, 아직도 신들의 훼방으로 귀로에서 헤매고 있는 모양이오. 나는 저 용감한 오디세우스가 죽지 않았다는 것을 자신 있게 말할 수 있소. 망망한 대양 어디엔가 바다로 둘러싸인 섬에 붙들린 채 목숨을 부지하고 있을 것이오. 이제 나는 그대에게 예언을 할까 하오. 그것은 불사의 신들이 내게 알려주신 것인 만큼 반드시 실현되리라 믿소. 그대 아버님 오디세우스는 머지않아 돌아올 것이오. 설령 차가운 쇠사슬에 묶여 있다 하더라도 분명 뛰어난 계책으로 빠져나올 것이오. 그런데 정말로 그대가 오디세우스의 아드님이오? 이렇듯 훌륭한 어른이 되었다니 참으로 세월이 빠르구려. 우람한 체격과 빛나는 눈초리는 그분을 빼닮았군."

그러자 현명한 텔레마코스가 기쁨에 들떠 말을 받았다.

"손님이시여, 제 어머님께서는 제가 오디세우스의 피를 이어받은 자식이라고 늘 말씀하시곤 합니다. 하지만 저로선 알 수 없는 일이지요. 누군들 스스로 출신을 분간할 수 있겠습니까. 솔직히 말씀드리지만, 제가 조금이라도 운수 좋은 사람의 아들이었더라면 얼마나 좋을까 하는 생각이 들 때도 있답니다. 그런데 사람들은 제가 인간들 가운데서도 가장 불행한 사람의 아들이라고들 말합니다."

이번에는 빛나는 눈의 아테나 여신이 말했다.

"그럼 신들은 결코 당신의 가문을 후세에게 불명예스럽게 하시지 않았구려. 그런데 아까부터 궁금한 것이 있었다오. 이 연회와 여기에 있는 사람들은 대체 어찌 된 것인지 말해 주겠소? 저들은 온통 저택의 대들보가 들썩이도록 퍼마시고 떠들고 있으니 말이오. 부친도 안 계시는데 뭐가 그리 즐거워서 이런 잔치를 여는지 모르겠소. 이 꼴을 보고 정신이 있는 사람이라면 분개하지 않을 수 없을 것이오."

"사실 너무 부끄럽습니다. 아버님이 계실 적만 하더라도 저희 가문은 꽤 부유했고 존경을 받고 했습니다만, 지금은 신들의 뜻이 그와는 전혀 다른 방향으로 돌아가고 있습니다. 재앙을 획책하시고 그분의 생사를 모르도록 꾸미셨습니다. 아버님이 이미 세상을 떠나신 것이 확실하다면 이렇게 한탄만 하고 있지는 않을 것입니다. 물론 세상 사람들도 아버지의 공덕을 기리어 무덤을 쌓았을 것이고, 그렇게 되면 당신의 아들도 훌륭한 가문의 자식으로서 영예롭게 살게 되었을 테지요. 하지만 폭풍의 여신들이 아버님을 낚아채가고 말았습니다. 아버님은 흔적도 없이 사라져버렸으며, 저에게 남겨진 것이라곤 비탄과 애석함뿐입니다. 아버님 생각으로 괴로워하고 한탄하는 것조차 제게는 허용되지 않았습니다. 아직도 신들께서는 갖가지 다른 재앙을 저에게 내려주시려고 하거든요. 말하자면 이 근처 둘리키온(Dulichium), 사메(Same), 잡목이 우거진 자퀸토스(Zacynthus) 등 여러 섬의 영주들로부터 바위 많은 이타카 섬의 권력자들에 이르기까지 모두가 제 어머님에게 청혼하러 몰려와 가산을 함부로 탕진하고 있답니다. 하지만 제 어머님은 재혼하시는 것에 대해 아무런 결론도 내지 못하신답니다. 거절도 승낙도 못 하시는 거지요. 그래서 그들은 제 가산을 마냥 축내고 있는 셈입니다. 앞으로 제 꼴이 어찌 될지 정말 의심스럽습니다."

그 말에 분노를 느낀 팔라스 아테나가 이렇게 말했다.

"대체 이게 무슨 일이란 말이오. 그토록 오래 집을 비운 오디세우스가 돌아오기만 하면 이 뻔뻔스런 청혼자들을 모두 응징할 것이오. 정말이지 난 지금이라도 투구를 쓰고 방패와 두 개의 창을 손에 들었던 옛날 그대로의 모습을 하고 나타날 그를 생각하고 있소. 전에 내가 그를 처음 내 집으로 맞이했던 그때처럼 늠름한 모습으로 말이오. 그때 메르메로스(Mermerus)의 아들 일로스(Ilus)의 영토 에피레(Ephyra; 코린토스, 코린트라고도 부름)에서 돌아오는 길이라면서 술을 마시며 무척이나 즐거워했었지. 오디세우스는 청동 화살촉에 바르기 위한 독약, 사람을 죽이는 그 독약을 구하러 빠른 배를 타고 달렸다오. 그러나 신들을 두려워한 일로스가 그걸 거절했소. 그래서 그 독약을 우리 아버님께서 나눠 드렸었지. 아버님은 오디세우스를 무척이나 아끼셨기 때문이오. 그때처럼 굳건한 오디세우스가 청혼자들 무리 속에 우뚝 서기만 한다면, 그들 모두 결혼의 쓴맛을 삼킬 것인데. 하지만 그가 고국에 돌아오는 일도, 그의 성에서 앙갚음을 하는 것도 모두 신들의 뜻에 달린 것이오.

어쨌든 그대라도 청혼자들을 이 집에서 몰아내버릴 방도를 생각해보는 게 좋을 것 같소. 지금부터 내가 하는 말을 마음에 새겨들으시오. 내일 아침 아카이아 남자들을 모두 회의에 소집하여 신들을 입회 증인으로 모시고 이렇게 선언하시오. 청혼자들은 각자 집으로 돌아가고, 어머님께서는 결혼하고픈 마음이 있다면 그 위세당당하다는 친정댁으로 돌아가시라고 말이오. 어머님께서 그렇게 하면 친정 어른들이 꽤 많은 지참금과 함께 결혼 준비를 해 줄 것이오. 귀엽고 소중한 딸이니까요. 내가 그대에게 실수 없는 방도를 좀 더 자세히 가르쳐 줄 테니 잘 지키도록 하시오.

배를 한 척, 물론 좋은 것으로 골라 놓은 후, 스무 명의 뱃사람을 데리고 그토록 오래 집을 떠난 채 돌아오시지 않는 아버님의 행방을 찾아 떠나시오. 우선 맨 먼저 필로스로 가서 네스토르 영주한테 물어보고 거기서 스파르타로, 금발의 메넬라오스한테로 가시오. 그는 청동 갑옷을 입은 아카이아 편 지휘자 중에서 제일 나중에 귀국한 사람이니까. 그가 혹 아버님이 살아계시고 또 오래지 않아 귀국할 것 같다고 말하면, 물론 고생이야 되겠지만 한 일 년 간만 더 참도록 하시오. 혹시 이미 돌아가셔서 이 세상에 계시지 않다면, 그때엔 내 나라로 돌아와 아버님 산소를 마련하고 장례를 치르시오. 아버님께 알맞을 정도로 아주 훌륭하게. 그런 다음 어머님께서는 그 많은 청혼자들 중에서 새 남편을 골라 재혼하도록 해드리시오. 그 일들을 완전히 끝내 놓고 나서, 그때야말로 그대는 조심스럽게 잘 생각해야 하오. 어떤 방법으로 그대 집에 쳐들어온 폭도들을 쫓아버려야 할 것인가를. 머리를 쓰든 힘을 쓰든 이제는 그대도 어린애 같은 행동을 해선 안 되오. 그럴 나이는 지났단 말이오. 그대는 저 오레스테스 공에 대해 전혀 들은 바가 없소? 그가 온 천지를 휩쓸어 얼마나 높고 훌륭한 평판을 얻었는가를. 간사한 아이기스토스, 명예 높은 그의 아버지(아가멤논)를 살해한 그 아이기스토스에게 복수의 화살을 꽂았다고 해서 말이오. 그대도 마찬가지요. 그처럼 훌륭한 체구와 훤칠한 키에 못지않은 용기를 갖도록 하시오. 그렇게 하면 후세의 모든 이들이 그대를 찬양할 것이오. 난 이만 돌아가야겠소. 아마도 나의 빠른 배와 부하들이 목을 쑥 빼고 내가 나타나기를 기다리고 있을 게요. 그럼 그대는 내가 일러준 말을 잊지 말고 부디 몸조심하시오."

현명한 텔레마코스가 대답했다.

"네, 멘테스 님. 애정 어린 충고 어떤 일이 있어도 잊지 않겠습니다. 하지만 멘테스 님의 바쁘신 여행길에 방해가 될 줄 압니다만, 목욕과 선물로 기분 전환을 하시고 유쾌한 마음으로 돌아가시도록 하고 싶습니다."

빛나는 눈의 여신 아테나가 그 말에 답했다.

"아니오. 이제는 더 머뭇거릴 수 없소. 우선 여행길이 바쁘니. 그대의 친절한 마음을 선물로 보여주고 싶다면 돌아오는 길에 다시 들를 테니 그때 주시오. 그렇게 한다면 나도 그대에게 답례할 테니."

빛나는 아름다운 눈의 여신은 이렇게 말하고 사라져버렸다. 텔레마코스의 가슴에 힘과 용기와 아버지 생각을 불어넣어주고 새처럼 하늘 높이 사라져버렸다. 한편 텔레마코스는 이 상황을 곰곰이 생각하더니 자신과 같이 있었던 자가 신이 틀림없다고 느끼고는 놀라고 말았다. 이윽고 이 젊은 성주는 청혼자들이 있는 곳으로 가 다시 한 자리를 차지했다.

음유시인 페미오스는 낭송을 계속하고 있었고 사람들은 모두 앉아서 숙연히 귀를 기울이고 있었다. 노래는 때마침 아카이아 군사의 귀국 대목에 접어들어, 트로이로부터 팔라스 아테나 여신의 지휘 아래 행해진 귀국 무렵의 비통한 이야기를 풀어놓는 참이었다. 2층 방에서는 사려 깊은 이카리오스(Icarius)의 딸 페넬로페(Penelope)가 그 음유시인의 경건한 노랫소리에 귀를 기울이고 있었다. 그리고 두 시녀의 부축을 받으며 층계를 내려오기 시작했다. 그리고 청혼자들과 마주하자 장식 베일을 두 뺨에 살포시 드리운 다음 육중한 지붕을 떠받치고 있는 커다란 기둥에서 멈춰 섰다. 그녀는 성실한 두 시녀를 양쪽에 거느리고, 음유시인을 향해 뜨거운 눈물과 함께 말을 건넸다.

"페미오스, 당신은 매혹적인 노래들과, 신들의 고결한 행위를 이야기한 노래들을 많이 알고 계시지요. 당신의 노래에 매혹당한 이 청중들을 위해 다른 노래 하나를 더 들려주십시오. 지금 읊고 계시는 그 노래는 멈추세요. 그 노래는 너무나 비통해서 내 가슴은 찢어지는 듯 괴롭답니다. 더구나 잊을 수 없는 슬픔을 겪은 뒤로는 더 그렇습니다. 남편은 너무 훌륭했고 그를 잃은 슬픔은 너무나 크니까요."

현명한 텔레마코스가 그 말에 대답했다.

"어머님, 지금 이 시인이 우리를 즐겁게 해주려고 하는데, 왜 불평을 늘어놓으십니까. 어머님께선 페미오스가 다나오스 인들의 비극적인 운명을 노래했다고 해서 그리 편잔하실 것까진 없습니다. 세상은 늘 새로운 노래를 원하니까요. 어머님도 한번 생각을 돌리시고 들어보세요. 트로이 땅에서 귀국할 시기를 놓쳤거나 목숨을 잃은 사람은 오디세우스뿐만이 아니니까요. 어쨌거나 어머님께선 방으로 돌아가셔서 베를 짜시든 실을 감으시든, 하시던 일이나 계속하세요. 말하는 것은 이 집 주인인 남자, 저에게 맡겨주세요."

페넬로페는 기꺼이 자기 방으로 되돌아갔다. 아들의 말이 전적으로 옳다고 여긴 것이다. 그녀는 자신의 방에서 홀로 오디세우스를 그리며 눈물을 흘리자 빛나는 눈의 여신이 그녀의 젖은 눈 위에 단잠을 쏟아 주었다.

한편 텔레마코스는, 어두워질 때까지 넓은 응접실에서 왁자지껄 떠들며 저마다 그녀의 침대 옆자리를 차지할 수 있기를 바라는 청혼자들을 향해 이렇게 말했다.

"우리 어머님의 사랑을 구하시려는 여러분, 우선 모두 식사나 하십시다. 떠들지들 마시고. 그리고 내일 아침에는 모임을 갖도록 합시다. 나는 그 모임에서 당신들께 딱 잘라 선언할까 합니다. 이제 이 집은 더 이상 당신들의 식사 해결 방편이 되어 드릴 수 없으니 모두들 나가 달라고요."

이렇게 선언하자, 그가 이렇게 대담한 말을 하리라고는 전혀 생각지 않았던 청혼자들은 깜짝 놀랐다. 먼저 에우페이테스(Eupeithes)의 아들 안티노스(Antinous)가 말했다.

"텔레마코스여, 자네에게 그토록 오만한 소리를 함부로 하게 한 것은 신들인 줄 아네. 그렇다 해도 너무 대담한 말투로군. 오디세우스의 아들 자격으로서 자네가 이곳의 주인이긴 하지. 하지만 크로노스의 아드님이 자넬 이타카 섬의 군주로 삼지는 않으실 것이네."

현명한 텔레마코스는 이 말에 답했다.

"안티노스 님, 당신은 언짢게 생각하실지도 모르겠지만, 어쨌든 나는 제우스 님의 허락이 내려지는 한은 내 임무를 충실히 해내고야 말겠습니다. 당신은 혹 이 지위가 하찮은 것이 되어버렸다고 생각하시는지요. 하지만 순식간에 한 집안이 유복해지고 그 자신도 한층 명예를 얻는 걸 보면, 군주란 결코 하찮은 지위는 아니랍니다. 숱한 아카이아 인 영주들 중 누군가가 아버님의 뒤를 잇게 될 테지요. 존엄하신 아버님이 죽은 뒤에 말입니다. 그렇더라도 난 이 집과 아버님께서 당신의 아들인 나를 위해 마련해 주신 하인들의 주인이 되겠지요."

그 말을 들은 폴리보스(Polybus)의 아들 에우리마코스(Eurymachus)가 대답했다.

"텔레마코스여, 그건 진정 신의 뜻에 달린 일일세. 누가 이타카 섬의 군주가 되든 자네 집 재산과 성은 자네가 확보하고 지배하는 게 좋겠지. 자네 재산을 탐내 나쁜 일을 일으키려는 이가 없기를 빌겠네. 그런데 아까 그 방문객에 대해 알고 싶은 게 있다네. 그 무사는 어디서 왔다고 하던가. 그리고 어느 나라 출신이라고 하던가? 어떤 문벌의 출신이며, 물려받은 영토는 어디에 있다고 하던가? 아버님 소식이라도 가져왔던가, 그냥 자신의 볼일 때문에 왔던가? 급하게도 사라져버렸군그래. 어떤 인물인지 용모가 천해 보이지는 않던데."

그러자 현명한 텔레마코스가 대답했다.

"제 아버님의 귀국은 이제 바랄 수 없게 되어버렸습니다. 이젠 어떤 소문도 믿을 수 없습니다. 점쟁이의 이야기도요. 그 손님은 아버님과는 오랜 친구이신 타포스 섬 출신으로 용감하고 현명하신 앙키알로스의 아들 멘테스라는 분인데, 항해에 능숙한 타포스 섬의 군주랍니다."

대답은 이렇게 했지만 텔레마코스는 그 손님이 불사의 여신임을 믿어 의심치 않았다. 이리하여 그들은 춤과 시로 즐거움에 취한 밤을 보내고 제 집으로 돌아갔다.

한편 깊은 생각에 잠긴 텔레마코스는 활활 타오르는 횃불과 에우리클레이아의 충직한 수행을 받으며 전망이 아름다운 자신의 침실로 돌아갔다. 에우리클레이아는 페이세노르 집안 오프스의 딸로 오래전에 라에르테스가 20마리의 소를 주고 데려왔다. 그녀는 그의 잠자리를 돌보기 위해 뒤따르고 있었다. 그녀는 아주 어릴 때부터 텔레마코스를 키워왔기 때문에 그는 그녀가 있어야 편히 잠들 수가 있었다. 침실에서 그는 아테나 여신이 일러준 그 여행에 대해 온갖 계획을 세우고 있었다.

제 2 권

텔레마코스 출범하다

새벽의 여신이 장밋빛 손가락을 뻗쳐 동쪽에 모습을 드러낼 무렵, 텔레마코스는 잠자리에서 일어나 옷을 입었다. 그는 어깨에 번쩍이는 검을 둘러메고 탄탄한 샌들을 발목에 맨 다음 길을 나섰다.

그러고는 전령들에게 명령해 아카이아 인들에게 집회장에 모일 것을 알리라고 했다. 전령들의 외침에 사람들은 급히 몰려들었다. 청동 무기를 움켜잡고 두 마리의 개를 앞세우고 집회 장소에 나타난 그에게 사람들은 감탄의 눈길을 보냈다. 아테나 여신이 텔레마코스에게 내려준 거룩함이 그의 온몸에서 발산되었기 때문이다. 그는 오디세우스의 좌석에 자리 잡고 앉았다. 비록 늙었으나 해박하고 경험이 많은 아이깁토스(Aegyptius) 영주가 맨 먼저 말했다. 그에게는 그럴 만한 이유가 있었다. 안티포스(Antiphus)라는 아들이 훌륭한 말의 산지인 일리오스로 신과도 같은 오디세우스를 따라 출정했다가 야만스런 키클로프스(Cyclops)에게 동굴 속에서 죽임을 당했기 때문이다. 노인에게는 세 아들이 더 있었지만, 안티포스를 잊지 못하고 이 회의석상에서마저 눈물을 흘리며 입을 열었다.

"이타카의 동지 여러분, 이제 내가 하는 말들을 새겨들으시오. 이번 집회는 오디세우스의 출정 이후로 처음 갖는 집회요. 누가 무슨 일로 이 집회를 열게 됐는지요. 누군지 모르지만 그는 분명 용기 있고 현명하며 장래가 촉망되는 분일 거요. 아무쪼록 그가 바라는 모든 일들이 제우스 신의 축복 아래 잘 이루어지기를 바라오."

오디세우스의 현명한 아들은 그의 말을 상서롭게 여기며 집회장의 한가운데서 곧바로 일어섰다. 그리고 전령사가 전해준 홀을 받고 우선 아이깁토스 노인에게 인사를 하면서 말했다.

"노인장, 그자는 멀리 있는 게 아닙니다. 당신이 축복한 그자는 이제 당신 스스로 알게 되겠지요. 다시 말해 저에게, 저 자신에게 지독한 어려움이 닥친 겁니다. 그건 전쟁도, 마을 일도 아니고 내 집안에 닥친 일련의 불행을 호소하고자 이 집회를 열었습니다. 그중 한 가지는 아시다시피 훌륭하신 아버님을 잃었다는 것이지요. 한때는 여러분의 군주였던 무척이나 인자하신 분을 말입니다. 다른 한 가지는 더욱 큰 문제입니다만, 제 어머님은 생각지도 않는데도 불구하고 밀어닥친 청혼자들로 인해 제 집은 거의 파멸의 지경에 놓였습니다. 그들은 집으로 몰려와 온갖 가축들을 잡고 귀한 포도주를 마셔대고 있습니다. 정말이지 몰염치한 분들이지요.

이런 재앙을 물리칠 용감한 오디세우스는 지금 없습니다. 그리고 우리들만의 힘으로는 어쩔 도리가 없다는 것을 여러분은 잘 알고 계십니다. 지금 제게 그들을 막아낼 힘이 있다면 얼마나 좋겠습니까. 우리 집 재산이 부당하게 허비되는 것을 더 이상 참고 있을 수 없으니까요. 집안의 수치이기도 하지요. 또한 신들의 노여움도 생각지 않을 수 없습니다. 어쩌면 신들께서는 개별적인 조처를 취하실지도 모르지요. 그 어긋난 행동에 노하셔서요. 정말 제우스 신, 그리고 율법의 신이시며 이 집회의 모든 것을 맡고 있는 테미스(Themis) 신께 부탁드립니다.

여러분! 제발 이 청혼자들을 말려주세요. 그리고 제발 저희 집안이 조용히 지낼 수 있도록 해주십시오. 제 아버님이 아카이아인에게 나쁜 짓을 행하지 않은 이상, 여러분은 마땅히 저희를 보호해주셔야 합니다. 지금 내 가슴에 엄청난 고통을 주고 있는 것은 바로 당신네들의 태도입니다. 정말 섭섭합니다."

이렇게 말한 그는 왈칵 끓어오르는 감정을 못 이겨 홀장을 떨어뜨리고 울음을 터뜨렸다. 그러자 그 자리에 모인 사람들도 침통해 했다. 모두 조용해지면서 감히 그에게 반론을 제기할 엄두도 못 내고들 있는데, 안티노스가 침묵을 깨고 나섰다.

"웅변술이 제법이군, 텔레마코스. 우리를 서슴없이 몰아세우며 모욕하다니 말이야. 그대는 우리에게 책임을 지울 작정인가? 그건 자네가 착각한 걸세. 청혼자들보다는 오히려 자네 어머니가 나빴지. 그녀가 아주 정숙하지 못한 교활한 생각을 가졌기 때문이네. 청혼자들이 몰려들기 시작한 것이 벌써 4년째로 접어드네. 자네 어머니가 모든 남자들의 정열을 희롱하면서 미지근하게 시간을 끌었지. 큼지막한 베틀을 장만해 놓고는 천을 짜기 시작했단 말이지. 그러고는 청혼자들에게 말하기를, '나에게 구혼하시는 분들, 이 천을 모두 짤 때까지만 기다려주세요. 이것은 라에르테스 님의 장례식 때 쓸 수의용 천이랍니다. 마지막으로 그분을 위한 도리를

시녀들의 고자질을 듣고 베짜는 페넬로페에게 달려온 청혼자들

다해야 하니까요. 그렇지 않으면 이 나라의 모든 여자들로부터 비
난을 면치 못할 테니까요.' 그래서 우리는 끓어오르는 정열을 꾹
참고 그날을 기다렸지. 하지만 그녀는 밤이 되어 횃불을 켜 놓을
때쯤이면 그동안 짰던 천을 모두 풀어버렸다네. 그 짓을 3년 동안
되풀이하다가 작년 겨울에 마침내 우리에게 들키고 말았지.

자, 텔레마코스, 이것이 바로 자네의 울분에 대한 청혼자들의
대답일세. 자네 어머니의 정숙하지 못한 행동에 대해 이제 입이

열이라도 말을 못 할 걸세. 그러니 그녀가 더 이상 우리를 희롱하지 않도록 그녀의 아버님이 지목하는 자나, 자신의 마음에 드는 자와 결혼하도록 청하게나. 그것이 최선의 길일 걸세. 자네에게나 어머니에게나, 또 우리 청혼자들도 차라리 결정이 되어버렸으면 좋겠네. 물론 우리도 아테나 여신이 그녀에게 준 뛰어난 손재주와 분별력, 그리고 아카이아 전체에서 가장 뛰어난 외모 등을 아쉬워하는 바이지만 말이지. 허나 그런 뛰어남이 이제는 화근이 되어버린 셈이지. 그녀의 계산착오적인 마음가짐이 계속된다면 결국 자기 재산을 축내는 결과밖에 남지 않을 테니 말이야. 그녀의 허영심에 비례해서 자네의 재산은 축나고 말 걸세. 분명히 말하지만, 우리들 중 누군가가 그녀의 남편감으로 결정되기 전에는 이 집을 떠날 생각이 추호도 없다네."

이에 텔레마코스가 대답했다.

"안티노스 님의 말씀은 충분히 이해합니다. 하지만 내 마음대로 어머니를 쫓아낼 수 없는 노릇입니다. 나를 낳고 길러준 분이며, 또한 아버님도 아직 살아 계실지도 모를 일 아닙니까. 게다가 안티노스 님의 말씀대로 한다면 그것은 명백히 불법 행위인 만큼 제가 외조부 이카리오스 님에게 막대한 위자료를 지불해야만 할 것입니다. 다시 말해서 외조부님에게도 지독한 보복을 당할 것이고, 또 신들께서도 이러한 불륜에 저주를 내리실 것입니다. 더구나 세상 사람들도 저를 불효자라고 손가락질하며 비난하겠지요. 세상에 이처럼 수치스러운 일은 없습니다. 때문에 저는 도저히 그렇게 못 합니다.

여러분께서 양심이 있어 수치심을 느낄 줄 안다면 스스로 내 집에서 나가주시기를 바랍니다. 그렇지 않고 끝끝내 저희 집 가산을 탕진해갈 심산이라면……, 그렇게 하십시오. 힘이 약하고 어린 나로서는, 여러분이 저버리신다면 제우스 신께 의지할 수밖에 없습니다. 제우스 신까지 저를 외면하시지는 않을 것입니다. 그렇게 된다면 당신들은 무서운 보복을 당하게 될 것입니다."

텔레마코스는 흥분하면서 단호히 결심을 밝혔다. 그의 말에 당장 제우스 신이 반응을 보여 왔다. 높은 산봉우리에서 두 마리의 독수리를 날려 보낸 것이었다. 마침내 그 새들은 웅성거리는 집회장 한가운데에 이르자, 날개를 저으며 유유히 원을 그리고 돌다가 군중의 머리 위로 날카로운 눈초리를 보냈다. 그 눈빛에는 바로 파멸의 조짐이 보였다. 그리고 사나운 발톱으로 서로의 볼과 목 언저리를 할퀴어 뜯다가, 이 번화한 도시의 지붕 꼭대기로 날아오르며 동쪽으로 사라졌다.

모두가 그 독수리의 출현에 겁을 먹고는 침묵을 지켰다. 이윽고 새 점에 권위자 할리테르세스(Halitherses)가 나섰다. 그는 장차 닥쳐올 불행을 감지하고 말했다.

"방금 사라진 저 독수리의 예언에 대해 이타카 섬의 여러분에게, 특히 청혼자들에게 말씀드리겠습니다. 당신들에게는 이제 무서운 재앙이 닥쳐올 것이오. 그 재앙은 벌써 가까이 와 있는데, 그것은 그대들의 살육과 죽음을 꾀하고 있소. 그런데 이것이 다른 무고한 사람들에게까지 화가 미칠 것 같소. 이렇게 밝은 이타카 하늘 아래 사는 선량한 우리한테도 말이오. 그렇다면 미리 생각해 볼 일이 아니겠소. 누가 봐도 그대들이 여기에서 물러가는 게 가장 현명한 처사라는 것은 명명백백하오.

내 예언은 틀려 본 적이 없다는 건 여러분이 더 잘 알 것이오. 오디세우스의 경우만 해도 그렇지 않소. 그가 일리오스를 향해 배에 올랐을 때, 난 그에게 이렇게 예언해 주었다오. 당신의 길은 끝없이 불운하여 재난을 수없이 당하고 부하들을 모두 잃은 뒤, 아무도 그를 알아볼 수 없을 만큼 비참한 꼴이 되어서야 돌아오게 될 것이라고. 이제 두고 보면 알 테지만, 내가 말한 그대로일 것이오. 지금도 맞아 들어가고 있지 않소. 부디 청혼자들은 내 말을 명심하시오."

그러자 폴리보스의 아들인 에우리마코스가 비웃으면서 대답했다.

"영감, 이제 그만 집으로 돌아가 당신 자식들의 장래나 점쳐주시지. 이 일에 대해선 아마 내 솜씨가 훨씬 나을 것이오. 그대가 지금 말한 것은 순 엉터리 같소. 새라는 짐승은 원래 날씨가 화창한 날이면 몰려다니는 법이오. 그러니 그것들이 하는 짓이 모두 무슨 의미를 갖고 있다고는 볼 수 없소. 더구나 오디세우스는 이미 죽었단 말이오. 살았다면 왜 10년이 넘도록 못 돌아오겠소. 정말이지 영감도 그자처럼 일찌감치 죽어주었으면 좋았을걸.

그대는 공연히 텔레마코스를 부추겨 아첨을 하는 것 같은데, 분명히 말해둡니다. 그따위 케케묵은 궤변을 계속 늘어놓는다면 지금보다 사태가 더 악화되어 결국 아무런 이득도 주지 못할 것이고, 또한 당신한테도 벌금을 물어야 할 극단적인 불행이 닥칠 것이란 말이오.

그건 그렇고. 여보게, 텔레마코스. 재차 경고하지만 자네 어머니가 친정아버지 댁으로 되돌아가도록 하는 게 좋을 걸세. 그러면 텔레마코스 자네도 재산이 축날 염려가 없어 좋을 것이고, 우리도 좋을 것 아닌가. 하지만 계속 이런 식으로 결혼문제를 질질 끌어가면서 우리 속을 태운다면 우리 편에선 또다시 막연한 기대를 하면서 여기에 머물러 기다릴 수밖에 없지."

이윽고 텔레마코스기 비장한 결단을 내렸다.

"에우리마코스 님, 그리고 그 밖의 청혼자 여러분, 이제 더 이상 우리 집 문제와 어머님의 일로 왈가왈부하지 않겠습니다. 이것이 나아가야 할 바는 분명할 테니까요. 그보다는 지금 바로 나를 도와 함께 여행을 떠날 스무 명 정도의 동행자와 훌륭한 배를 준비해야겠습니다. 나는 이 길로 아버님의 귀국 소식을 알아보러 스파르타로 갈 겁니다. 혹시 소문으로나마 아버님 소식을 들을 수 있을까 해서요. 아니면 모든 사실을 알고 계시는 제우스 신으로부터 소식이 오지 않을까 해서 말입니다. 다행히 아버님의 소문을 들을 수 있어서, 살아서 귀국하신다면 그보다 더 기쁜 일이 어디 있겠습니까, 그렇지 않고 이미 세상을 떠났다는 소문이 확인된다면 곧바로 돌아와 아버님을 위한 성대한 장례식과 함께 그의 공덕비를 세우도록 하겠습니다. 그때는 어머님도 재혼을 해야겠지요."

그의 단호한 결정에 옛날 오디세우스의 심복이었던 멘토르(Mentor)라는 자가 벌떡 일어서서 말했다. 오디세우스는 부하를 이끌고 출정하기 전에 모든 집안일을 그에게 맡겼었다.

　"우리 이타카 섬의 여러분, 내가 이제부터 하려는 말을 끝까지 잘 들어주시면 고맙겠습니다. 이제부터 어느 누구라도 군주가 되거든 정성과 관용과 정의로써 다스린다는 생각은 말아야겠습니다. 오디세우스는 훌륭한 왕으로서 여러분께 은덕을 베풀었지만, 그가 불행하게 된 지금 아무도 그를 생각지 않으니 말이오. 배은망덕도 유분수지, 이건 정말 신의 저주를 받을 일이오. 나는 결코 여러 청혼자들과 맞설 생각은 없소. 단지 내가 화내는 것은 그대들의 비겁한 침묵이오. 정의가 무엇인지 잘 알면서도 소수의 청혼자들을 비난하거나 말리려 들지 않고, 바라만 보고 있는 그대들의 무성의가 역겹단 말이오."

　격분한 멘토르의 열변을 막으며 나선 사람은 에우에노르(Evenor)의 아들 레이오크리토스(Leiocritus)였다.

　"멘토르, 무슨 말을 그리 함부로 지껄이는가. 이것은 자네와는 아무 상관도 없는 일이라네. 설령 오디세우스가 살아 돌아온다 해도 그것은 그렇게 순조롭지는 못할 걸세. 만약 그런 동기로 싸우려고 나선다면 말이야. 이제 모두들 돌아가서 제각기 자기 일을 하도록 합시다. 이 사람의 출발 준비는 오디세우스의 옛 친구 멘토르나 할리테르세스가 기꺼이 발 벗고 나서서 해줄 테니까 말이야. 이건 어디까지나 내 생각이지만, 텔레마코스는 당분간은 좀 더 여기에 남아서 여러 가지 정보를 듣는 것이 나을 것 같은데. 이런 여행은 결코 쉬운 일이 아니거든."

이렇게 소리치고는 집회를 해산시켜버렸다. 그러자 청혼자들은 다시 오디세우스의 성으로 향했다.

텔레마코스는 허탈한 심정에 비통해 하다가 문득 바닷가로 나가 잿빛 바닷물에 손을 씻고는 아테나 여신께 기도를 드렸다.

"부디 제 소원을 들어주십시오. 어제 저를 찾아오셔서 오랫동안 돌아올 줄 모르는 아버님의 귀국 소식을 안개 낀 바다를 건너 듣고 오라고 충고해주신 신이시여, 그런데 그 일에 대해 도와주기는 커녕 모두 훼방을 놓으며 못하게 하니 어찌된 일입니까."

그의 간절한 기도에 아테나가 멘토르의 모습으로 다시 나타나서 말했다.

"텔레마코스여, 앞으로도 결코 용기를 잃으면 안 되네. 그대에게 아버지의 피가 흐르고 있다면 그의 깨끗한 기상 역시 흐르고 있을 터, 그대 또한 앞으로는 결코 겁쟁이가 되거나 사리분별을 잃지는 않을 것이라 믿네. 그렇다면 이번 여행이 실패할 이유가 하나도 없다네. 그러니 그대 핏속에 면면히 흐르고 있는 기상으로 그들의 계책이나 계획 따위쯤은 얼마든지 물리칠 수 있어야 하네. 그들은 참으로 어리석은데다가 분별없이 날뛰는 하룻강아지와 같아서 정의감조차 없는 작자들이니, 죽음의 그림자조차 의식하지 못하고 있다네. 실로 그 같은 재앙이 그들의 코앞에 닥쳐와도 하루 만에 모두 몰살당한다는 것을 모르고 있다네. 그대 부친에 대한 신의로 내가 그대를 도와주는 이상 그대는 그리 염려하지 않아도 될 것이네. 빠른 배는 물론, 나도 같이 가도록 하겠네. 그럼 이 길로 나는 거리로 나가 지원자들을 불러 모을 테니까, 그대는 여행에 필요한 짐들을 차근차근 챙기도록 하시게. 한시바삐 모든 준비를 마친 뒤 넓은 바다로 부친을 찾으러 떠나도록 하세."

제우스의 딸 아테나의 말에 텔레마코스는 그 길로 당장 집으로 돌아왔다. 그가 집으로 들어섰을 때 무법천지의 청혼자들은 여전히 안뜰에서 산양의 껍질을 벗기고, 돼지를 불에 그을리는 등 잔치 준비에 여념이 없었다. 텔레마코스의 분개한 표정을 본 안티노스가 크게 웃으면서 그에게로 다가와 손을 잡으면서 말했다.

"텔레마코스, 이 성급한 젊은 웅변가, 격한 말과 생각만으로도 충분히 불만이 풀렸을 테지. 자, 뭘 그리 어렵게 생각하는가. 예전처럼 우리와 더불어 먹고 마시면서 지내는 것이지. 그렇지 않은가. 그리고 자네의 여행 문제는 우리 모두가 기꺼이 도와줄 걸세."

"안티노스 님, 미안하지만 사양하겠습니다. 나도 이제 사리분별을 충분히 할 수 있는 나이가 되었단 말입니다. 구혼이라는 그럴 듯한 명목 아래 몇 년 간이나 내 재산을 빨아먹고 있는 당신네들과는 더 이상 말할 필요도 없단 말입니다. 나는 당신네들에게 재앙이라는 운명이 주어질 때까지 더 이상 기다리고만 있을 수는 없단 말이오. 그리고 내 여행은 결코 헛되지는 않을 것이며, 당신들의 도움 같은 건 이제 바라지도 않습니다."

이렇게 말하고 텔레마코스는 안티노스의 손을 뿌리쳤다. 그러자 청혼자들은 저마다 한 마디씩 그에게 욕설과 조롱을 퍼부었다.

"정말이지 텔레마코스는 우리를 죽이려고 안달이 난 모양이야! 필로스나 스파르타에서 힘깨나 쓰는 자들을 데려오든지, 기름진 이피레로 가서 독약을 가져와 우리들의 술에 타든지 해서 말이야."

또 다른 젊은이는 이렇게 말했다.

"글쎄, 누가 먼저 죽을지는 하늘만이 알겠지. 텔레마코스도 아버지를 따라 바다에 빠져 죽을지도 모르잖아."

그러는 동안 텔레마코스는 아버지의 보물 창고로 갔다. 그곳에는 황금과 청동으로 된 기구와 의복, 포도주 등등의 일용품들이 정갈하게 꽉 들어차 있는데, 언젠가는 돌아올 주인을 기다리는 마음으로 얌전히 제자리를 지키고 있는 듯했다. 다행히도 그곳만은 오프스의 딸인 하녀 에우리클레이아의 정성으로 잘 보존되어지고 있었다. 텔레마코스는 그녀를 창고로 불러들여 말했다.

"지금부터 내 말을 잘 듣고 빈틈없이 행해주게, 유모. 우선 자네가 소중히 간직해 둔 포도주 중에서 두 번째로 맛있는 것을 열두 개의 항아리에 가득 담아서 잘 봉해 주게나. 물론 가장 좋은 것은 아버님 몫으로 남겨두어야겠지. 그리고 탄탄히 꿰맨 가죽 주머니에 맷돌로 탄 보릿가루를 두 말만 담아주게. 그리 서두를 필요는 없을 게야. 잠시 후 해가 지면 내가 다시 올 테니까 그때까지 은밀하게 준비해 두게. 그리고 이 일은 유모 혼자만 알고 비밀로 해둬요. 나는 이제부터 아버님의 소식이라도 들을까 해서 당장 필로스나 스파르타로 떠날 생각이라네."

이에 마음 착한 유모 에우리클레이아는 단박에 울먹이면서 말했다.

"도련님, 도대체 왜 그런 위험한 생각을 하시는 것입니까. 귀하신 몸이 어디를 가신단 말씀이세요. 더군다나 제우스의 후손이신 오디세우스 님도 낯선 땅에서 돌아가셨는데 도련님마저 떠나면 이 성은 어떻게 되겠습니까? 도련님이 안 계시면 저들이 무슨 음모를 꾸밀지 누가 압니까. 아마 도련님을 죽일 계책을 꾸밀 거예요. 그러니 제발 도련님은 이대로 그냥 재물 위에 꿋꿋이 버티고 있어 주십시오. 모두를 위해서."

"너무 염려 말게, 유모. 계획은 신의 계시에 따른 것이니 조금도 잘못이 없을 테니까. 그러니 나한테 한 가지 맹세를 해주어야겠어. 다름이 아니라 어머니에게 이 일을 절대로 미리 말씀드리지 말아 달라는 것이지. 적어도 열흘 안으로는 말일세. 그 이후라도 어머님이 나를 찾다가 내가 이미 떠나버렸다는 소식을 들을 때까지는 모르는 척 해주게. 너무 슬퍼하셔서 고운 얼굴이 상하시면 안 될 테니까 말이야."

텔레마코스는 단단히 이른 다음 안채로 돌아와서 청혼자들의 틈에 끼었다.

이때 빛나는 눈의 아테나 여신은 나름대로 할 일을 수행하기 위해 텔레마코스의 모습으로 변장하고 이타카 시를 돌아다녔다. 그녀는 만나는 시민들에게 저녁때가 되거든 어느 포구로 모이라고 일일이 부탁하고 다녔다.

그리고 프로니오스(Phronius)의 아들 노에몬(Noemon)에게는 성능이 좋은 배 한 척을 구해 달라고 부탁했다. 그러자 그는 기꺼이 응했다.

이윽고 해가 저물자 사방에 어둠이 깔렸다. 여신은 준비해 둔 훌륭한 배를 항구 구석에 띄운 뒤 거기에 필요한 모든 장비들을 준비해두었다. 그러자 낮에 일러두었던 사람들이 하나 둘씩 모여들기 시작했다.

그때 아테나는 또 다른 일이 생각난 듯 급히 오디세우스의 저택으로 가더니 거기에 있는 청혼자들에게 새털 같은 잠을 부어 주었다. 그러자 여태껏 술을 마시고 있던 그들은 모두 흐느적거리면서 술잔들을 손에서 떨어뜨렸다. 그러고서 아테나는 텔레마코스를 불러내어 멘토르의 모습과 목소리로 이렇게 말했다.

"텔레마코스여, 지금 용감한 동지들이 노를 쥔 채 그대가 오기만을 기다리고 있다네. 그러니 어서 서둘러 나가세."

그들이 배가 있는 바닷가에 이르렀을 때, 거기에는 그의 말대로 머리를 길게 기른 뱃사람들이 텔레마코스가 오기만을 기다리고 있었다. 이러한 모습에 힘이 솟은 텔레마코스는 그들을 향해 소리쳤다.

"그러면 여러분, 식량을 가져오도록 합시다. 내 성에는 이미 모든 것들을 준비해 두었소. 그런데 한 가지 부탁드리고 싶은 것은 우리 어머님이 모르시도록 신속하게 행동해 달라는 것이오."

이렇게 소리치며 앞장서자, 모두들 그를 따라 창고로 가서 준비한 물건들을 날라다 훌륭한 배에 실었다.

이윽고 텔레마코스가 배에 올랐다. 그는 먼저 와 있는 아테나의 바로 옆에 걸터앉았다. 뱃사람들은 밧줄을 푼 다음 배에 올라타 노가 놓인 곳으로 가서 자리를 잡았다. 그들에게 아테나는 순풍을 보내 주었다. 검푸른 바닷물을 타고 하늬바람이 불어왔다.

배는 순풍에 돛을 달고 파도를 가르며 빠른 속도로 목적지를 향해 미끄러지기 시작했다. 그러자 그들은 포도주를 가득 담은 술병을 차려 놓고는 신들께, 특히 제우스의 딸인 아테나를 향해 술을 부어 바쳤다. 아테나는 푸른 눈을 더욱 반짝이며 미소를 띤 채 그것을 지켜보고 있었다.

제 3 권

필로스에서 일어난 이야기

태양이 동쪽의 아름다운 물가로부터 우뚝 솟아올라 붉게 타오르고 있었다. 불사의 신들을 위해, 그리고 어차피 죽어야 할 운명을 가진 인간들을 위해 장엄하게 빛을 쏟아내고 있었던 것이다.

텔레마코스 일행은 배에서 내려 넬레우스의 거대한 성채로 향했다. 그곳에서는 마침 대지를 뒤흔드는 신 포세이돈을 위해 제사

넬레우스 성채로 가는 멘토르로 변신한 아테나 여신과 텔레마코스

를 지내고 있던 참이었다. 앞질러 가던 아테나 여신이 뒤돌아보며
텔레마코스에게 먼저 말을 했다.

"텔레마코스여, 당신은 이제 본토에 와 있다오. 모든 일은 지금
부터가 중요하니 마음을 굳게 가져야 하오. 그러니 이제부터 곧바
로 기사 네스토르에게 가보시오. 그는 많은 곳을 돌아다니며 전
쟁을 치른 분이니 어쩌면 오디세우스의 소식도 알고 있을지 모르
니까 말이오. 그는 현명한 사람이라 거짓말은 하지 않을 것이오."

"그럼, 어떻게 가서 어떤 식으로 인사를 드려야 할지 좀 가르쳐주십시오. 아직 저는 빈틈없이 말하는 재주가 없습니다. 더구나 나이 드신 훌륭한 분에게는 말입니다."

"텔레마코스여, 조금도 불안해 할 필요는 없소. 그대의 타고난 지혜로도 부족하다면, 그때는 신의 가호가 내려질 것이오."

이렇게 말하고 아테나가 길을 나서자 텔레마코스는 부지런히 그 뒤를 따라 필로스 사람들의 모임이 있는 곳에 이르렀다.

그곳에는 네스토르가 아들들과 함께 앉아 있었다. 그 주위에서는 사람들이 저마다 잔치 준비를 하느라 바삐 움직이고 있었다. 이들은 아테나와 텔레마코스가 나타나자 따뜻하게 맞이해 주었다. 네스토르의 작은 아들 페이시스트라토스(Pisistratus)는 멘토르의 모습을 한 아테나의 두 손을 잡고 안내해 와서, 형 트라시메데스(Thrasymedes)와 부친과의 사이에 앉도록 부드러운 양탄자를 내 주었다. 이윽고 그는 술잔을 들어서 축배하면서 아테나에게 말했다.

"당신들은 마침 포세이돈 신을 위한 잔치를 베풀려는 참에 들어오셨습니다. 그러니 포세이돈 신에게 기도를 드리시오. 그리고 다른 동료들에게도 포도주 잔을 넘겨 신께 술을 바칠 수 있는 기회를 주십시오. 인간이라면 누구나 이 의무를 게을리해서는 안 되지요. 먼저 당신께 이 황금 술잔을 드리겠습니다."

이렇게 말하고는 향긋한 포도주가 담긴 황금 잔을 아테나 여신에게 주었다. 아테나는 사려깊은 그의 태도에 흡족해 하며 즉시 해신 포세이돈에게 기도를 드리기 시작했다.

"대지를 뒤흔드는 위대한 포세이돈이시여, 저희의 소원을 들어

멘토르로 변신해 포세이돈 신에게 기도를 드리는 아테나 여신

주십시오. 우선 네스토르와 그의 아들들, 그리고 모든 필로스 인들의 이처럼 훌륭한 제물을 기꺼이 받아들이고 축복을 내려주시옵소서. 특히 네스토르와 그의 아들들에게는 명예를 내려주시고. 저희가 바라는 목적이 이루어질 수 있도록 해주십시오."

기도를 끝낸 여신 아테나는 지혜롭게도 자신의 소원을 스스로 보살필 작정이었다. 그리고 술잔이 오가며 한창 잔치가 무르익었을 때, 군주 네스토르가 말을 꺼냈다.

"그럼, 이제는 손님들의 이야기를 듣는 순서일 것 같군요. 당신들은 어떤 분들이신가요? 어디서 무슨 일로 이렇게 험한 뱃길을 가르고 오셨는지, 오던 길에 해적선이라도 만나지는 않았는지요?"

이에 지혜로운 텔레마코스가 용기를 내어 나섰다. 그럴 수 있었던 것은 역시 아테나가 그의 마음속에 용기를 불어 넣었기 때문이었다.

"오, 위대한 넬레우스의 아들이신 네스토르 님, 아카이아 인의 큰 명예이신 당신께서 물으시니 모든 것을 사실대로 말씀드리겠습니다. 저희들은 네이온 산의 기슭에 자리 잡은 이타카 사람들로서, 개인적인 일로 이렇게 찾아왔습니다. 10여 년 동안이나 소식이 없으신 아버님의 소문을 듣고자 온 것이지요. 만인의 흠모를 받고 있는 오디세우스, 제 아버님은 소문에 의하면 당신과 같이 트로이 전투에 나가 그 성을 무사히 공략했다고 들었습니다. 그런데 그 처참한 전투 이후 저희 아버님 소식이 끊기고 말았습니다. 그것은 크로노스의 아드님이신 제우스께서 그 생사에 대한 소문조차 세상 사람들에게 일부러 퍼뜨리지 못하게 했기 때문이죠. 그래서 저희는 10여 년이 되도록 그의 생사조차 모르는 형편이랍니다. 그러므로 지금 당신 앞에 이렇게 무릎을 꿇고 부탁드립니다만, 부디 제 아버님의 불행한 죽음에 대해 이야기해 주십시오. 혹시 당신 눈으로 직접 목격하셨거나, 또는 여러 나라를 들르는 동안 들으신 소문이라도 있으시다면 말입니다. 정말 저의 아버님은 다른 사람들보다도 몇 배나 더 불행한 운명을 타고나셨습니다. 당신께서 정말 수백 리 뱃길에도 불구하고 찾아온 저의 정성을 가상히 여기신다면 아주 상세히 들려주십시오."

이에 게렌의 기사 네스토르가 감동하여 대답했다.

"오, 젊은이여. 그대는 나로 하여금 그 낯선 땅에서 종횡무진 용맹을 떨쳤던 우리 아카이아 인들의 그 슬픈 추억을 되새기게 하는구려. 그 전투는 너무나 참혹하여 우리의 가장 훌륭했던 명장들을 거의 다 앗아가버렸지. 군신 아레스의 친구인 아이아스도, 아킬레우스도, 계책에 능한 파트로클로스도, 사랑하는 내 아들인 안틸로코스도 그 밖에도 수없는 명장들이 재앙을 입었지요. 당시의 참상을 우리 중에서 누가 다 이야기할 수 있겠소. 5년, 6년, 아니 10년이 걸려도 다 못 할 것이오. 이야기를 마치기도 전에 가슴이 미어져 못 견디고 그만하라고 할 것이오. 우리는 9년 동안이나 갖은 계략과 희생으로 적을 물리치려 애썼으나 겨우 크로노스의 아드님께서 그것을 완수해 주셨소. 훌륭한 오디세우스의 책략에야 당해낼 사람이 없었으니까 말이오. 그대의 아버님은 말이오. 그대도 아버님을 닮아 그런지 두렵고 공경하고 싶은 마음이 생기는구려. 또 누구든지 이렇게 젊은 사람이 이토록 의젓하게 말하리라고는 기대하지 못했을 것이오. 그때는 정말 우리 장군들끼리 한 번도 의견 충돌이 일어난 적이 없이 늘 힘을 합해 치밀한 계략을 꾸미곤 했었지. 그러던 중 프리아모스의 높이 솟은 성이 있는 곳을 공략했을 때, 제우스 신은 아르고스 편의 무서운 귀국 여행을 계획하셨지. 왜냐하면 우리의 생각이나 계획이 그리 탐탁지 않으셨기 때문이었어. 또 거룩한 제우스 님의 따님이신 아테나의 분노를 사게 되어 많은 사람들이 저주를 받은 것도 원인이라오. 그 여신은 아트레우스 집안의 두 형제 사이에 분쟁을 일으켰지. 그래서 두 사람은 황급히 아카이아 사람들을 모두 불러들여 회합을 했소. 그때에 메넬라오스는 그만 고국으로 돌아가기를 주장했었지만, 아가멤논은 이를 극구 반대했지요. 군사들을 붙들어두고, 성대한 제사를 지내 아테나 여신의 분노를 가라앉힌 후 전쟁을 계속하자는 것이었소. 하지만 그건 백 번 어리석은 생각이었지. 불사의 신들의 생각이 그렇게 갑자기 변할 리가 없었으니까. 날카로운 언쟁이 오갔으나 결국 두 파로 분열되어 각자 행동을 하게 되었지요. 일단의 병사들은 그들이 받은 전리품과 납치한 부녀자들을 배에 싣고 떠났으며, 나머지 아가멤논의 병사들은 그냥 거기에 머물고 있었다오.

한편 그곳을 떠난 우리 배는 처음에 순풍에 잘 나갔으나 제우스 신은 결코 우리를 그리 순순히 귀국시킬 생각이 없었던 거야. 결국 우리 배는 또다시 분란이 일어나 두 파로 나뉘게 되었지. 한 파는 현명하고 계략에 능한 오디세우스 님을 중심으로 모였고, 다른 한 파는 작은 배를 내어서 오던 방향으로 되돌아가버렸소. 그들은 아가멤논에게 충성을 맹세했기 때문이었지, 또 다른 편인 나는 나를 따르는 배들을 모아 귀국을 서둘렀소. 왜냐하면 나는 신께서 우리를 탐탁히 여기시지 않아 재앙을 꾸미고 있다는 것을 느꼈기 때문이었소. 뒤늦게 디오메데스와 메넬라오스도 아가멤논을 남겨두고 나와 합류했지. 그러던 중 우리는 험난한 해협을 돌아서 갈 것인가 그냥 지나갈 것인가를 논의하다가 결국엔 신께 어떤 조짐을 보여주십사 신탁을 드렸소. 그러자 위대한 해신께서는 우리에게 큰 바다 한가운데를 뚫고 나가 에우보이아(Euboea)를 향해 가라고 하셨소. 때마침 풍랑이 서서히 일기 시작했으므로 우리는 혼신을 다해 재빨리 물고기들이 많은 바닷길로 달려나가 그날 밤 게라에스토스 곶(Geraestus)에 무사히 닿을 수 있었던 거요. 그래서 지금도 우리는 그때의 은혜를 기리는 뜻에서 포세이돈 신전에 황소 머리를 바치고 있는 것이오.

친애하는 젊은이여, 이처럼 나는 도중에 돌아와버렸기 때문에, 아카이아 군사들 가운데서 누가 살아남고 누가 사망했는지를 잘 알지 못하오. 하지만 여기에 돌아온 뒤에 들은 소문이 있으니 그것이라도 모조리 다 들려드리겠소.

우선 굉장한 무용을 자랑하는 아킬레우스의 영예로운 아들 네옵톨레모스(Neoptolemus)가 거느리는 미르미돈의 창으로 이름난 용사들은 모두 무사히 귀국했다는 이야기였소. 또 포이아스의 훌륭한 아들 필로크테테스도 무사하고, 이도메네우스도 크레타 섬으로 부하들을 거느리고 돌아갔다는 소문이었소. 싸움터에서는 살아남았다 할지라도 돌아오는 도중에 바다에서 풍랑을 만나 몰살을 당하는 수도 있지만, 그들은 무사히 귀환할 수 있었던 거지요. 그 밖에 아트레우스의 아들 아가멤논에 대해서는 이미 당신들도 아시고 계실 터이니 긴 말은 하지 않겠소. 용맹이 하늘을 찌르던 그 사나이도 복수의 집념으로 불타는 사람 앞에서는 어쩔 수 없었던 거요. 다행히도 그 아들 오레스테스만은 살아남아 아버지를 살해한 잔악무도한 아이기스토스에게 통쾌하게 복수했지. 친애하는 젊은이시여, 그대도 아버지를 닮아 지략이 뛰어날 것 같으니 충분히 오레스테스를 능가할 용기를 가졌을 것 같소. 그러니 후세 사람들이 모두 당신을 칭송하도록 아버지의 원수를 꼭 갚아야 할 것이오."

그러자 귀담아 듣고 있던 텔레마코스가 대답했다.

"오, 네스토르 님, 아카이아 인의 큰 명예이신 당신의 말씀대로 그는 칭송을 받아 마땅합니다. 그의 명성은 노래로 불려 후세에까지 전해져야 할 것이며, 또 그렇게 되리라 믿습니다. 저에게도 신들께서 그처럼 큰 능력을 주시기를 간절히 바랍니다. 하지만 운명은 그 같은 복을 저희 부자에게 내려주지 않을 것 같습니다. 저 무례한 청혼자들을 그대로 보고만 있다가 이렇게 떠나 왔으니 말입니다. 지금은 그저 저들이 하는 대로 놔둘 수밖에 없는 처지입니다."

이에 게렌의 기사 네스토르가 대답했다.

"오, 친애하는 분이여. 아닌 게 아니라 그러한 소문은 이미 내 귀에까지 들어와 있다오. 그대가 그자들을 내쫓지도 못하고 그냥 밀려났다는 것인지, 아니면 온 나라 사람들로부터 따돌림을 받았다는 말인지 모르겠소. 하지만 너무 걱정 마오. 예전에 아카이아 사람들이 줄곧 고난을 겪고 있었던 트로이 전투에서 명예를 떨친 오디세우스를 위해 신들의 가호가 있어, 오디세우스를 무사히 귀환시켜 그 무법자들에게 복수할는지도 모릅니다. 신들께서 그를 돌보시고자 팔라스 아테나가 옆에 계셨던 것처럼 말이오, 신들이 당신을 그렇게 아끼신다면 그 무법자들도 모두 결혼 따위는 꿈도 못 꿀 텐데."

지혜로운 텔레마코스는 대답했다.

"오, 네스토르 님. 말씀하시는 것이 너무 엄청난 일이라 그대로 이루어지지 못할 것 같습니다. 저로서는 도저히 기대조차 할 수 없는 일입니다."

이에 빛나는 눈의 여신 아테나가 말했다.

"텔레마코스여, 어찌 그런 말을 함부로 한단 말이오. 아무리 멀리 있다 하더라도 신께서 도와주실 일이거늘. 하지만 아가멤논이 살해된 것처럼 그분이 돌아와서 곧 살해되기보다는 차라리 극심한 고초가 따르더라도 때를 기다려 고국으로 돌아가는 편이 훨씬 나을 것 같소. 그대가 명심해야 할 것은 사람의 운명은 하늘에 달려 있다는 것이오. 누구든 죽어야 할 운명이라면 신이라도 막을 방법이 없는 거라오."

이에 현명한 텔레마코스가 대답했다.

"멘토르 님, 우리 이제 이런 이야기는 그만둡시다. 신들께서는 그의 운명을 이미 정했으니까요. 저는 율법이나 사리에 밝으신 네스토르 님께 묻고 싶은 게 있습니다. 아트레우스의 아들로 광대한 나라를 통치하던 아가멤논이 죽은 이야기를 사실대로 말씀해주세요. 메넬라오스는 아르고스에 계시지 않고 다른 나라를 떠돌아다니셨던 건가요? 간악한 아이기스토스가 어떤 파멸을 꾸몄던가요? 무용이 뛰어난 인물을 그렇게 무참하게 만들 수 있나요?"

이에 게렌의 기사 네스토르가 대답했다.

"젊은이여, 그대가 어느 정도 상상하고 있는 것 같아 내가 사실대로 이야기하리다. 아트레우스의 아들인 금발의 메넬라오스가 트로이에서 돌아와 아이기스토스를 만났다면 그의 무덤이 없는 편이 훨씬 나았을 것이오. 그의 엄청난 죄를 따지면, 그의 시체는 성 밖 멀리 버려져 들개나 새들의 밥이 되고 아카이아의 부녀들도 눈물 하나 흘리지 않고 말았을 것이니 말이오.

우리가 트로이에서 포위되어 전쟁에 여념이 없는 사이에 그는 아르고스 오지에서 천하태평으로 아가멤논의 아내를 꾀고 있었소. 여왕 클리타임네스트라는 지각 있는 여자인데다가 음유시인에게 시를 배우고 있었기 때문에 쉽게 그 계책에 말려들지는 않았소. 하지만 결국 그녀가 신들이 정한 운명에 사로잡히자, 아이기스토스는 그 음유시인을 무인도로 추방하고 그 여인을 제 집으로 데려가게 됐소. 그는 이런 신의 계획이 성취되자 거룩한 제단에 소의 허벅지 살코기를 희생물로, 많은 직물과 황금 따위를 공납물로 바침으로써 보답했지.

우리는 그 무렵 트로이를 떠나 아티카의 신성한 수니옴 곶(Sunium)에 이르렀을 때 포이보스 아폴론이 그 부드러운 화살로 메넬라오스의 배의 키를 잡고 있던 사나이를 죽여버렸소. 그는 가장 뛰어난 키잡이로 프론티스(Phrontis)라는 자였소. 메넬라오스는 마음이 급했지만 그의 장례식을 위해 할 수 없이 수니옴에서 멈추게 되었소. 그리고 다시 검붉은 바다를 헤치고 말레이아(Malean)의 험준한 곳에 당도했지. 그러나 제우스 신께서는 그의 험한 여정을 더욱 괴롭히려고 무서운 질풍을 일으켜 선단을 둘로 쪼개버렸소. 한쪽은 이아르다노스(Iardanus)의 강가와 퀴도니아 인들(the Cydonians)이 사는 크레타 섬으로 표착시켰소. 마침 남서 풍이 불어 안개와 폭풍우 속에서도 고르틴(Gortyn)이라는 곳에 다다를 수 있었다오. 그리하여 배를 탔던 사람들의 목숨은 겨우 구했으나 암초에 부딪힌 배는 부서지고 말았소. 나머지 메넬라오 스가 탄 푸른빛 뱃머리의 배 5척은 바람과 물결에 따라 이집트에 닿게 되었고, 그곳에서 많은 재산과 황금을 긁어모아 다시 선단을 거느린 채 여러 나라를 두루 여행하게 되었소. 그러는 사이에 고 국에서는 아이기스토스가 그런 몹쓸 짓을 저지르고 있었던 거요. 그는 아가멤논을 살해한 후 7년 간 황금이 넘치는 미케네의 백성 들을 손아귀에 넣고 있었소. 그런데 8년째 되는 해 아테네에서 돌 아온 젊은 용사 오레스테스는 아버지를 살해한 아이기스토스를 없애버렸던 거요. 그는 향연을 베풀어 간사한 어머니와 아이기스 토스의 죽음을 노래했는데, 그날 씩씩한 용사 메넬라오스가 많은 재물을 배에 가득히 싣고 돌아왔소.

그러니 젊은이여, 그대도 그런 간악하고 무례한 자들에게 자기 집을 맡긴 채 너무 오래 방황해서는 안 될 거요. 쓸모없는 여행은 자제하고, 곧 메넬라오스를 찾으라고 권하고 싶소. 그자는 도저히 돌아오리라고는 생각할 수 없는 험한 길을 무사히 돌아왔거든. 그 럼 어서 떠나도록 하시오. 그리고 당신이 원하신다면 말도 준비해 줄 수 있을 뿐 아니라 메넬라오스에게 내 아들들이 안내를 맡아

줄 수도 있으니 그에게 모든 것을 알아보시오. 분별 있는 그가 친절히 알려 줄 거요."

벌써 해가 저물어 어둠이 깃들자 빛나는 눈의 여신 아테나가 말했다.

"네스토르 님, 정말 당신의 말씀은 참으로 지당합니다. 이젠 제물의 혀를 자르고 물을 탄 포도주를 포세이돈과 그 외의 신들께 올리고 나서 잠자리에 들도록 합시다. 벌써 햇빛은 서쪽 어둠 속으로 가라앉아 더 오래 성스러운 잔치에서 머뭇거릴 수는 없으니까요."

그리하여 의전관들은 손 위에 정화수를 붓고 젊은 시종들은 혼주병에 술을 타려고 음료를 가득히 부었으며 각자의 술잔에 몇 방울씩 떨군 뒤 술을 따랐다. 그들은 제물인 혀를 불 속에다 던진 다음 일어서서 거기에 술을 부었다.

이렇게 의식을 마치자 각자 술을 실컷 마셨다. 그런데 아테나 여신과 텔레마코스가 바로 자기 배로 돌아가려 하자, 네스토르는 큰 소리로 그들을 불러 세우고는 이렇게 말했다.

"그대들이 이렇게 빈손으로 돌아가신다면 제우스 신이 노하실 것입니다. 나에게는 훌륭한 외투며 이불이 많이 있는데, 오디세우스 님의 귀한 아드님이 배의 널빤지 위에서 그냥 잠을 잔다면 신께서는 저를 용서치 않으실 거요. 내가 살아 있는 동안뿐 아니라, 죽은 후에라도 우리 집을 찾아오는 분들이라면 누구든지 잘 대접하도록 아들들에게 일러두겠소."

이에 아테나 여신이 말했다.

"네스토르여, 정말 좋은 말씀을 해주셨소. 이제 이 사람은 당신의 말을 따를 것이며, 나는 동행자들에게 자세한 이야기를 들려주고 안심시키기 위해 검은 배가 있는 곳으로 가겠습니다. 모두 뛰어난 인품을 갖춘 텔레마코스 또래의 젊은이들인데, 나만 유일한 연장자니까 오늘 밤은 검은 배에서 보내도록 하겠습니다. 그리고 내일 아침 일찍 금전 청구 문제를 해결하기 위해 카우코니아 인(the Cauconians)의 마을로 갈 작정입니다. 그런데 이 젊은 내 친구는 머무르게 될 것이니, 힘이 세고 날렵한 말이 끄는 마차에 태워 아드님과 함께 떠나도록 해주시기 바랍니다."

빛나는 눈의 아테나 여신은 이렇게 말하고는 물러갔으나, 그가 바다 독수리의 모습으로 변했기 때문에 모든 사람들은 몹시 놀랐다. 놀라서 어리둥절해진 네스토르는 텔레마코스에게 경의를 표하며 말했다.

"오오, 젊은이여. 이렇게 신께서 따라오실 정도이니 당신은 정말 용감하고 무용이 뛰어난 분이라고 생각되오. 그분은 분명 경외할 만한 트리토게네이아(Tritogeneia; 리비아의 트리토니스 호반에서 두통으로 태어났다고 하여 붙여진 아테나의 애칭이다.)가 분명하오. 무용이 뛰어난 당신 아버님도 아르고스의 군사들 가운데에서 특히 그 여신의 총애를 받았다오. 여신이여, 여신께 이마가 넓고 한 번도 멍에를 씌운 적이 없는 한 살짜리 암소를 뿔에 황금을 입혀 제물로 바치겠나이다. 부디 저와 아들들과 상냥한 저의 아내에게도 명예를 내려주십시오."

그는 기도를 한 후 아들과 사위들을 거느리고 집으로 향했다. 드디어 영주의 소문난 저택에 이르러 자리에 앉자, 노인은 손님들에게 달콤한 포도주를 대접하려고 10년 묵힌 그 술의 뚜껑을 하녀들에게 열도록 했다. 그리고 그 술을 혼주병에 부어 물을 섞은 다음 산양 가죽의 방패를 지니신 제우스의 따님 아테나에게 바치면서 기도를 올렸다.

모두들 헌주(獻酒)를 마치고 마음껏 술을 마신 후 각자의 잠자리로 들었다. 게렌의 기사 네스토르는 오디세우스의 아들 텔레마코스를 위한 잠자리로 궁전 안의 주랑(柱廊)에 나무 침대를 마련했다. 또한 그 옆에서는 아들들 가운데 한 명인 총각이며 물푸레나무 창을 쓰는 무사들의 우두머리 페이시스트라토스가 자도록 했다. 한편 네스토르 자신도 그의 아내인 여왕이 잠자리를 마련해주는 저택의 안방으로 돌아갔다.

게렌의 기사 네스토르는 부드러운 새벽의 여신이 장밋빛 손가락으로 하늘을 물들이고자 나타날 즈음, 잠이 깨어 밖으로 나가서 높이 솟은 문 입구에 자리 잡고 반짝거리는 흰 대리석의 매끄럽고 긴 대에 걸터앉았다. 이미 오래전에 저승으로 가버린, 한때 네스토르의 아버지인 신들에 비할 만한 지혜를 지녔다는 넬레우스(Neleus)가 앉았던 이곳에 이제는 네스토르가 앉아 있는 것이다. 아카이아 군사의 우두머리로 홀장을 든 그의 주위에는 아들들이 모여 있었고, 에케프론(Echephron)과 스트라티코스(Stratius)와 페르세우스(Perseus)와 아레토스(Aretus), 또 신에 비할 만한 트라시메데스와 젊은 페이시스트라토스가 방에서 나와 가까이 왔다. 그는 신의 모습을 한 텔레마코스를 옆자리에 앉혔다.

먼저 게렌의 기사 네스토르가 모두에게 말을 하기 시작했다.

"사랑하는 아들들이여, 나의 소원을 들어다오. 우선 내 눈에 나타나셨다가 성대한 신의 잔치로 떠나가신 아테나 여신의 마음을 흡족하게 해드리고 싶다. 너희들 중 누가 들판으로 나가 소몰이꾼을 시켜 소들을 몰고 오도록 하고, 또 한 사람은 텔레마코스의 검은 배로 가서 두 사람의 파수꾼만 남기고 동행자 모두를 데려오도록 하라. 또 한 사람은 소뿔에 황금을 둘러 입히도록 금 세공사 라에르케스(Laerceus)를 불러 오너라. 집 안의 시녀들에게는 특별히 훌륭한 요리를 정성껏 만들도록 이르고 궁 안에 축제 준비를 하도록 하라. 그리고 제단 주위에 좌석을 마련하도록 하고 신선한 물도 준비시켜라."

모두들 명령에 따라 급히 서둘렀다. 어린 암소와 검은 배의 동행자들도 왔으며 금속 세공사도 연장을 갖추고 왔다.

노기사 네스토르가 황금을 내려 세공사가 쇠뿔에 훌륭하게 금박을 입히도록 했다. 이 축제에 참석하신 아테나 여신이 기뻐하시도록. 스트라티코스와 거룩한 에케프론이 그 암소의 뿔을 잡고 제단으로 끌고 가자 아레토스는 오른손에 꽃무늬가 찬란한 정화수 그릇을 들고 또 한 손에는 보리 낟알을 넣은 바구니를 들고 광에서 나왔다. 트라시메데스는 희생물을 내리치기 위해 날카로운 손도끼를 들고 서 있었으며, 페르세우스는 피를 받을 접시를 받쳐 들고 있었다.

모든 것이 준비되자 네스토르는 우선 정화수에 손을 적신 후 보리 낟알을 뿌리고는 아테나 여신에게 열심히 기도를 드리며 제물의 머리털을 잘라서 불 속에 던졌다. 그러자 네스토르의 의기왕성한 아들 트라시메데스가 다가서서 도끼를 내리쳤다. 어린 암소의 목덜미 힘줄이 도끼에 찍혀 목숨이 끊어지자 네스토르의 딸들과 며느리들, 그리고 정숙한 그의 부인인 클리메노스의 큰딸 에우리디케까지 일제히 함성을 올렸다.

사람들이 어린 암소의 머리를 들어 올려 떠받치자 페이시스트라토스는 제물의 목을 찔러 검은 피가 흘러나옴과 동시에 완전히 목숨을 끊어버렸다. 그들은 서둘러 제물의 팔다리를 자른 다음, 의식대로 허벅지 살을 잘라내 기름덩이를 두 겹으로 씌우고는 네스토르에게 바치자, 그는 그것을 장작불에 구워서 붉은 포도주를 뿌렸다. 주위에 있던 젊은이들은 다섯 갈래로 된 쇠꼬챙이로 찍어 그것을 맛보고는 나머지 부분도 잘라내 완전히 익혔다.

이러는 사이에 네스토르의 막내딸 폴리카스테(Polycaste)는 텔레마코스를 목욕시켰다. 목욕 후 온몸에 올리브유를 듬뿍 바른 그는 깨끗하고 엷은 겉옷에 망토를 두르고 불사의 신 같은 모습으로 욕실에서 나왔다. 그가 네스토르의 곁에 가서 앉자 모두들 음식을 불에서 내려놓고 잔치를 벌였다.

잔치가 한창 무르익자 네스토르가 입을 열었다.

"아들들이여, 이제 텔레마코스 님이 여행을 떠나시도록 훌륭한 말을 마차에 매어 드려라."

그러자 아들들은 곧바로 명령을 받들어 날쌘 말을 마차에 맸고, 하녀들은 마차 안에 제우스가 보살피시는 왕들이나 먹을 빵이며 포도주 등을 실어 두었다. 이윽고 텔레마코스가 마차에 오르자 네스토르의 아들들과 페이시스트라토스도 그 옆에 올라 고삐를 잡고 채찍을 휘둘러 평원을 향해 달리기 시작했다.

온종일 열심히 달리다 어둑해졌을 무렵 페라이(Pherae)에 사는 디오클레스(Diocles)의 저택에 도달했다. 그들은 거기서 정중한 대접을 받으며 하룻밤을 보냈다.

새벽의 여신이 동쪽에 나타날 무렵 그들은 마차에 올랐다. 주랑을 지나고 문을 지나 세차게 달려 그들의 목적지인 밀이 익은 평야에 다다랐는데, 그때는 다시 날이 저물고 어둠이 더욱 깊어져 길도 눈앞에 들어오지 않았다.

제 4 권

메넬라오스의 성에서 일어난 이야기

비로소 기복이 심한 땅 라케다이몬에 다다른 그들은 메넬라오스의 성으로 마차를 몰았다. 그때 마침 딸이 절세의 영웅 아킬레우스의 아들과 결혼을 앞두고 있어 메넬라오스는 많은 친지들과 잔치를 벌이고 있었다.

왕은 오래전 트로이에서 딸을 결혼시키기로 약속한 데다가 신들도 그럴 생각이었기 때문에 말과 훌륭한 수레를 딸려 딸을 사위가 다스리는 미르미돈의 도시로 보내려는 참이었다. 또 아들은 스파르타에서 알렉토르의 딸을 맞이하려 하고 있었는데 늘그막에 태어난 힘센 메가펜테스였다. 헬레네에게는 황금의 아프로디테를 닮아 귀여운 헤르미오네 공주 이후로는 신들이 자손을 내려주시지 않았다.

높이 치솟은 이 거대한 성에서 메넬라오스의 이웃과 친지들은 희희낙락하여 연회에 취해 있었고, 악사들은 칠현금을 뜯으며 노래하고 한편에서는 한 쌍의 곡예사가 재주를 부리고 있었다.

텔레마코스와 네스토르의 훌륭한 아들이 성문 앞에 수레를 세우자 메넬라오스의 충실한 시종인 에테오네우스라는 자가 나와서 영접한 다음 급히 달려가 메넬라오스에게 전했다.

"처음 뵙는 손님 두 분이 오셨습니다. 아마도 두 분 다 제우스 신의 혈통인 것 같습니다. 어떻게 할까요? 말의 마구를 풀도록 할까요, 아니면 친절하게 그분들을 환대할 수 있는 다른 분에게 안내할까요?"

그러자 금발의 메넬라오스는 이 말에 분노하며 이렇게 명령했다.

"보에테우스의 아들 에테오네우스여, 무슨 그리 바보 같은 말을 하는가. 지난날 우리 두 사람이 방황하다가 번번이 사람들의 신세를 지면서 고국에 돌아오던 때를 생각해 보거라. 어쩌면 제우스 신이 앞으로는 이런 괴로운 역경을 겪지 않게 해 주실지도 모른다고 기대하면서. 어서 가서 손님들의 마구를 풀어 이리로 모시고 식사를 대접하도록 하라."

시종은 황급히 달려가 다른 충실한 부하들과 함께 마구를 풀고 말을 마구간에 매고는 보리알이 섞인 흰 밀을 주고 수레를 문 옆으로 세워 놓은 후 손님들을 성 안으로 모셨다. 두 사람은 제우스가 돌보시는 궁전의 모든 것에 놀라움을 금하지 못했다. 태양이나 달의 섬광이 이 성의 주랑에서 빛나고 있었던 것이다. 그들은 목욕탕에 안내되어 시녀들이 시켜주는 목욕을 한 다음 올리브유를 바르고 털로 짠 망토와 겉옷을 걸친 다음 아트레우스의 아들 메넬라오스의 옆자리로 안내되었다.

아름다운 황금 물항아리를 가지고 온 시녀가 은쟁반을 받치고 손 위에 물을 부었다. 그다음 시녀들은 훌륭한 빵과 온갖 요리를 가득 차린 나무 탁자를 가져왔다. 온갖 고기 요리가 나오고 그들 곁에 황금 술잔이 놓이자 금발의 메넬라오스가 입을 열었다.

"우선 식사부터 합시다. 그리고 두 분이 어떤 분들이신지 이야기를 들어보도록 합시다. 제가 보기엔 분명히 제우스 신께서 보살피시는 왕홀을 지닌 군주 가문에서 태어나신 분들 같은데요? 비천한 집안에서는 이런 분들이 태어날 리가 없다고 생각합니다."

말을 마치자 잘 구워진 쇠고기 조각을 집어서 그들 앞에 놓았다. 온갖 산해진미들을 차례로 들면서 유쾌하게 먹고 마시고 나자,

텔레마코스는 다른 사람들에게는 들리지 않을 정도로 네스토르의 아들에게 속삭였다.

"네스토르의 아드님이시여, 나의 귀한 친구시여. 이렇게 넓은 성과 찬란한 청동, 황금, 백금, 은, 그리고 상아로 만든 물건들을 보십시오. 올림포스에 있는 제우스 신의 궁이라고 해도 이보다 낫겠습니까? 정말 이 모든 것들 때문에 정신을 차릴 수가 없습니다."

그들의 말을 듣고 있던 메넬라오스가 재빨리 말을 가로막았다.

"혈기왕성한 젊은이들이여, 제우스 신의 지력과 힘은 죽어야만 하는 우리 인간으로서는 도저히 미칠 수 없고 따를 수 없는 것이오. 신의 궁전이나 그것을 채우고 있는 모든 물건들은 우리 인간으로서는 감히 상상할 수도 없는 것들로 이루어져 있으니까요. 하지만 그를 제외한 인간들 중에서는 그 누구도 나와 재물로 비교할 만한 자는 거의 없을 것이오. 그것들은 실로 8년이라는 세월 동안 온 천지를 헤매면서 땀과 피로써 이루어온 것들이라 더욱 값진 것이라오. 그동안 사이프러스 섬이며 페니키아며 아이깁토스는 물론이고, 아이티오프스와 소아시아에까지 갔었지요.

내가 이렇게 재물을 모으려 방황하는 동안 내 형님은 원통하게도 요망스런 계집의 간계로 살해되고 말았지요. 결국 나는 이런 갑부가 되기는 했지만, 마음이 편하지는 못하답니다. 당신들도 아마 당신 아버님들에게서 종종 이런 이야기를 들어오셨을 겁니다. 나역시 그들처럼 무척이나 많은 고통과 풍파를 겪었고 가산마저 송두리째 탕진했다 해도 과언이 아니었습니다. 하지만 죽지 않고 살아 있는 것만 해도 큰 행운으로 여겨야겠지요.

　트로이에서 돌아온 이후 한동안 나는 그들 생각에 자주 한탄을 했지요. 때로는 눈물을 흘리며 또 어떤 때는 눈물조차 마른 채 말이오. 그러던 것이 세월이 흐르자 차츰 잊혀 갔지만 아직도 잊지 못할 만큼 뼈저리게 슬퍼지는 사람이 있답니다. 그분이 바로 텔레마코스의 부친 오디세우스이지요. 그럴 수밖에 없는 것이 트로이 성에서 그렇듯 열심히 나를 위해 애써준 사람은 오디세우스밖에 없으니까요. 한데 나만 이렇게 살아서 돌아와 있으니 참 안타까운 일이오.”

　메넬라오스의 탄식은 텔레마코스의 가슴을 더욱 아프게 했다. 그의 이야기를 들으면서 텔레마코스는 얼굴을 자줏빛 망토에 묻은 채 눈물을 떨구었다.

　그러는 동안 헬레네가 아치형 천장으로 된 내전에서 걸어 나왔다. 그녀는 발받침대가 달린 소파에 앉으며 남편을 향해 말했다.

　“제우스 님이 보살피시는 메넬라오스 님이시여, 지금 여기 와 계신 이 두 분 손님이 누구신지요? 저의 경솔한 착각인지는 모르나 저토록 늠름한 자태로 보아 분명 이분은 지략이 뛰어난 오디세우스의 아드님이신 텔레마코스인 듯합니다. 그 아드님이 태어난 지 얼마 안 되어 그분은 출정하셨지요.”

　그 말에 메넬라오스는 경탄을 금치 못하며 대답했다.

　“오, 과연 부인도 그렇게 생각했소? 그렇잖아도 눈초리나 단단하게 튀어나온 이마 등이 그분과 너무도 닮았다고 생각하던 참이었소."

그 말을 받아서 네스토르의 아들 페이시스트라토스가 말했다.

"거룩한 아트레우스의 아드님이시여, 제우스 신께서 보살피시는 무사들의 으뜸이신 메넬라오스 님, 맞습니다. 하지만 워낙 겸손해서 자기 신분을 밝히지 않았던 것입니다. 이렇게 말씀드리는 저는 당신을 만나는 걸 어려워하는 이분을 위해 네스토르께서 이분과 함께 동행하도록 보낸 사람입니다. 군주께서는 부디 이분에게 큰 힘이 되어주시길 바랍니다."

"아, 이런 인연이 어디 또 있을까. 내가 그토록 못 잊어하던 은인의 아드님이 지금 이렇게 내 곁에 있다니. 그분의 크나큰 은혜를 생전에 갚을 수 있게 되기를 바랐다오."

메넬라오스의 목 메인 소리에 그 자리에 있던 모든 사람들은 비통해 했다. 제우스 신의 딸인 아르고스의 헬레네도 소리 없이 눈물을 흘렸으며, 텔레마코스는 물론이고 메넬라오스도 눈물에 젖어 있었다.

문득 헬레네에게 훌륭한 생각이 떠올랐는데, 그것은 그들을 깊은 고뇌의 늪으로부터 벗어나게 해줄 약을 생각해낸 것이다. 그녀는 즉시 모두가 마시고 있는 포도주 병에 고뇌를 잊게 하고 분노를 가라앉히는 약을 넣었다. 그 약을 마시면 비록 그날이 부모를 사별한 날이라 하더라도, 또는 형제나 사랑하는 자식이 청동검에 목이 달아나는 참상을 목격했더라도 슬픔을 모르게 되는 진기한 약이었다.

이윽고 그들의 잔에 술이 가득 따라졌을 때, 그녀는 좌중을 돌아보며 이야기를 꺼냈다.

"여러 훌륭한 분들께 말씀드립니다. 이제는 고통스러운 아픔은 잊어버리고 저녁 만찬을 즐기면서, 즐거운 이야기로 분위기를 환기시키는 게 좋을 겁니다. 제가 이 자리에 걸맞은 이야기를 해드릴 테니까요. 대담한 오디세우스가 세운 숱한 공훈은 말로 다 표현할 수 없지만, 이것만은 제 기억 속에서 아직도 생생합니다. 당신들 아카이아 군사들이 곳곳에서 혈투를 벌이고 있을 때, 이 천하무적의 용사는 홀로 트로이의 한복판으로 뛰어들었답니다. 그때 오디세우스는 자기 신분을 감추기 위해 지저분한 몰골로 변장을 했습니다. 물론 트로이 사람들은 누구나 그가 이토록 깊숙이 잠입해 들어올 줄을 몰랐었지요. 오직 저만은 그 사람을 알아보았지만, 그분은 애써 저를 피하며 만나지 않으려 했습니다. 그러나 결국엔 제가 그분을 씻겨 드리게 되어 올리브유를 온몸에 발라 드리면서 맹세했지요. 적어도 아카이아의 배가 진지에 당도하기 전까지는 오디세우스의 이름을 트로이 인들에게 말하지 않겠다고요. 그제야 그분은 저에게 아카이아 군의 계획이며 자신의 의중을 들려주었지요.

그 뒤 그분은 계획대로 갖가지 정보를 알아내어 무사히 트로이를 떠나셨어요. 저는 트로이의 다른 여자들과는 달리 오히려 기쁘게 생각했습니다. 그때는 이미 나 자신도 한때나마 재앙을 부른 객기를 깊이 뉘우치고 고향으로 돌아갈 생각을 하고 있었으니까요. 그것은 저 아프로디테가 그리운 고국 땅으로부터 저를 그곳에다 끌어다 놓았을 때 이미 느낀 심정이었지요. 자기 딸을 버려두고, 호화스런 궁전과 거의 완벽에 가까울 만큼 훌륭한 남편을 버려둔 채 남의 나라에서 지내면서도 줄곧 잊지 않았답니다."

"부인이여, 과연 그대의 말은 모두가 진실이오. 나는 여태까지 수많은 영웅을 보고 듣고 배워왔지만, 오디세우스 님처럼 다방면으로 재질을 갖추신 분은 아직 본 적이 없소. 예를 들면, 반짝이는 목마에 정예 무사들을 숨겨 두었다가 트로이 사람들에게 생지옥의 참상을 가져다준 사실이 있지요. 그때 그대도 그곳에 나와 있었지. 그뿐인가, 그대는 병사가 숨어 있는 목마를 어루만지면서 다나오이 군 대장들의 이름들을 조용히 불렀었지. 그대가 내 이름을 불렀을 때, 일어서서 나갈까, 아니면 안에서 대답 대신 신호를 보낼까 하고 조마조마했었소. 지금 생각해도 등골이 오싹한 죽음의 소리였지. 만약 침착한 오디세우스가 말리지 않았다면 우리 아카이아의 영웅들은 모두 그대를 앞세운 술책에 넘어갈 뻔했었지."

두 사람의 대화에 귀를 기울이고 있던 현명한 텔레마코스가 이윽고 일어날 기색을 보이면서 말했다.

"메넬라오스 님, 그것이 한층 더 유감스러운 일입니다. 아버님은 그렇듯 술책에 능하신 용사였으나, 정작 중요한 자신을 보호하지는 못했지 않습니까. 이제 그만 물러가 휴식을 취하고 싶습니다."

어느덧 장밋빛의 우아한 몸짓으로 새벽의 여신이 동편에서 그 모습을 나타낼 무렵, 무용이 뛰어난 메넬라오스는 벌써 잠에서 깨어 있었다. 그는 무슨 생각이 들었는지 옷을 주섬주섬 걸치고는, 날카로운 검을 어깨에 둘러맨 채 미끈한 발에 샌들을 매고는 곧장 텔레마코스에게 갔다.

"텔레마코스여, 어제는 내가 흥분을 해서 가장 중요한 사실을 빠뜨렸지 않았겠소. 자, 말해주시오. 도대체 무슨 용무가 있어서 험한 파도를 헤치고 이 거룩한 라케다이몬까지 오셨소? 나라 일로 오셨는지, 아니면 당신의 사사로운 용무로 오셨는지, 부디 내게 들려주시구려. 어떻게든 힘이 되어 드리고 싶소."

"메넬라오스 님, 사실은 혹시 당신께서 저희 아버님에 대한 소식이라도 들려주시지 않을까 해서 왔습니다. 아버님이 10여 년 동안이나 안 계신 저의 가정은 불명예스럽게도 구혼이라는 명목으로 우리를 괴롭히고 있는 무도한 자들의 횡포로 거의 파멸 직전까지 이르게 되었습니다. 그래서 아버님의 생사에 관한 소식을 듣고 싶어 이렇게 부탁드리는 것입니다. 혹시나 당신이 직접 보셨는지, 아니면 믿을 만한 사람을 통해서 소문이라도 들을 수 있을까 해서요. 부디 저에게 진실을 들려주시기를 바랍니다. 그 옛날 트로이 성에서의 아버님과의 관계를 생각해서서라도 저를 저버리지 말아 주십시오."

"텔레마코스여! 그게 사실이란 말이오. 괘씸한 무리들 같으니! 참으로 용감무쌍한 영웅의 잠자리를 가로채려고 넘보고 있다니! 그건 마치 사나운 사자의 품으로 기어든 여우새끼들보다 더 무모한 짓을 하는 셈이군. 사자가 제 짝의 품을 찾아들 때가 바로 자기들 제삿날인 줄도 모르고 덤벼드는 어리석은 짓이지. 제우스 아버지 신과 아테네 여신과, 그리고 태양의 신 아폴론께서 그때와 다름없는 가호를 오디세우스에게 내려줘 그 날파리 같은 청혼자들과 맞설 날이 오게 해주길 바랍니다. 그렇게만 된다면 한 놈도 남김없이 즉시 그 자리에서 응분의 벌인 죽음을 내려서 주제넘은 구혼의 쓴맛을 보여줄 수 있을 텐데. 그대가 원하는 일에 대해서 자세히 알지 못하지만 나로서는 추호도 감추거나 얼버무릴 생각은 없다오. 내가 아는 것들을 빠짐없이 들려주겠소."

그 말에 텔레마코스는 초조한 눈빛으로 그를 바라보았다.

"다름이 아니라 바다의 노인이 해준 이야기라오. 여러 신들은 귀국하려는 나를 아이깁토스에 좀 더 있도록 잡아두었소. 내가 신들에게 제물을 바치지 않았기 때문이었지요. 그래서 신들은 나일 강 하구에 있는 파로스(Pharos)라는 섬에서 나를 20일 동안이나 묵게 했다오. 이집트에서는 장비를 잘 갖춘 배가 순풍을 타면 꼬박 하루가 걸려야 겨우 다다를 만큼 떨어진 곳이지요. 그것도 폭풍우가 뱃머리에 불어닥칠 때라야만 가능했소. 즉 내가 움직이는 데 꼭 필요한 바람을 신들은 주시지 않았던 거요.

그때 신들 가운데 유독 한 분이 나를 가엾게 여겨 동정을 베풀지 않았던들 우리는 이렇게 무사할 수 없을 거요. 그분은 에이도테아(Eidothea, 이도테이아 Idothea)였는데, 바로 바다의 노인이라는 위풍당당한 프로테우스(Proteus)의 딸이었소. 내가 그 님프의 마음을 움직이게 했던 거지요. 그 섬에 있는 동안 우리는 제각기 허기진 배를 채우기 위해 먹을 것을 구하기에 혈안이 돼 있었지요. 나 역시 그 일 때문에 동료들로부터 떨어져서 고기를 낚고 있었는데, 느닷없이 그쪽에서 먼저 나를 찾았소. 그 여신이 내 곁으로 다가와서 이렇게 말을 걸어왔지요. '어째서 그렇게 어리석고 미련한가요. 아니면 일부러 고생을 하고 있는 건가요. 혈기왕성한 사나이가 이렇게 오래 갇혀 있으면서도 빠져 나갈 생각조차 않다니.' 그녀의 말에 나는 이렇게 대답했지요. '그렇다면 저도 한 말씀 드리겠습니다. 아무래도 저는 신들로부터 뭔가 노여움을 산 모양입니다. 그러니 불사의 신들 중 어느 분의 노여움을 사서 우리의 항로가 이토록 험난하게 된 것인지 좀 알려줄 수 있겠습니까?' '좋아요, 내 그대의 힘이 되어주겠소. 이 섬에는 불사의 예언자인 바다의 노인이 자주 나타난다오. 그는 포세이돈의 부하로서 모든 바다의 깊이를 가늠하고 계시는 프로테우스라고 하는 분이오. 그분은 또 나의 아버님이시기도 하지요. 당신이 그분을 만날 수만 있다면, 귀국할 수 있는 방법과 물고기 떼가 많이 지나는 검은 바닷길을 무사히 건너갈 수 있는 방법 등 모든 걸 알려드릴 겁니다. 제우스 신께서 항상 보살피는 그대이니만큼 나쁜 일이건 경사스런 일이건, 길고도 고통스러웠던 행로와, 당신이 떠나신 뒤에 당신 집에서 일어난 일까지도 들려주실 것이오.'

여신의 이러한 호의에 나는 물을 만난 물고기처럼 눈을 번쩍 뜨며 다시 조심스럽게 물었지요.

'그럼, 어떻게 바다의 노인을 만날 수 있는지 가르쳐주십시오.

혹시 저쪽에서 먼저 저를 보자마자 제 속내를 알아차리고 얼른 피해버릴지도 모르니까요. 신을 만족시켜드리는 것이 얼마나 힘든지 저는 이미 겪어보았으니까요.'

'그럼 내 기꺼이 설명해주겠소. 장밋빛 태양이 높이 떠오를 무렵, 바닷속에서 그 신이 서풍의 짙은 숨결을 따라 새하얀 물보라를 몸에 감고서 모습을 드러낼 것이오. 그리고 잠자리를 찾아 텅 빈 동굴로 향할 것이오. 그 주위에는 바다표범들과 아름다운 바다의 딸들이 수없이 무리를 지어 잠을 자고 있을 텐데, 그들이 내뿜는 숨결이 아주 고약해 지독한 악취를 풍기지요. 그러니 오늘 밤이 지나고 새벽이 오면 내가 직접 그곳으로 당신들을 데리고 가서 각자가 있을 만한 곳을 찾아드리지요. 그러니 당신은 곧장 널빤지로 만든 튼튼한 배가 있는 곳으로 가서 힘이 센 사람을 셋만 골라서 데려오도록 하세요.

아차, 가장 중요한 것을 빠뜨릴 뻔했어요. 그 바다 신의 괴상한 짓을 알아두어야 할 거예요. 우선 동굴 속으로 들어가자마자 바다표범의 수를 확인하면서 한 바퀴 돈 다음, 이상이 없음을 확인한 다음 그 한복판에 드러눕는답니다. 바로 이때가 기회입니다. 그때를 노려 재빨리 대기시켜 둔 사람들이 달려들어 그를 꽉 붙잡아야 합니다. 온갖 형체로 둔갑하면서 도망치려고 할 테지만 절대로 놓쳐서는 안 됩니다. 물이나 무섭게 타오르는 불, 또 이 세상의 어떤 무서운 생물로 변해서 그대들을 위협할지라도 절대로 놓쳐서는 안 됩니다. 그러다가 그쪽에서 먼저 지쳐서 처음의 모습으로 돌아와 당신께 뭔가를 묻는다면 정중히 놔주고, 신들 중에서 어느 분이 당신을 불행하게 하는지, 또 귀국길에 무사히 바다를 건너갈 수 있는지를 물어보세요.'

이렇게 말하고 그녀는 검은 바닷속으로 들어가버렸소. 드디어 새벽이 왔을 때, 우리는 끝없이 펼쳐진 해안으로 나아가 신들에게 계속 기도를 올렸지요. 그러고는 그 여신이 일러준 대로 부하 셋을 데리고 갔지요. 마침내 그 님프가 검은 바다의 품속으로 뛰어들어가서 네 장의 바다표범 가죽을 가져다주더군요. 모두가 금방 벗겨낸 것이었으므로 아직도 표범의 체취가 남아 있어 그녀의 부친 프로테우스를 속이기에 충분했지요. 그런 다음 그녀는 해변의 모래를 재빨리 파헤쳐 사람이 들어갈 수 있을 정도의 구덩이를 만들고, 거기에 우리를 누인 다음, 그 위에다 바다표범 가죽을 덮어주었지요. 그 바다표범의 지독한 악취가 온통 내장까지 뒤틀리게 하는 바람에 그 기다리는 시간은 정말 힘들었지요. 물론 잠시 후엔 좀 가시게 되었지만요. 님프가 친절하게도 우리의 고역을 알아차리고는 방향제를 갖다주었거든요.

아침이 되자 바다표범들이 하나둘 나타나기 시작했소. 드디어 해가 바다 한가운데로 솟아오르자 그 여신의 말대로 바다 노인이 검은 물결을 솟구치며 솟아나왔소. 일은 계획대로 잘 되어서 숫자를 다 센 노인은 우리들 한가운데로 와 눕더니 곧장 잠이 들었소. 그래서 우리는 소리를 지르며 몰려가 그를 붙잡았지요. 그러자 바다 신은 님프의 말대로 갖은 변신술을 다 부렸소. 처음에는 훌륭한 수염을 갖춘 사자로 변해 포효하더니, 금세 대들보만큼이나 굵은 뱀으로 변신했지. 그러다 표범이 되었다가 이빨이 날카로운 멧돼지가 되기도 하더군요. 또한 물이 되어 도망가려고도 했으며, 높이 치솟은 나무로까지 변하려고 했어요.

그렇지만 우리는 조금도 굽히지 않고 덩굴이라도 된 양 혼신을 다해 매달려 있었어요. 그래서 끝내 그의 마술도 우리의 끈질김에는 당해내지 못해, 마침내 본래의 모습으로 돌아와 말을 꺼내더군요.

'아트레우스의 아들이여, 도대체 신들 중에 누가 그대를 도와 이렇게 나를 궁지로 몰아넣는 것인가?'

그래서 나는 공손히 머리를 조아리며 이렇게 대답했지요.

'바다의 신이시여, 제발 저희들을 굽어살피소서. 저희들은 정말 너무 오래 이 섬에 갇혀 있었습니다. 어떻게 해볼 도리도 못 찾고 있으니 제발 당신만은 가르쳐주십시오. 불사의 신들 중에서 어떤 분의 노여움을 사 이렇듯 귀국길이 막히게 되었는지, 또한 귀국하더라도 어떻게 무사히 이 검은 바다를 헤쳐 나갈 수 있는지를 알려주십시오.'

이렇게 말하자 그는 서슴없이 대답해주더이다.

'그대는 큰 실수를 저질렀지. 배에 오르기 전에 제우스 신과 불사의 신들에게 제물을 바쳐야 했었던 거야. 그것은 곧 그대의 운명과 직결되는 일이었지. 지금이라도 늦지 않았으니, 아이깁토스의 하늘에서 내려 받은 강물을 찾아가 광대한 하늘을 지배하는

불사의 신들께 큰 제물을 바친 뒤 간절히 용서를 구하도록 하게.'

그 말에 나는 앞이 캄캄해졌소. 또다시 안개 낀 바다를 헤쳐서 아이깁토스까지 길고도 험난한 여정을 거듭해야 했기 때문이었지. 하지만 그보다 더한 어려움이 닥치더라도 귀국을 위해서라면 뭐든지 상관없을 것 같아 기꺼이 대답을 했소.

'바다의 신이시여, 물론 분부대로 실천하겠습니다. 그런데 또 하나 알고 싶은 것이 있습니다. 우리 아카이아 군사들이 모두 무사히 바다를 건너 귀국했는지요. 또한 네스토르와 제가 트로이를 먼저 떠났을 무렵, 남아 있던 군대들은 모두 어떻게 되었는지요? 혹시 누군가가 돌아오는 길에 뜻하지 않은 죽음을 당한 자가 있지 않은지요.'

'아트레우스의 아들이여, 그대는 그걸 왜 자꾸 나에게 물어오는가. 오히려 모른 채 지나치는 게 현명한 일이거늘. 하지만 그대가 원하는 바이니 굳이 숨길 것까지는 없겠네. 어찌 그들이 모두 다 무사할 수 있겠나. 애석하게도 청동 갑옷을 입은 아카이아 군사의 대장 중에서 세 사람의 희생자가 생겼다네. 그들 중 한 사람은 싸움터에서 전사했으니, 그가 누구인지는 이미 잘 알고 있을 테지. 또 한 사람은 어떻게 겨우 목숨을 부지했지만 망망대해 한가운데서 붙들려 귀국도 못 하고 있지. 그들이 탔던 배에서 아이아스는 기다란 노를 가진 선단과 함께 난파되어 바닷속으로 사라져버렸지. 그것은 바다의 신 포세이돈이 귀라이의 거대한 암초에 부딪히게 했기 때문이었지. 하지만 다행히도 죽을 운명은 아니었기에 바다에서 구출되기는 했네. 비록 그들이 여신 아테나의 미움을 사고 있었더라도 신들의 승낙 없이 건방지게도 대해의 험한 바닷길을 무사히 헤쳐 나갈 수 있다는 불손한 태도만 없었더라도 그런 일은 없었을 텐데 말이지. 그렇듯 자신에 넘친 소리를 포세이돈이 들으시고는 그만 크게 노하셔서 그길로 당장 그 힘찬 손에 삼지창을 움켜쥐고는 귀라이의 바위를 내리쳐서 그것을 단번에 두 쪽으로 갈라놓으셨거든. 그 바위의 한쪽은 그대로 거기 남아 있었지만, 부서져 나간 다른 한쪽은 그만 바닷속으로 들어가서 암초가 되어버렸지. 그 바위가 또한 바로 전에 아이아스가 앉아서 지독한 폭언을 뱉어내던 곳이기도 했다네. 이렇게 해서 그는 짭짤한 바닷물을 잔뜩 들이켜고 세상을 하직했다네.

그런데 그대의 형은 다행히도 훌륭한 다른 배를 타고 있었기에 헤라 여신이 도와 겨우 죽음을 모면할 수 있었지. 그런데 무사히 귀국하는가 싶더니 갑자기 질풍이 몰아닥쳐, 그들의 배를 사로잡아 넘실거리는 물고기가 넘쳐나는 바닷길로 옮겨다 놓고 말았다네. 거기서 간신히 벗어나 집으로 간다는 희망으로 부풀어 있을 때 또다시 신들의 조화로 옛날 티에스테스(Thyestes)가 저택을 가지고 있던 국경 쪽으로 배를 닿게 하셨지. 그곳에는 마침 티에스테스의 아들 아이기스토스(Aegisthus)가 살고 있었지.

아가멤논은 어쨌든 고국 땅에 발을 딛게 되니 행복에 벅찬 가슴으로 뜨거운 눈물을 쏟으면서 흥분했었지. 그런데 언덕 위의 망대에서 파수를 보고 있던 자가 그의 모습을 발견했다네. 이자야말로 왕의 귀국을 놓치지 않으려고 엄중히 망을 보아왔기 때문에 곧장 성으로 달려가 반역자 아이기스토스에게 이 사실을 알렸지. 아이기스토스는 즉시 교활한 대책을 세웠다네. 힘이 센 장정 스무 명을 뽑아 매복시켜 두고는, 왕의 눈을 속이기 위해 잔치를 준비하도록 한 뒤, 직접 말과 수레를 거느리고 아가멤논 일행이 있는 곳으로 떠났지. 그리고 그의 집까지 데리고 가서 연회가 한창 무르익어 모두들 정신이 혼미해졌을 때 살해해버렸던 말이네. 그때에 따라온 아가멤논의 부하들도 모두 죽음을 면치 못했지.'

이 말을 들은 나는 앞이 캄캄해짐을 느끼면서 그냥 백사장에 주저앉아 통곡을 했소. 눈물을 쏟으며 모래사장에서 괴로움으로 몸부림을 치고 있을 때 또다시 그가 말했소.

'아트레우스의 아들이여, 지금 그대는 이렇듯 머뭇거리고 있을 틈이 없는 몸이다. 우선 고국 땅으로 무사히 갈 수 있을지를 걱정할 때이지. 아이기스토스는 그대가 살아 돌아가면 만날 수 있지 않은가.'

그의 말에 나는 또다시 마음을 다져 먹고 용기를 되찾아 그에게 말했소.

'그런데 그 세 번째 사나이에 대해 알고 싶습니다. 누구인지, 어쩌다가 그렇게 되었는지 궁금합니다.'

'그 불운의 사나이는 다름 아닌 라에르테스의 아들 오디세우스라네. 나는 이타카 섬의 그를 외딴섬에서 보았다네. 그 섬은 님프 칼립소의 땅인데, 아마 그녀가 그에게 홀딱 반해버렸던 게지. 그를 붙들어 놓고는 풀어줄 생각을 안 하니까 말이야. 아무리 용맹한 오디세우스라지만 노를 갖춘 배라든지, 대해의 물결을 헤쳐 건네다 줄 뱃사공 동료가 없는데 속수무책이었지. 그래도 제우스가 보살피는 메넬라오스여, 신들의 말씀에 의하면 그대는 지금 고국으로 돌아간다 하더라도 천수를 누릴 수는 없을 것일세. 세계가 끝난 곳에 있는 별천지인 천국으로 신들이 그대를 보내게 될 것일세. 왜냐하면 그대가 제우스 신의 따님인 헬레네를 아내로 맞이해서 그의 사위가 되었기 때문이지.'

이렇게 말하고는 검은 파도가 세차게 용솟음칠 때 그는 바닷속으로 들어가버렸소. 내 이야기는 이것으로 끝났지만 당신이 걱정이구려. 내 이야기가 얼마나 보탬이 되었을는지. 그것보다도 지금은 당분간 우리 집에서 묵도록 하구려."

그 말에 현명한 텔레마코스가 대답했다.

"아트레우스의 아드님이시여, 당신의 호의는 너무 감사하오나 아까부터 거룩한 필로스 마을에 남겨두고 온 동료들이 줄곧 마음에 걸리는군요. 열흘이 아니라 1년이라도 제가 아버님같이 자상하고 친절한 당신 곁에서 살고 싶다는 생각이 왜 없겠습니까."

텔레마코스의 말에 용맹스러운 메넬라오스는 미소를 띠우고 그의 어깨를 꼭 껴안으면서 말했다.

"과연 그대는 훌륭한 가문의 혈통을 이어받은 분이오. 그대의 말하는 품이나 행동이 참으로 품위가 있소. 그렇다면 꼭 그대를 붙들지는 않겠소. 허나 내가 드리는 선물은 기꺼이 받아주기 바라오."

이처럼 그들의 이야기가 오가는 동안 밖에서는 잔치를 위해 수많은 손님들이 각자 훌륭한 선물을 들고 모여들었다.

이럴 즈음 오디세우스의 저택은 평소처럼 청혼자들로 득실거렸다. 안티노스와 에우리마코스를 비롯한 그들은 한가하게 원반과 투창을 즐기고 있었다. 이 두 사람이야말로 무례한 청혼자들의 선봉 역할을 하면서 몇 년 동안이나 계속 오디세우스 집에서 무위도식을 하고 있었다. 이때 프로니오스(Phronius)의 아들 노에몬(Noemon)이 그들에게 다가와서 말했다.

"안티노스여, 도대체 우리는 무슨 대비책이라도 마련해 두고 이렇게 세월을 보내고 있는 것인가? 지금이라도 당장 사구의 섬 필로스로 구원을 청하러 떠난 텔레마코스가 돌아올지도 모르는데 말이야. 마침 난 목장이 있는 엘리스 마을로 건너갈 일이 생겼는데 그가 내 배를 가져가버리는 바람에 곤란하게 되었네."

노에몬의 말에 안티노스는 깜짝 놀라면서 그에게 다그쳐 물었다.

"아니, 텔레마코스가 지금 여기에 없단 말인가. 확실한 말을 들려주게나. 언제 떠났는지, 그리고 누구누구가 동행을 했는지, 또 이 사실에 대해서도 거짓 없이 솔직하게 말해주게나. 그가 자네 배를 타고 갔다고 했는데, 그게 어떻게 된 일인가? 그가 막무가내로 빼앗아갔단 말인가, 아니면 자네가 순순히 내줬단 말인가."

"그건 나 자신이 동의해서 내주었네. 비단 나뿐이 아니라 누구라도 내 경우에 처해 있었더라면 그렇게밖에 할 수 없었을 것이네. 그분은 엄연히 이 섬 군주의 자제분이니까."

뜻밖의 사실을 알게 된 안티노스는 당장 모든 경기를 중단시키고 청혼자들을 한자리에 모이게 하여 방금 들은 이야기에 대해 격분한 목소리로 입을 열었다. 그의 가슴은 노여움으로 부글부글 끓어오르고 있었으며, 두 눈은 사나운 불길처럼 이글거리고 있었다.

"설마 했었는데, 정말 이게 무슨 꼴이란 말인가. 우리가 그렇게 방해를 했는데도 아직 젖비린내 나는 애송이에게 당하고 말다니. 그것도 배를 몇 척이나 구해 온 나라의 내로라하는 젊은이들을 뽑아가지고서 말이야. 이걸 빌미로 우리에게 어떤 불행이 닥칠지 모르니까 미리 손을 써두는 게 좋을 것 같네. 아무튼 어서 빠른 배와 스무 명가량의 동지를 모아주게나. 이타카 섬과 험준한 사모스 섬의 해협에 동지들을 매복시켜 두었다가, 그가 돌아올 때 비참한 최후를 맛보게 해주어야 해."

마침내 텔레마코스의 어머니인 페넬로페도 결국은 이러한 음모를 눈치채버렸다. 청혼자들이 안마당에 모여 그에 대한 모의를 하는 것을 전령사 메돈(Medon)이 엿들었던 것이다. 마침 그가 그녀의 방을 들어서려는 순간 페넬로페가 먼저 말을 꺼냈다.

"이봐요, 전령사. 무슨 무례한 짓들을 꾀하려고 청혼자들이 당신을 보냈단 말이오. 그들의 구혼에 이젠 진절머리가 나는군요. 그만하면 포기하고 돌아갈 때도 됐건만. 게다가 그들도 아마 부친한테서 어렸을 때부터 오디세우스를 얼마나 존경했는지 익히 들었을 텐데. 하지만 이제 그들의 행동을 보면 분명 그를 잊어버린

게 분명하네요. 남편이 그대들에게 베푼 은혜를 불과 10여 년 사이에 이렇게 저버릴 수 있단 말이오?"

이에 속이 깊은 메돈이 대답했다.

"옳으신 말씀입니다, 마님. 그런데 청혼자들은 지금 전보다 더 엄청난 음모를 꾸미고 있는 중입니다. 부디 제우스 신께서 그들의 계획에 엄벌을 내려주기를 바라는 마음 간절합니다. 그들은 텔레마코스 님이 돌아오는 즉시 암살하려고 합니다. 아버님 소식을 구하러 필로스와 라케다이몬으로 떠나신 그분을 말입니다."

순간 페넬로페는 심장이 멎은 듯 창백해지더니 그만 쓰러지고 말았다. 가까스로 힘을 내 일어난 그녀가 입을 열었다.

"전령사, 그게 또 무슨 말이오? 내 아들이 그런 위험한 길을 떠났단 말이오?"

"저는 전혀 알지 못한 일이었습니다. 어떤 신께서 그분에게 그렇게 시키셨는지, 아니면 스스로 결심하셨는지도 모르겠습니다. 허나 아버님의 생사 여부를 확인하러 떠난 건 틀림없답니다."

전령사 메돈이 나간 뒤 페넬로페는 가슴을 도려내는 듯한 슬픔 때문에 그냥 주저앉고 말았다. 흐느끼는 그녀의 기척을 듣고 시녀들이 모두 모여들었다. 페넬로페는 흐느끼면서 그녀들에게 하소연을 했다.

"한번 들어보거라, 세상에서 나처럼 기구한 운명을 갖고 태어난 여자는 또 없을 것이다. 백성들의 흠모를 한몸에 받고 있던 남편을 잃은 것만도 큰 불행이건만, 이번에는 또 단 하나의 혈육인 아들마저 한 마디 말도 없이 내 곁을 떠나버렸다. 나는 지금까지 그가 떠난 줄도 모르고 있었고, 더구나 그대들까지도 나를 속이고 있었지 않은가. 그 아이가 검은 배를 타고 뱃길로 나섰을 때, 아무도 내게 귀띔조차 해줄 생각을 않았으니, 그대들은 정말이지 지독한 인간들이구나! 정말 그 아이가 그런 위험한 계획을 갖고 있었다는 것을 진작 알았던들, 내가 극구 만류했을 텐데. 아무튼 어서 돌리오스 영감을 불러다오. 그리고 당장 라에르테스 님에게도 이런 사실을 전하도록 하라. 그분은 유능하시니까 뭔가 좋은 대책을 강구해주실 것이다. 이제 난 누구에게 의지를 해야 한단 말인가."

그 말에 충성스러운 유모 에우리클레이아가 말했다.

"존경하는 마님, 저를 용서해주십시오. 저는 모든 걸 알고 있었습니다. 저는 물품과 양식과 술 등을 챙겨 드렸습니다. 그리고 결코 마님께 말씀드리지 않겠다는 맹세도 했습니다. 마님이 아시면 너무 걱정하셔서 고운 얼굴이 상하게 된다고 하셨습니다. 그러니 제발 목욕을 하시고 아테나 여신께 기도를 드리세요. 도련님을 보호해주십사 하고요."

페넬로페는 바로 목욕재계를 하고는 2층으로 시녀들을 데리고 올라가 제식용 곡식을 담은 바구니를 들고, 아테나 여신에게 정성껏 기도를 올렸다.

"굽어살피옵소서, 아테나 여신이시여, 지혜롭고 용맹스런 오디세우스가 집에 있었을 때, 암소나 양들의 기름진 넓적다리 살을 구워서 바친 적이 있었다면, 그 일을 기억하시어 그의 사랑스런 아들 텔레마코스를 보호해주십시오. 또한 무례한 청혼자들의 간악한 음모로부터 그를 지켜주옵소서."

한편 청혼자들은 은밀히 그들의 계획을 진행시키고 있었다. 그들은 해변에서 멀리 떨어진 앞바다에 배를 정박시킨 후, 그곳에 필요한 도구들을 모두 갖추어 두었다. 그러고는 다시 해안으로 올라가 밤이 되기를 기다리고 있었다.

페넬로페는 그 이후로 식음을 전폐한 채 아들 일로 가슴앓이를 하고 있었다.

이 무렵 아테나 여신은 또 다른 일을 계획하고 실행에 옮기고 있었다. 그녀는 페라이(Pherae)에 사는 에우멜로스(Eumelus)의 부인이자 지덕을 겸비한 언니 이프티메(Iphthime)의 환영을 만들었다. 여신은 날마다 눈물로 지새우는 페넬로페를 가엾게 여겨 이프티메가 그녀의 아픔을 어루만져 주게 할 요량이었다. 이윽고 이프티메의 환영이 지쳐서 잠이 든 페넬로페의 머리맡에서 말했다.

"오, 가엾은 페넬로페, 잠이 들었는가. 베개가 온통 눈물로 젖어 있구나. 얼마나 고통스럽고 슬펐으면 그랬을까. 하지만 신들께선 결코 그대를 외면하지 않을 것이다. 벌써 아들은 안전하게 돌아오도록 해두셨다. 텔레마코스는 조금도 신들을 거역한 적이 없었기 때문이지."

그 말에 페넬로페는 무척 달콤한 꿈의 언저리에서 혼미한 정신으로 대답했다.

"아, 언니가 여기까지 어떻게 오셨어요. 지금까지 한 번도 오시

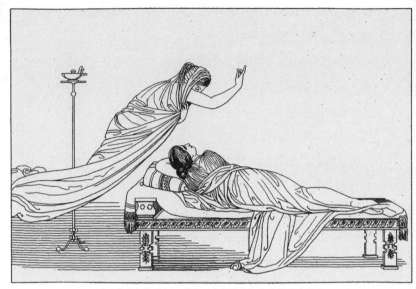

이프티메의 환영으로 페넬로페의 머리맡에 나타난 아테나

지 않더니. 그런데 이 고통스러운 불행을 나더러 어떻게 잊으란 말
인가요. 남편을 잃은 아픔이 채 가시기도 전에 하나뿐인 아들마
저 내 곁을 떠나버리다니. 아직 분별이 없고, 말과 행동도 미숙한
어린것인데, 정말이지 저는 남편보다도 오히려 그 아이 때문에 더
슬퍼진답니다. 험한 뱃길을 무사히 헤쳐 나갔을까. 그렇다 해도
찾아간 곳에서 어떤 봉변이나 당하지 않았을까. 더군다나 이곳에
는 그 아이를 노리는 간악한 무리들까지 도사리고 있다니까요."

"페넬로페, 그렇게 염려할 것 없다. 그 애는 지금 팔라스 아테나

님과 함께 하고 있으니까. 게다가 그 여신께서 그대를 가엾게 여겨, 이렇게 나를 보내주신 것이란다."

이프티메 환영의 말에 페넬로페가 대답했다.

"정녕 당신께서 신이시라면, 그래서 다른 신의 목소리를 들으실 수 있다면, 오디세우스에 대해서도 이야기해주십시오. 아직 살아서 이 세상 어디선가 내 생각으로 가슴 아파하고 계시는지, 아니면 이미 세상을 등지고 명왕 하데스의 전당으로 가셨는지를 말이에요."

"애석하게도 나는 그의 소식에 대해서는 말할 수 없구나. 바람과 같은 허황된 소문은 차라리 듣지 않는 게 낫다."

이러한 말을 남긴 채 환영은 문틈 사이로 들어온 바람결을 타고 미끄러져 나가버렸다. 이카리오스의 딸 페넬로페는 환영이 사라지자마자 잠에서 깨어났다. 그녀는 초저녁에 본 꿈의 선명한 기억에 위안을 얻었는지 가슴속은 이미 안도의 기운으로 차 있었다.

그동안 청혼자들은 준비해둔 배에 올라타 텔레마코스를 살해하기 위해 돛을 높이 올렸다. 험한 해협을 벗어나자 바위섬 아스테리스(Asteris)가 나타났다. 험준한 섬이었지만 다행히 두 개의 포구가 나란히 있어 배를 정박시킬 수 있었다. 거기서 그들은 숨어서 음모를 진행시키려고 했다.

제 5 권

칼립소 섬에서 풀려나온 오디세우스

　새벽의 여신이 남편 티토노스(Tithonus; 새벽의 여신 에오스(Eos)의 사랑을 받은 미남. 트로이의 왕 라오메돈(Laomedōn)의 아들이며, 프리아모스의 형제이다.)와의 잠자리에서 눈을 떴다. 불사의 신들과 죽어야만 하는 인간들에게 빛을 가져다주기 위해서 누구보다도 먼저 일어난 것이다.

　한편 신들은 집회를 가졌다. 신들의 왕인 제우스를 비롯한 신들을 향해 아테나 여신은 또다시 오디세우스의 불운함을 상기시켰다.

　"우주 만물을 관장하시는 제우스 신이여, 그리고 영생을 누리시는 신들이여, 나는 오디세우스의 일로 미루어 볼 때 앞으로는 결코 왕홀을 가진 왕일지라도 백성들에게 선정을 베풀 필요가 없다고 느꼈습니다. 차라리 그들을 폭력과 억악으로 학대하는 편이 나을 것 같아요. 오디세우스를 보십시오. 그토록 백성들에게 은혜를 베풀었는데 이제 그를 상기하려는 자가 아무도 없지 않습니까. 그 불운한 사람이 지금도 어느 섬에서 붙들려 지독한 고난 속에서 비통해 하고 있습니다. 님프 칼립소(Calypso)에게 붙들려서 말입니다. 더구나 효성이 지극한 아들 텔레마코스가 부친의 소식이라도 들을 수 있을까 해서 그리스 본토로 떠났지요. 무도한 청혼자들은 이번에 그를 암살하려고 음모를 꾸미고 있답니다."

그러자 제우스가 아테나와 사랑하는 아들 헤르메스에게 말했다.

"내 딸이여, 원래 오디세우스가 돌아오자마자 그자들에게 복수하도록 한 것은 그대의 계책이었는데 어찌 그런 생각을 하는가. 허나 텔레마코스는 그대가 끝까지 보살펴주는 것이 낫겠지. 청혼자들이 결국 아무 성과도 없이 돌아가버리도록 말이야. 그리고 헤르메스여, 그대는 아름다운 님프를 찾아가 우리의 마지막 결의를 분명히 전달하고 오너라. 오디세우스를 귀국시키되 자신의 힘으로 돌아가도록 말이다. 뗏목에 몸을 싣고 스무 날 정도 온갖 고난을 겪은 다음에 기진맥진하여 비옥한 스케리(Scheria)에 닿겠지. 그러면 신들과 친척간인 파이아케스 인들(the Phaeacians)이 친절하게도 그를 진심으로 환대해서, 드디어 그리운 고국 땅으로 보내줄 것이다. 나는 그를 사랑하는 가족들이 애타게 기다리고 있는 그의 집으로 돌아가게 할 것이다."

회의가 끝나자마자 거인 아르고스를 죽인 전령의 신 헤르메스는 그 길로 곧장 양쪽 발에다 바람과 같이 재빠르게 날아가는 신성하고 훌륭한 황금샌들을 신었다. 또 손에는 인간의 잠을 마음대로 조종할 수 있는 지팡이(카드케우스cadceus를 말한다.)를 단단히 쥐었다.

이윽고 끝없이 펼쳐진 검은 바다를 벗어나 섬에 이르더니, 님프가 살고 있는 동굴 쪽으로 걸어갔다. 거기에는 님프 칼립소가 있었으나 아름다운 목소리로 노래를 부르며 황금 바디로 베를 짜고

님프 칼립소를 찾아간 제우스의 전령 헤르메스

있는 참이었다.

　벽난로에서는 커다란 불길이 활활 타오르고 있었으며, 타고 있는 나무 냄새와 몰약의 향기가 온 섬을 진동시키고 있었다. 전령의 신은 한동안 넋을 잃고 주위의 경치를 바라보고 있었다. 꽃이며 나무, 이름 모를 새들의 합창, 흐르는 물소리 등 그 아름다움에 빠져 있다가 한참 후에야 비로소 동굴 속으로 들어갔다.

　칼립소는 그를 보자 누구인지 알아챌 수 있었다. 불사의 신들은 아무리 멀리 떨어져 있더라도 서로를 잘 알고 있었기 때문이었다. 하지만 헤르메스는 정작 지모가 뛰어난 오디세우스를 볼 수 없었다. 그는 여느 때처럼 바닷가에 나가 힘없이 앉아서 수평선 너머 아물거리는 육지를 바라보고 있었다.

칼립소는 얼른 헤르메스에게 의자를 권하고, 그가 찾아온 연유를 조심스럽게 물었다.

"무슨 일로 이렇듯 어려운 걸음을 했습니까. 한동안 뜸하시더니 무슨 할 이야기가 있는 모양이네요. 어서 말씀해보세요. 헤르메스 님께서 전하시는 말씀이면 무엇이건 기꺼이 받아들이겠습니다."

이렇게 말한 여신은 네 발 달린 식탁을 헤르메스 곁으로 갖다 놓더니, 말끔한 신식(神食)과 진홍빛 선주(仙酒)를 날라다 놓았다. 오는 동안에 피로해진 헤르메스는 그것으로 요기를 하며 이야기를 꺼냈다.

"나는 제우스 신의 전령사로 온 것이오. 하지만 난들 이곳에 오고 싶어서 온 것은 아니라오. 누가 이렇듯 험하고. 더구나 제사를 올려 줄 인간들도 없는 이곳에 오고 싶어 하겠소. 하지만 감히 누가 제우스 님의 명령을 거역하리요. 그분께서 분부하신 것은 다름이 아니라 정말로 불운만 계속되고 있는 저 불쌍한 사나이를 곧바로 놓아 주라는 것이라오. 그들은 프리아모스 성을 두고 9년이라는 세월 동안 혈투를 벌인 끝에 성을 함락시키고 귀국길에 올랐던 영웅들이었소. 하지만 돌아가는 길에 아테나 여신의 노여움을 사 배가 파손되었소. 그래도 저 사람은 운이 좋아서 바람과 파도가 구사일생으로 이 섬까지 날라다 줬던 것이오. 아무튼 저 사람을 어서 이 섬에서 풀어주라는 분부가 내리셨으니, 그렇게 하도록 하오."

이 말에 칼립소는 입술이 새파랗게 변하면서 가볍게 몸서리를 쳤다. 그러고 나서 칼립소는 자신의 심중을 그에게 털어놓았다.

"신들께서는 별난 일에도 다 샘을 내시는군요. 여신들이 사랑하는 남자와 동침하는 것을 늘 못마땅해 하신다니까. 그 사람을 내 남편으로 삼는 게 도대체 무슨 잘못이란 말입니까. 나는 그 사람의 생명을 구해준 은인입니다. 나는 정말 그를 극진히 대접했습니다. 그리고 나를 사랑하게 되면 언제나 젊음으로 여생을 누릴 수 있도록 해준다는 약속도 했지요. 하지만 제우스 님의 명령이 내려진 이상 아쉽더라도 그를 떠나보낼 수밖에요."

헤르메스가 떠나는 것을 지켜보던 칼립소는 그 길로 곧장 오디세우스를 찾아 나섰다. 이윽고 칼립소는 장탄식과 함께 눈물을 흘리고 있는 오디세우스를 발견할 수 있었다. 그를 본 님프의 심정 또한 체념할 수밖에 없었다.

사실 밤이면 어쩔 수 없이 불길처럼 정열적인 이 여신과 동굴 속에서 잠자리를 같이 했었지만, 날만 밝으면 이 불행하고도 냉담한 사내는 늘 백사장으로 나와 눈물과 탄식으로 하루를 보내곤 했었다.

"가엾은 분이시여, 이제는 소원대로 해드릴 테니 그만 슬퍼하세요. 자, 지금 당장이라도 귀국 준비를 서두르세요. 내가 당신을 사랑하는 만큼 정성을 다해 돌아갈 채비를 해드릴 테니, 우선 당신은 긴 나무를 날라 넓은 바다를 안전하게 건널 수 있는 큰 뗏목을 만들도록 해요. 그동안 나는 식량과 물과 진홍빛 맑은 포도주를 준비할게요. 또 따뜻한 옷도 마련하고, 무사히 귀국할 수 있도록 순풍도 보내드릴게요. 이 모든 것들은 내 뜻이 아닌 하늘에 계신 신들의 결정이랍니다."

그러자 오디세우스는 몸을 부르르 떨면서 칼립소에게 말했다.

"여신이여, 그 말이 사실입니까. 혹시 무슨 흉계가 있는 것은 아니겠지요. 그렇지 않다 해도 나뭇잎 같은 뗏목을 타고 망망대해를 무사히 건널 수 있을지도 의문입니다만, 아무튼 나에게 무언가 또 다른 재앙을 꾸미지 않는다는 맹세를 해주십시오."

그의 말에 아름다운 여신 칼립소는 미소를 지으면서 다정하게 말했다.

"정말이지 당신은 치밀한 두뇌를 가졌군요. 자, 오디세우스여, 안심하세요. 다시는 그런 재앙을 꾸미지 않겠다고 약속할 테니까."

그들은 나란히 동굴로 돌아와서 그동안 있었던 대화의 장벽을 터놓고 허심탄회하게 이야기를 주고받았다. 그러는 동안 드디어 밤이 깊어졌고 그들은 함께 몸을 누이고서 사랑의 밤을 불태웠다.

날이 밝자 오디세우스는 겉옷과 망토를 차려 입었다. 칼립소도 그를 도와주기 위해서 매혹적인 은빛으로 빛나는 커다란 망토를 걸치고서 머리 위에는 왕잠자리 날개 모양의 베일을 드리웠다. 그리고 늠름한 오디세우스를 보낼 채비를 갖추었다.

우선 뗏목을 만들 나무를 자를 수 있는 커다란 청동 도끼를 그에게 주고 나서 울창한 숲 속으로 안내해 적당한 나무들을 골라 주었다. 드디어 나흘째 되던 날 뗏목이 완성되었고 다른 준비도 거의 다 갖추어졌다. 닷새째 되던 날 칼립소는 그를 향유로 목욕시킨 다음, 몰약 향기가 진한 옷을 입혀 주었다. 그리고 그동안 준비해 두었던 포도주, 물, 옥수수 가루, 풍성한 부식 등을 가득 담은 몇 개의 자루를 뗏목에 가득 실었다.

마지막으로 칼립소는 작별의 키스와 함께 그의 행운을 비는 뜻에서 순풍을 주었다. 오디세우스는 칼립소가 가르쳐준 대로 북두칠성을 왼편으로 하여 바다를 헤쳐 나갔고, 출발한 지도 12일이 지났다. 그리하여 18일째 되던 날 파이아케스 인들이 사는 땅인 그늘진 산의 모습이 보이기 시작했다.

그런데 이때 그만 아이티옵스 인들의 축제에서 막 돌아오던 해신 포세이돈에게 들키고 말았다. 그러자 포세이돈은 분노가 불길같이 일어 주먹을 불끈 쥐면서 말했다.

"아니, 이게 무슨 일인가. 내가 자리를 비운 사이에 신들이 생각을 달리했음이 틀림없다. 게다가 그의 일생에서 마지막 고난으로 정해 있는 파이아케스 인의 땅에 가까워 오고 있지 않은가. 어림도 없지. 아직은 일러. 재앙을 좀 더 맛보게 해줄 테다."

이렇게 말하고는 근처의 구름들을 긁어모으고 삼지창을 집어들어 잔잔한 바다를 마구 휘저어 놓았다. 그리하여 동풍과 남풍이 무시무시하게 불어대는 서풍과 심술궂은 북풍을 동반하여 함께 몰아치면서 산더미 같은 파도를 일으켰다.

이에 심장이 멎을 듯이 기진맥진해진 오디세우스는 파도가 몰아치는 대로 이리저리 휩쓸려 다니면서도 정신만은 잃지 않으려고 안간힘을 썼다. 그러다가 마침내 무섭게 내리치는 파도에 뗏목마저 놓쳐버리고 말았다. 그는 필사적으로 다시 그 뗏목을 붙들었으나, 커다란 파도가 내리치는 대로 이리저리 끌려 다녔다. 때마침 이런 광경을 카드모스(Cadmus)의 딸인 아름다운 레우코테아(Leucothea; 카드모스와 헤르모니아 사이의 딸; 발광한 남편 아타마스 Athamas에게서 도망쳐 나와, 아들과 함께 바다로 뛰어들어 후에 바다의 여신 레우코테아로 받들어졌다.)가 발견했다. 그녀는 기진맥진한 오디세우스가 숱한 고난으로부터 헤어나지 못하는 것을 보고 가엾게 여겨 갈매기로 변신해 그의 뗏목으로 날아갔다. 그녀는 그의 뗏목 끝에 사뿐히 내려앉아서 말했다.

"불운한 영웅이여, 당신은 포세이돈의 노여움을 샀기 때문에 이렇듯 재난을 당하고 있습니다. 그러나 당신의 목숨만은 빼앗지 못할 것입니다. 아무튼 그 젖은 옷을 벗은 뒤 뗏목에서 뛰어내려 당신의 재앙이 끝나게 되어 있는 파이아케스 인들의 땅으로 헤엄쳐 가는 편이 나을 것입니다. 이 스카프를 가슴 밑에다 동여매도록 하세요. 그리고 죽을 염려는 없으니 어떤 일을 당하더라도 두려워할 필요는 없습니다. 한 가지 명심해야 할 것은, 손으로 흙을 만지거든 곧장 그 스카프를 풀어서 다른 방향을 보면서 바다 쪽으로 멀리 던져버리세요."

오디세우스를 구하려고 머리에 쓴 스카프를 푸는 레우코테아

여신은 머리에 쓰는 스카프를 건네주자마자 검은 파도 저 너머로 사라져버렸다. 오디세우스는 뜻하지 않은 여신이 나타나자 어쩔 줄을 몰랐다.

"아, 처량한 내 신세여, 어떤 신이 또 내게 무슨 계략을 꾸미려는 건가. 하지만 이번에는 결코 그대로 따르지는 않을 것이다. 뗏목을 버리라니 어림도 없지. 육지는 아직도 까마득히 멀지 않은가. 이 뗏목이 내 손에 있는 한은 그대로 여기서 견디는 게 상책이야."

하지만 포세이돈이 또 한 차례의 거대한 파도를 일으켜 그의 뗏목을 내리치는 바람에 결국은 헤엄을 치지 않으면 안 되었다. 오디세우스가 망망대해에서 헤엄쳐 가는 것을 보고서야 포세이돈은 심술을 멈추고 갈기가 훌륭한 말들에게 회초리를 휘둘러 아이아이 마을을 향해 떠났다.

오디세우스는 두 낮과 두 밤 동안을 사경을 헤매면서 버틴 결과, 마침내 사흘 만에 가까운 육지를 볼 수 있었다. 파도에 떠밀려 학수고대하던 흙을 가까이서 보았을 때 그는 이미 기진한 상태였다. 육지를 코앞에 두고 또 한 차례의 거대한 파도를 만났는데, 만약 여신 아테나의 배려가 없었던들 ― 아테나는 그가 두 손을 뻗쳐 바위를 붙들고서 큰 파도가 지나갈 때까지 거기에 매달려 있도록 했다 ― 그는 운명을 넘어서 목숨을 잃어버렸을지도 모를 일이었다.

바다로 통한 냇물로 떠밀려 들어온 그는 혼신을 다해 그곳에서 나와 추위를 면할 생각으로 숲속으로 들어갔다. 그리고 닥치는 대로 낙엽을 긁어모은 다음 그 속에 몸을 묻었다. 그러고는 곧바로 죽은 듯이 눈을 감아버렸다. 그의 눈 위에 아테나 여신이 잠을 쏟아 넣어 주었기 때문이다. 그녀는 그가 지독한 고역으로부터의 피로에서 조금이라도 빨리 회복되도록 눈꺼풀을 살며시 잡아당겼던 것이다.

제 6 권

스케리 섬에 도착한 오디세우스와 나우시카 공주

아테나 여신은 오디세우스가 잠들어 있는 파이아케스 족의 영
토인 스케리 섬(Scheria)으로 갔다. 이들은 한때 넓고 기름진 초
원 근처의 히페레이아(Hypereia)에 살고 있었는데, 불행히도 주변
에 살고 있는 외눈박이 거인 키클로페스의 심술에 못 이겨 이곳
으로 이주해 왔다. 그런데 그들을 인솔해 온 나우시토스 왕(king
Nausithous)은 이미 죽어 하데스의 궁으로 갔기 때문에 지금은
알키노스 왕(king Alcinous)이 통치하고 있었다.

빛나는 눈의 여신 아테나는 오디세우스의 일을 부탁하려고
먼저 왕이 사는 호화로운 궁전으로 향했다. 호화스러운 궁전 안
에는 도량이 넓은 알키노스의 딸인 아름다운 공주 나우시카
(Nausicaa)가 누워 있었다. 시녀들이 지키고 서 있는 문을 여신은
바람처럼 스며들어가 공주의 침대로 다가갔다. 그녀는 공주의 가
장 가까운 친구인 선장 뒤마스(Dymas)의 딸로 모습을 바꾸고 말
을 걸었다.

"나우시카 님, 당신은 어쩌면 이렇게 태평하십니까. 결혼 날짜
는 하루하루 다가오고 있는데, 저 옷들은 언제 다 손질하려고 하
십니까. 아버님의 명예를 위해서라도 당신은 사람들로부터 좋은
평판을 받아야 될 텐데요. 그러니 이 밤이 가고 새벽의 여신이 황

홀한 태양을 내려주시거든, 되도록 서둘러 빨래를 하러 가세요. 이미 오래전부터 온 나라 안의 빼어난 젊은이들이 그대와 결혼하기를 고대하고 있지 않습니까."

빛나는 눈의 여신 아테나는 이렇게 일러주고는 곧장 올림포스의 봉우리를 향해 떠났다. 그곳에는 신들을 위한 황금빛 옥좌가 마련되어 있었으니 어떤 바람도 큰 비도 하얀 눈조차도 접근하기를 두려워했다. 그곳은 늘 구름 한 점 없이 물감을 쏟아놓은 듯한 푸른 하늘만이 햇살과 어우러져 있다.

이윽고 훌륭한 대좌에 앉은 새벽의 여신이 깊은 잠에 빠져 있는 나우시카의 눈을 뜨게 했다. 나우시카는 너무도 선명한 꿈을 이상하게 여기고는 내전으로 들어갔다. 왕비는 지금 막 청동화로 곁에 앉아서 시녀들과 함께 물보랏빛 실을 잣고 있었다. 왕은 마침 대전회의에 참석하기 위해 나가려는 참이었다.

"아버님, 짐수레를 한 대 마련해주세요. 모두 더러워진 옷을 벗어 놓아 냇가로 빨러 가려고 해요. 아버님도 고관들과 국사를 논하시려면 깨끗한 옷을 입는 게 좋잖아요. 또 이 궁전에는 아직도 결혼을 안 한 세 명의 아드님이 있지 않습니까. 그들은 늘 깨끗한 옷을 입고 무도회에 가고 싶다고 했어요. 그들의 바람을 보살피는 것이 제 할 일이 아니겠어요."

이렇게 말한 것은 결혼에 대한 말을 아버지한테 직접적으로 말하는 것이 부끄러웠기 때문이다. 왕은 이미 그녀의 속내를 알아차리고는 미소를 지으며 쾌히 승낙했다.

"그렇게 해라. 나는 단지 너의 아름다운 몸이 다칠까봐 걱정이구나. 일찍 돌아오려무나."

그리하여 공주는 시녀들을 거느리고 왕비의 정성 어린 준비물을 수레에 싣고 강가로 나갔다. 그곳에는 언제나 맑은 물이 흐르는 빨래터가 있었다. 강바닥에 깔린 조약돌이 환히 들여다보일 만큼 맑은 물이었다.

그곳에서 여자들은 서로 경쟁하면서 빨래를 했다. 깨끗이 세탁된 옷들은 가지런히 펼쳐 강가에 널었다. 그러고 나서 모두들 함께 물속으로 들어가 목욕을 한 뒤 희고 매끈한 살결에 올리브유를 정성껏 발랐다. 강둑에서 식사를 마치고 난 그녀들은 빨래를 다시 한 번 헹궈서 넌 후 공놀이를 시작했다. 그것은 노래를 부르며 서로의 머리 위로 공을 던지는 놀이였다.

이들의 공놀이를 내려다보고 있던 빛나는 눈의 여신 아테나는 문득 재미있는 일을 떠올렸다. 그 근처에서 자고 있는 오디세우스를 깨워서 절세미인을 보게 하고, 그 공주로 하여금 그를 안내하게 하려는 속셈이었다.

그래서 공주가 던진 공이 빗나가게 했는데, 그 공은 소용돌이치는 강물 속으로 떨어지고 말았다. 시녀들은 모두들 박수를 치면서 웃어댔다. 그 소리에 오디세우스가 깨어났다. 그는 주위를 두리번거리면서 혼자 중얼거렸다.

"무슨 일이지? 이번에는 또 어떤 인간들이 사는 곳으로 와 있단 말인가. 어쨌든 가냘픈 소녀들의 웃음소리가 나니 한번 가보기나

시녀들과 공놀이를 하고 있는 나우시카 공주와 아테나

하자."

오디세우스는 벌떡 일어나 잎사귀가 빽빽하게 붙은 나뭇가지
를 꺾어 국부를 가리고는 울창한 숲에서 나왔다. 그 모습은 마치
혈기왕성한 수사자가 양 떼나 암소를 발견하고 뛰어오르는 것처
럼 거칠어 보였다. 오랜 고난을 겪은 때문에 비참해진 그의 몰골
을 본 아가씨들은 마치 사자라도 만난 듯이 뿔뿔이 흩어져 달아
나버렸다.

그런데 단 한 사람 나우시카 공주만은 아테나 여신이 불어넣은
담대함 때문에 그곳에 그냥 서서 그를 바라보았다. 허기에 지친 오

디세우스는 어떻게 해야 좋을지 몰라 잠시 망설였다. 무작정 처녀의 무릎에 매달려 사정을 할 것인지, 아니면 그녀가 놀라서 기절해버릴지도 모르니 이대로 정중히 부탁해야 좋을지 머뭇거리고 있었다. 이윽고 그는 멀찌감치 떨어진 채로 조심스럽게 말을 걸었다.

"당신은 어찌 나를 보고도 피하지 않는 거요. 아마도 당신은 마음이 비단결처럼 고운 여신님 같군요. 일찍이 인간으로서는 이같이 고운 분을 만나 본 적이 없으니까요. 오, 상냥하신 분이시여, 당신의 자비 앞에 내 몸을 맡깁니다. 당신의 황홀한 외모에 감동을 받아 당신에게 말을 건다는 것조차도 정말 황송하게 생각됩니다. 하지만 나는 지금 너무 괴로운 처지에 몰려 있답니다. 나는 스무 날 동안이나 검은 파도와 싸운 터라 몹시 허기진 상태요. 그리고 신들이 나를 무서운 바다에서 이곳으로 내동댕이쳤지만, 아마 여기서도 또 다른 재앙이 나를 기다리고 있을 겁니다. 신들의 노여움이 그리 쉽사리 풀릴 것 같지 않으니까요.

그러나 아름다운 분이시여, 당신께서는 부디 나를 저버리지 말아주십시오. 나는 낯선 이곳에서 처음 만난 당신에게 기댈 수밖에 없답니다. 그러니 우선 먹을 것과 몸을 가릴 수 있는 천 조각이라도 좀 주십시오. 그리고 마을로 가는 길을 좀 가르쳐주시면 고맙겠습니다."

그 말에 매끈한 팔의 나우시카가 대답했다.

"보아하니 그대는 나쁜 분도, 그렇다고 무지한 사람도 아닌 것 같군요. 안심하세요. 일단 우리 고장에 오신 이상 먹을 것과 입을 것, 또 다른 어떤 물건도 부족하지는 않을 겁니다. 불행한 분이 우리를 만나서 당연하게 얻을 수 있는 물건이라면 말이지요. 이곳은 파이아케스 인들의 고장이고, 나는 도량이 넓으신 국왕 알키노스의 딸이랍니다."

이윽고 나우시카는 멀리서 몸을 숨긴 채 이쪽을 지켜보고 있는 아름다운 시녀들을 향해 말했다.

"얘들아, 무엇을 그렇게 두려워하느냐. 이 파이아케스 사람들이 사는 고장에는 이제까지, 그리고 앞으로도 적의를 품고 오는 사람은 없을 것이다. 우리는 반신인으로서 불사의 신들과 아주 가까운 사이이니까 말이다. 이분은 유랑을 계속하다가 이곳까지 표류해 오신 분인 것 같다. 결코 악의를 품고 있는 사람은 아닌 듯하니, 이분을 좀 돌봐드려야겠다. 너희들도 알다시피 타국에서 건너온 손님이나 도움을 청하는 사람은 모두가 제우스 님께서 보내신 분들이기 때문이다. 자아, 어서 이 손님을 모시도록 해라. 우선 충분히 요기를 시켜드린 뒤에 올리브유로 깨끗이 목욕을 시켜드리도록 해라."

그러나 존엄한 오디세우스는 시녀의 도움을 뿌리치고 외딴 곳으로 가서 소금기를 씻어 내렸다. 소금기는 그의 단단한 목줄기에서부터 떡 벌어진 어깨에 이르기까지 잔뜩 배어 있었다. 그러고는 올리브유로 몸을 문지른 다음, 소녀가 건네준 옷을 몸에 걸쳤을 때 오디세우스는 아테나 여신의 도움으로 본래의 모습보다 한층 더 늠름한 모습으로 공주 앞에 서게 되었다. 늘어진 금빛 머리카락도 히아신스 꽃처럼 말끔하게 손질되어 햇빛에 반짝거렸다.

이윽고 그는 그녀로부터 떨어져 바닷바람에 옷자락을 말리면서 근엄하고 고귀한 모습으로 앉아 있었다. 그를 본 그녀들은 넋을 잃은 듯 존경하는 눈빛을 보냈다. 이때 공주가 시녀들에게 분부를 내렸다.

"어쩌면 저렇게 빼어난 모습을 갖출 수 있을까. 이런 분이라면 우리 파이아케스 인들과 어울린다 해도 결코 올림포스 신들의 뜻에 거슬리지 않을 것 같구나. 이런 분의 시중을 들 수만 있다면 얼마나 기쁘겠느냐. 얘들아, 어서 손님에게 마실 것과 먹을 것을 갖다드리도록 해라."

그러자 시녀들은 즉시 오디세우스에게 먹을 것과 마실 것을 갖다 주었다. 오디세우스는 정말 허겁지겁 먹고 마셨다.

얼마 후 나우시카는 빨래를 챙겨 커다란 수레 위에 올려놓은 다음, 그 수레 위에 올랐다. 그녀는 오디세우스를 바라보면서 상냥하게 그의 이름을 부르며 말했다.

"이제부터 당신을 알키노스의 저택으로 모셔다드리겠습니다. 하지만 손님이 곧바로 귀국 준비를 하고 싶다면 내 말을 잘 기억해야 합니다. 만약 그대와 함께 마차를 타고서 나란히 궁성으로 들어가는 것을 우리 고을 사람들이 본다면 뜬소문이 돌지도 모르니까요. 착한 파이아케스 사람들이지만, 그들 중에는 가끔 입이 가벼운 사람들도 있답니다. 그들은 곧잘 남의 말을 퍼뜨리는 것을 좋아하니까요.

아마 이렇게 수군거릴 거예요. '누구야, 공주님과 함께 가는 그

나우시카의 마차를 따라가는 오디세우스

럴싸하게 생긴 젊은 놈팡이는, 혹시 공주님의 신랑감인가, 그렇다
면 유감인걸. 공주님은 파이아케스의 젊은이들을 우습게 여기고
있다는 말이 아닌가. 늠름한 젊은이들이 날마다 구혼을 하고 있
는데 말이야.'

만약 그렇게 되면 처녀인 저로서는 큰 낭패랍니다. 그러니 손
님, 우리는 마을 어귀에 있는 아테나의 훌륭한 사원의 숲을 지나
게 될 것입니다. 거기가 바로 우리 아버님의 장원이에요. 수고스럽
겠지만 당신은 그곳에서 잠시 기다리다가 우리가 성에 도착했다
고 짐작될 즈음에 고을로 나와 성의 위치를 물어 찾아오도록 하세

요. 저택은 사람들의 눈에 잘 띄는 곳에 있으니 누구라도 충분히 길을 안내해드릴 것입니다. 그래서 당신이 저희 집에 도착하면 곧장 저택 안으로 들어와 어머님이 계신 곳을 물어서 들어오시면 됩니다.

가장 중요한 것은 제 어머님의 마음에 들게 하는 일입니다. 당신이 당장 귀국 준비를 하고 싶다면 말입니다. 아마 당신은 제 어머님을 뵙고 바로 그 무릎 아래 꿇어앉아 그의 손에 정중히 입맞춤을 해드리는 것이 좋을 것입니다. 그래서 어머님이 당신에게 호감을 갖는다면 매사가 순조롭게 진행될 테니까요."

이렇게 말한 후 그녀는 번쩍이는 채찍을 휘두르며 마차를 몰았다. 공주는 뒤따라 걸어오고 있는 오디세우스와 시녀들을 염두에 두고 그들과 보조를 맞추기 위해 천천히 나아갔다. 해가 수평선에 닿을 무렵 그들은 세상에 이름 높은 아테나 여신의 신성한 사원에 이르렀다.

계획대로 홀로 남겨진 오디세우스는 곧바로 제우스 신의 따님이신 아테나에게 기도를 드렸다. 그러고는 낯선 파이아케스 사람들에게로 가서 그들의 오해나 미움을 사는 일이 없이, 친절과 동정을 얻어 무사히 귀국할 수 있도록 빌었다. 하지만 아테나는 결코 그 앞에 모습을 드러내지는 않았다. 오디세우스를 유독 미워하고 있는 무서운 작은 아버지 포세이돈에 대한 예의를 지키기 위해서였다. 그로서는 신들 세계에 대한 질서를 위해서도 조심하지 않을 수 없었던 것이다.

제 7 권

알키노스 왕의 궁전에서 환대를 받은 오디세우스

오디세우스가 간절히 기도를 올리고 있을 때 공주는 성에 도착했다. 때를 맞춰 오디세우스는 성으로 들어가기 위해 일어섰다. 그러자 그의 주위에 안개가 피어올라 그를 가려 주었다. 이는 여신 아테나의 배려로서, 행여나 혈기왕성한 파이아케스의 누군가가 낯선 사람이라 하여 호기심을 보이거나 시비를 걸어올지도 모르기 때문이었다. 이윽고 아름다운 성으로 막 들어서려고 할 때 빛나는 눈의 여신 아테나가 물병을 손에 든 처녀로 변해 그의 앞을 슬쩍 지나쳤다. 오디세우스가 무엇인가를 물어올 것임을 알고서.

"아가씨, 잠깐 실례해도 되겠습니까. 알키노스라는 분의 저택이 어디에 있는지 아십니까?"

그러자 빛나는 눈의 여신 아테나가 친절하게 대답해 주었다.

"멀리서 오신 것 같은데, 제가 안내해드리겠습니다. 마침 위대한 그분의 저택이 저희 집 근처에 있으니까요. 그런데 한 가지 알아두셔야 할 게 있습니다. 다름이 아니라 가는 도중에 어떤 사람에게든 관심을 두거나 말을 걸어서는 안 됩니다. 이 나라 사람들은 타국에서 온 사람들을 전혀 받아들이려 하지 않기 때문이지요. 그들은 자기네들에게 주어진 여건에만 충실한 사람들이죠. 넓은 바다에 의지해서 사는 사람들이라 자신에게 주어진 배만 무척이나 소중히 여기고 있지요. 포세이돈과 함께 말입니다."

이렇게 말한 팔라스 아테나는 곧장 앞장서서 걸었다. 사람들 사이를 헤치면서 지나갔어도 그들을 알아보는 사람은 하나도 없었다. 이는 아테나가 일으켜준 안개 때문이었다. 오디세우스는 낯선 거리의 풍경들을 신기한 듯이 유심히 둘러보면서 지나갔다. 항구며, 유난히 많은 배들이며, 마을 사람들의 집회소인 공회당이며, 긴 성벽들을 보았다. 마침내 알키노스의 저택에 오자 빛나는 눈의 여신 아테나가 그를 돌아보면서 말했다.

"타국에서 오신 늠름한 분이시여, 이곳이 바로 당신께서 말씀하신 그 저택입니다. 조금도 걱정하시거나 주저하실 필요는 없습니다. 떳떳하신 분이라면 누구에게나 호감을 얻을 수 있을 테니까요. 그런데 한 가지 조심해주실 것은, 저택에 들어가시거든 맨 먼저 왕비인 아레테(Arete)를 뵙도록 하세요. 이분은 알키노스 왕의 사랑을 독차지하고 있는 분이지요. 세상의 어떤 여자도, 훌륭한 남편을 모시고 있는 어떤 아내라도 그렇게 알뜰한 대접은 일찍이 받아보지 못했을 것입니다. 뛰어난 미모를 갖추신 왕비님은 이렇듯 당신의 자녀들에게나 남편에게서는 물론이고, 고을 사람들의 흠모의 대상이기도 합니다. 왕비는 여자로서 갖추어야 할 외모와 훌륭한 지혜와 인품까지 갖추신 분이시며, 남을 위한 일이라면 무엇이든 도와주고 싶어 하는 분이시니까요. 그러니 당신이 왕비님의 호감을 얻는다면 쉽게 귀국할 수 있을 겁니다."

물병을 손에 든 아가씨와 작별을 한 오디세우스는 저택의 문으로 향했다. 막상 그 앞에 이르자, 그는 다소 놀라 머뭇거리고 있었다. 청동과 순금으로 장식된 호화스러운 대문이며 칸막이를 본다면 누구든 한 번쯤은 경악하지 않을 수 없었기 때문이다. 내전을 향해 들어갈수록 그는 더욱더 탄복하지 않을 수 없었다. 그곳은 마치 천국으로 들어온 듯 모든 것이 풍요롭고 아름다운 것들뿐이었다. 오디세우스는 가다가 발길을 멈추고 감탄에 젖어 그 아름다움을 느끼고 난 뒤에서야 자리를 뜨곤 했다.

그는 드디어 파이아케스의 장로들과 고관들이 서로의 잔을 들어 아르고스를 살해한 날카로운 눈의 신 헤르메스에게 술을 권하고 있는 그 자리에까지 다다랐다. 안개에 둘러싸여 사람들 눈에는 띄지 않았기 때문에 오디세우스는 참을성 있게 그곳을 지나쳐 마침내 왕과 왕비의 바로 앞에까지 갈 수 있었다.

오디세우스는 여신이 일러준 대로 왕비의 무릎에 두 손을 정중히 얹고는 그 앞에 꿇어앉았다. 마침 그를 감추고 있던 안개가 사라져버렸기 때문에, 그 자리에 있던 사람들은 모두 갑자기 나타난 오디세우스를 보고 어리둥절했다. 오디세우스는 바로 왕비를 향해 애원이라도 하듯이 간절하게 이야기를 꺼냈다.

"위대한 레크세노르(Rhexenor) 왕의 따님이신 아레테 왕비님이시여, 훌륭한 당신의 부군과 자애로우신 당신의 손길을 기대하여 이곳을 찾아왔습니다. 제 간절한 소망이란 한시바삐 귀국할 수 있도록 도와주시라는 겁니다. 부디 성은이 있으시기를. 그리고 왕과 왕비님의 만수무강을 올림포스의 신들께 기도드리는 바입니다."

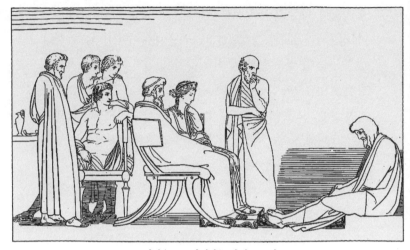
오디세우스를 맞이하는 알키노스 왕

이렇게 말하고는 화롯불 옆에 있는 재 속에 주저앉아버렸다. 그
러자 연회에 참석한 사람들은 약속이나 한 듯이 숙연해졌다. 이윽
고 말솜씨가 뛰어난 연장자 에케네오스(Echeneus)가 입을 열었다.

"알키노스 왕이시여, 어서 손님에게 적당한 처분을 내려주시옵
소서. 손님을 일어서게 하여 은으로 된 안락의자에 앉도록 하시는
것이 지당한 줄 아옵니다. 또한 제우스 님께서 보내신 이방인이오
니, 그에게 맞는 환대를 해드려야 할 줄로 아옵니다."

그러자 알키노스 왕은 자기의 바로 옆자리에 앉은 사랑하는 아
들 라오다마스를 일어나게 하고 그 자리에 오디세우스를 앉힌 다

음 전령을 향해 명했다.

"폰토노스(Pontonous)여, 혼주기에 붉은 포도주를 가득 담아 이 연회에 참석한 모든 사람들에게 따라 드리도록 하라. 이제부터 천둥을 울리시는 제우스 신께 경건한 존경심을 올리도록 하겠다."

신에게 올리는 의식이 끝나자 분위기가 무르익은 연회장으로 돌아가 모두들 마음껏 술을 마셨다. 들뜬 분위기가 어느 정도 가라앉았을 무렵 국왕 알키노스가 좌중을 둘러보며 말했다.

"우리 신성한 파이아케스 왕국의 참모들이여, 손님께선 먼 길에 피곤하시니 오늘의 잔치는 여기서 끝내도록 합시다. 그리고 아침이 되거든 다시 모여 신들께 제사를 드린 다음, 손님의 귀국 절차를 논하는 것이 좋을 듯하오. 이 손님이 귀국하는 도중에 다시 무서운 재난을 당하는 일이 없도록 신중함과 정성을 다해 절차를 의논해보도록 합시다. 그런데 한 가지 의문이 가는 점은, 만약에 이분이 하늘에서 내려오신 불사의 신 가운데 한 분이시라면, 보통 때와는 그 절차가 다르다는 점입니다. 어제까지의 경우로 미루어 봐서는 우리들이 제사를 올리면 신들께서는 으레 강림하셔서 우리와 신탁을 같이하셨지 않습니까. 그분들께서는 우리 파이아케스 국에게만은 단 한 명이 있다 하더라도 그 모습을 감추지 않으시오. 우리는 그분들과는 지극히 가까운 사이니까."

그 말에 대해 지혜와 용기의 영웅인 오디세우스가 대답했다.

"알키노스 님, 제가 어찌 감히 신이 될 수 있겠습니까. 저는 세상 사람들 중에서도 가장 큰 업보를 짊어진 채 죽어야만 하는 인간에 지나지 않습니다. 실로 신들의 뜻에 따라 수십 년 동안 겪어 온 고난을 얘기하자면 끝이 없을 것입니다. 하지만 지금은 말씀드릴 수가 없음을 용서해주십시오. 저는 허기와 피로에 무척 지친 몸이랍니다. 제 얘기는 다음으로 미루고 부디 제가 드리고 싶은 말씀은 하루빨리 고국 땅을 밟을 수 있도록 도와주십사 하는 것입니다. 고향에 돌아갈 수만 있다면 죽어도 여한이 없습니다."

그리하여 모두들 물러가고 그 자리에는 왕비 아레테와 알키노스 그리고 오디세우스만이 남게 되었다. 왕비는 오디세우스가 입고 있는 얇은 옷이며 속옷이 눈에 익었기에 — 그 옷들은 왕비가 손수 지은 것이었다. — 진작부터 궁금히 여기던 것들을 물어보았다.

"손님이여, 실례이겠지만 묻고 싶은 것이 있습니다. 당신은 도대체 어디서 오신 누구이며, 그 옷은 어떻게 입게 되었는지요? 아까는 분명히 수십 일 동안을 바다와 싸우다가 이곳에 닿았다고 하셨지 않습니까."

"왕비께서 궁금해 하시니 이제 말씀드리지 않을 수가 없군요. 그럼 이 자리에서 모든 걸 숨김없이 말씀드리겠습니다. 여기서 수천 리 떨어진 곳에 오귀기에라는 섬이 있답니다. 그 섬에는 머리를 올린 마녀 교활한 칼립소가 살고 있지요. 그녀는 워낙 무서운 여신이었기에 죽어야만 하는 인간은 물론이거니와 신들조차도 아무도 그녀와 사귀지 않았습니다. 그런데 신들은 나를 저주하여 가엾게도 그곳에다 나를 데려다 놓았던 것입니다. 귀국으로 들떠 있던 나의 빠른 배를 제우스신께서 산산조각을 내 버리셨지요. 불행

148

중 다행으로 나만이 칼립소에 의해 목숨을 건지게 되었지요.

그녀는 나를 친절히 맞아들이고 소중히 보호해주면서 설득시켰습니다. 자기와 함께 살겠다고 약속하면 불로불사의 존재로 만들어주겠다고 말입니다. 하지만 그녀는 결코 나를 설득하지는 못했지요. 그것은 사실 어림도 없는 말이었습니다. 고향에서 아름다운 아내 페넬로페가 저를 기다리고 있기 때문입니다. 저는 그곳에 7년 동안 붙들려 있었지요. 그렇듯 눈물로 세월을 보내기를 8년째 되던 해에 느닷없이 여신은 저를 재촉하여 명령하기를 돌아가라는 것이었습니다. 아마 제우스 님의 지시에 따른 것이었겠지요. 아무튼 저는 그녀가 준비해준 뗏목이며 식량을 가지고 그곳을 떠나왔답니다. 그녀가 친절하게도 제게 준 순풍 때문에 무사히 항해를 하여 어느덧 고국산천이 어렴풋이 보이기 시작했었지요.

그런데 그만 바다의 신 포세이돈에게 들켜 또다시 재앙을 입게 되었지요. 그는 무서운 풍랑과 폭풍우를 일으켜 삽시간에 제 뗏목을 산산조각 내버렸습니다. 그 이후로 저는 입고 있던 옷도 벗어 던진 채 죽을힘을 다해서 헤엄을 쳤던 것입니다. 그리하여 무사히 육지에 오르려는 순간, 또다시 큰 파도를 만나게 되었지요. 그야말로 사경을 헤매다가 운 좋게도 들어온 곳이 바다와 접한 강줄기 속이었지요. 이제야 살았구나, 하고 저는 하늘에서 내린 물을 모아놓은 강에서 그렇게도 그리던 흙을 밟으면서 숲속으로 들어가 나뭇잎 속에 묻힌 채 깊은 잠에 빠져들었답니다. 이튿날 아침까지도 그대로 잠에 빠져 있었답니다.

그러다가 공주님 일행의 공놀이 소리에 잠이 깨어 파이아케스에서 처음 사람을 만나게 되었습니다. 그중에서도 공주님은 여신과도 같은 모습이셨지요. 그래서 저는 그 같은 용모에서 우러나는 진실된 마음을 기대하고는 그분께 구원을 요청했습니다. 제가 생각했던 대로 공주님은 친절하시게도 충분한 음식과 싱싱한 포도주를 듬뿍 주셨고, 목욕할 올리브유와 옷까지 갖추어 주시더군요. 정말이지 공주님은 사람을 대하는 태도가 남달리 훌륭하셨습니다. 이루 표현하기 어려운 품위와 분별을 갖추고 계신 것 같았습니다. 저의 이야기는 대충 이렇습니다, 왕비님."

그 말에 대해 알키노스가 말했다.

"참으로 그대를 영접하게 된 것을 반갑게 생각하고 있다오. 아버지 신이신 제우스님이나 빛나는 눈의 여신 아테나 님, 또한 태양을 굴리시는 아폴론의 크나큰 은총이 있어 당신만큼 수려한 외모에 훌륭한 태도, 그리고 나와 꼭 같은 생각을 가지신 분, 이렇듯 내 마음에 꼭 드는 사람을 내 사위로 부르게 해주신다면 얼마나 좋을까 하는 생각이 드는군요. 내 욕심대로 당신이 기꺼이 이곳에 있어 주신다면 내 딸과 함께 궁전도 재산도 다 드리겠소, 비록 거절한다 하더라도 나는 결코 원망하지는 않겠소. 그것은 제우스님의 뜻이 아닌 줄 알고 있기 때문이라오. 안심하시오. 나는 당신을 돌려보낼 시기를 이미 정해놓았소. 바로 내일, 당신은 곧 떠날 수 있을 거요. 당신이 잠들어 있을 동안에 나는 우리 파이아케스인들의 뛰어난 솜씨를 마음껏 발휘하게 해서 그대가 타고 갈 배를 준비하도록 하겠소."

오디세우스는 너무도 감격해서 말을 제대로 잇지 못했다.

"아, 아버지 신이신 제우스 님이시여, 이토록 저에게 은혜를 베풀어주시는 훌륭한 알키노스 님에게는 불멸의 영예를, 그리고 저에게는 잔잔한 뱃길을 주시옵소서."

오디세우스는 흰 팔의 미녀 아레테의 자상한 배려로 마련된 침상으로 안내되었다. 오디세우스는 내일을 위해서 충분히 자두어야 되겠다는 생각에 일찍 잠자리에 들었다. 알키노스 왕은 높이 솟은 내전의 침실에 들었고, 그 곁에서는 왕비 아레테가 시중을 들고 있었다.

제 8 권

향연과 경기를 열다

항상 그랬듯이 맨 먼저 장밋빛 손가락을 가진 새벽의 여신이 깨어났을 때, 거룩한 알키노스와 제우스의 후손인 명장 오디세우스도 일어났다. 알키노스는 일행을 거느리고 파이아케스 공회당으로 향했다. 한편 여기서도 팔라스 아테나의 배려가 있었는데, 그녀는 알키노스의 재빠른 전령으로 그 모습을 바꾸어 길거리를 쏠

새 없이 돌아다니며 시민 한 사람 한 사람에게 말을 붙였다.

"어서 빨리 공회당으로 가보세요. 파이아케스 왕국을 지휘하여 국사를 맡아보시는 분들이시여, 다른 나라에서 오신 늠름한 분의 이야기를 들으러 가보세요. 그분은 총명한 알키노스 왕의 궁전에 왔답니다. 바다를 줄곧 헤매어왔는데, 불사의 신들과 똑같답니다."

여신은 여러 사람들에게 이방인에 대한 호기심을 불러일으키기 위해 일일이 돌아다녔다. 공회당을 메운 시민들은 과연 라에르테스의 아들 오디세우스의 용모를 보고 감탄해 마지않았다. 이것도 여신 아테나의 지략에서 나온 것이었다. 좀 더 수려하고 늠름하게 보이도록 해서 시민들로부터 그가 호감을 얻도록 하려는 심산이었다. 왕은 많은 사람들을 둘러보고는 흡족해 하면서 말을 시작했다.

"자, 지금부터 내가 하려는 말을 똑똑히 들어주기 바라오. 우리 파이아케스 족을 지휘하여 그들을 이끌어 나가는 여러분들이여, 여기에 모이게 한 것은 다름이 아니라, 여기 계신 이 낯선 손님을 위한 귀국 절차를 의논하기 위해서라오. 우리 파이아케스의 아름다운 풍속으로 미루어봐서도 이렇듯 먼 나라에서 표류하여 온 손님을 홀대할 수는 없는 일이오. 그러니 어서 성능이 뛰어난 검은 배를 우리의 바다로 끌어내도록 하는 게 좋을 듯하오. 또한 손님을 떠나보내기 전에 환송회를 베풀 것이니 홀장을 가진 영주들은 빠짐없이 참석해주기 바라오. 그리고 저 노래하는 데모도코스(Demodocus)도 그 자리에 불러들일 예정이오. 무슨 가락이든 척

척 읊을 수 있는 그의 뛰어난 재주를 이 손님에게 자랑하고 싶소."

집회가 끝나자 즉석에서 뽑힌 52명의 늠름한 젊은이들은 명령 대로 바닷가로 향했다. 그들은 검게 칠한 배를 바닷가로 끌어내 오랜 항해에 필요한 모든 장비들을 나르기 시작했다. 일을 마치자 그들은 다시 알키노스가 베푸는 향연을 즐기기 위해 궁전으로 향했다. 양쪽 주랑과 넓은 뜰에는 시민들로 꽉 차 있었다. 알키노스는 이들을 위해 열두 마리의 살찐 양과 흰 송곳니가 난 돼지 여덟 마리, 그리고 다리를 비틀어대는 암소 두 마리를 제물로 내놓았다.

거기에 전령사가 유명한 음유시인 데모도코스를 데리고 오자 자리가 더욱 흥이 났다. 음악의 여신 뮤즈는 그에게 재능과 재앙을 동시에 부여해 주었다. 즉 두 눈을 멀게 한 대신, 그 슬픔을 달랠 수 있는 노래를 멋들어지게 읊는 능력을 주셨던 것이다.

먹고 마시는 가운데 어느덧 잔치가 무르익었을 때 노래의 여신이 음유시인을 시켜 노래를 부르게 했다. 그것은 소문난 무사들의 명예를 엮은 노래 중 한 구절이었는데 공교롭게도 오디세우스와 펠레우스의 아들인 아킬레우스가 말다툼을 벌이는 대목이었다.

언젠가 신들을 위한 잔치가 벌어졌을 때였는데, 이들은 서로 다투면서 심한 말을 주고받았다. 하지만 아카이아 군대의 장수들이 심하게 다투는 것을 보면서도 군주인 아가멤논은 속으로 은근히 좋아했다. 왜냐하면 포이보스 아폴론의 예언을 들었기 때문이었다. 이는 제우스의 계책에 의한 것으로, 트로이 사람들과 다나오스의 후손인 그리스 군사들에게 닥칠 재앙의 씨앗이 된다는 것이

데모도코스의 노래를 듣고 눈물을 흘리는 오디세우스

었다.

오디세우스는 자줏빛 망토로 앞을 가리고는 사람들이 눈치채지 않도록 소리 없이 울고 있었다. 하지만 그의 바로 곁에 앉아 있던 알키노스가 그의 한숨 소리와 함께 흘러내린 눈물을 볼 수 있었다. 그는 오디세우스의 울적한 마음을 달래줄 요량으로 파이아케스 사람들을 향해 또 다른 의견을 내놓았다.

"자, 여러분. 지금까지 우리는 충분한 음식과 노래를 즐겼으니 이제 그만 나가서 재미있는 경기를 하는 것이 어떻겠는가. 손님께서 고향에 돌아가 가족들에게 우리의 권투와 씨름, 그리고 멀리뛰

기와 원반던지기 등의 실력이 얼마나 뛰어났는지를 들려주도록 말이오."

그래서 모두들 넓은 잔디밭으로 나갔고, 그중에서도 뛰어난 젊은이들이 경기를 위해 뽑혔다. 그리고 인류의 재앙거리인 아레스를 닮은 에우리알로스(Euryalus)도 참가했다. 특히 에우리알로스는 용모나 언변, 인품 등이 알키노스의 장남 라오다마스(Laodamas)와 견줄 만큼 뛰어난 사람이었다. 그리고 알키노스의 다른 두 아들인 할리오스(Halios)와 신과 닮은 외모의 클리토네우스(Clytoneus)도 일어섰다.

경기는 맨 먼저 사자처럼 빨리 달리기를 겨루었다. 사람들은 모두 한 덩어리가 되어서 나는 듯이 달려 나갔다. 그중에서 인품이 뛰어난 클리토네우스가 맨 앞장을 섰다. 다음은 코끼리와도 같은 힘을 자랑하는 씨름을 했는데, 이번에는 에우리알로스가 그중에서 으뜸이었다. 또 원반던지기에서는 엘라토레우스(Elatreus)가, 권투에서는 알키노스의 지혜로운 장남 라오다마스가 각각 승리를 거두었다.

사람들의 환호성에 답하던 라오다마스가 오디세우스를 가리키면서 말했다.

"그럼 여러분, 우리만 이렇게 흥겹게 놀 것이 아니라 손님에게도 한번 여쭈어보는 것이 어떻겠소. 어떤 경기를 좋아하고, 그중에서도 무슨 종목에 자신이 있는지를. 우람한 체구로 보나 젊음으로 보나 결코 만만치 않을 것 같은데 말이오. 다만 오랜 고난을 겪으셨기 때문에 기운이 없을지는 모르겠소만."

그 말에 대해 에우리알로스가 나서서 말했다.

"라오다마스, 정말로 좋은 의견인 것 같구려."

그러자 모든 군중들이 함성을 질렀고 라오다마스가 곧장 한가운데로 나서 오디세우스를 향해 정중히 요청했다.

"손님이시여, 혹시 무엇이든 자신 있는 종목이 있다면 이 자리로 나와 우리 파이아케스 인들과 겨뤄보는 게 어떨지요? 마음의 근심일랑 모두 떨쳐버리고 말입니다. 이제 당신은 배에 타시기만 하면 될 테니까요. 그러니 사내답게 한번 나와보십시오."

그 말에 대해 지혜로운 오디세우스가 사양의 말을 했다.

"라오다마스여, 내 어찌 그대의 뜻을 모르겠소만 나는 그렇게 흥겹게 모든 것을 잊고서 경기를 할 수가 있을 처지가 아닌 것 같소. 지금 나는 또다시 어떤 재앙이 내 귀향을 방해할지 몰라 근심으로 가득 차 있소. 그러니 국왕님과 모든 시민 여러분의 넓으신 이해를 바라오."

그 말에 대해 성격이 불같은 에우리알로스가 곧장 비난의 말을 던졌다.

"당신은 도무지 신성한 경기와는 거리가 먼 사람인 것 같군요. 그보다도 검은 배를 타고서 돈벌이만을 생각하는 장사치 같아 보이는구려. 물론 세상에는 별별 사람들이 다 있지만 말입니다."

오디세우스는 불쾌한 빛을 내보이면서 대꾸했다.

"젊은 분이여, 그대의 발언은 심히 나를 불쾌하게 하는구려. 교양이라고는 하나도 없는 난폭한 무뢰한의 말투 같아서. 역시 신들께서는 모두에게 좋은 것만을 주지는 않나 봅니다. 당신은 뛰어난 용모에 비해서 분별력이 좀 부족한 것 같단 말씀입니다. 제 말이 너무 심했을지도 모릅니다만, 어쨌든 나는 그런 경기를 모르는 사람은 아닙니다. 오히려 고국에 있었을 때는 모든 운동에 능했습니다. 하지만 이제는 너무 오래 극심한 고통과 시련을 겪은 탓에 좀 약해졌을지도 모릅니다. 아무튼 경기에 참가해보도록 하겠습니다."

이렇게 말한 뒤 머리에 천을 쓴 채 뛰어나간 오디세우스는 한층 크고 무서운 원반을 집어 들어 억센 팔을 휘둘러 던졌다. 그러자 무서운 바람 소리를 내며 날아간 원반은 완만한 포물선을 그리면서 이제까지의 표지를 훨씬 넘어서 떨어졌다. 파이아케스 백성들은 숨을 죽이고 그 광경을 지켜보고 있었다. 그때 사나이로 변해서 그 자리에 앉아 있던 여신 아테나가 뛰어나가서 떨어진 지점에 표시를 한 뒤 큰 소리로 말했다.

"위대한 손님이시여, 그대가 던진 원반은 다른 사람들과는 감히 비교도 할 수 없을 만큼, 훨씬 멀리 나갔습니다. 그러니 이 원반던지기에서는 누구도 따르지 못할 만큼 큰 승리를 하셨습니다."

오디세우스는 그제야 겨우 화를 가라앉히고서 말했다.

"자, 누구든지 나와 겨루어볼 생각이 있다면 나오시오. 원반던지기만이 아니라 권투든 씨름이든 좋소. 다만 라오다마스, 그 젊은이만은 사양하겠소. 그분은 내가 도움을 입고 있는 분의 자제이기에 대결을 피하는 게 서로 좋을 것 같군요. 다른 사람들이라면 기꺼이 승부를 겨루어볼 생각이오. 활쏘기도 좋소. 활 다루기는 단 한 사람 필로크테테스(Philoctetes; 헤라클래스가 준 활을 가진 자)를 제외하고는 내가 으뜸이라고 장담할 수 있소. 지금 이 땅 위에서 올림포스 신들의 보호를 받으며 곡식을 축내는 인간이라면 말이오. 또한 창던지기에서도 마찬가지입니다. 다만 다리를 사용해야 할 달리기에서만은 자신이 없소. 생각도 하기 싫을 만큼 너무 오래 재앙을 당했기 때문에 이제는 너무 지쳐 있으니 말이오."

오디세우스의 열변에 모두 침묵을 지키고 있었다. 그러자 총명한 군주 알키노스가 주위를 둘러보면서 말했다.

"손님이시여, 우리 젊은이가 군중들 앞에서 그대를 비난한 것에 대해 심히 불쾌하신 모양입니다. 허나 결코 악의가 있어서 그런 것은 아니라고 생각합니다. 자, 이제 분위기를 바꾸어보는 것이 어떻겠소. 그만하면 우리의 경기 수준이 어느 정도인가는 충분히 짐작했을 터이니, 이번에는 우리의 음악을 소개해드리고 싶소. 우리는 아름다운 옷과 목욕이나 잠자리에 대한 애착 못지않게 하프와 가무를 즐기는 시민이랍니다. 자, 우리 파이아케스 인들 가운데서 춤 솜씨가 있으신 분은 어서 놀이를 시작하시오. 그리고 데모도코스를 빠뜨릴 수야 없지 않은가. 어서 빨리 그에게 하프를 가져다주게나."

전령사가 국왕의 명령을 받들어 맑고 고음이 나는 하프를 가지고 오자, 데모도코스는 그것을 들고 한가운데로 걸어 나갔다.

그 양쪽에는 아직 앳된 젊은이 두 사람이 함께 서 있었다. 데모도코스의 하프 가락에 맞추어서 양쪽에 서 있던 두 사람은 익숙한 춤 솜씨로, 마치 홍학이 걸어 다니듯 가볍게 발을 놀렸다. 오디세우스는 온갖 재치를 부리며 옮겨 가는 그들의 발동작을 바라보면서 넋을 잃고 말았다. 드디어 데모도코스는 아레스와 아프로디테의 사랑 이야기를 노래로 부르기 시작했다. 즉 그 신이 헤파이스토스의 저택에서 밀통을 하는 데서부터 시작해서, 아레스가 아름다운 관을 쓴 아프로디테에게 많은 선물을 한 이야기, 헤파이스토스의 깨끗한 담요를 더럽힌 사연 등을 노래해 나갔다.

그러다가 헤파이스토스가 이 사실을 알게 되었는데, 그것은 해님이 고자질을 했기 때문이었다. 헤파이스토스는 그 이야기를 듣자마자 복수로 끓는 피를 억누를 수 없어 불같이 화를 내면서 대장간으로 향했다.

그는 그들이 없는 틈을 타 그의 침실에다 손수 만든 철조망을 몰래 쳐 두었다. 그것은 마치 거미줄처럼 가늘고 교묘하게 짜였기 때문에 아무도 알아채지 못했다. 그런 다음 그는 슬며시 거리로 나가는 척했다. 그가 나가는 것을 몰래 지켜보고 있던 아레스는 얼른 그의 저택으로 숨어 들어갔다. 아레스 신은 이제 막 아버지신 제우스의 곁에서 돌아온 아프로디테에게 애타게 애정을 구하면서 침상으로 가기를 권유하였다.

아무것도 모르고 있던 두 신은 서로를 갈구하면서 헤파이스토스의 침상으로 갔다. 그러나 두 신이 침상에 눕자마자 헤파이스토스가 설치해둔 철조망이 마구 죄어들기 시작했다. 걷잡을 수 없이

아레스와 아프로디테의 밀회 현장에 들이닥친 헤파이스토스

죄어드는 철망 속에서 그들은 난감해 하지 않을 수 없었다.

이때 잠시 몸을 피하는 척했던 헤파이스토스가 유유히 걸어 들어왔다. 분노에 찬 복수의 눈빛으로 두 다리가 굽은 신은 무섭게 외쳐댔다.

"자, 아버님 신이신 제우스 님, 그 밖의 모든 불사의 신들이시여, 어서들 오셔서 이 교활하기 짝이 없는 불륜의 소행을 목도하시길. 위대한 제우스의 딸인 아프로디테가 내가 절름발이라는 것을 얕보고 위세 등등한 아레스와 놀아나고 있는 이 흉측스런 장면을.

그저 나를 낳으신 부모님이 원망스러울 따름이오. 이들 둘은 물론 한때의 불장난이겠지요. 금방 서로에게 싫증을 내버리고 말 테니까요. 하지만 나는 단 한 번이었더라도 도저히 용서할 수가 없습니다. 나는 이들을 이 계략의 철망으로부터 풀어줄 수 없습니다. 아버님께서 내가 이 파렴치한 계집에게 준 혼숫감을 모두 되돌려주실 때까지는 말입니다. 정말이지 아프로디테는 그 뛰어난 용모가 아까운 계집이오."

헤파이스토스의 분노에 찬 목소리에, 대지를 받들고 있는 포세이돈도 달려왔으며 돈벌이를 잘 하는 신 헤르메스도, 활을 잘 쏘는 아폴론도 청동 문지방을 넘어서 들어와 있었다. 그러나 어신들만은 그들의 행각을 차마 대하기가 민망하여 오지 않았다. 그들은 헤파이스토스가 쳐 놓은 교묘한 장치와 함께 그의 떨리는 말을 듣고서는 한결같이 이렇게 쑥덕였다.

"꼬리가 길면 잡히는 법이지요. 느림보가 오히려 걸음 빠른 토끼를 잡아버렸네요. 역시 못된 소행이란 언젠가는 들통이 나기 마련이거든. 이들은 밀통을 한 대가로 엄청난 벌금을 물어야 할 게야."

아르고스를 살해한 신 헤르메스를 향해 태양의 신 아폴론이 말했다.

"헤르메스여, 그대는 도대체 이 일을 어떻게 생각하는가. 이토록 고통과 창피를 당하면서도 아프로디테와 동침하기를 바라겠는가?"

"활을 잘 쏘는 아폴론이여, 저 몇 배의 철망이 내 몸을 죄어든다고 해도, 또한 당신들은 물론이려니와 여신들까지 있는 데서 창피를 당해도 좋으니 나는 황금의 아프로디테와 단 한 번만이라도 동침을 해봤으면 좋겠네."

이 말에 그들 사이에서 큰 웃음이 터져 나왔다. 그러나 냉정한 포세이돈만은 언제나 열심히 일하는 헤파이스토스에게 말했다.

"자네가 요구하는 만큼 정당한 벌금을 반드시 여기서 치르도록 할 테니 그만 풀어 주게나. 그건 내가 자네한테 하는 약속일세."

헤파이스토스는 그 말을 완강히 거절했으나 포세이돈이 거듭 자기가 책임을 지겠다고 하니 더 이상 버틸 수가 없었다. 그래서 헤파이스토스는 두 신을 꼼짝 못 하도록 옭아매던 그 철망을 풀어 놓았고, 거기서 풀려난 두 신은 곧바로 그 자리를 떠나버리고 말았다.

아레스는 트라키아를 향해 떠났고 아프로디테 여신은 키프로스 섬의 파포스(Paphos)로 향했다. 그곳에는 여신을 위한 신역과 제단이 있었다. 그곳에서 여신은 수치를 씻어버릴 생각으로 정성 들여 몸단장을 했다. 신선의 기름을 바르고 참으로 아름다운 옷을 단정하게 차려입었다.

오디세우스는 긴 노를 젓는 파이아케스 족들과 어울려 그 노래에 빠져들어 즐거운 마음으로 들었다. 노래가 끝나자 왕은 할리오스와 라오다마스에게 아름다운 고리춤을 추도록 청했다. 시민들의 손뼉에 맞추어 그들은 자줏빛 고리를 교묘하게 이 손에서 저손으로, 땅에서 공중으로 놀려대면서 재주를 부렸다. 그것을 바라보던 오디세우스는 왕을 향해 찬사를 아끼지 않았다.

"친애하는 알키노스의 왕이시여, 과연 자랑하신 그대로 아들들의 춤 솜씨는 제가 이제까지 본 적이 없을 만큼 뛰어난 것이군요."

이에 알키노스는 매우 흡족해하며 파이아케스 사람들을 향해 말했다.

"이렇듯 아량이 넓으신 이분에게 우리의 정성이 담뿍 담긴 선물을 드리는 것이 어떻겠소. 우리 모두가 각각 손님에게 정성 들여 손질한 겉옷과 속옷이며 값비싼 진주를 드립시다. 그래서 손님이 그 선물을 들고 흡족한 마음으로 저녁식사를 하도록 서둘러 실행해주었으면 하오. 그리고 에우리알로스는 손님에게 실수한 깃도 있으니, 친절한 말과 값비싼 선물로 화해를 청하는 것이 예의인 줄로 아네."

이 말에 에우리알로스는 고개를 끄덕이며 모두가 지켜보는 가운데 오디세우스를 향해 정중하게 말을 건넸다.

"타국에서 오신 손님이시여, 제 말이 당신의 마음을 상하게 해드렸다면 즉시 질풍이 그 말을 채가길 바랍니다. 그리고 선물로 은자루가 달린 청동 단검을 드리오니 부디 사랑하는 부인과 하루빨리 재회하게 되길 바랍니다."

"친애하는 분이시여, 당신의 그 말씀에 내 마음속의 분노가 눈 녹듯 사라지는군요. 부디 당신에게 신들의 가호가 있기를. 그리고 내가 떠난 후에라도 이 단검이 아까워지는 일이 없길 바라겠습니다."

그러는 동안에 해도 저물고, 그의 손에는 갖가지 훌륭한 선물들이 쇄도했다. 이윽고 왕의 가족들과 오디세우스만이 남게 되자 알키노스 왕이 말했다.

"그럼 아름다운 왕비여, 가장 튼튼한 함을 가져다가 그대가 손수 이분의 선물들을 챙겨 드리도록 하시오. 나는 내가 가장 아끼는 황금 술잔을 드리도록 하겠소. 길이길이 나를 생각하면서, 저택에서 제우스 신께 술을 올릴 때 써주시면 고맙겠소."

왕비는 자신이 준비한 옷들과 함께 다른 선물들을 함에 챙겨 넣고는 오디세우스에게 손수 확인하게 한 후 비끄러매도록 권했다. 참을성 있고 준엄한 오디세우스는 즉시 예전에 키르케 여신이 가르쳐준 까다롭고 교묘한 방법으로 매듭을 지어 포장을 끝냈다. 그러고는 시녀들의 안내로 목욕탕으로 갔다. 목욕을 끝내고 깔끔한 옷으로 갈아입은 그는 자신을 위한 환송회에 참석했다. 흰 팔의 미인 나우시카가 그를 향해 활짝 웃어 보이면서 말했다.

"안녕하세요, 손님. 부디 고향에 가시거든 생명의 은인이랄 수 있는 저를 잊지 말아 주세요."

"아, 나우시카. 아름다운 분이시여, 맹세하겠습니다. 고향에 돌아가서도 잊지 않고 그대를 향한 경배를 드리겠소. 공주님, 진정으로 당신은 내 생명의 은인이십니다."

오디세우스는 이렇게 말하고는 알키노스 왕 곁에 마련된 팔걸이의자로 가서 앉았다. 거기에는 이미 포도주와 맛있는 암소 고기가 푸짐하게 차려져 있었으며, 왕이 소중히 여기는 데모도코스도 앉아 있었다. 그는 사람들의 한가운데에 있는 높다란 기둥에 의자를 기대어 놓고 앉아 있었다. 지혜 많은 오디세우스는 부드러운 돼지고기를 자르면서 말했다.

"나는 이 탐스러운 살코기를 향기로운 노래를 간직한 데모도코스에게 주고 싶소. 자, 전령사여, 이것을 그에게 가져다주시오. 참으로 이 땅 위에 알고 있는 모든 인간들 중에서도 유독 음유시인들만이 예술의 신의 비호를 받고 있는 것 같구려. 데모도코스, 나는 진정으로 당신을 찬미합니다. 당신의 그 뛰어난 재능은 제우스 신의 따님이신 뮤즈께서 주신 것입니까, 아니면 아폴론 신이 주신 겁니까? 더군다나 그대는 우리 아카이아 인들의 내력을 생생하게 노래하시니 말이오. 그들의 소행, 업보, 재앙을 마치 두 눈으로 본 듯이, 낱낱이 노래로 들려주다니 정말로 놀랍소. 한 번 더 그대의 노래를 듣고 싶구려. 이번에는 목마를 만들던 부분을 내게 들려주시지요. 제발 그때의 장면을 실감나게 불러주서서 제가 감격을 맛보도록 해주시오."

이렇게 부탁하자 데모도코스는 신의 격려에 따라 노래를 부르기 시작했다.

아르고스 군사들이 그들의 막사에다 불을 놓은 다음, 배들을 타고 출범하는 것을 시작으로 노래를 이어 나갔다. 병사들이 출범한 뒤 한편에서는 이미 오디세우스를 비롯한 장수들이 여신 아테나의 도움으로 에페이오스(Epeius; 트로이 전쟁이 끝나고 목마를 만들었던 연장들을 아테나에게 바쳤다. 그 후 이탈리아의 피사를 건설했다고 알려져 있다.)가 만들었다는 목마 속에 숨어서 트로이의 적진 깊숙이 숨어들었다. 이것은 트로이 사람들 스스로가 끌어들인 것이다. 트로이 사람들은 목마를 둘러싸고 의견이 분분했다. 그들의 의견은 다음 세 가지로 나뉘었다.

첫 번째는 속이 빈 목마를 무거운 청동 칼로 내리쳐서 그 속을 갈라보는 것, 두 번째는 요새 꼭대기로 끌고 가서 그대로 바위 아래로 굴려버리는 것, 세 번째는 이것을 거대한 공물로 사용하여 신들을 기쁘게 해드리는 것 등이었다. 그러나 세 번째 방법이 채택될 운명에 놓여 있었다. 왜냐하면 트로이 성은 커다란 나무로 만든 커다란 말을 성 안으로 들여 놓음으로써 이미 살육과 죽음의 운명을 스스로 맞아들인 격이었기 때문이다.

이어서 음유시인은 아카이아 사람의 아들들이 목마에서 쏟아져 나와 통쾌하게 일리오스의 도시를 함락시키는 장면을 노래했다. 숨어 있던 군사들이 목마로부터 뛰어나와서 미리 정해 두었던 곳으로 가서 높고 험준한 성을 점령해 나갔다. 그동안 위대한 오디세우스는 데이포보스(Deiphobus; 프리아모스 왕의 셋째 아들)의 궁을 향해 아레스와 함께 걸음을 서둘렀다. 데모도코스의 노래에는 신과도 같은 메넬라오스가 마음이 넓은 아테나의 힘을 빌려 격렬한 전투 끝에 승리를 거두었다는 대목도 들어 있었다.

오디세우스는 어느새 그 노래에 젖어들면서 소리 없이 눈물을 흘리고 있었다. 소리 없이 고개를 떨어뜨린 채 속눈썹을 적시고 있었으므로 아무도 그것을 눈치채지 못했는데, 그의 바로 곁에 앉은 알키노스만이 또다시 그의 눈물을 볼 수 있었다.

　그러자 그는 파이아케스 인들에게 말했다.

　"데모도코스에게 하프 연주를 그만두게 하오. 그 노래의 가사는 누구에게나 기쁨을 주지는 못 하는 것 같소. 이 손님을 위해 베풀어진 만찬회가 오히려 그를 침통하게 해서야 되겠소. 그러니 모두를 위해서라도 이 노래는 그만하는 것이 좋을 듯하오. 우리도 손님이 만족해 하시는 것을 바라니 말이오. 그리고 손님이시여, 이제 당신께서도 나의 진정한 의문에 대해 숨김없이 답해주시리라 믿소. 그러니 내가 묻는 말에 조금도 얼버무릴 생각을 마시고, 형제애를 발휘하여 진실을 말해주기 바라오.

　우선 당신의 성함부터 밝히시고, 당신의 나라와 부모님과 군주의 이름도 알고 싶구려. 어차피 그런 것들을 알아야 될 테니 말이오, 그래야만 그곳으로 배를 띄워 보낼 수 있을 것이 아니겠소. 우리 파이아케스 측의 배에는 삿대나 키라는 것이 없소. 단지 배 그 자체의 힘으로 알아서 드넓은 바다를 빠르고 안전하게 항해하지요. 하지만 다른 배들처럼 실종당하거나 풍랑을 만날 염려는 전혀 없다오. 그래서 대지의 신 포세이돈의 노여움을 살지도 모른다고 아버님이신 나우시토스(Nausithous)가 경고하신 일도 있습니다만, 나는 어디까지나 그것은 신들의 뜻에 맡길 일이라고 생각합니다. 아무튼 어디를 향해 떠다니셨는지, 이 세계의 어느 고장들을 헤매고 다니셨는지, 그때의 이야기며, 타국 사람들이 신을 두려워하면서 제사를 지내는 이야기 등을 내게 들려주시오. 그리고 또 아르고스 군사나 다나오스 후손에 대한 일, 또는 일리오스의 이야기가 무엇 때문에 당신을 울리는지. 혹시 누군가 당신이 사랑하는 사람이 그 성 안에서 돌아오지 못했소? 아니면 막역한 친구를 잃은 게요?"

외눈박이 거인 폴리페모스의 동굴

알키노스가 다그치자 지혜로운 오디세우스는 모든 것들 낱낱이 얘기해 주었다.

"알키노스 왕이시여, 모든 사람들 중에서도 가장 뛰어난 분이시여, 어찌 이 좋은 분위기를 나의 슬픈 이야기로 깨뜨리려고 하십니까. 하지만 친절한 당신께서 그토록 간곡히 부탁을 하시는데 어찌 숨기고만 있겠습니까. 그런데 나의 숱한 고난을 다 말씀드릴 수 있을지 모르겠습니다. 그럼 무엇보다도 이름부터 말씀을 드리는 것이 순서일 것 같군요. 나는 라에르테스의 아들인 오디세우스라는 사람입니다. 뛰어난 계책 덕분에 인간들과 신들의 세계에까지 제 이름이 알려져 있지요. 저는 트로이 전쟁이 있기 전에는 그리스의 영토인 이타카 섬의 군주로서 명예를 누리고 있었습니다. 바위가 좀 많은 게 흠이긴 합니다만, 그곳은 정말 좋은 곳이지요.

그럼 이제부터 재앙으로 점철된 저의 귀국길에 대해 이야기 해 드리겠습니다. 그 재앙은 트로이를 떠날 때부터 제우스가 저에게 보내준 것이었다고 생각됩니다. 바람은 우리의 배를 키코네스(Cicones, Cicons; 그리스 신화에서 트라키아의 남쪽 해안 부근에 살았다고 전해지는 고대 부족)의 이스마로스(Ismarus) 고을로 날려 보냈습니다. 나는 그 성을 공략하여 시민들을 항복시킨 다음 전리품으로 여자와 물품들을 동지들과 골고루 분배했습니다. 그리고 나는 시간을 오래 끌면 좋지 않을 것 같아 그곳을 빠져 나가라고 부하들에게 명령했습니다. 그런데 어리석게도 그들은 내 말을 안 듣고 그곳에 주저앉아 술을 퍼마시고 새끼 양을 도살했으며 구부러진 뿔을 가진 염소를 마구 죽이는 등 만행을 계속했습니다.

그러는 사이 키코네스 사람들 중 누가 인근에 있는 부족들에게 구원을 요청했던 것이지요. 며칠 뒤 그들이 몰려왔는데, 마치 여름철 꽃송이와 나뭇잎들만큼이나 빽빽하게 많았어요. 그래서 우리는 어쩔 수 없이 빠른 배들 옆에 진을 치고 제우스가 내리신 재앙에 대항했지요. 이렇게 죽기를 각오하고 싸우자, 아침나절은 우리가 불리했지만 무사히 버텨 나갈 수 있었고, 해질녘에는 오히려 전쟁터에서 닦은 솜씨 덕분에 우리가 유리했습니다. 결국 각 배에서 대여섯 명씩의 전사자를 내고는 달아날 수 있었습니다. 전우들을 잃은 것이 분하기는 했지만 그나마 목숨을 건질 수 있게 된 것만도 다행으로 여겨야 할 형편이었지요. 하지만 양끝이 휘어진 배들은 그들의 활에 맞아 죽은 전우들의 혼이 막아서 앞으로 나아가질 않았어요. 그래서 그들의 이름을 일일이 세 번씩 외쳤더니 그제야 겨우 배가 움직이더군요.

그런데 이번에는 우리를 향해 제우스 신께서 무시무시한 폭풍우를 불러 일으켰습니다. 산더미 같은 파도가 사정없이 밀어닥치면서 무시무시한 돌풍이 몰아쳤지요. 우리는 부러진 돛을 아예 내려 버리고 혼신을 다해 노를 저었지요. 어디든 제발 육지에만 닿아달라고 빌면서 말입니다. 마침내 우리는 알 수 없는 뭍에 닿을 수 있었습니다. 그곳에서 우리는 만신창이가 된 몸으로 꼬박 이틀 동안을 보냈지요. 겨우 기운을 차린 후 다시 배를 고쳐 그곳을 떠났는데, 말레아 곶(Cape Malea) 부근에서 또다시 폭풍우를 만나 9일 동안을 헤매고 10일째 되던 날 '연꽃을 먹는 사람들'(로토파고스; the Lotus-eaters, lotophagi)의 나라에 상륙할 수 있었지요.

그곳 사람들은 이상한 꽃을 먹는 습성이 있었습니다. 그것도 모르고 나는 동지 두 명을 보내 이곳의 특징을 알아오라고 했습니다. 그랬더니 그들이 내어준 연꽃을 받아먹은 동지들이 불행히도 아무런 의욕도 없는 듯이 보였고, 그들과 어울리면서 그저 연꽃만을 먹기를 기대하며 고국으로 돌아갈 생각조차 하지 않았습니다. 그 사실을 안 나는 그들을 억지로 끌고 와서 배에다 결박시켜 두고는 다른 동지들을 다그쳐 재빨리 출발을 명령했지요.

우리는 곧바로 거기를 떠나 닿은 곳이 오만하게 율법을 무시하는 키클로페스(Cyclopes; 단수는 키클로프스Cyclops)의 땅이었습니다. 그것은 해안에서부터 비탈진 섬의 포구 둘레를 끼고 완만하게 솟아 있었어요. 키클로페스(키클로프스들)가 사는 데에서 그다지 떨어지지 않은, 숲이 무성한 곳에는 사냥꾼이 없어서 야생 염소들이 많이 돌아다니고 있었습니다. 이 섬은 제우스 신의 혜택을 입어 목축이나 농경을 힘들여 하지 않아도 모든 것들이 비만 내리면 저절로 잘 자랐습니다. 이들에게 배가 있어서 인간 세계와 접할 기회가 있었더라면 이득에 눈먼 다른 나라 사람들이 이 땅을 그냥 놔두지는 않았을 겁니다. 뱃머리부터 구태여 닻을 내리거나 밧줄로 묶지 않아도 되는 훌륭한 포구가 있었는데, 그들은 배를 만들 필요성을 느끼지 못했던 모양입니다.

우리가 백양나무 숲가에 배를 정박시켰을 때에는 이미 밤이 깊었습니다. 우리는 달빛도 없고 안개가 자욱한 이곳에 간신히 상륙해서 날이 밝기를 기다렸지요. 차가운 밤이 지나고 새벽의 여신이 나타나자마자 우리는 섬 여기저기를 돌아다녔습니다. 그러다가 염소 가죽 방패를 가진 제우스의 따님이신 님프들을 만났는데, 친절하게도 그녀들은 염소를 잡아 주더군요. 우리는 그것으로 충분한 요기를 한 뒤 식량으로 쓰려고 염소 사냥을 했습니다. 신께서는 우리에게 만족할 만큼의 수확을 얻게 해주신 덕분에 금방 두 척의 배에 염소를 아홉 마리씩 실을 수 있었습니다. 더구나 저에게는 살이 통통하게 오른 열 마리를 골라 주시더군요. 이렇게 해서 그날 하루는 먹고 마시면서 넉넉하게 보냈습니다.

모든 것들이 잘 되어 가는 듯하자 나는 가까이에 바라보이는 키클로페스의 땅에 대한 호기심이 생겼답니다. 그들이 기르는 양과 염소의 울음소리가 들려왔고, 그들이 피우는 연기도 보았으니까요. 그래서 새벽이 되자마자 나는 동지들에게 이렇게 제의했지요.

'몇 명만 빼고 다른 사람들은 당분간 이곳에 남아 배를 지켜주게. 나는 동지들과 키클로페스의 땅으로 건너가 동정을 살펴보고 올 테니까.'

마침내 우리가 배를 타고 그곳으로 접근하자 커다란 동굴에 월계수가 덮어씌워 있는 것을 볼 수 있었습니다. 깊이 파고 묻은 돌과 갖가지의 키다리 나무로 처진 울타리 안에는 염소 떼가 있더군요. 바로 거기에 거인이 살고 있었죠. 그 거대한 모습은 인간들과는 완전히 딴판이었습니다. 나는 좀 더 자세히 알아볼 생각으로 담대하고 힘 센 열두 명을 뽑아 키코네스 족들로부터 빼앗은 달콤한 포도주를 가지고 그곳으로 올라갔지요. 이 술은 아폴론 신의 제사장인 에우안테스(Euanthes)의 아들 마론(Maron)이 준 것으로 꿀처럼 달콤했습니다. 20배의 물로 혼합해서 마셔도 황홀하게 감미로운 짙은 맛을 즐길 수 있었지요. 게다가 며칠 정도 버틸 수 있는 식량도 커다란 자루에 넣어 가져갔지요.

얼마 후 우리는 그 동굴의 월계수 잎사귀 하나하나를 자세히 볼 수 있었는데, 마침 그 거인은 거기에 없었습니다. 그래서 우리는 동굴 속으로 숨어 들어가서 구석구석 살펴보았지요. 바구니마다 치즈가 가득 담겨 있었고, 무수한 칸막이 속에는 새끼 양과 새끼 염소가 우글거리고 있었습니다. 가까이 가보니 종별로 나눠 기르고 있더군요. 이른 봄에 낳은 새끼들과 가을에 낳은 새끼를 구별하고, 갓난 것들과 조금 큰 것들을 나눠 놓았어요. 그리고 대접마다 신선한 젖이 가득 차 있더군요. 이때에 동지들은 우선 이 먹을 것들을 배로 실어 나르자고 했습니다만, 나는 끝내 그들의 말을 듣지 않았습니다. 그 거인을 두 눈으로 직접 보고 싶은 호기심 때문이었지요. 우리는 계속 불을 피우고 구운 암소 다리를 신들께 바치면서 동굴 속에 앉아 그가 염소를 데리고 나타날 때까지 기다렸습니다. 이윽고 거인이 돌아온 듯싶었는데 장작을 땅에 쏟아 놓는 소리가 요란하게 들리더군요. 지금까지는 담대했던 우리도 순식간에 겁을 집어먹고 한쪽으로 비켜섰지요. 그는 아무것도 눈치채지 못한 듯 넓은 동굴 속으로 살찐 양들을 모두 몰아넣었는데, 그것들은 모두 암컷뿐이었습니다. 수컷은 우리가 보았던 그 울타리 속에 두었던 것입니다.

문을 닫는 대신에 커다란 바윗돌로 입구를 막는데, 그것은 22마리의 소가 끄는 네 바퀴 수레로 움직여도 꿈쩍하지 않고, 또 아무리 길고 큰 지렛대로도 들어 올릴 수 없을 만큼 크고 울퉁불퉁한 바위였죠. 우리는 무슨 일이 벌어져도 달아날 수 없다는 사실을 두 눈으로 확인하자 더욱 겁이 났습니다. 그는 동물들에게 먹이를 주고 이것저것을 치우더니 불을 피웠습니다. 그때서야 비로소 우리를 발견한 듯 동굴이 쩡쩡 울리는 소리로 물었습니다.

'아니, 네놈들은 도대체 누구냐? 어디서부터 이 먼 바다를 건너왔단 말인가?'

나는 주눅이 든 목소리로 간신히 말했습니다.

'우리는 트로이 전쟁이 끝나고 귀국하던 아카이아 군사들입니다. 폭풍우를 만나 길을 잘못 들었는데, 아마도 제우스 님께서 계획하신 재앙인 것으로 여겨집니다. 하지만 이렇게 된 이상 당신의 도움을 받고자 합니다. 타국에서 온 우리들을 그저 손님으로 보시고 선물을 내려주십사 하는 것이지요. 그러니 부디 훌륭하신 주인님께서도 신들을 받들고 그들로부터 기쁨을 사도록 하십시오.'

'뭐라고, 별 얼빠진 놈이 다 있구나. 정말로 그 헛소리를 들어보니 타국에서 온 것이 분명하구나. 감히 나를 몰라보고 신들을 두려워하라느니 마라느니 하는 걸 보니. 내가 신들보다도 더 힘이 세다는 것을 모르는 모양이군. 아무튼 너희들이 타고 온 튼튼한 배를 어디에다 매어 두었는지 말해보거라.'

이렇게 말하면서 우리를 달래려고 했습니다만 어림도 없는 수작이었지요. 그래서 저는 꾀를 내어 대답했습니다.

'오, 주인님이시여. 우리는 대지를 뒤흔드는 포세이돈이라는 신의 노여움을 사서 오던 도중에 그만 배가 파손되어버렸습니다. 모두들 바다에 빠져 죽었지만, 우리들만은 용케도 이렇게 목숨을 건지게 된 것이죠.'

내 말이 떨어지자마자 거인은 우리에게 손을 내밀어 두 사람을 붙잡아 강아지처럼 땅 위에 내동댕이쳤습니다. 그러더니 머리가 깨진 그들을 갈가리 찢어 저녁거리로 해치우는 게 아니겠습니까. 우리는 벌벌 떨면서 그 꼴을 보고만 있을 수밖에 없었습니다. 그

키클로프스에게 포도주를 따라주는 오디세우스

는 우리는 거들떠보지도 않고 인육을 먹고 방금 짠 젖을 마신 뒤 뿌듯한 듯 양들 사이로 가더니 아무렇게나 누워 코를 골았습니다. 그때 나는 지금이야말로 참았던 분노를 터뜨릴 절호의 기회로 여겼습니다만, 곧 헛수고임을 알고 그만두었습니다. 만약 예리한 칼로 그놈의 심장을 찌른다면 동굴을 막고 있는 그 돌은 어떻게 치울 것입니까. 우린 꼼짝없이 동굴 귀신이 되겠지요. 그래서 그 저 한숨만 쉴 뿐, 그냥 새벽이 오기만을 기다렸습니다.

마침내 아침 일찍 장밋빛 손가락을 가진 새벽의 여신이 나타나자, 거인은 아무 일도 없었다는 듯이 일어나 새끼 양을 어미 양에게 붙여준 다음 불을 지피더니 또다시 우리들 중 두 사람을 붙잡아 요기를 했습니다. 그러고는 어제와 마찬가지로 염소와 양들을 밖으로 몰아내더니 그 육중한 바위를 다시 밀어붙였습니다. 나는 그가 나가 있는 동안 신을 모독하는 놈에게 복수를 하려고 계책을 꾸몄습니다. 그러면 제우스 신께서 명예를 내려주실 테고, 우리는 살아날 수 있으리라 생각했던 겁니다.

드디어 한 가지 묘책을 생각해냈습니다. 나는 키클로프스가 가져다 둔 바위만큼이나 어마어마한 몽둥이를 여섯 자 가량의 길이로 토막토막 잘라서는 그것을 동지들에게 주어 매끄럽게 손질을 하라고 했습니다. 그리고 그 끝을 뾰족하게 깎았습니다. 그런 다음 나는 그것을 받아 들고 활활 타는 불 속에 넣어 시커멓게 그을린 뒤 그것을 동굴 속 깊은 곳의 모래 밑에 감추어 두었습니다. 그러고는 거인이 단잠에 빠졌을 때, 감추어 둔 그 몽둥이를 치켜들어 그 외눈박이 눈알을 찌를 동지를 제비뽑기로 선발했습니다. 그렇게 해서 내가 내심 바랐던 믿음직한 네 사람이 뽑혔지요.

이윽고 해가 지자 거인은 다시 살찐 양이며 염소들을 데리고 들어왔습니다. 어제처럼 부산하게 움직이더니 정말이지, 또다시 거인은 우리들 중 두 사람을 집어내어 저녁식사 채비를 하려는 것이었습니다. 바로 그때 나는 죽을 용기를 다해서 키클로프스에게 이렇게 말을 했습니다. 우리가 가져왔던 향기로운 포도주가 담긴 술잔을 두 손에 받쳐 들고서는 말입니다.

'키클로프스 님, 인간 고기도 좋으시겠지만 이 검은 포도주를 드시면 더욱 좋으실 것입니다. 마셔 보시면 얼마나 향기로운 맛을 지녔는지 아실 겁니다. 정말 맛이 있다면 나를 불쌍히 여기시어 고향으로 돌려보내주십시오. 정말이지 당신은 너무 잔인하십니다.'

그는 그 술잔을 받아 단숨에 들이켜더니, 마치 신주(神酒) 같다면서 한 잔 더 달라고 했습니다. 나는 다시 활활 타오르는 불처럼 반짝이는 포도주를 술잔에 따라 주었지요. 그는 세 번이나 거푸 받아 마시고는 온몸에 술기운이 돌았는지 눈이 풀렸습니다. 그래서 나는 달콤한 목소리로 이렇게 말했지요.

'키클로프스 님, 제 이름을 물었으니 말씀드리지요. 선 우테이스[Noman], '세상에 없는 사람'이라는 뜻입니다. 그럼 어서 약속대로 선물을 주시고 돌려보내주십시오.'

'그럼 나는 너 우테이스를 맨 나중에 잡아먹을 것을 약속하지. 이것보다 더 좋은 선물이 어디 있겠나.'

그렇게 말하자마자 그는 무서운 몸짓으로 하품을 하더니 그대로 쓰러져서는, 비늘이 나 있는 몸을 비스듬히 구부린 채 그대로 쿨쿨 잠이 들고 말았습니다. 숨을 내쉴 때마다 그의 입에서는 포도주와 인육 냄새들이 풍겼습니다. 그때 나는 재빨리 준비해 둔 올리브나무 몽둥이들 잿더미 속에 들이밀었습니다. 그을린 몽둥이에 불이 붙어 시뻘건 숯덩이가 되기를 기다리면서 나는 동지들에게 겁을 집어먹고 망설이는 날에는 우리 모두 몰살당할 것이라고 말했지요.

드디어 그 올리브나무 몽둥이가 벌겋게 달아올랐을 때, 우리는 하나씩 나눠 가지고 거인 곁으로 다가가 올리브나무 몽둥이를 치켜들고 있는 힘을 다해서 동시에 거인의 외눈을 향해 내리꽂았답니다. 나는 얼른 거인 위에 올라앉아서 사정없이 눈을 빙글빙글 돌리면서 파들어 갔지요. 거인의 커다란 눈속에 밀려들어가는 몽둥이 둘레에서는 검은 피가 샘솟듯 치솟았습니다. 그 바람에 둘레의 눈썹과 갈대만큼이나 긴 속눈썹도 타버렸지요. 그러자니 몽둥이의 한쪽 끝이 거의 다 타버리더군요. 그때 거인은 포효하면서 거대한 몸짓으로 버둥거렸는데, 워낙 엄청난 몸부림이었기 때문에 우리에 갇혀 있던 짐승들은 깜짝 놀라서 밖으로 뛰쳐나갔습니다. 이러한 광경을 보고 우리는 겁을 집어먹고 그대로 한쪽 구석으로 숨어버렸습니다. 거인은 눈에 꽂힌 피투성이가 된 몽둥이를 뽑아 멀리 내동댕이치더니 미친 듯이 손을 내저으면서 또 다른 키클로프스들한테 소리를 지르며 도움을 청했습니다. 그들은 바로 근처에 있는 높은 봉우리의 동굴 속에 있었으므로 금방 모여들었습니다. 그들은 동굴 속에는 들어오지 않고 밖에서 물었습니다.

'폴리페모스(Polyphemus; 키클로프스들 중 가장 큰 거인)야, 도대체 무슨 꼴을 당했기에 이 성스러운 밤에 그리 엄살을 피우는 것이냐. 설마 인간 애송이들이 너를 때려서 괴롭혔다고 말하지는 않겠지. 우리 거인들의 체면이 있지 말이야.'

'여보게 형제들, 저 우테이스가 나를 속여 죽이려고 했다네.'

그러자 그들이 대답하기를,

오디세우스가 준 포도주에 취한 키클로프스

'우테이스라니, 그건 '세상에 없는 사람'이라는 말인데. 세상에 없는 사람이 괴롭힌다면 그건 혼자 아픈 것이거나 아니면 제우스 신이 내리신 벌일 거다. 그러니 너도 아버지 포세이돈 신에게 열심히 빌도록 하는 것이 좋겠다.'

그러고는 모두들 그 자리를 떠나버렸습니다. 내가 둘러댄 그 이름 때문에 그들을 깜빡 속여 넘길 수 있었던 것입니다. 키클로프스는 아파서 몸부림을 치다가 일어서더니 문 쪽으로 다가간 다음 그 바위를 밀어 놓았습니다. 그리고 입구에 앉아 두 팔을 펼치고 누구든 양을 훔쳐 나가려는 자가 있으면 막을 자세를 취했습니다. 나도 섣불리 동굴 밖으로 나갈 생각은 없었지요. 생사에 관련되는 일인지라 신중히 생각을 해야 했습니다. 그때 마침 좋은 생각이 떠올랐습니다. 살찌고 털이 수북한 숫양들을 튼튼히 꼰 덩굴로 붙들어 맸습니다. 세 마리를 한 데 엮어 놓고, 그중 가운데 양의 배 밑에 동지들을 숨게 하여 거인에게 들키지 않도록 하는 것이었습니다. 양은 한 사람에 세 마리씩 배당해도 충분했기에 각자 그런 식으로 했답니다. 나는 그중에서 특히 몸집이 크고 튼튼해 보이는 숫양을 골라 긴 털이 풍성한 배 밑에 엎드려 죽을힘을 다해 그 털에 매달렸지요. 그 사이에 어느덧 날이 밝자 키클로페스는 밖으로 나가기 전에 고통을 참으면서 양들의 잔등을 일일이 쓸어주더군요. 하지만 우리는 눈치를 채지 못했습니다. 암놈들을 뒤따라서 드디어 문제의 수놈들이 밖으로 나갈 차례였습니다. 솜 같은 털을 잔뜩 짊어지고 나를 매단 채 말입니다. 폴리페모스는 그 수놈의 잔등을 쓸어주면서 이렇게 말하더군요.

'어이, 느림보야. 전에는 다른 양들에게 뒤지는 법이 없더니 전혀 딴판이구나. 주인인 나의 눈알을 슬퍼해서 느릿느릿 가는가보지. 그래 아주 못된 우테이스라는 놈이 나를 포도주로 홀려 놓고는 이 지경으로 만들어버린 거란다. 네가 정말로 충성스럽다면 그놈이 나를 피해 어디로 달아났는지를 들려주겠지. 그런데 너는 말 못 하는 짐승이잖아.'

이렇게 하소연을 한 다음 그는 그 숫양을 놓아주었습니다. 우

180

리는 무사히 동굴을 빠져 나왔는데, 우선 내가 숫양에게서 내린 다음 동지들을 끌어내주었지요. 그러고는 그 양들을 배가 있는 곳으로 몰고 갔답니다. 죽을 고비를 넘긴 동지들은 서로들 감격해서 부둥켜안고 우는 등 소란을 피웠지만, 나는 눈썹을 추켜올리고 단호히 명령했지요. 어서 거인이 쫓아오기 전에 털이 아름다운 양과 염소들을 배에 몰아넣고 출항하도록 말입니다. 이윽고 우리의 배가 섬으로부터 멀리 떨어져 나왔을 때 나는 키클로프스를 향해서 이렇게 외쳤습니다.

'야, 어리석은 키클로프스. 네 집으로 찾아간 손님을 잡아먹는 무도한 놈, 네 못된 소행을 신들은 노여워할 것이다.'

마침 산 쪽으로 불어가던 바람을 타고 그 말이 키클로프스들의 귓속으로 들어갔던 모양입니다. 거인은 한층 더 펄펄 뛰면서 거대한 산봉우리의 꼭대기를 잡아 뜯어서 우리 쪽으로 집어 던졌습니다. 그러자 그렇게 잔잔하던 바다는 거대한 파도와 함께 물결의 방향이 섬 쪽으로 향하기 시작했습니다. 우리는 혼신을 다해 노를 저었지요. 또다시 그쪽으로 끌려갔다가는 그야말로 끝장이 날 테니까요. 마침내 아까의 두 배만큼이나 육지에서 떨어졌을 때, 나는 다시 키클로프스를 향해 외쳤습니다. 이에 동지들은 나의 무모한 행동에 질렸다는 듯이 나를 가로막고 달래더군요.

'무슨 짓을 하는 겁니까. 왜 긁어 부스럼을 만들려고 하는 겁니까. 방금도 배를 다시 육지로 끌어들이려 하지 않았습니까. 또다시 무슨 말을 듣는다면 그때는 더 큰 산을 송두리째 뽑아서 던질

지도 모릅니다.'

하지만 나는 막무가내로 기어이 소리를 치고 말았습니다.

'어리석은 키클로프스여, 누군가가 네 몰골이 그토록 흉측하게 되었는지를 묻거든 트로이의 성을 함락시킨 오디세우스, 라에르테스의 아들인 이타카 섬의 군주가 이 꼴로 만들어 놓았다고 전하거라.'

이에 그는 아까와는 달리 탄식을 하듯 말했습니다.

'아, 옛날 어느 늙은 예언자의 말이 맞았구나. 에우리모스(Eurymus)의 아들인 텔레모스(Telemus)가 나에게 예언했었지. 오디세우스라는 자에게 속아서 눈을 잃게 될 것이라고 말이다. 그래서 나는 어떤 굉장한 놈이겠구나 싶었는데, 겨우 하잘것없고 나약한 인간이 겨우 술을 먹여 내 눈을 뽑다니. 자, 이제 네 목숨은 끝장나게 되었노라. 오디세우스여. 너에게 재앙이라는 선물을 내리마. 세상의 이름 높은 대지를 흔드는 신 포세이돈이 내 아버지인 줄이야 몰랐겠지. 그분께선 자신이 원하시기만 한다면 내 눈을 고치는 것은 물론이고, 네놈을 단번에 죽여 없애줄 것이다.'

거인은 곧바로 별이 가득히 반짝이는 하늘에 두 손을 내밀고 포세이돈 신께 빌었답니다.

'아버지시여, 제 말씀을 들어주십시오. 참으로 내가 당신의 아들이라면 당신의 아들을 이 꼴로 만든 저 오디세우스에게 무서운 재앙을 내려주기 바랍니다. 그래도 살아서 돌아가는 것이 신들의 뜻이라면, 가는 동안만이라도 지독한 고생을 겪고 난 뒤에야 돌아

가도록 해주시고, 또 집에서는 귀찮은 일들이 벌어져 파멸 직전이
되도록 해주십시오.'

그리고 거인은 또다시 훨씬 큰 바위를 쳐들더니 빙빙 휘둘러서
우리를 향해 내던졌습니다. 그것이 검푸른 뱃머리를 가진 배의 뒤
편을 아슬아슬하게 내리쳐 하마터면 배의 키가 파손될 뻔했지요.
그 떨어지는 힘으로 일어난 파도 때문에 우리는 단숨에 반대쪽
해안의 기슭으로 밀려가버렸어요. 드디어 그 염소들의 섬으로 되
돌아오니, 거기에는 남겨둔 동지들이 슬프게 탄식하면서 우리를
기다리고 있더군요. 우리는 서로 얼싸안고 기쁨의 눈물을 흘렸습
니다.

거인에게서 훔쳐 온 양과 염소들을 그들에게 골고루 나눠준 다
음, 나는 제우스 신께 제물로 넓적다리뼈와 살을 구워서 바친 뒤
기도를 올렸습니다. 그러나 신께서 우리의 정성에는 관심이 없고
그저 어떻게 하면 우리의 배와 나의 충성스런 부하들을 송두리째
빼앗아가버릴 것인지를 궁리하고 계셨던 것입니다. 우리는 그날
온종일 맛있는 살코기며 술을 마음껏 즐겼지요. 이튿날 태양이 수
평선 위로 모습을 드러냈을 때, 우리는 아쉬움을 남긴 채 그곳을
떠났습니다. 물론 죽음을 면한 것은 고마웠지만, 원통하게도 거인
의 손에 죽은 동지들과 함께 떠나지 못했으니까요."

제 10 권

아이올로스, 라이스트리고네스, 키르케

"우리는 그곳을 떠나 바람의 신 아이올로스(Aeolus)가 살고 있는 섬에 도착했습니다. 아이올로스는 히포테스(Hippotas)의 아들로 불사의 신들과 친한 사이지요. 그곳도 바다로 둘러싸인 섬이었는데, 청동으로 성벽을 쌓아 올리고, 성벽 아래에는 매끄러운 바위 벼랑이 솟아 있었습니다. 이 신에게는 여섯 명의 아들과 딸들이 있었는데, 서로를 짝지어 주었기 때문에 그들은 늘 부모 곁에 있으면서 평화로운 나날을 보내고 있었습니다. 우리는 그곳에서 꼬박 한 달 동안이나 귀빈으로 대접을 받았습니다. 그래서 마침내 내가 귀국 이야기를 꺼냈더니 아이올로스가 기꺼이 도와주더군요. 그리고 특별히 아홉 살짜리 암소 가죽으로 만든 자루에 온갖 바람을 넣어주시더군요. 크로노스의 아드님인 제우스 신께서 그에게 바람을 관리하도록 했으니까요. 그는 그 가죽 부대를 반짝이는 은끈으로 바람이 새어 나오지 않도록 배의 한쪽 구석에다 단단히 붙들어 매어주더군요. 그리고 우리 배에는 서풍을 보내 순항하도록 해주셨지만, 실제로는 그의 의도대로 되지는 못했답니다. 모든 것들이 우리의 무분별한 행동 때문이었지요.

그곳을 떠나 9일 동안을 밤낮없이 부지런히 배를 몬 우리는 열흘째 되던 날 드디어 고국 땅이 눈에 들어왔습니다. 신호의 불을 피우고 있는 사람의 모습이 보일 정도로 가까워지자 나는 그동안의 긴장이 풀어졌기 때문인지, 쏟아지는 잠을 견뎌낼 수가 없어 그만 깜빡 잠이 들어버렸습니다. 동료들은 막상 고향이 눈앞에 보이자 이제까지의 고생은 잊어버린 채 가족 친지들에게 자랑 삼아 보여줄 선물을 놓고 서로 쑥덕거렸습니다. 자루 속에 금은보화가 잔뜩 있을 거라고 여긴 동료들은 내가 잠든 틈을 타 그만 가죽 부대를 풀어 헤치고 말았습니다. 가죽 부대를 조금 열었을 때부터 그 속에 있던 온갖 바람들이 걷잡을 수 없이 불어 나와 우리가 탄 배를 고국으로부터 멀리 떨어진 큰 바다로 휩쓸고 가버렸습니다. 잠을 깬 나는 허탈감을 금할 수가 없었습니다. 그대로 배에서 뛰어내려 죽어버리고 싶을 정도였으니까요. 나는 모든 것을 팽개친 채 옷을 뒤집어쓰고 배 안에 누워 있기만 했습니다. 그런데 놀랍게도 우리의 배는 다시 아이올로스 섬에 닿게 되었습니다. 어쩔 수 없이 우리는 또다시 아이올로스의 궁전을 찾아갔습니다. 때마침 그는 가족들과 함께 식사중이더군요. 다시 나타난 우리를 보고 아이올로스는 깜짝 놀라며 물었습니다.

'아니, 오디세우스 님. 도대체 무슨 악령이 당신을 덮쳤단 말이오? 우리는 당신들이 무사히 귀국할 수 있도록 성의를 다했는데 말이오.'

나는 어쩔 수 없이 그의 정성을 여지없이 무너뜨린 동료들의 소행을 고했지요. 나의 애절한 목소리가 목구멍에서 사라지자마자 아이올로스 왕이 호통을 쳤습니다.

'어서 이 섬에서 물러나도록 하라. 목숨을 가진 온갖 것들 중에서도 가장 파렴치한 자들이구나. 나는 너희처럼 신의 노여움을 산 인간들을 도와줄 수 없도다. 썩 물러나가도록 하라! 신들의 저주를 받지 않고서 어찌 그런 일이 벌어지겠는가.'

당장 궁전에서 쫓겨난 우리는 어쩔 수 없이 다시 배를 타고 힘없이 노를 저었습니다. 우리의 어리석음을 바람의 신 아이올로스마저 괘씸히 여겨서인지 더 이상 순풍도 불어오지 않더군요. 우리는 밤낮으로 배를 몰았고 마침내 7일째 되던 날 라이스트리고네스 인들(the Laestrygonians)이 사는 바위투성이의 험준한 성채 텔레퓌로스(Telepylus)가 보였습니다. 이곳에는 목동들이 많이 살고 있었는데, 잠을 자지 않고 일하는 사람은 품삯으로 배를 받을 수 있는 곳이었지요. 해안의 주위에는 깎아지른 듯한 낭떠러지가 계속되었습니다. 한쪽 입구만이 겨우 배가 들어설 수 있을 만큼의 빈곳이 있더군요. 그래서 우리는 그곳에 배를 매어놓았답니다. 그중에서도 나는 나의 검은 배를 바깥쪽인 항구의 맨 끝 바위에다 굵은 밧줄로 매어놓았습니다. 전망이 좋은 언덕으로 올라가 주의를 살펴보았지만 사람이나 소 등은 발견할 수 없었고, 단지 한 줄기 솟아오르는 연기를 보았습니다. 그래서 나는 그곳으로 동지 세 명을 염탐꾼으로 보냈지요.

그들은 연기가 오르는 곳으로 가다가 아르타키에(Artacia) 샘터에서 그곳의 왕인 안티파테스(Antiphates)의 공주를 만났습니다. 그녀의 안내로 지붕이 높이 솟은 궁전으로 들어간 그들은 몸집이

산만큼 거대한 왕비를 만났습니다. 그녀는 곧 집회를 하고 있던 왕을 불러왔습니다. 하지만 거기서도 재앙은 도사리고 있었습니다. 안티파테스는 그들을 보자마자 동료들 중 한 사람을 붙잡아 식탁 위에 올리고 말았던 것입니다. 이에 혼비백산한 두 사람은 우리가 기다리고 있는 곳까지 줄행랑을 쳤습니다. 그러자 우리들을 잡으려고 혈안이 된 왕은 성 전체에 수색 명령을 내렸습니다.

라이스트리고네스 사람들은 구름떼처럼 해안으로 몰려왔습니다. 그들은 인간으로서는 도저히 상상할 수 없을 만큼 거대한 체구였습니다. 그들은 산 위에서 큰 바윗덩이를 떼어내 우리의 배를 향해 마구 던졌습니다. 그 바위에 깔려 죽은 사람도 있었고, 그들이 던진 창에 찔려 죽은 사람도 있었으며, 그들은 쓰러진 우리 동료들을 끔찍스럽게도 그들의 식탁 위에 올리기 위해 옮겨놓곤 했습니다. 그들이 깊숙한 항구 안에서 다른 동지들을 쫓고 있을 때 나는 재빨리 그곳으로부터 빠져나와서 한쪽에 매어두었던 배의 닻줄을 끊고 남은 동지들에게 있는 힘을 다해 노를 저으라고 명령했지요. 물 가운데로 쏟아지는 바위들을 피해 정신없이 노를 저어 마침내 바다로 빠져나왔습니다. 안도의 한숨을 쉬고 뒤돌아보니까 이미 다른 배들은 모두 다 파손되어버렸더군요.

그다음에 이른 곳은 아이아이 섬(the Aeaean island)이었습니다. 그곳에는 마법사 아이에테스(Aeetes)의 누이이자, 사람의 목소리로 말을 하고, 올림머리는 아름답지만 무서운 여신 키르케(Circe)가 살고 있었습니다. 이들은 '태양의 신' 오케아노스(Oceanus)의

오디세우스의 동료를 쓰러뜨리는 안티파테스와 그의 아내

딸 페르세(Perse)와 태양신 헬리오스(Helios) 사이에서 태어났지요. 우리는 바닷가의 숲에 배를 숨기고는 피곤과 실의에 지쳐 이틀이나 늘어져 있다가, 마침내 사흘째 되던 날 아름다운 새벽의 여신이 밝게 비추었을 때, 나는 벌떡 일어나 창과 날카로운 단검을 챙긴 후 사방을 둘러볼 수 있는 높은 언덕으로 올라갔습니다. 나는 길이 넓어지는 곳에서 연기가 피어오르는 것을 볼 수 있었습니다. 그곳은 키르케의 궁전이었습니다. 나는 일단 눈여겨보아둔 다음, 다시 내려와서 식사를 한 뒤 동지들을 염탐하러 보내기로 했습니다.

내려오는 길에 마침 커다란 수사슴을 발견했습니다. 어느 신께서 저를 가엾게 여겨 보내주신 겁니다. 마침 가지고 있던 청동창을 던져 사슴의 등을 명중시켰습니다. 그 녀석이 어찌나 무거운지겨우 매고 동지들이 있는 곳으로 돌아왔지요. 실의와 피곤에 지친 동지들은 사슴을 보자 뒤집어쓰고 있던 옷을 내동댕이치면서벌떡 일어나 신나게 요리를 했습니다. 이렇게 해서 그날은 태양이질 때까지 그곳에 앉아 산더미 같은 고기와 달콤한 포도주로 마음을 달랬습니다. 밤이 가고 새벽의 여신이 깨어났을 때, 나는 동지들을 불러놓고 말했습니다.

'동지들, 우리가 이렇게 막연히 있어서는 안 되오. 또다시 어떤위기가 닥칠지 누가 아는가. 그러니 이제 이 섬을 한번 살펴보고안전한지 여부를 알아봐야겠네. 내가 아까 잠시 나가서 주위를 살펴보니 이 섬 주위는 끝없는 바다로 빙 둘러싸여 있고, 섬 한복판에 있는 숲에서 연기가 피어오르는 것을 보았다네.'

이렇게 말하자 순간 모두들 표정이 굳어지면서 눈물을 뚝뚝 흘렸습니다. 라이스트리고네스의 왕 안티파테스와 야만스런 외눈박이 살인귀 폴리페모스를 상기했기 때문이었지요. 하지만 그대로있을 수는 없어서 나는 동지들을 두 패로 나누어 각기 대장을 정해주었습니다. 나와 다른 한쪽의 대장으로 지명된 사람은 신을 닮은 용모를 지닌 에우릴로코스(Eurylochus)였습니다. 그는 청동을끼운 가죽 투구 속에 넣은 제비를 뽑아 지명되었고, 그에 소속된

22명의 동지들은 우리들을 남겨둔 채 울면서 떠나갔습니다.

그들은 내가 일러준 길로 나가 돌로 깎아 만든 키르케의 저택을 찾아낼 수 있었습니다. 주변에는 아름다운 숲이 우거져 있었고, 그 부근에는 유독 늑대며 사자들이 많이 있었습니다. 그것들은 불행히도 키르케가 먹인 약초 때문에 그렇게 짐승으로 변한 것입니다. 그래서 그 짐승들은 인간에게 달려들기는커녕, 오히려 꼬리를 흔들면서 재롱을 피웠습니다. 그것을 알 리 없는 그들은 이 무서운 짐승을 보고 두려움을 느끼며 키르케의 저택 앞에서 서성거리고 있을 때, 키르케의 고운 노랫소리가 들려왔습니다. 여자의 노랫소리에 마음이 놓인 그들은 용기를 내서 문을 두드렸습니다. 그랬더니 그 여자는 곧장 빛나는 문을 열고 그들을 반갑게 맞아들였습니다. 다들 별 의심 없이 따라 들어갔지만, 에우릴로코스만은 마음이 내키지 않아 약간 떨어진 뒤쪽에 앉아 있었습니다. 키르케는 그들을 팔걸이의자에 앉게 하고는 상냥한 미소를 띠며, 치즈와 함께 보릿가루와 노란 벌꿀을 프람노스산(Pramnian)인 붉은 포도주에 타서 내놓았어요. 그 음식물에는 고향을 모두 잊게 하는 야릇하고 무서운 마법의 약을 섞어 놓았는데, 이것을 알 리가 없는 동지들은 그것을 깨끗이 먹어치웠답니다. 그러자 키르케는 가지고 있던 지팡이를 휘둘러서 그들을 돼지로 만든 다음 돼지우리에 가두어버렸습니다.

한편 뒤쪽에서 눈치를 살피고 있던 에우릴로코스가 재빨리 그곳을 빠져나와 우리에게 이 어처구니없는 참변을 알려주었습니다. 그는 나를 보자마자 말보다는 눈물을 먼저 흘렸습니다. 우리는 그의 표정에서 심상치 않은 기미를 알아차리고 얼른 다그쳐 물었지요. 그러자 그는 겨우 입을 열었습니다. 나는 그 이야기를 듣자마자 비장한 각오를 하고 벌떡 일어나 청동 칼과 활을 둘러메고는 그에게 길을 안내하라고 했습니다. 그러자 그는 두 손으로 내 옷자락을 붙잡고 극구 만류했습니다. 어차피 그들은 그렇게 되었으니 우리들만이라도 빨리 피하자는 것이었지요. 나는 차마 겁에 질려 애원하는 그를 앞장세울 수가 없어 그냥 나 혼자 마술 약을 잔뜩 가진 키르케의 궁전으로 향했지요. 내가 막 잠입해 들어가려는데, 마침 황금 지팡이를 가진 헤르메스 신이 저쪽에서 걸어오는 것이 보였습니다. 그 모습은 이제 겨우 부드러운 솜털이 나기 시작한 미소년 같더군요. 그는 나를 불러 세우고는, 내 손을 잡더니 이렇게 말했습니다.

'어허, 운이 나쁜 그대가 이번에는 또 어디로 가시려는가. 당신의 부하들은 이미 돼지가 되어 저기 키르케의 저택에 갇혀 있다네. 보아하니 그대는 그들을 구출하러 왔구먼. 어림도 없는 일이지. 그대도 결국 그 꼴이 되고 말 텐데. 하지만 나를 만난 이상 내 말만 들으면 모든 게 해결되지. 재난에서 그대를 구해내고 무사히 지켜줄 약초를 그대에게 주겠네. 그럼 키르케의 요술에 대해 모두 말해 줄 테니 잘 듣도록 하게. 그녀는 우선 여섯 가지 음식을 섞어서 만든 마술의 즙을 만들어줄 걸세. 그러나 이 약초만 있으면 염려하지 않아도 되지. 그것이 실패로 돌아가 키르케가 당신을 향

오디세우스의 부하들을 돼지로 만든 키르케

해 긴 지팡이를 들고 덤벼들거든, 용감한 당신은 한 발자국도 물러서지 말고 날카로운 검으로 그녀에 맞서는 거야. 단칼에 죽여 버릴 듯한 기세로 말이지. 그러면 그녀는 겁을 먹고는 달콤한 미소와 함께 그대를 침대로 끌어들일 것일세. 그때 그대는 모두를 위해 그것을 거절하지 말아야 하네. 하지만 그 전에 그녀에게 신들을 두고 다짐을 받아 놓는 것을 잊어서는 안 되네. 앞으로는 절대그대에게 어떠한 재앙도 꾸미지 않겠다는 맹세를 말이야. 그대가무기도 없는 벌거숭이가 되어 있을 때 어떤 음모를 꾸밀지도 모르

니까 말이야.'

아르고스의 살해자인 헤르메스는 약초를 나에게 건네주면서 이렇듯 상세하게 대책을 알려주더군요. 그것은 우유 빛깔의 꽃을 피우고 뿌리가 검은 풀로, 신들은 이것을 몰리(Moly)라고 부르지요. 이 약초야말로 요술로부터 모든 것을 풀어주지만 인간은 설령 발견한다고 해도 파낼 수 없답니다. 헤르메스가 돌아간 뒤 나는 이것저것 착잡해진 마음으로 여신의 저택 입구로 다가가서는 소리 높이 외쳤지요. 그녀는 아름다운 모습으로 나타나서는 빛나는 문 속으로 나를 불러들였습니다. 나는 안으로 들어가 온갖 장식으로 꾸며진 팔걸이의자에 앉았습니다. 그러고는 역시 헤르메스의 말대로 황금 술잔에 든 혼합 음료를 주기에 기꺼이 마셨습니다. 하지만 마술은 조금도 걸리지 않았습니다. 그것을 알 리 없는 키르케는 지팡이로 나를 내리치면서 외쳤습니다.

'자, 어서 돼지우리로 꺼져라. 네 동료들이 거기에서 기다리고 있을 테니까.'

이렇게 말할 때 나는 날카로운 청동검을 허리에서 뽑아들고 서슬도 퍼렇게 그 마녀를 향해 휘둘러댔습니다. 그랬더니 여신은 비명을 지르면서 내 칼끝을 피해 무릎을 잡고 매달렸습니다. 그러고는 겁먹은 소리로 눈물을 흘리면서 말했습니다.

'당신은 분명 계책에 능한 오디세우스 님이시군요. 그분이 아니라면 결코 마술을 벗어나지 못했을 터인데, 틀림없군요. 헤르메스 신께서 늘 나에게 경고하기를, 그분이 트로이로부터 검은 배를 타고 귀국하는 도중에 이곳에 들를 거라고 했었지요. 아무튼 이젠 저를 용서해주시고 사랑의 달콤한 꿈속에 빠지기 위해 침실로 가세요.'

나는 칼을 그대로 든 채 그녀에게 이렇게 말했습니다.

'키르케 님, 어찌 그렇게 친절해지시는 거지요? 내 동지들은 어떻게 하셨소? 나를 그들과 같은 꼴로 만들어버리려고 계략을 꾸미다가 이제 와서 침실로 가자니, 아니 되오. 난 당신을 믿을 수 없어요. 당신께서 진정으로 나를 원하신다면 신께 맹세를 해주세요. 앞으로는 결코 나에게 못된 재앙을 꾸미지 않겠다고 말입니다.'

그러자 여신은 곧 그렇게 하겠노라고 맹세했습니다. 그녀는 먼저 나를 욕실로 데려갔습니다. 잘 닦은 청동 통에 물이 알맞게 데워지자 키르케는 나를 그곳에 앉힌 뒤 향유를 섞은 물을 머리와 두 어깨에 골고루 부어주었습니다. 그러고는 향긋한 올리브유를 내 온몸에 듬뿍 바르고는 부드러운 손끝으로 정성껏 마사지를 해주었습니다. 그동안의 재앙과 고난에서 온 피로가 말끔히 씻겨나가는 듯했지요. 목욕이 끝나자 이번에는 아름다운 속옷과 겉옷을 걸쳐주고는 내 손을 잡고 휘황찬란한 은식기가 진열된 식탁으로 안내했습니다. 하지만 나는 또 어떤 재앙이 나를 기다리고 있을 것 같아 마음이 내키지 않더군요. 이렇듯 내가 그저 앉아 있기만 할 뿐 먹을 것에 관심을 두지 않고 저주스러운 어두운 생각에 빠져 있는 것을 보자, 키르케는 이내 다정한 목소리로 나에게 말을 걸어왔습니다.

키르케에게 귀국길을 부탁하는 오디세우스

　'오디세우스 님, 왜 그리 음식을 본체만체하시는 건가요. 무슨 또 다른 계책이라도 있을까봐 그러시나요! 결코 아무 걱정도 하실 필요 없답니다. 이미 당신께 해로운 일은 꾸미지 않겠다고 맹세했지 않습니까.'

　'키르케 님, 정신 있는 사람이라면 생사고락을 같이 해온 동지들의 불행을 어찌 보고만 있을 수 있겠습니까. 어찌 혼자만 훌륭한 음식을 먹을 수 있겠습니까. 그러니 진심으로 내가 먹고 마시고 즐거워하길 바란다면, 부디 그들을 자유롭게 풀어주십시오.'

내 말을 들은 키르케는 곧바로 돼지우리로 가더니 그 속에서 눈물을 흘리고 있던 수퇘지들을 밖으로 내몰았습니다. 그러고는 우왕좌왕하는 그들에게 뭔가 색다른 약을 발라주었습니다. 그러자 그들을 덮고 있던 흉측스러운 뻣뻣한 검은 털은 말끔히 빠져버리고 전보다도 한층 젊은 남자들로 되살아났습니다. 다시 사람으로 되돌아온 그들은 궁전이 떠나갈 듯이 울면서 나에게 매달렸습니다. 그것은 표독스러운 여신의 마음마저 움직일 정도로 감격스러운 장면이었습니다. 여신은 친근하게 내 옆으로 다가와서 말했습니다.

'라에르테스의 아들이신 지혜로운 오디세우스 님, 해변가에서 그대들이 돌아오기를 학수고대하는 동지들을 생각해보셨나요. 어서 그들을 데리고 오세요.'

그래서 나는 동지들이 기다리고 있는 배로 갔습니다. 나를 본 동지들은 마치 어미 소를 기다리는 송아지처럼 눈물을 글썽이며 우르르 몰려들었습니다. 아마 돌아가신 어머니가 살아온다고 해도 그렇듯 반가워하지는 않았을 겁니다. 내 입에서 무슨 좋은 소식이나 기쁜 명령이 떨어지기를 고대하고 있는 그들에게 나는 기세등등하게 입을 열었지요.

'모두 나를 따라오도록 하라. 우리의 동지들이 키르케의 궁전에서 맛있는 음식과 편안한 침실을 마련해두고 그대들을 기다리고 있다. 떠나기 전에 우선 배를 안전하게 육지로 끌어 올리도록 하라. 그리고 재물과 도구는 모두 끌어내 동굴 속에 넣어두는 것이

안전하겠지.'

내 말이 떨어지자마자 그들은 환호성을 지르며 기뻐했습니다. 그러나 에우릴로코스만은 근심스러운 표정으로 나의 명령을 거부했습니다.

'아, 어리석은 자들이여. 도대체 어디로 가겠다는 말인가. 어째서 자네들은 그 같은 재앙을 자청하려는 것인가. 키르케의 집으로 가다니, 자네들마저 돼지우리로 들어가겠다는 말인가. 전에도 이런 일이 있었지. 키클로페스에게 잡아먹힌 우리 동지들의 참변을 벌써 잊었단 말이냐. 모든 게 다 무모한 오디세우스 때문이었지. 그런데 또다시 이자의 말을 믿으려 하느냐.'

그의 말에 나는 분노를 참을 수 없어 당장 칼집으로 손이 갔지만, 다른 동지들의 재촉과 만류에 그냥 화난 얼굴로 길을 떠났지요. 하지만 산모퉁이를 돌 무렵 어느새 에우릴로코스의 모습도 보이더군요. 우리가 저택으로 다시 들어갔을 때, 다른 동지들은 이미 목욕을 끝내고 키르케가 내준 부드러운 털옷으로 갈아입고 있었습니다. 우리는 서로 부둥켜안고 집이 떠나갈 듯이 통곡을 했습니다. 이때 여신 키르케가 내 곁에 다가와서 살며시 속삭였습니다.

'나도 여러분들이 그동안 얼마나 많은 재앙을 겪어 왔는지를 잘 알고 있습니다. 물고기가 가득한 바다에서나 외눈박이 거인으로부터 받은 재앙도, 그리고 성질이 고약한 사람들로부터 겪은 많은 일들을 이미 알고 있답니다. 하지만 이제는 이렇게 울고 짤 이

유가 없지 않습니까? 그러니 어서 요리와 포도주로 영양을 보충한 다음 충분히 자도록 하세요. 그러면 새로운 용기가 처음 바위가 많은 이타카 섬 고향을 떠나올 때만큼이나 가슴속에 솟구칠 것입니다.'

우리는 여신의 호의로 1년이라는 세월을 그곳에서 보냈습니다. 매일같이 고기와 포도주로 향연을 벌이면서 꼬박 1년이 지나고 계절이 한 바퀴 돌았을 때, 충성스러운 나의 동지 가운데 한 사람이 나를 부르더니 이렇게 말했습니다.

'이게 웬일입니까. 설마 고향을 잊으신 것은 아니겠지요? 이제는 고향 생각을 하셔야 하지 않겠습니까?'

그의 말을 새겨듣는 나는 여느 때와 다름없이 키르케의 호화로운 이불 속에 몸을 누인 뒤 그녀의 손목을 붙잡고 간청을 했지요.

'키르케 님, 이젠 고향으로 보내주겠다던 약속을 지켜주실 때가 되었을 듯합니다. 이젠 동지들은 물론이고 나도 무척이나 고향으로 돌아가고 싶답니다. 그들은 틈만 있으면 나에게 몰려와 어찌된 일이냐면서 재촉을 해댑니다.'

'제우스의 후손인 라에르테스의 아들로서 지혜 많으신 오디세우스 님. 물론 그대들이 원하신다면 언제든지 돌려보내드릴 수도 있습니다. 하지만 그 전에 우선 다른 곳으로 여행할 필요가 있어요. 명왕 하데스와 그의 부인 페르세포네(Persepone)의 궁전으로 가서 테베 사람이었던 눈먼 예언자 테이레시아스(Teiresias)의 영혼에게서 신탁을 받아야만 합니다. 그 사람은 몸은 비록 죽어 있지

만 영혼만은 살아 있어서 아직도 모든 일을 행하고 있지요.'

그녀의 말에 나는 눈앞이 캄캄해졌습니다. 정말 이제 더 이상 견뎌낼 재간이 없을 듯했으니까요. 실의에 찬 눈물과 한숨으로 몸부림을 치다가 할 수 없이 그녀에게 여러 가지를 물어보았어요.

'키르케 님, 명왕이 있는 곳은 아무도 모르지 않습니까?'

'제우스의 후손인 오디세우스 님, 그곳으로 가는 길을 모른다고 해도 걱정하실 것은 없습니다. 당신은 그냥 흰 돛을 크게 펼쳐주기만 하면, 그다음엔 북풍이 그대들을 이끌어줄 것입니다. 그래서 세계 끝의 큰 강인 오케아노스를 건너기만 하면 풀로 무성한 페르세포네 강변과 동산이 있을 것입니다. 그곳에 배를 끌어 올려놓고, 당신은 어둡고 음산한 하데스의 궁을 찾아가는 것입니다. 하데스의 궁에는 아케론 강(Acheron; 고대 그리스 인들은 하데스가 다스리는 저승에는 망자들이 반드시 거쳐야 할 다섯 개의 강이 흐른다고 믿었다. 고통의 강 '아케론'은 망자가 저승 입구에서 만나는 첫 번째 강이다. 그 강은 늪으로 가득 차 있어 거의 흐르지 않았다. 망자는 뱃사공 카론(Chron)이 모는 나룻배에 몸을 싣고 아케론 강을 건너며, 자신의 죽음에서 오는 깊은 고통을 천천히 씻어냈다. 비탄과 통곡의 강 '코키토스(Cocytus)'는 망자가 건너는 두 번째 강이다. 얼음보다 차가운 물이 흐르는 그 강에 망자는 모든 시름과 비통함을 내려놓았다. 세 번째 강인 '피리플레게톤'은 코키토스와 정반대인 불의 강이다. 뜨거운 열기에 물과 진흙이 끓어오르는 이 강에서 망자는 남아있는 감정들을 완전히 태워버렸다. 네번째 만나는 것은 망각의 강 레테(Lethe). 이 강물을 마시면 이승에서의 일을 모두 잊는다. 다섯 번째 강이 두려움과 증오, 우울함, 약속의 강인 '스틱스'이다.)으로 흘러들어가는 피리플레게톤 강(Pyriphlegethon)과 스틱스 강(Styx)의 지류인 코키토스 강(Cocytus)이 있을 것입니다. 그 두 강물이 합류하는 지점 근처에 커다란 바위가 있을 테니, 그곳으로 바싹 다가서 적당한 곳에 한 자 정도의 크기로 구멍을 파세요. 그리고 그 구멍의 둘레에 모든 혼들을 위한 공양의 술을 붓도록 하세요. 처음엔 향기로운 꿀을 탄 것, 그다음에는 달콤한 포도주를, 세 번째는 물, 맨 나중에는 그 위에다 흰 보릿가루를 뿌려주세요. 그리고 나서 힘 빠진 넋을 향해 열심히 기도를 드리는 것입니다. 고향인 이타카 섬으로 돌아가게만 해준다면 암소 중에서도 새끼를 낳지 않은 깨끗하고 훌륭한 것을 제물로 바치겠으며, 그것을 구울 불로는 여러 가지 좋은 물건을 잔뜩 해드리겠노라고 말하면서요. 그리고 테이레시아스를 위해서는 검은 양을 따로 준비해두겠다고 하세요.

이렇듯 간절한 맹세와 기도를 드린 후 검은 새끼 양을 어둠 속에서 목을 비틀어 죽인 뒤 제물로 바치세요. 그때 당신은 강물이 흐르는 쪽을 찾아, 되도록 멀리 떨어진 곳으로 얼굴을 돌리고 있어야 합니다. 그러면 마침내 이승을 떠난 혼령들이 우르르 몰려들 것입니다. 이때를 놓치지 말고 당신의 동지들을 시켜 신속하게 이미 죽은 양들의 가죽을 벗겨 불태운 다음 제물로 바치고는 다시 하데스와 그의 부인 페르세포네를 향해 기도를 올려야 합니다.

한편 동지들이 기도를 올리고 있을 동안 당신은 영혼들의 우두머리인 예언자 테이레시아스가 찾아와서 이야기를 들려줄 때까지 칼을 들고서 힘 빠진 망령들이 제물의 피로 접근하지 못하게 해야만 합니다. 그는 당신에게 여행에 관한 일이며 도중의 일, 귀국 절차 등에 대해서 들려줄 테니까요.'

얼마 뒤 황금의자에 앉은 새벽의 여신이 나타나자 키르케는 내게 옷을 입혀주고는 얼른 동료들에게 돌아가 출발을 서두르라고 했습니다. 나는 동료들을 모두 모아놓고 우리가 해야 할 일을 전했습니다.

'드디어 우리가 이곳을 떠나야 할 때가 온 것 같소. 하지만 기뻐하기에는 아직 이르지. 자네들은 이 길이 바로 그리운 고국으로 향한 길이라고 기대하고 있겠지만, 키르케 님이 우리에게 가르쳐준 길은 그게 아니라네. 우리는 그 전에 하데스와 그의 왕비 페르세포네의 궁전으로 가서 테이레시아스한테 점을 쳐야만 한다네.'

뜻밖의 소식에 그들은 그만 그 자리에 주저앉아 울고불고 난리를 쳤습니다. 너무도 안타까운 마음에 머리털을 쥐어뜯으면서 통곡을 했지요. 그러나 어쩔 수 없이 우리를 기다리고 있는 검은 배를 향해 떠났습니다. 그곳에는 이미 키르케가 나와 있었는데, 그녀는 검은 빛깔을 띤 새끼 양 암컷을 배에 매어두고 우리를 기다리고 있더군요."

제 11 부

저승세계를 찾아간 오디세우스

"해안에서 기다리고 있던 키르케는 우리 배가 바다로 내려지자 우리의 생명이나 다름없는 순풍을 돛에 잔뜩 보내주었습니다. 마술의 여신 키르케 덕분에 돛은 내내 팽팽해 있었으며 우리 배는 전속력으로 앞으로 나아갔습니다. 이윽고 태양이 지고 바다가 붉게 물들어갈 무렵 우리 배는 오케아노스 끝에 이르렀습니다. 그곳은 킴메리오이 족들(Kimmerioi, 영어로는 the Cimmerians; 대지를 둘러싸고 흐르는 오케아노스 강의 경계인 서쪽 끝에 산다. 그들의 나라는 어둠과 안개에 싸여 태양이 전혀 비치지 않아 어둠에 묻혀 있다고 하며, 하데스가 다스리는 저승의 입구로 여겨졌다.)의 도시가 있는 곳으로서 항시 어둠과 짙은 안개가 덮여 있었습니다. 그래서 태양이 넓은 하늘로 올라갈 때에도, 지상으로 내려올 때에도 그곳 인간들에게는 저주스런 어둠만이 있었지요. 우리는 그곳에 닿자마자 배를 육지에 대고 양들을 끌어낸 다음, 또다시 오케아노스 강의 줄기를 따라 키르케가 가르쳐주었던 곳까지 끌고 갔지요. 나는 그곳에서 청동 검을 뽑아 들고서는 길이와 넓이가 모두 한 자 정도 되는 구덩이를 팠습니다. 그다음 키르케의 말대로 구덩이에 공양주를 따라 모든 망령들에게 바쳤습니다. 그리고 이타카 섬으로 돌아가면 많은 제물을 바치겠다고 기도를 올렸습니다.

이렇듯 기도를 마친 다음, 양들의 목을 베어 그 피를 파놓은 구덩이 속에 쏟아 붓자 거무스름한 피를 따라 온갖 망령들이 어둠 속으로부터 몰려들었습니다. 피지도 못한 채 죽은 아리따운 소녀의 혼, 미혼의 젊은이, 제물을 구하기에 급급했던 구두쇠, 착한 처녀로서 새로운 슬픔을 가슴에 품은 아가씨, 또 청동의 창에 찔려 죽은 수많은 젊은이들, 전쟁터에서 창에 맞아 피투성이가 된 무사들, 태어나자마자 죽은 어린 영혼에 이르기까지 모두가 구덩이 주위로 몰려들어 아우성을 치는 바람에 나는 질겁했습니다. 그래도 나는 정신을 바짝 차리고 키르케가 일러준 대로 동지들에게 하데스와 그의 아내 페르세포네에게 제물을 바치고 기도하라고 명령을 했지요. 한편 나는 날카로운 검을 허리에서 뽑아 들고 피를 막고서 테이레시아스의 망령을 기다리면서 다른 망령들이 접근하는 것을 물리쳤습니다.

맨 먼저 찾아온 것은 나의 동지였던 엘페노르(Elpénor)의 혼이었습니다. 키르케의 저택에서 떠나오기 직전에 지붕에서 술을 먹다가 떨어져 죽은 자기 장례를 치르지 않고 그냥 떠난다면 신의 노여움을 살 게 분명하니, 자신의 무덤을 만들어달라고 했습니다. 그러는 동안 도량이 넓은 아우톨리코스(Autolycos; 도둑질과 사기술의 명수. 헤르메스와 키오네의 아들이며, 오디세우스를 낳은 안티클레이아의 아버지이다.)의 딸인 나의 어머님 안티클레이아(Anticleia)의 혼이 다가왔지만, 나는 그분조차도 막아섰습니다. 그야말로 비장하고도 비정한 투쟁이었지요. 내가 성스러운 일리오스를 향해 출정했을 때 헤어진 이후 어머니는 돌아가셨던 것입니다. 나는 그런 어머님조차 위로해드릴 수가 없었습니다.

드디어 테베 사람 테이레시아스의 망령이 황금 지팡이를 짚고 유유히 나타났습니다. 그쪽에서 먼저 나에게 말을 걸어왔습니다.

'제우스의 후손인 오디세우스여, 무슨 일로 장밋빛 태양을 버리고 이렇게 험한 곳을 찾아왔는가. 아무튼 그 날카로운 청동 칼을 거두고 구덩이를 비켜나게나. 내가 그 피를 마시고 틀림없는 신탁을 말할 수 있도록 말이야.'

거무스름한 피를 마신 그 훌륭한 예언자는 비로소 기운을 차리고 말을 이었습니다.

'명예로운 오디세우스여, 그대는 달콤하고 즐거운 여행을 기대하는군. 하지만 그대의 희망과는 달리 대지를 뒤흔드는 신 포세이돈이 그대를 놓아주지 않으려 하는군. 자네는 사랑하는 그의 아들 폴리페모스를 장님으로 만들어버린 원수이니까 말이야. 그래도 그대가 뛰어난 계책과 용기로 모든 재앙을 극복해나간다면 귀국이 불가능한 것은 아니네.

먼저 황색 바다를 무사히 빠져나가, 튼튼하게 만들어진 검은 배를 드리나키에 섬에 정박시켰을 때의 일인데, 그곳에는 태양신의 암소와 양 떼가 풀을 뜯고 있을 것이네. 만물을 지배하시는 신의 가축들인 그 소나 양들에 대한 욕심을 버린다면, 그런대로 재난을 무릅쓰고라도 이타카 섬으로 돌아갈 수 있을 것이네. 하지만 그 소나 양에게 어떤 해를 끼친다면 그대들은 결코 파멸을 면치 못할 것이다. 그대만은 살아남을지도 모르지만, 더없는 재앙을 또다시 겪은 다음에야 동지들도 모두 잃은 채 형편없는 몰골로 귀국하게 될 것이다. 또 오랜 세월이 지난 후 가까스로 집에 돌아간다 해도 거기에 다시 재앙이 기다리고 있을 것이네. 무례한 사나이들이 그대의 아내 페넬로페를 향한 청혼을 구실로 그대의 재산을 탕진하고 있을 것이네. 그러한 청혼자들을 그대는 반드시 청동창으로 다스려야 하네.

그대야말로 손에 착 붙는 좋은 노를 잡고, 사면이 산으로 둘러싸인 인간의 땅으로 가야만 하네. 그곳에서 어떤 길손을 만나게 될 텐데, 그 사나이가 그대에게 겨를 까부는 키가 그대의 탄탄한 어깨 위에 짊어져 있다고 말하거든, 즉시 가져간 노를 대지 위에 꽂아놓고 훌륭한 제물을 포세이돈 님께 바쳐야 한다네. 암컷의 새끼 양과 황소와 수퇘지를 말이야. 그리고 광대한 하늘을 다스리는 모든 불사의 신들께 절차대로 기도를 올려야 하네. 그리고 먼 훗날 그대가 노령으로 아주 쇠약해졌을 때, 그대에게는 바다로부터 죽음이 찾아올 걸세. 그건 조용하고도 참으로 다정하며 행복한 죽음이지.'

그와 같은 예언을 들은 나는 이렇게 대답했지요.

'테이레시아스 님이여, 그 같은 일들은 모두 신들 자신의 생각에 의해서 정해진 것이겠지요. 그러면 이 일에 대해서도 말해주십시오. 여기에 꿈에도 그리던 나의 어머님 망령이 보입니다. 바로 피 옆에 말없이 앉아 계십니다. 그런데 자기 자식을 바로 곁에 두고도

처다보려고조차 않으시니 어쩌된 일입니까. 일러주십시오. 어떻게 하면 어머님께서 저를 알아보실 수 있을지.'

'그야 간단하지. 그대가 저 피를 허용한 망령들과만 말을 주고받을 수 있으니까 말이야.'

이렇게 말한 예언자는 곧장 하데스의 궁으로 떠나버렸습니다. 나는 그대로 남아 있었습니다. 어머님께서 다가와 그 피를 마시고는 나를 알아보시길 기다렸지요. 드디어 어머님께서 그 피를 마신 덕분에 나를 알아보고는 그만 울음을 터뜨리면서 말했습니다.

'오, 아들아, 어찌하여 이 어두운 세계로 들어왔단 말이냐. 너는 분명 살아있는 몸이 아니냐. 그런데 트로이에서부터 여태껏 바다를 헤매고 돌아다녔단 말이냐? 이제까지 이타카에는 전혀 가지를 못한 것이냐.'

'어머님, 제가 귀국하기 위해 이렇듯 테이레시아스 망령에게 신탁을 받으러 왔습니다. 트로이를 떠난 후 겹친 재앙 때문에 이렇듯 헤매고 돌아다니게 되었지요. 그런데 어머님께서는 어찌된 일이십니까. 제가 떠날 때만 해도 건강하시던 분이. 도대체 죽음의 운명이 왜 당신의 생명을 앗아갔단 말입니까? 그리고 또 아버님과 나의 아들은 어떻게 되었는지 궁금합니다. 또 고향 사람들 사이에서 아직도 내 위신이 유지되고 있는지, 아니면 이미 누구의 손에 그 왕권이 넘어가버렸는지요. 궁금한 점이 많습니다, 어머님. 무엇보다도 정숙한 제 아내 페넬로페와 나의 작은 아들은 어찌 되었습니까. 아내는 혹시 젊은 청혼자한테로 시집을 가버리지나 않았는

지요?'

'그렇지 않단다. 그 애는 날마다 눈물과 한숨으로 세월을 보내면서 줄곧 너만 생각하며 기다리고 있단다. 또 너의 훌륭한 위신은 아직 그대로 유지되고 있단다. 그리고 아버님은 전과 다름없이 시골에 계시면서 거의 바깥출입을 하지 않고 계시지. 이제는 너의 귀국을 기다리다 지치고 가슴속의 비탄이 쌓여 어쩔 수 없이 괴로운 노년에 접어드셨단다. 나 역시 너의 귀국을 학수고대하다가 이렇듯 때가 되어 저승길에 오른 거란다. 무서운 병이나 화살에 의한 것이 아니라 너의 분별력과 다정한 마음씨와 늠름한 모습들이 내 생명을 앗아가버린 거나 다름없단다.'

이렇게 말하는 어머니를 부둥켜안으려고 나는 몇 번이나 손을 내밀었지만, 잡히는 것이라고는 허공뿐이었어요. 그래서 나는 절망에 잠긴 목소리로 부르짖었습니다.

'어머님, 저승길에서나마 그리운 가슴에 묻혀 찢어지는 슬픔을 나눠보려는데 어찌 이토록 저를 붙잡아주지 않으십니까. 정녕 이것은 페르세포네 님이 나를 더욱 비탄에 빠지게 하려고 보내신 환상이었던가요?'

'당치도 않은 소리다. 이것은 인간으로서 누구나 이곳에 오기 마련이란다. 일단 생기가 육신을 떠나버리면 영혼은 꿈이나 마찬가지로 허공을 떠다니는 거지. 그러니 너는 어서 태양이 있는 곳으로 돌아가도록 하라. 오, 불쌍한 내 아들! 온갖 재앙을 한 몸에 떠안은 가엾은 영웅이여!'

우리가 이렇게 울면서 서로를 아쉬워하고 있는 동안 존엄한 신분의 여성 망령들이 몰려들었습니다. 거무칙칙한 피를 둘러싸고 떼를 지어 서로 앞서려고 아우성인 그들을 본 나는 기가 막혔지요. 그래서 긴 칼을 뽑아 들고 차례를 지키지 않으면 모두 다 피를 마시지 못하도록 할 것이라고 호령을 했지요. 그들은 잠잠해지더니 결국 차례대로 와서는 자기 신분을 밝히기 시작했습니다. 맨 처음에 만난 자는 살모네우스(almoneus)의 딸인 티로(Tyro)인데, 아이올로스(Aeolus)의 아들인 크레데우스(Cretheus)의 아내였다고 하더군요. 그런데 그녀는 거룩한 '강의 신' 에니페우스(Enipeus; 테살리아 지방에 흐르는 강 이름. 또 이 '강의 신'이다. 다른 강의 신들과 마찬가지로 대양의 신 오케아노스와 테티스의 자식으로 추정된다.)를 사랑하여 그 강기슭을 가끔 찾아갔었는데, 그때 대지를 뒤흔드는 포세이돈 신이 그 강의 신의 모습을 빌려 그녀를 가로채 동침을 했답니다. 그때 용솟음치던 파도는 그 모양을 활같이 해서 신과 처녀의 모습을 가려주었던 것이지요. 그녀가 처녀의 띠를 풀었을 때 잠이 들었으며, 이윽고 신께서 사랑의 행위를 모두 끝내시자 그녀의 두 손을 꼭 잡고 이렇게 속삭였답니다.

'기뻐하라, 아름다운 내 아내여. 그대는 눈부신 아기를 얻게 되리라. 신들과의 인연은 결코 헛된 것이 아니다. 그대는 어린것들을 잘 길러야 하지만, 지금은 집에 가서 절대로 남들에게 이야기하지 말라. 나는 대지를 뒤흔드는 신 포세이돈이니라.'

이리하여 그 처녀는 펠링스(Pelias)와 넬레우스(Neleus)를 낳게

죽은 헤라클레스와 결혼한 헤베

되었던 거지요. 그 이후 여성들의 선망을 한몸에 얻고 있던 티로는 여왕이 되어 크레데우스와의 사이에 또 다른 아이들, 즉 아이손(Aeson)과 페레스(Pheres)와 마차를 몰기 좋아하는 전사 아미타온(Amythaon)을 낳았답니다. 다음에 만난 것은 강의 신 아소포스(Asopus)의 딸인 안티오페(Antiope)였습니다. 이 여자는 참으로 황송하게도 제우스의 가슴에 안겨 밤을 지냈다고 하더군요. 그래서 태어난 아들이 바로 암피온(Amphion)과 제토스(Zethus) 형제였다고 합니다. 그다음에는 암피트리온의 아내 알크메네를 만났습니다. 이 여자는 거룩한 제우스 신의 팔에 안겨서 달콤한 밤을 지낸 뒤, 사자와 같은 기개를 지닌 헤라클레스를 낳은 사람입니다. 그리고 그 헤라클레스의 아내이자 테베의 위대한 크레온 왕(King Creon)의 큰딸 메가라(Megara)도 만나보았지요. 또 오이디푸스(Oedipus, 오이디포데스 Oedipodes)의 어머니인 아름다운 에피카스테(Epicaste, 이오카스테; 크레온 왕의 여동생)도 만났지요. 치욕스럽게 아들과 결혼한 이 여자는 끝내 천장에서 내려온 새끼줄에 목을 매 그곳까지 오게 되었지요. 그 밖에도 아름다운 키오리스(Chloris; 넬레우스가 그녀의 미모에 반해 결혼했다.)와 마술사 미노스(Minos)의 딸들인 파이드라(Phaedra)와 프로크리스(Procris), 아리아드네(Ariadne)도 만나보았고, 또 마이라(Maera)와 클리메네(Clymene) 그리고 흉측스러운 에리필레(Eriphyle)도 보았습니다.

그러나 나는 그곳에서 만났던 모든 사람, 한때 그 명예를 떨쳤던 사람들의 아내이자 딸들에 대해, 일일이 거론하며 그들이 한 이야기를 들려주지는 않겠습니다. 밤이 너무 짧으니까요. 나는 지금 너무 피곤합니다. 이제 밤이 얼마 남지 않았지만 그동안만이라도 눈을 붙이고 싶군요."

오디세우스가 말을 마치자 어둠침침한 홀은 마술에라도 걸린 듯 마냥 침묵이 흘렀다. 이윽고 모두를 향해 왕비 아레테가 말을 꺼냈다.

"파이아케스의 시민 여러분, 이분의 이야기를 들은 지금, 당신들은 한층 더 이분을 우러러보고 있겠지요. 훤칠한 키와 준수한 용모, 또 누구도 따르지 못할 지혜와 용기에 대해서 말이에요. 그러니 이분이 떠나시기에 앞서 우리는 이렇게 물건을 필요로 하시는 분에 대해 조금도 인색해서는 안 됩니다."

그러자 사람들 가운데에서 가장 연장자인 에케네오스(Echeneus)가 말했다.

"그렇습니다, 여러분. 우리가 이분의 이야기를 듣고 감격한 이상 왕비님의 분부대로 하는 게 좋을 듯하오."

그 말에 대해 알키노스가 호탕한 목소리로 대답했다.

"과연 그렇군. 손님께서는 조금도 서두를 필요가 없을 것입니다. 나의 아름다운 왕비 아레테가 귀국하는 일에 대해 무척 걱정하고 있으니 말이오."

그 말에 대해 지혜로운 오디세우스가 말했다.

"뛰어나신 알키노스 왕이시여, 당신께서 귀국 문제를 진행하시고 나를 위해 훌륭한 선물을 준비하는 데 1년 정도 걸린다고 해도, 저는 기꺼이 받아들이겠습니다. 늦어지더라도 좀 더 나은 선물을 많이 가지고 귀국하는 게 좋을 테니까요. 그렇게 하여 금의환향한다면 이타카 사람들로부터 좋은 평판과 애정을 받을 수 있겠지요, 예전처럼 말입니다."

그 말을 들은 알키노스는 흡족해 하면서 또다시 그다음 이야기를 재촉했다.

"오디세우스여, 그대가 피곤하다는 것을 내 모르는 바 아니지만, 그다음 이야기가 너무 궁금하구려. 저승에서 용감한 당신의 동지들은 만나보지 못했는지, 만나보았다면 그분들이 죽게 된 경위를 물론 자세히 들었겠지요? 어서 이야기를 들려주시오."

"알키노스 왕이시여, 사람은 이야기를 하고 싶을 때가 있는가 하면, 또 잠을 자고 싶을 때도 있습니다. 하지만 당신께서 그토록 내 이야기를 듣고 싶다 하니 내 어찌하겠소. 그럼 더욱 애처로운 이야기인 내 전우들의 수난 이야기를 들려드리겠습니다.

매우 영리한 지하세계의 왕비 페르세포네가 우아한 부인들을 다시 불러들이자 아트레우스의 아들 아가멤논의 영혼이 초췌해진 모습으로 찾아왔습니다. 그 주위에는 그와 함께 아이기스토스의 저택에서 참변을 당한 망령들이 서성대고 있더군요. 그는 즉시 나를 알아보고는 나를 부둥켜안으려고 버둥거렸습니다. 허나 그는 이미 체력이 소진되었으며, 팔다리의 관절에 남아 있던 기력마저도 없어 헛손질만 되풀이했지요. 그 모습을 본 나는 눈물을 억지로 참고 그에게 말을 걸었지요.

'모든 병사들의 왕이신 아가멤논이여, 그렇듯 용맹스러우시던 당신께 그 어떤 죽음의 운명이 다가왔었단 말입니까?'

'제우스의 후손이며 라에르테스의 아드님인 오디세우스여, 나는 결코 포세이돈 신에 의해서나 육지에서 뜻하지 않은 사고로 죽은 것이 아니라네. 아이기스토스의 손에 죽었지. 그는 저주받을 내 아내와 짜고 자기 집으로 나를 초대해 호화로운 향연이 한창 무르익을 즈음 나를 피투성이로 만들어 쓰러뜨렸네. 그런데 의식이 몽롱해지면서도 나는 차마 들을 수 없을 만큼 애처로운 비명

오디세우스를 찾아온 아킬레우스, 파트로클로스, 안틸로코스의 망령

소리를 들었다네. 간악한 계책을 꾸민 클리타임네스트라가 나뿐
만이 아니라 프리아모스의 딸 카산드라(Cassandra)마저 죽여 버린
거라네. 나는 있는 힘을 다해 검을 쳐들려고 했지만 결국은 그대
로 땅 위에 떨어뜨리고 말았네. 나는 놈들의 칼에 찔려 피를 너무
많이 흘리는 바람에 거의 의식이 없었네. 그런데도 그 뻔뻔스러운
계집은 피투성이가 된 제 남편을 버려둔 채 그냥 가버리더군. 저
승길로 떠나는 나의 한 많은 눈을 감겨주지도 않고 말이네. 정말
이지 나는 집으로 돌아가면 아이들과 온 가족들이 모여 나를 기

쁘게 맞아주리라 믿었네. 그리고 언제나 그것을 꿈꾸며 기대에 부풀어 있었지. 그런데 그녀는 난데없이 음탕한 생각을 가지고 불륜을 저지르고는 나를 이렇게 살해할 음모를 꾸몄던 것이라네.'

'넓은 하늘에 계시는 제우스 신은 참으로 아트레우스의 후손을 저주하는군요. 애당초부터 그 일은 헬레네, 즉 여자에 의한 것이었지요. 그 싸움 때문에 우리는 우리의 숱한 군사들을 잃어버렸지요. 그런데 이번에는 클리타임네스트라가 그랬군요.'

'내가 이제 와서 후회해본들 무엇 하겠는가. 그대도 앞으로는 절대 여자에게 친절해서는 안 되네. 그들에게는 중요한 사실이 있으면 철저히 숨겨야 한다는 말이지. 하지만 오디세우스여, 현명하고 충분한 분별력이 있는 아내를 가진 그대는 결코 이같이 어처구니없는 죽음을 당할 리 없지. 그러고 보면 그대는 참으로 행복한 사람이야. 그대가 귀국하면 아름답고도 정숙한 페넬로페가 현명한 아들 텔레마코스와 함께 그대를 기쁘게 맞아들일 테니까. 그런데 내 아내는 아들을 마음껏 보여주기는커녕, 오히려 나를 먼저 죽여버렸어. 그런데 사람 일이란 알 수가 없는 거라네, 그대에게 한 가지 충고를 하겠네. 고향에 닿거든 곧장 항구로 들어가지 말라는 걸세. 여자란 결코 믿을 게 못 되니까. 만약의 경우를 생각해서 몰래 숨어드는 것이 현명할 거야. 그런데 내 아들 소문을 들은 적이 없나? 내 아들 오레스테스는 결코 그렇게 호락호락 죽지는 않았을 텐데 말이야. 드넓은 스파르타 광야의 메넬라오스에게 가 있는지, 아니면 오르코메노스(Orchomenus)나 필로스(Pylos)를 헤

매고 있는지 들려주게나.'

'아트레우스의 아들이시여, 애석하게도 저는 아무것도 들려드릴 수가 없답니다. 저는 그 아이에 대해 들은 바가 전혀 없으니까요.'

우리 두 사람이 이렇듯 저승에서 만나 회포를 풀고 있을 때 펠레우스의 아들 아킬레우스의 망령과 파트로클로스, 안틸로코스 등이 찾아왔더군요. 걸음이 빠른 아이아코스의 후손인 아킬레우스의 망령은 나를 향해 애처롭게 탄식하며 말했습니다.

'계략에 뛰어난 오디세우스여, 자네는 과연 담대한 사나이구먼. 어째서 자네는 이 어두운 명부(죽은 자들의 세계)에 올 생각을 했단 말인가. 이곳은 사리분별도 갖지 못한 망령들이 사는 곳이며, 죽은 사람의 환영들이 우글거리는 곳이란 말일세.'

'아킬레우스여, 펠레우스의 아들로서 아카이아 인들 중에서도 가장 뛰어난 그대여, 나는 집에 돌아가기 위한 예언을 듣기 위해 테이레시아스를 찾아 이곳으로 왔다네. 우리는 트로이 성을 떠난 이후 내내 고난만 당하고 돌아다녔지. 아킬레우스여, 자네만큼 행복한 자는 지금까지도 또 앞으로도 아마 없을 걸세. 자네는 살아 있을 때와 마찬가지로 죽어서도 망령들을 향해 권위를 떨치고 있으니 말이네. 그러니 죽었다고 해서 결코 한탄할 필요는 없지 않은가.'

'명예로운 오디세우스여, 들에서 품팔이를 하는 소작인으로서 남에게 굴욕을 당하더라도, 나는 지상 세계로 돌아가고 싶네. 그러니 제발 내가 죽은 것을 애써 달래려고 하지 말게. 나는 슬프기 그지없으니까 말일세. 자, 이제 그런 말은 하지 말고 내 귀한 아들과 아버님이신 고귀한 펠레우스의 소식을 들었거든 말해주시오. 아직도 아버님은 뮈르미돈 사람들에게 존경을 받고 계시오? 나는 한때 참으로 용감했었으나, 이제 나는 투사가 될 수는 없소. 나는 트로이에서 최강의 적을 베어 아카이아 군을 구한 적이 있었소. 아! 그때처럼 단 한 시간만이라도 아버지의 집으로 돌아갈 수만 있다면, 아버지를 경멸하는 무리들을 따끔하게 혼내줄 수 있을 텐데.'

'고귀하신 펠레우스 님에 대해서는 아무 소식도 듣지 못했소. 그러나 사랑하는 아들 네오프톨레모스(Neoptolemos)에 대해서는 사실대로 말씀드리겠소. 스키로스에서 그를 태워 단단히 무장한 아카이아 사람들에게 데려온 적이 있다오. 트로이 시 앞에서 책략을 꾸밀 때에도 그는 항상 나무랄 데가 없는 말을 했었지. 더욱이 트로이 평야에서 전투를 시작했을 때, 그는 앞장서서 달렸고 절대로 힘에 밀려 뒤처지는 법이 없었지. 그가 쓰러뜨린 적은 수없이 많아 일일이 열거할 수도 없다오. 텔레포스(Telephos; 헤라클레스의 아들)의 아들인 영웅 에우리필로스(Eurypylus; 헤라클레스의 아들 텔레포스가 트로이 왕 프리아모스의 딸 아스티오케와 결혼해서 낳은 아들이다.)를 칼로 쳐서 죽였을 정도니까! 또한 그는 아가멤논 다음으로 외모가 출중했다오. 그리고 우리 아카이아 군의 정예 무사들이 에페이오스가 만든 목마에 들어갔을 때 다른 장수들과 다나오이 장수들은 모두 눈물을 닦아내고 사시나무 떨 듯 떨었지만, 아드님만은 얼굴빛 하나 변하지 않고 눈물 한 방울 흘리지 않았다네. 뿐만 아니라 그는 나에게 목마에서 나가 칼자루와 무거운 청동 창을 휘둘러 트로이 군을 전멸케 해달라고 간청했지. 마침내 그는 우리가 그 견고한 프리아모스 성을 점령했을 때 전리품을 한 몫 챙긴 뒤 아무런 부상도 입지 않고 출범했다오.'

자기의 아들을 칭찬해주자 무척 기뻐한 아킬레우스는 아스포 델(asphodel; 수선화의 일종)이 만발한 초원을 향해 사라졌습니다. 그러자 이번에는 이승에서 떠나간 다른 망령들이 어두운 그림자 를 드리운 채 모여 서서는 제각기 자기들의 가족에 대해 물어보 았습니다. 하지만 그보다도 내 가슴에는 이 세상을 떠난 망령들 의 생활을 보고 싶은 생각이 간절했답니다. 그런데 마침 미노스 (Minos)의 모습이 눈에 들어오더군요. 그는 제우스의 훌륭한 아들 로서, 황금 홀장을 손에 들고 앉아서 위엄 있게 망령들을 심판하 고 있었습니다. 대문이 넓은 법왕의 궁에는 망령들이 빽빽이 들어 서서 자기 차례가 돌아오기를 기다리고 있더군요. 그다음에는 거 인 오리온(Orion)을 볼 수 있었습니다. 그는 극락 백합이 만발한 들에서, 청동 몽둥이를 휘둘러대면서 생전에 그가 때려잡았던 들 짐승들을 한곳에 몰아넣고 있었습니다. 그다음에는 대지의 여신 가이아의 아들로 땅에 드러누워 있는 티티오스(Tityus)를 만났습 니다. 누운 키가 어찌나 크던지 1킬로미터는 되겠더군요. 그리고 양쪽에는 두 마리의 독수리가 있었는데 그의 복막 깊숙이 부리를 박고서 간을 쪼아 먹고 있었습니다. 그런데 그는 그것을 쫓아버릴 수가 없었습니다. 왜냐하면 제우스 신의 영예로운 부인이신 레토 (Leto; 아폴론과 아르테미스를 낳았다.) 여신께서 경치 좋은 파노페우스(Panopeus)를 지나 피토(Pytho)로 행차하시는 것을 무례하게도 그가 습격했었기 때문이지요.

그리고 나는 저 탄탈로스(Tantalus)의 참혹한 고통의 현장도 목격했습니다. 그는 턱밑까지 차 있는 물속에 서 있었어요. 하지만 아무리 목이 타도 그 물을 절대로 마실 수가 없었어요. 그 노인이 물을 마시려고 몸을 굽히기만 하면 그 물이 곧바로 사라져버리기 때문이었어요. 그는 미치도록 목이 타는 벌을 받았던 겁니다. 그리고 또 한편에선—쉴 새 없이 바윗돌을 밀어 올려야만 하는 시시포스(Sisyphus, 시지프 Sisype)도 보았습니다. 그가 두 손으로 거대한 바위를 언덕 위로 밀어올리면 그 바위는 다시 굉장한 무게로 변해 밑으로 떨어지곤 하더군요. 하루 종일 그것을 되풀이해야 하는 그의 목덜미와 손발에서는 땀이 비 오듯 했습니다. 더군다나 먼지가 자욱해 눈도 제대로 못 뜨는 상태에서 말입니다. 그다음에 나는 장사 헤라클레스를 만났습니다. 물론 그의 실체는 볼 수 없었고, 단지 그 환영을 보았을 뿐이지요. 이 환영이 나타나자 망령들은 기겁을 하면서 비명을 지르며 이리저리 달아나기에 바빴습니다. 그는 여전히 금방이라도 화살을 쏠듯이 활의 시위에 화살을 댄 채 무서운 눈초리로 주위를 노려보고 있었습니다. 그러다가 나를 발견하자 반가운 듯이 말을 걸어왔습니다.

'제우스의 후손인 라에르테스의 아들이며 계략에 능한 오디세우스여, 참으로 기구한 운명을 타고났구나. 내가 태양 밑에서 늘 짊어지고 있던 것과 같은 운명을 말이다, 그대 역시 끌고 다닐 수밖에 없었단 말인가. 나도 크로노스의 아들인 제우스 신의 아들이었지만 끝없는 고난을 겪었지. 나와는 비교도 할 수 없이 천박한 인간에게 굴욕을 당하고 있었으니까 말이야. 더구나 그놈이 나한테 까다로운 일을 열두 가지나 시켰거든. 이 하데스 궁에 와 있는 것도 모두 다 그놈의 계책 때문이지. 나보고 지옥의 개인 케르베로스(Cerberos; 하데스 궁으로 들어가는 망자들이 스틱스 강을 건널 때 무임승차한 자들을 가려내거나, 하데스의 허가 없이 지옥에 들어오려고 하는 자나, 또는 거기서 도망치려고 하는 자를 감시하는 머리가 셋 달린 개)를 데려오라는 것이었어. 그보다도 더 어려운 일은 또다시 없을 것이라고 생각했기 때문이지. 하지만 나는 헤르메스와 빛나는 눈의 여신 아테나의 도움으로 그 일을 손쉽게 해치울 수 있었어.'

이렇게 말을 한 그는 다시 하데스 궁의 깊숙한 곳으로 사라져버리더군요. 그가 떠난 후에도 나는 그곳에 꼼짝 않고 서 있었습니다. 혹시 또 누군가가 찾아오지 않을까 해서요. 어쩌면 내가 만나보고 싶어 하던 망령인 테세우스(Theseus)나 피리토우스(Pirithous; 테살로니아의 라피타이족의 왕으로 테세우스의 친구. 그와 함께 저승의 여왕 페르세포네를 유괴하려 했으나 실패했다.) 같은 신들의 영예로운 자제들도 만날 수 있었을 겁니다. 하지만 그들을 보지는 못했습니다. 그들이 오기도 전에 헤아릴 수 없을 만큼 잡된 망령들이 내 주위로 몰려 와서는 끔찍한 소리를 지르며 소동을 피우는 통에, 나는 겁에 질려 얼른 내가 있던 곳으로 되돌아와버렸기 때문이지요. 우리의 배는 또다시 순풍을 짊어진 채 남으로 향했습니다."

제 12 권

세이렌, 스킬라와 카리브디스, 트리나크리아 섬

"결국 우리는 일찍 탄생하는 새벽의 여신이 사는 곳, 태양이 솟아오르는 곳이기도 한 아이아이 섬으로 다시 돌아왔습니다. 장밋빛 손가락을 가진 새벽의 여신이 나타나자 나는 동지들을 키르케의 궁으로 다시 보냈습니다. 불행하게도 지붕에서 떨어져 세상을 떠난 엘페노르의 시체를 찾아오기 위해서였죠. 이윽고 우리는 바닷물이 스며들어오는 모래사장에서 쓰라린 가슴으로 눈물을 흘리면서 장례식을 치른 다음, 시체와 무구를 모두 다 태웠습니다. 타고 남은 뼛조각은 빠짐없이 모아서 정성껏 묻어준 뒤 그의 소원대로 묘지 앞에 그의 손때 묻은 노를 세워 주었지요. 이때 키르케가 먹을 것을 챙겨 우리가 있는 곳으로 왔더군요. 그녀는 우리에게 말했습니다.

'지독한 사람들이군요. 살아서 하데스의 궁으로 내려가다니, 당신들 두 번이나 죽어보려고 그러는 겁니까? 아무튼 오늘은 이 음식으로 마음껏 즐기신 다음 내일 아침 일찍 배를 띄우도록 하세요.'

그러는 동안 해가 지고 어둠이 몰려들자, 모두들 배의 닻줄 옆에서 쉬고 있는데 키르케가 조용히 나를 불렀습니다. 그녀는 내 손을 잡고 한적한 곳으로 데려가 앉히더니 내 무릎에 자기 머리를 누이고서 여러 가지를 물어왔습니다. 그런 다음 우리가 여행하는

오디세우스 일행을 유혹하는 세이렌

데 알아두어야 할 일을 자세히 들려주었습니다. 우리를 기다리고
있는 난관을 하나씩 예로 들어가면서요.

'그쪽 일은 그렇게 해서 무사히 끝맺으셨군요. 아무튼 닥쳐올
일들이 더 중요하니 이제부터 내가 하는 말을 잘 들어야 합니다.
혹시나 잊어버린다 하더라도 신께서 생각나게 해주실 테지만. 우
선 당신은 마술사 세이렌에게 가게 될 거예요. 그 여자는 모든 사
람을 닥치는 대로 마술로 골탕 먹인답니다. 누구든 그녀의 음성
을 듣기만 하면 고향을 잊어버린 채, 다만 세이렌이 부르는 높은
노랫소리에 넋을 잃고 말지요. 그녀가 서 있는 풀밭에는 썩어가는

사람들의 뼈가 수두룩하게 널려 있을 거예요. 그녀의 목소리를 듣
자마자 곧바로 그 옆으로 빠져서 달아나도록 하세요.'

이렇듯 그녀가 들려주는 대책에 귀를 기울이고 있는 동안 어느
새 황금의자에 앉은 새벽의 여신이 찾아왔습니다. 그러자 그녀는
곧바로 자기의 저택으로 돌아가버렸습니다. 나는 동지들을 깨워
배에 오르도록 했습니다. 우리 배가 바다 위에 떴을 때 무서운 여
신 키르케는 마지막까지 고맙게도 순풍을 돛폭에 가득 보내주었
습니다. 그래서 우리는 굳이 힘들게 노를 젓지 않아도 되었고 여기
저기 누워 휴식을 취할 수 있었지요. 나는 동지들에게 이렇게 말
했습니다.

'동지들이여, 키르케 여신이 나한테 일러준 말이 있는데, 지금
그것을 들려주려고 한다. 그러니 지금부터 내가 하는 말을 명심
하기 바란다. 이것은 여러분의 귀국, 즉 목숨과 직결된 문제이니만
큼 매우 중요한 것이다. 맨 먼저 고운 목소리의 마녀 세이렌(Seiren,
Siren 시렌, 사이렌)의 노랫소리를 경계할 필요가 있다. 그 노랫소리
와 꽃이 만발한 아름다운 목장에 정신을 빼앗겨서는 안 된다는
말이다. 그 노랫소리는 나 혼자만이 듣게 될 텐데, 그대들은 그때
나를 꽁꽁 묶어서 내가 그 소리를 따라가지 않도록 해줘야 한다.
설령 단단히 홀려서 그대들에게 풀어달라고 부탁하거나 호통을
친다 해도 절대로 나를 풀어줘서는 안 된다. 그럴수록 더 꽁꽁 묶
어야 한다.'

이렇듯 내가 그들에게 하나하나 주의를 주고 있는 동안에 배는

순식간에 세이렌들이 살고 있는 섬 부근으로 우리를 데려다 놓았습니다. 나는 큰 밀랍 덩어리를 날카로운 청동칼로 잘게 썰어 하나하나 작게 뭉갰습니다. 잠깐 동안에 그것은 강한 압력과 히페리온(Hyperion; 우라노스와 가이아 사이에 태어난 12명의 티탄족 중 하나. 태양신 헬리오스, 새벽의 신 에오스, 달의 여신 셀레네가 그의 자식들이다.)의 아들인 태양신 헬리오스(Helios)의 빛을 받아 부드러워졌습니다. 나는 그 밀랍으로 동지들의 귀를 하나하나 막아 주었습니다. 선원들은 배 한가운데에 있는 굵은 돛대에 나를 꽁꽁 묶은 다음, 돛의 밧줄 끝을 다른 말뚝에 매어 놓았습니다. 내가 그렇게 시켰지요. 이윽고 세이렌들은 바다 위를 달리는 배가 가까이 온 것을 알아차리고 고음으로 합창을 하기 시작했습니다. 물론 나의 귀에만 그 소리가 들렸지요.

'어서 오세요. 가까이, 좀 더 가까이 다가오세요. 아카이아 기사의 꽃이신 오디세우스여, 우리의 이 아름다운 노랫소리를 듣고 더 현명해지고 오랜 고난으로 쌓인 피로를 말끔히 풀도록 하세요.'

참으로 아름다운 노랫가락에 맞춰 이런 이야기를 하기에 나도 모르게 그 노랫소리를 듣고 싶어졌습니다. 아무 생각 없이 하루 종일. 하지만 충실한 동지들의 보호로 무사히 그곳을 통과할 수 있었지요. 그런데 이 섬을 뒤에 두고 겨우 멀어질 즈음, 바로 그때에 짙은 안개와 파도가 굉장한 소리를 내면서 눈앞을 가리는 것이었습니다. 모두들 죽음을 직감한 듯 공포에 사로잡혀 자기도 모르게 잡고 있던 노를 그만 물속으로 놓쳐버렸습니다. 나는 침착하게 배 안을 이리저리 뛰어다니면서 그들을 일일이 안심하라고 설득했습니다.

'자, 키잡이, 너의 임무가 얼마나 중대한지 알고 있겠지. 저기 보이는 안개와 파도의 바깥쪽으로 배를 교묘히 돌려 빼내야 한다. 그다음에 저 뾰족한 바위 옆을 잘 따라가야 해. 자칫하다가 그 바위 옆의 뱃길을 벗어나서는 안 된다. 그땐 우리 모두 파멸이야.'

이렇듯 그들에게 일일이 다짐을 주었지만 스킬라의 이야기만은 하지 않았습니다. 그것은 피할 수 없는 재난이었고, 괜히 그 때문에 선원들의 공포심만 부추길 뿐이었으니까요. 그런데 그만 나는 키르케가 가르쳐준 까다로운 지시를 깜박 잊어버리고서 훌륭한 갑옷과 두 개의 긴 창으로 무장을 한 채 뱃머리 갑판 사이를 걸어 다녔습니다. 절대로 무장을 해서는 안 된다는 그녀의 경고를 잊은 채 말입니다. 하지만 거기서 나는 우리 동지들을 괴롭힐 괴물 스킬라를 발견할 수 없었습니다. 어슴푸레한 바위를 향해 열심히 두리번거렸는데도. 우리는 불안해진 가슴을 부여안고 해협으로 찾아들었습니다.

좁은 해협 한편에 바로 그 스킬라(Skylla; 희랍어로 '해롭다'라는 뜻)가 있었으며 또 다른 쪽에는 카리브디스(Charybdis; 희랍어로 '확실한 죽음'이라는 뜻)가 도사리고 있었습니다. 선원들은 모두 진퇴양난의 해협에서 까무러칠 듯이 새파랗게 질려버리고 말았습니다. 카리브디스가 거대한 입으로 바다의 소금물을 빨아들일 때마다 바닷물은 엄청나게 없어졌으며, 그 물을 토해 낼 때에는 무서운 소용

오디세우스의 배에 풍랑을 일으키는 스킬라

돌이와 함께 풍랑이 일었습니다. 이렇듯 우리가 그 카리브디스 쪽을 파멸의 무서움에 떨면서 보고 있는데, 어느새 스킬라는 배에서 여섯 사람이나 낚아채 가버렸습니다. 납치된 동지들은 동굴 입구 쪽에서 아우성을 치면서 최후의 손길을 휘저었으나, 끝내는 스킬라의 먹이가 되고 말았습니다. 그것은 여태껏 바다를 항해하면서 겪었던 온갖 재앙들 중에서도 가장 불쌍하고도 안타까운 광경이었습니다.

이리하여 암초를 통과하여 무서운 카리브디스나 스킬라를 피해 나가자 얼마 안 가서 이번에는 태양신 헬리오스의 트리나크리아 섬(Trinacria; 시칠리아의 옛 지명)에 이르렀습니다. 검은 칠을 한 배가 아직 상륙을 하지 않았는데도 마침 외양간으로 들어온 듯 소 떼와 양 떼들의 울음소리가 들려오더군요. 바로 헬리오스의 사랑하는 가축들이지요. 나는 문득 그 장님 예언자인 테이레시아스와 아이아이 섬에 있는 키르케의 말이 생각나, 이 섬을 피하는 것이 좋다는 그들의 말을 동지들에게 상기시켜 주었습니다. 나의 말에 모두들 실망하는 빛이 역력했습니다만 그런대로 받아들일 분위기였습니다. 하지만 에우릴로코스는 반발했습니다. 기나긴 항해에 동지들이 지쳐 있으니 잠시 쉬어가자는 것이었습니다. 그러자 다른 동지들도 덩달아 그의 말을 따랐습니다. 그들의 태도가 워낙 완고해 나는 어쩔 수 없이 그들을 따를 수밖에 없었습니다. 이때 나는 신들께서 또 무슨 계략을 꾸미고 있다는 것을 직감했습니다. 그래서 분노로 떨리는 목소리로 이렇게 말했지요.

'에우릴로코스여, 너는 정말로 나 혼자만의 생각으로 몰아세우는구나. 정 그렇다면 저곳에 오르기 전에 너희들에게 한 가지 경고해둘 것이 있다. 만약 소 떼나 양 떼들을 보더라도 욕심을 내 그것들을 결코 해쳐서는 안 된다는 것이다. 만약 그것들에게 손을 대는 날에는 모두들 떼죽음을 당하게 될 것이다.'

내 말에 그들은 고개를 끄덕이며 맹세를 했습니다. 그리하여 우리는 검은 배를 달콤한 샘물 근처로 끌어 올리고는 키르케가 준 식량으로 저녁식사를 맛있게 만들어 먹은 다음 휴식을 취했습니

오디세우스의 부하들에게 복수하려고 하늘에서 내려오는 헬리오스와 람페티아

다. 밤이 깊어가자 모두들 가엾게 죽어간 전우들을 생각하면서 소리 없이 눈물을 흘렸습니다. 그러나 뜻하지 않은 일로 인해 우리는 한 달 동안이나 꼼짝없이 그곳에 발이 묶일 수밖에 없었습니다. 제우스 신이 일으킨 강한 바람과 구름과 파도 때문이었지요. 한 달 동안 비바람이 계속 불어 닥치더니 그다음에는 동쪽과 남쪽에서 부는 바람 이외에는 다른 바람은 모두 없어져버렸습니다. 공기조차 움직이지 않는 것 같았지요. 어느덧 키르케가 준 식량이 떨어지자, 우리는 들과 산을 헤매면서 먹을 것을 구하느라 혈안이 되었습니다. 물고기나 날짐승을 닥치는 대로 잡아먹으면서 그런

대로 끼니를 이어갔습니다.

그러던 어느 날, 나는 이 위기를 극복하게 해주십사고 신들께 기도를 올리기 위해 바람이 불지 않는 그늘을 찾아 들어갔습니다. 그때 어리석은 에우릴로코스가 태양신의 소들 가운데서 가장 살진 소를 골라 넓은 하늘을 지배하시는 신들께 제물로 바치는 편이 나을 것이라고 굶주림에 지친 동지들을 부추겼습니다. 내가 그곳으로 돌아갔을 때는 이미 고기가 익는 냄새가 진동하고 있었습니다. 그래서 나는 걷잡을 수 없는 허탈감에 크게 탄식하면서 불사의 신들에게 호소했습니다.

'제우스 님과 그 밖의 여러 불사의 신들이시여, 참으로 이 일을 어찌해야 좋겠습니까. 제가 잠깐 자리를 비운 사이 이렇듯 큰일이 벌어졌으니……'

한편 높은 하늘을 나는 태양신은 긴 옷을 입은 람페티아 (Lampetia; 헬리오스와 네아이라의 딸. 그녀는 자매인 파에투사 (Phaethusa 또는 Phaëtusa)와 함께 트리나크리아 섬에서 아버지의 가축 떼를 지켰다.)로부터 그 일을 보고받고는 크게 분노하여 불사의 신들께 이렇게 요청을 했답니다.

'제우스 신이여, 그리고 영원히 행복하게 계시는 모든 불사의 신들이여, 저렇게 무례하고 교만한 오디세우스를 당장에 처벌해주십시오. 그들은 나의 즐거움인 소를 죽였습니다. 만일 그들이 소들에게 해를 끼친 만큼의 벌로 앙갚음을 해주시지 않는다면, 나는 이 길로 하데스 궁으로 가서 망령들 사이에서 빛날 것입니다.'

이 말에 구름을 지배하는 제우스 신은 단 한 번의 번갯불로 우리를 몰살시켜버리겠다고 약속해 주었다고 칼립소가 내게 들려주었습니다. 그녀는 전령의 신 헤르메스로부터 그런 애기를 들었다더군요. 이미 소는 죽어 엎질러진 물이었기에 나는 그냥 울고만 있었습니다. 얼마 후 신들께서는 우리에게 불길한 징조를 보여주기 시작했습니다. 그들이 벗긴 소가죽이 기어 다니기 시작하고 꼬챙이에 꿴 소고기가 소리를 지르더니, 이미 불에 구워진 소고기가 크게 울었습니다. 그로부터 6일 간, 우리들은 소 떼를 마구 잡아먹었습니다. 이미 저질러진 일이었으니까 굶주림을 면하고 보자는 식이었지요.

드디어 7일째 되던 날 폭풍과 함께 미친 듯이 불던 바람이 잠잠해졌으므로 우리는 재빨리 바다에 배를 띄웠습니다. 우리의 배가 섬이라고는 보이지 않는 망망대해 한가운데 왔을 때 갑자기 주위가 어두워지기 시작했습니다. 크로노스의 아들이 드디어 태양신과의 약속을 실행에 옮기기 시작했던 겁니다. 제우스 신은 산더미 같은 폭풍우 가운데서 고막이 찢어질 듯한 소리와 함께 단 한 번의 빛을 던지셨는데, 그 번개에 맞은 우리 배는 빙그르르 돌면서 유황불에 잠겨버리고 말았습니다. 그 바람에 나의 사랑하는 동지들은 배에서 떨어져 가랑잎처럼 속절없이 그 저주스런 생을 마치고 말았지요. 나는 용케도 우리의 배에서 떠내려 온 커다란 궤짝을 잡을 수 있었습니다. 거기에 몸을 바짝 붙인 채 정신없이 솟구치고 내리박히고 했지요. 다행히도 저는 허리에 묶고 있던 가죽

끈으로 내 몸을 그곳에다 단단히 묶었습니다.

아무런 감각도 없이 이리저리 떠다닌 끝에 나는 드디어 잔잔한 물결을 볼 수 있게 되었습니다. 그러나 마침 불어 온 비바람은 나를 저주스런 카리브디스의 길로 몰고 가버렸습니다. 밤새도록 실려 가 새벽의 여신이 깨어날 무렵 나는 다시 스킬라의 암초와 무서운 카리브디스의 소용돌이가 있는 곳에 이르게 되었습니다. 마침 그때 그 거대한 카리브디스가 바다의 소금물을 빨아들이기 시작했습니다. 순간 나는 앞이 캄캄해짐을 느끼며 절망했습니다. 그때 다행히 나는 무화과나무를 발견하고 거기에 매달릴 수 있었습니다. 나는 그것에 매달린 채 휩쓸려 들어간 나의 궤짝이 튀어나오기만을 기다리고 있었지요. 드디어 궤짝은 카리브디스의 입에서 떨어져 나와 나에게 떠밀려 왔습니다. 정말로 아슬아슬한 순간이었지요. 그로부터 나는 9일 동안이나 궤짝에 몸을 맡긴 채 정처 없이 떠돌아다녔습니다. 열흘째 되던 날 밤 신들께서는 나를 오귀기에 섬으로 데려다놓으셨습니다. 그곳에는 아름다운 여신 칼립소가 살고 있었지요. 그 여자는 사람의 말을 하는 무서운 여신인데, 나를 친절히 맞이하여 여러 가지 시중을 들어주며 돌봐주었습니다. 그 다음은 당신들도 알고 계실 것입니다. 이미 어제 그곳에서의 자초지종을 이야기해 드렸으니까요."

그들이 앉아 있는 대청에는 이미 장밋빛 손가락을 가진 새벽의 여신이 와 있었다.

제 13 권

고향 이타카 섬으로 가는 오디세우스

이리하여 궁전 안은 마술의 힘으로 휩싸인 듯했고, 모든 사람들은 쥐 죽은 듯이 조용하여 숙연한 분위기를 이루고 있었다. 마침내 침묵을 깨고 알키노스가 오디세우스에게 말했다.

"오디세우스여. 우리 궁전에 온 이상, 비록 숱한 고난을 몸소 체험했다 할지라도 다시는 방랑하는 일 없이 고향으로 돌아가시리라 믿습니다. 그리고 내가 여러분께 부탁할 게 있소. 여러분이 가져온 선물들은 번쩍거리는 황금상자에 넣어두었소. 자, 이제는 손님에게 큰 세발 가마솥과 냄비를 주도록 합시다."

알키노스 왕이 이렇게 말하자 모두들 기뻐하며 집으로 돌아갔다. 새벽이 되자 그들은 모두 서둘러 선물들을 날라와 선원들이 배를 몰고 갈 때 불편이 없도록 애를 써 주었다. 이미 저녁때가 되어 모두들 알키노스의 궁으로 방향을 돌렸다. 거룩한 알키노스 왕은 이 사람들을 위해 검은 구름의 신 제우스에게 암소 한 마리를 제물로 바쳤다. 모두들 훌륭한 만찬을 즐겼고, 음유시인 데모도코스는 노래를 불렀다.

한편 오디세우스는 속히 귀국을 할 수 있도록 태양을 향해 머리를 돌리고 있었다. 그것은 마치 사람들이 하루 종일 들판에서 마소를 끌면서 저녁 만찬을 기다리는 것이나 마찬가지였다. 해가 저물었다는 것은 참으로 고마운 일이었다. 그는 노를 잘 젓는 파이아케스 사람들(the Phaeacians), 특히 알키노스 왕에게 호소하듯 말했다.

"알키노스 왕이여, 이렇게 많은 사람들이 저를 고향으로 무사히 보내주기 위해 신들께 제물을 바치고 환송해주십니다. 그러한 분들은 모두 행운을 맞으실 겁니다. 제가 바랐던 일들, 즉 호송을 약속받고 고마운 선물들을 기꺼이 마련해주셨으니 신들께서 축복해주실 것이기 때문입니다. 저는 고향으로 돌아가 근심에 싸여 있는 아내의 모습과 가족들을 볼 수 있을 것입니다. 여러분들도 모두 행복하게 살아가기를 바랍니다. 그리고 신들의 축복으로 이 나라에 절대로 재앙이 찾아드는 일이 없도록 간절히 빌겠습니다."

그가 이렇게 말하자 모든 사람들은 훌륭한 인사말을 해 주었다고 고맙게 생각했다. 이때 알키노스 왕은 전령사에게 말했다.

"폰토노스여, 혼주기에 있는 술을 여러분께 나누어주어라. 그리고 오디세우스 님이 고국에 무사히 도착할 수 있게 제우스 신께 신주를 바칠 수 있도록 하라."

폰토노스는 곧바로 마음을 흥겹게 하는 좋은 술을 물과 섞어 모든 사람들에게 똑같이 나눠 주었다. 그래서 모든 사람들은 각자의 자리에서 신들께 신주를 바쳤고, 다음에는 오디세우스가 일어서서 아레테 왕비에게 술잔을 올리면서 외쳤다.

"왕비시여, 이 세상을 하직하실 때까지 당신께 행운이 깃들이시기를. 죽음은 인간에게 피할 수 없는 것이고, 이제 저는 이곳을 떠나지만, 당신은 이 궁궐에서 아드님과 또 모든 백성들과 특히 알키노스 왕과 함께 오래도록 행복하게 지내십시오."

이렇게 말하고, 오디세우스는 마침내 출발했다. 알키노스 왕은 전령을 보내 그를 바닷가로 안내하도록 했고, 아레테 왕비는 오디세우스에게 여종들을 보냈는데, 한 사람에게는 폭이 넓은 깨끗한 속옷을, 또 한 여종에게는 견고한 창을 들려서 보냈다. 또 다른 사람에게는 붉은 포도주와 곡식을 보냈다.

오디세우스가 편안하게 잠들어 귀국할 수 있도록 두꺼운 모포가 배 안에 깔려 있었다. 그가 몸을 누이자 선원들은 노를 젓기 시작했다. 바다를 노 저어 가는 동안 그는 절대로 깨어나지 않는, 마치 죽음과도 같은 수면에 빠져들었고 배는 쏜살같이 앞으로 나아갔다.

오디세우스를 태운 배는 바다 물살을 가르면서, 신과도 같은 용모를 지닌 무사를 싣고 이타카로 향했다. 그는 온갖 고난을 직접 맛보았으며, 용사들의 파란만장과 재난과 전쟁을 경험한 사람이었다. 그러나 지금은 조용히, 정말 꼼짝도 않고 과거의 모든 괴로움을 잊은 채 곤히 잠들어 있었다.

새벽 별이 솟아날 즈음 배는 이타카 섬 가까이까지 이르렀다. 그 섬에는 늙은 인어의 이름을 딴 포르키스(Phorcys)라고 불리는 포구가 있었다. 그리고 포구의 가장 안쪽의 부둣가에는 긴 잎이 드리워져 있는 올리브나무가 있고 바로 그 옆에는 어둠침침한 내부가 어렴풋이 보이는 동굴이 있었다. 그 속에서는 물의 요정 나이

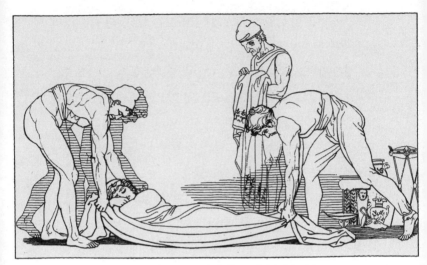

잠든 오디세우스를 뭍에 내려놓는 파이아키아 인들

아드들(Naiads)이 쓰는 두 귀가 달린 술병들이 가득했으며, 혼주대 접도 있었고, 꿀벌들이 집을 짓고 있었다. 그리고 돌로 만든 긴 베틀이 놓여 있었는데, 여기서 님프들이 물빛의 엷은 베를 짜기도 했다. 이 베는 보기만 해도 모두 경탄을 금치 못하는 훌륭한 것들이라고 했다. 또한 그곳에는 샘물이 끊이지 않고 흐르고 있었다. 그 동굴에는 두 개의 입구가 있었는데, 북쪽을 향해 있는 문으로는 사람들이 드나들 수 있지만, 남쪽 문은 신의 통로로 정해 있었다.

그들은 예전부터 그 장소를 잘 알고 있었기 때문에 그곳으로 노를 저어 갔다. 그러나 너무 힘차게 나아갔기 때문에 배가 뭍으로 올라가는 소동을 빚었다. 노잡이들이 노를 너무 힘차게 저었기 때문이었다.

이윽고 그들은 마땅한 자리에 배를 정박해 놓고, 우선 아직도 깊은 잠에 취해 있는 오디세우스를 조심스럽게 바닷가 모래사장에 내려놓았다. 그런 다음 파이아케스의 장로들이 아테나 여신의 도움으로, 그가 고국에 돌아갈 때 보내기로 했던 많은 보물들을 날랐다. 오디세우스가 눈을 뜨기 전에 그 보물을 훔쳐가는 사람이 없도록 길에서 조금 떨어진 곳에 소중히 쌓아두었다. 마침내 그들은 모든 임무를 끝내고 스케리 섬으로 되돌아갔다.

맨 처음 신과도 같은 오디세우스를 위협했던 대지를 뒤흔드는 신 포세이돈은 예전의 그 위협을 잊지 않고 있었다. 그래서 그는 제우스 신의 의도를 물었다.

"제우스 신이여, 이제 인간인 파이아케스 따위들조차 나를 존경하지 않는다면, 나는 불사의 신들 사이에서도 다시는 존경받을 수 없을 것입니다. 지금 오디세우스는 온갖 고난을 겪은 뒤 고향으로 돌아가리라고 생각하니 말입니다. 나는 절대로 그의 귀국길을 막을 생각은 없지만, 그는 고국에 돌아가기 전에 더 많은 고통을 겪어야 합니다. 그것은 당신이 애초부터 약속한 것이고 승낙한 일이니까요. 그런데 그들은 배 안에서 자고 있는 오디세우스를 이타카 섬에 내려놓고, 오디세우스가 트로이에서도 스스로 노획할 수 없었을 만큼 수많은 보물을 이타카 섬으로 보냈습니다."

그러자 제우스 신이 대답했다.

"대지를 뒤흔드는 신이여, 무슨 말을 그렇게 하는가. 다른 신들은 절대로 그대를 업신여기지 않을 거야. 인간들 중에서 누군가가 권력이나 위세를 믿고 그대에게 경의를 표하지 않는다면, 그에 대한 보복은 내가 허락해주겠네. 그들은 그대가 바라는 대로 하는 것이 좋을 거야."

대지를 뒤흔드는 포세이돈 신이 대답했다.

"지금이라도 당장 나는 말씀대로 하고 싶습니다, 제우스 신이여. 하지만 나는 항상 당신의 분노를 염려하고 있습니다. 지금 나는 오디세우스를 보내고 돌아오는 파이아케스 사람들의 배를 난파시키려고 마음먹고 있습니다. 이제부터는 인간들을 보내는 일을 삼가도록 말입니다. 그리고 그들의 성을 큰 산으로 양쪽에서 둘러싸려고 합니다."

이에 대해 제우스 신이 말했다.

"오, 친애하는 신이여, 사람들이 멀리서 배가 돌아오는 것을 보고 있을 때, 그들이 깜짝 놀라도록 육지 가까운 곳에서 그 배를 재빨리 돌로 바꾸어버리는 게 좋겠소. 그리고 그들의 성을 포위할 수 있도록 양쪽에서 산으로 둘러싸면 좋을 것이오."

포세이돈 신은 이 말을 듣자 재빨리 파이아케스 사람들이 살고 있는 스케리 섬으로 출발했다. 그리고 배가 가까이 오자 돌로 바꾸어 버리고는 다시 그것이 바다 밑으로 뿌리를 박게 한 다음 유유히 그곳에서 사라져버렸다.

그러자 파이아케스 사람들은 서로 얼굴을 마주 보고 큰 소리로

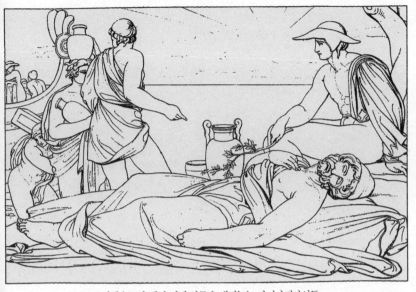
오디세우스가 깨기 전에 선물을 내려놓는 파이아키아인들

웅성거렸다.

"대체 어떻게 된 일이지. 바로 눈앞에서 배가 보였었는데, 누군가가 바닷속으로 끌고 가버렸어."

그러자 알키노스 왕이 말했다.

"옛날에 아버님이 하신 그 말씀은 맞았도다. 손님을 안전하게 보내주면 포세이돈 신이 원한을 품는다고 늘 말씀하셨지. 그러니 이제부터 내가 말하는 대로 따라주게. 앞으로는 우리 섬에 누가 왔을 경우 보내주는 일은 그만두는 거야. 열두 마리의 훌륭한 암소를 포세이돈 신께 제물로 바치세. 자비심을 내려 우리의 성을 양쪽에서 높은 산으로 둘러싸지 않도록 비는 거야."

그래서 사람들은 재단을 꾸며 포세이돈 신께 기도를 올렸다.

한편 거룩한 오디세우스는 잠을 깼으나, 너무 오랫동안 고국을 떠나 있었고 여신이 주위에 안개가 끼도록 했기 때문에 어리둥절했다. 그것은 제우스의 딸 팔라스 아테나가 한 일이었다. 오디세우스는 손바닥으로 두 다리를 치면서 비탄에 젖어 말했다.

"참으로 비참한 일이로다. 이번에는 대체 어떤 인간들이 사는 나라에 왔단 말인가. 이곳 사람들도 법도 없는 난폭한 인간들이 아닌지 모르겠군. 내가 어디로 발을 옮겨 놓아야 좋을지. 자칫 잘못해서 다른 사람의 밥이 되도록 해서는 안 되지. 그런데 파이아케스 족을 통치하는 장로들은 분별이 있고 도리를 지키는 사람이 아니었던가. 나를 이타카 섬에 데려다준다고 약속하고도 지키지 않았으니 말이야. 제우스 신이여, 부디 그들에게 벌을 내려주십시오. 약속을 지키지 않는 사람에게는 처벌을 내려주신다고 항상 말씀했으니까요. 일단 이 보물이 얼마나 되나 보기로 하자. 배에 싣고 오는 동안 없어진 것들이 있나 확인해야지."

보물을 세어보니 다행히 없어진 것은 하나도 없었다. 그는 고향을 그리며 물결이 출렁이는 바닷가를 거닐면서 비탄에 잠겼다. 이때 팔라스 아테나 여신이 멋진 남장을 하고 나타났다. 그를 발견한 오디세우스는 기쁨에 넘쳐 그에게 큰 소리로 외쳤다.

"반가운 분이여, 당신은 내가 이 땅에 발을 디딘 후 처음으로 만나는 분입니다. 제발 나를 적대하지 마십시오. 그리고 여기 있는 보물들과 내가 무사하도록 보호해주십시오. 나는 당신에게 신께 머리를 숙이듯이 정말로 부탁합니다. 그러니 이곳이 어느 나라이고 또 어떤 사람들이 살고 있는 곳인지, 내가 충분히 알아들을 수 있도록 설명을 좀 해주시오."

그러자 빛나는 눈의 여신 아테나가 말했다.

"낯선 분이시여, 이곳이 어딘 줄을 모르는 걸 보니 당신은 먼 곳에서 오신 분이로군요. 그러나 이곳은 세상에 알려져 있지 않은 땅은 아니랍니다. 꽤 많은 사람들이 이곳을 알고 있지요. 이 섬은 아카이아에서는 먼 곳이지만 트로이까지 알려져 있는 풍요로운 섬입니다. 이름은 이타카라고 하지요."

이렇게 말하자, 오디세우스는 안도의 숨을 내쉬며 자기가 고향 땅에 도착했음을 알게 되었다. 오디세우스는 감정을 억누르며 여유 있게 말했다.

"크레타 섬에서 이타카 섬에 대한 이야기는 들었습니다. 그래서 나는 이렇게 많은 재물을 가지고 온 것입니다. 나는 왕의 사랑하는 아들을 죽였기 때문에 자식들에게서 도망쳐 온 것입니다. 나는 전리품 때문에 온갖 고난을 맛본 사람입니다. 그리고 이곳에 당도하게 되었나봅니다."

빛나는 눈의 여신 아테나는 미소를 짓고 오디세우스를 어루만지며 말했다.

"당신은 능청스럽고 교활한 사나이로군요. 가령 신이라 하더라도, 온갖 지혜가 머릿속에서 돌아가는 당신보다 뛰어나기는 힘들겠어요. 정말로 당신은 애꿎은 일을 좋아하는군요. 말하자면 당신은 모든 인간들 중에서도 책략이나 꾸민 이야기를 좋아하고, 나는 모든 신들 중에서 꽤나 지혜로 유명하니 피차 그런 행동은 그만둡시다. 당신은 모든 재앙을 만났을 때 도움을 주고 보호해주는 제우스의 딸 팔라스 아테나를 모르시는가보군요. 지금 이곳에 온 것도 당신을 도와주기 위해서랍니다. 당신이 궁에 가서 겪어야 할 운명을 낱낱이 알려주기 위해서 왔어요. 당신은 무슨 일이 있더라도 그것을 이겨내야 해요."

그러자 오디세우스가 대답했다.

"여신이여, 가령 아무리 많은 지식을 지닌 사람이라 할지라도 여신 아테나를 알아차린다는 것은 어렵습니다. 당신이 모든 사람들의 모습과 닮았기 때문입니다. 하지만 나는 잘 알고 있습니다. 예전에 트로이 땅에서 우리 아카이아 군사들이 싸우고 있을 때 저한테 호의를 베풀어주신 일을 잘 기억하고 있습니다. 한데 우리가 난공불락의 프리아모스 성을 함락시킨 뒤 제각기 배에 올랐을 때, 신께서는 아카이아 사람들을 뿔뿔이 헤어지게 했습니다.

제우스 신의 따님이시여, 우리는 당신을 보지 못했으며, 우리 배에 타신 줄도 몰랐습니다. 그리고 고난당하는 우리를 도와주시려는 것도 말입니다. 그래서 신들께서 나를 재앙에서 해방시켜주는 날을 기다리면서 가슴을 태우는 방랑을 계속했던 것입니다. 얼마 전에는 파이아케스 족이 사는 유복한 나라에서 말씀을 해주시고 저를 격려해주셨으며, 여신님이 직접 궁에까지 인도해주셨습니다. 그러나 나는 지금 어딘가 다른 섬에서 방황하고 있지 않나 생각이 됩니다. 그러니 제우스 신의 무릎에 매달려 부탁합니다만, 제가 진정 고국 땅에 와 있는 건지 정확하게 말씀해주십시오."

이에 빛나는 눈을 가진 아테나 여신이 대답했다.

"당신은 그런 근심을 하고 있군요. 그러니 당신이 고난을 겪는 것을 그냥 둘 수는 없는 노릇이에요. 당신은 상냥하고 재치도 있고 영리하기 때문이지요. 다른 사람들 같으면 방랑이 끝나 어서 집으로 돌아가고 싶어 할 거예요. 그런데 당신은 그들과는 좀 다르거든요. 당신이 모든 부하를 잃고 고향에 돌아가리라는 것을 나는 알고 있었어요. 하지만 나는 결코 포세이돈 신과는 싸우고 싶지 않아요. 그분은 무엇보다도 제 아버님의 형제이니까요. 그런데 포세이돈 신은 당신이 자기 아들인 거인 폴리페모스를 장님으로 만들었다고 굉장히 원한을 품고 있어요. 아무튼 내 말을 당신이 믿도록 이 이타카 땅의 모습을 보여드리겠어요."

이렇게 말하고 여신이 안개를 걷어내자 땅이 또렷하게 보였다. 오디세우스는 너무 기쁜 나머지 밀밭에 가서 흙에 입을 맞추었다. 그리고 두 손을 들어 님프들에게 기원하듯 말했다.

"시냇가의 님프들이여, 제우스의 딸들이여, 당신들과 다시 만나리라고는 생각지도 못했습니다. 부디 지금은 나의 지극한 기원을 받아주십시오. 그리고 전과 다름없이 제물도 바치겠습니다. 만약 제우스의 따님이신 전쟁의 여신께서 내가 오래 살아서 귀여운 자식이 성장하는 것을 보게 해주신다면 말입니다."

그러자 아테나 여신이 말했다.

"염려 말아요. 그런 것은 걱정하지 않아도 좋으니까요. 우선 보물들을 동굴 속에 숨겨 둡시다."

이렇게 말하고 여신은 그 물건들을 동굴의 마땅한 장소로 운반한 뒤 바위로 입구를 막았다. 그리고 두 사람은 거룩한 올리브나무 밑에 앉아 페넬로페의 교활한 청혼자들의 몰락에 대해서 골똘히 생각했다. 먼저 빛나는 눈의 여신이 말했다.

"제우스의 후손 라에르테스의 아들인 오디세우스여, 어떻게 해야 파렴치한 청혼자들을 몰락시킬는지를 모색해보세요. 정말 그들은 당신의 집에서 3년 동안이나 뻔뻔스럽게 행패를 부리며 지냈어요. 그리고 당신의 아름다운 아내에게 결혼을 졸랐어요. 하지만 당신의 아내는 비탄에 젖어 있으면서도 늘 당신의 귀국을 학수고대하고, 당신을 위해 기원했지요."

이에 대해서 오디세우스가 말했다.

"여신이여, 만약 당신이 나에게 호의를 베풀어주지 않았더라면 나는 아트레우스의 아들 아가멤논의 불행한 죽음처럼 궁전에서 죽임을 당할 뻔했습니다. 그러면 어떻게 그들에게 벌을 줄지 묘책을 알려주십시오. 과거에 부강한 트로이 성을 함락시켰을 때와 같이 제게 용기를 불어넣어주십시오. 빛나는 눈을 가진 아테나 여신이여, 만약 당신이 그때처럼 제 곁에 있어 주신다면 저는 3백 명의 용사들만 가지고도 싸울 수 있습니다. 당신이 진정으로 나를 도와주신다면 말입니다."

그러자 이번에는 아테나 여신이 대답했다.

"정녕 나는 당신 곁에서 성심껏 도와드리겠습니다. 청혼자들 모두 필히 피와 골수가 깨어져서 넓은 땅바닥을 붉게 물들일 것입니다. 우선 당신을 변장시켜드리겠어요. 아무도 몰라보게 구차하고 몰골이 흉한 모습으로 말입니다. 그리고 당신은 우선 돼지치기를 찾아가야 돼요. 당신의 돼지를 치고 있는 사람인데, 마음씨가 좋고 당신의 아들을 소중히 보살펴주며, 현명한 페넬로페에게도 충성스러운 사람이에요. 그 사람은 돼지들 옆에서 살고 있으니 찾기가 쉬울 거예요. 그동안 나는 스파르타로 가서 당신의 사랑하는 아들 텔레마코스를 불러오도록 하지요. 오디세우스여, 당신의 아들은 광활한 라케다이몬에 있는 메넬라오스를 찾아갔어요. 당신의 생사를 소문으로나마 들으려고 말입니다."

이에 지략이 풍부한 오디세우스가 말했다.

"그렇다면 모든 것들을 다 알고 있으면서 왜 아들에게 말해주지 않았습니까. 설마 그 아이도 거친 바다 위를 여기저기 헤매면서 고난을 당하도록 하려는 것은 아니겠지요. 그동안 다른 녀석들이 우리 집에서 온갖 것들을 몽땅 탈취해가도록 말입니다."

빛나는 눈의 여신 아테나가 말했다.

"절대로 그 아이 걱정은 하지 말아요. 내가 보냈으니까요. 그 땅에 가서 훌륭한 명예를 얻도록 했어요. 사실 청혼자들의 검은 무리들이 그 아이가 돌아오는 즉시 살해할 음모를 꾸미고 있지만, 그것은 허탕 칠 것입니다. 그 전에 대지가 그자들을 싹 쓸어버릴 거예요."

아테나 여신은 이렇게 말하고 지팡이로 그를 건드렸다. 그러자 오디세우스의 매끄러운 살결은 거칠게 변하고, 갈색 머리카락은 백발이 성성한 노인으로 변했으며, 지금까지 영롱했던 두 눈에는 더덕더덕 눈곱이 껴 정말로 흉물스러워 보였다. 더구나 지금까지 입고 있던 옷 대신 남루하고 때가 덕지덕지 붙은 누더기를 걸치게 했다. 그런 다음에는 두 어깨에 날렵한 사슴의 큰 가죽에서 털을 뽑아낸 것을 걸쳐주고, 손잡이가 달린 너덜너덜한 바구니를 손에 들도록 했다. 그리고 나서 두 사람은 헤어졌다. 여신은 거룩한 라케다이몬으로, 오디세우스의 아들을 찾으러 스파르타로 떠났다.

제 14 권

돼지치기 하인 에우마이오스

포구를 떠난 오디세우스는 아테나 여신이 가르쳐준 대로 구불구불한 오솔길을 따라 숲이 우거진 곳으로 올라가 돼지치기 집을 찾아갔다.

에우마이오스는 문간에 앉아 소가죽을 가지고 자기 신을 만들

돼지치기 에우마이오스와 오디세우스

고 있었다. 다른 사람들은 각자 돼지들을 돌보러 나갔고, 어떤 사람들은 내키지 않았지만 청혼자들에게 먹일 돼지를 도살하러 마을로 내려갔다.

갑자기 돼지를 지키던 네 마리의 개들이 시끄럽게 짖어대면서 오디세우스에게 달려들었다. 이때 에우마이오스가 재빨리 달려오지 않았더라면 그는 자기 소유의 오두막 앞에서 난처한 지경에 처하게 됐을지도 몰랐다.

개들을 진정시킨 에우마이오스가 오디세우스에게 말했다.

"노인장, 하마터면 이놈의 개들이 당신을 물어뜯을 뻔했구려. 그랬더라면 나는 당신한테 큰 욕을 먹었을 것이오. 신들은 이런 일 말고도 수많은 탄식과 고통을 안겨준다오. 나도 신과 같은 주인님의 신세가 염려되어 이렇게 비탄과 슬픔에 잠겨 있다오. 지금 나는 남에게 음식을 제공해주기 위해 돼지를 기르고 있지만, 우리 주인님은 낯선 나라에서 아마도 먹을 것을 찾아 헤매고 계실 것이오. 그것도 아직 살아서 햇빛을 보실 수 있다면 말입니다. 일단 나와 함께 집으로 들어갑시다. 그래서 마음껏 잡수시고, 당신의 사정이나 들어봅시다."

돼지치기는 이렇게 말하고 앞장서서 오디세우스를 데리고 오두막 안으로 들어갔다. 바닥에 섶나무 잔가지를 가득 깔고 그 위에서 들염소 가죽을 펼쳤는데, 그것은 평소 자기가 잠자리로 사용하는 부드러운 모피였다. 그곳에 오디세우스를 앉히고 융숭한 대접을 하자 오디세우스는 흐뭇해 하며 그에게 말했다.

"여보시오, 주인 양반. 제우스 신과 불사의 신들께서 당신에게 무궁한 행운을 내려주시기를 빕니다. 이렇게 융숭한 대접을 해주신 보답으로 말입니다."

그러자 에우마이오스가 말했다.

"노인장, 비록 당신보다 더 남루한 차림의 사람이 왔더라도 얕보면 안 되지요. 우리가 베푸는 것이 비록 보잘것없더라도 정성이 담겨 있다오. 사실 내 옛 주인은 우리를 잘 보살펴주시고 가진 물건도 나누어주셨소. 그러기에 주인님이 이곳에서 나이를 드셨다면,

내가 성심껏 돌봐드리면 나에게 후한 보답을 마다하지 않았을 것이오. 그러나 그분은 여기에 계시지 않소. 돌아가셨을지도 모르지요. 정말이지 헬레네 일가족이 모조리 망해버렸더라면 좋았을 것을. 수많은 무사들의 생명을 앗아갔으니 말이오. 더군다나 주인님은 아가멤논을 도우려고 트로이 사람들과 싸우러 일리오스로 떠나셨거든요."

오디세우스는 허겁지겁 고기를 먹고 술을 마시면서, 오만방자한 청혼자들의 이야기를 묵묵히 들으면서 속으로 증오의 씨를 키우고 있었다.

식사를 끝내고 한껏 배가 불렀을 때, 에우마이오스는 포도주를 가득 따라 오디세우스에게 건넸다. 오디세우스는 그것을 흔쾌히 받아 들고 기쁜 마음에 그에게 소리 높여 말했다.

"아, 정말로 친절하신 분이여. 당신의 주인은 누구시오? 당신을 데리고 있는 분은 그렇게 대단한 부자이고 위력을 가지셨소? 그분이 아가멤논의 복수를 하기 위해 목숨을 바쳤다고 했지요? 말해보시오. 그토록 훌륭하신 분이라면 제우스 님이나 또 다른 불사의 신들만이 그것을 아실 것이오. 나는 여러 곳을 방랑하고 다녔으니, 어쩌면 제가 무슨 소식이라도 알 수 있을지 모르니까요."

그러자 에우마이오스가 다음과 같이 말했다.

"아니지요, 노인장. 여기저기를 방랑한 사람이 그분의 소식을 전해주겠다 하면 결코 그 부인이나 아드님을 믿게 할 수는 없겠지요. 대접을 원하는 사람들은 그냥 거짓말을 하고, 진실을 말하지 않지요. 그래서 이타카 섬으로 오는 방랑자들이 우리 마님에게 터무니없는 소리를 지껄이는데도, 우리 마님은 그들을 친절하게 대접하면서 자초지종을 물으시기도 하지요. 그러고는 이내 슬픔에 젖어 눈물을 흘리시곤 합니다. 그처럼 노인장도 이야기를 꾸며내 말할 참이요? 그분의 뼈는 뭍에서 모래를 뒤집어쓰고 누워 있을 거요. 가족들 모두와 저에게 훗날의 근심과 걱정만 남겨두시고 돌아가셨을 거란 말이오. 그토록 인자했던 주인님이지만 다시는 못 뵐 겁니다. 사실 제 아버님이라도 이렇게까지 애통해 하지는 않을 거요. 그분이 안 계시더라도 그분의 이름을 부르는 것만으로도 황송한 느낌이 든다오. 그분은 나를 특히 염려해주셨기 때문이지요. 나는 그분이 이곳에 안 계시더라도 늘 나의 사랑하는 주인님이라고 생각하고 있지요."

이렇게 돼지치기가 말하자 디세우스가 답했다.

"아, 친절하신 분이여. 당신은 남을 믿지 않는군요. 하지만 나는 진정으로 말하겠는데, 오디세우스 님은 돌아오실 거요. 정말이지 배고파서 아무렇게나 지껄이는 자들은 나에게 지옥의 대문과도 같은 원수거든요. 우선 신들의 으뜸이신 제우스 님께서 굽어살피소서. 그리고 나를 대접하는 탁자며, 또 말끔한 오디세우스 화롯불도 굽어살피소서. 맹세컨대 오디세우스 님은 1년이 지나기 전에 이 섬으로 돌아와 복수를 할 거요. 그분의 부인과 훌륭한 아들을 모독한 사람들에게 말이오."

그 말에 에우마이오스가 대꾸했다.

"노인장, 나는 이 좋은 소식에 대한 사례금을 물고 싶지 않소. 그러니 맹세일랑 집어치우쇼. 하지만 내 소원대로 오디세우스 님이 돌아오신다면 정말 좋겠구려. 그런데 그분의 아드님이신 텔레마코스 님에 대한 일이 나를 슬프게 하는군요. 그분도 오디세우스 님 못지않은 사나이가 되시기를 기대하고 있었는데 말이오. 어느 불사의 신의 농간인지 그는 아버님의 소식을 기필코 알아내겠다고 필로스로 떠났지요. 한데 그가 돌아오는 길목에는 못된 청혼자들이 매복하고 있는 중이라오. 아무튼 이런 이야기는 그만두기로 하고, 당신이 겪었다는 이야기나 한번 들려주구려. 당신이 도대체 어떤 사람인지 알고 싶소. 이곳까지 걸어서 왔다는 것은 도저히 믿기지 않는단 말이오."

지혜로운 오디세우스가 돼지치기에게 말했다.

"좋소. 이제부터 내 사연을 이야기하겠소. 그러나 내가 편안하게 1년 동안 이야기를 한다 해도, 내 가슴속의 고뇌를 모조리 털어놓을 수는 없을 거요. 지금은 이런 행색이지만 나는 크레타 섬의 유복한 지주의 아들이었다오. 사실 나는 돈으로 사들인 첩의 소생이었지만 힐라크스(Hylax)의 아들인 나의 아버님 카스토르(Castor)는 나를 친아들처럼 소중히 길러 주었다오. 그가 죽자 혈기왕성한 친아들들은 유산을 나누기 위해 제비를 뽑았지요. 하지만 첩의 아들인 나에게는 조금밖에는 주지 않았습니다. 그래도 나의 건장한 체구와 담대한 용기를 보고 땅을 많이 가진 지주가 딸을 나에게 주었지요. 정말이지 아레스 신과 아테나 여신은 나한테 용감무쌍한 정신과 적을 무찌르는 재주를 내려주셨습니다.

나는 좀 특이한 사람이었습니다. 남이 할 수 있는 일은 그리 흥미가 없었지요. 나는 항상 마음이 내키는 곳을 향해 노를 저었고, 전쟁과 무용과 활쏘기 등 남들이 소름 끼쳐 하는 일들에 몰두했지요. 왠지 나는 그런 것들이 적성에 맞았는데, 아마도 신께서 내 마음을 그런 쪽으로 돌려놓은 것인지도 모르지요.

아카이아 사람의 아들들이 트로이 땅을 원정하기 전에, 나는 아홉 번이나 부하들을 이끌고 다른 나라로 출정하여 매번 전리품을 걷어 왔지요. 내 재산은 금방 불어났고, 크레타 섬 사람들로부터 유능하다는 평판을 들었지요. 하지만 천하를 굽어살피시는 제우스 신께서 마침내 저 끔찍스러운 원정을 계획하셨고, 이에 섬사람들은 나와 또 그 유명한 이도메네우스에게 일리오스 원정대의 지휘를 부탁했던 거요. 그것을 도저히 거절할 수 없었던 나는 원정에 나서 9년 동안이나 싸우고 10년째에 드디어 프리아모스 성을 함락시켰지요. 그 후 우리는 모두 귀국길에 올랐는데, 아카이아 사람들은 그만 뿔뿔이 흩어지고 말았어요. 제우스 신이 재앙을 내리셨던 것입니다. 아무튼 전쟁에 승리한 우리는 9일 동안이나 술잔치를 벌였지요. 그리하여 7일째 되던 날, 우리는 배에 올라타 마치 강물을 내려가듯 유유히 배를 몰았습니다.

이렇게 해서 5일이 지나고 우리는 아이큅토스의 나일 강에 도달하여, 강어귀에 흰 배를 댔지요. 그리고 나는 충성스러운 동지들에게 배를 지키게 하고, 정찰대를 보내 곳곳을 정찰하고 오도록 명령했습니다. 하지만 그들은 혈기왕성해서인지 오만하게도 아이컵토스 사람들이 열심히 가꾸어 놓은 밭을 마구 짓밟아 놓고 말았고, 또 아이들과 여자들을 잡아오고 남자들을 살해했답니다. 그 소문은 금방 온 나라 사람들에게 퍼졌고, 그들이 분노에 차 우르르 몰려오는 바람에 온 평원이 기병과 보병들로 가득 찼습니다.

하지만 제우스 신이 우리 동지들에게 비참한 패망의 마음을 심어 놓으셨기 때문에, 아무도 그들 앞에 나가 싸우려는 자가 없었지요. 재앙이 각처에서 우리를 에워쌌던 것이지요. 이때 동지들 가운데 몇몇은 예리한 청동칼에 맞아 죽거나 포로가 되어 노예로 끌려갔지만, 제우스 신의 도움을 받았는지 나만 간신히 살아남게 되었다오.

나는 차라리 그때 최후를 맞았더라면 좋았을 거라는 생각이 듭니다. 아직도 더 큰 재난이 나를 기다리고 있으니까 말입니다. 나는 투구와 방패와 창을 모두 내던지고, 그 나라 왕이 탄 마차 앞으로 달려가 그의 무릎을 붙잡고 입을 맞추었지요. 구원의 항복을 했던 겁니다. 그랬더니 왕은 나를 가엾게 여겼든지 자신의 대궐로 데려가더군요. 물론 많은 군사들이 나를 죽이려고 혈안이 되어 몰려들었지요.

그곳에서 나는 7년 동안이나 머물렀고 아이컵토스 사람들은 저에게 친절을 베풀며 많은 재물도 선물해주었습니다. 하지만 나는 어느 포이니키아(Phœnícĭa; 시리아 연안의 옛 왕국. 영어로는 페니키아) 사람의 유혹에 넘어가고 말았습니다. 그의 집으로 거처를 옮겨 1년 동안이나 있었는데, 그는 나를 리비아로 향하는 배에 태웠습니다. 겉으로는 그와 함께 동행한다는 것이었으나, 실상은 나를 팔아넘겨 돈을 벌려는 속셈이었습니다. 그리하여 배는 세차게 불어오는 북풍에 밀려 리비아로 갔습니다. 그런데 배가 바다 한복판에 이르자 제우스 님이 시커먼 구름을 몰고 오시더니 요란한 천둥소리를 울려 퍼지게 하고 배 위에 벼락을 내렸습니다. 낙뢰를 얻어맞은 배는 빙글빙글 돌면서 유황 냄새로 가득 찼고, 선원들은 모두 바다에 빠지고 말았지요. 이때 제우스 신께서는 손수 배의 돛을 내 두 손에 쥐어주셨고, 나는 그 돛대에 매달려 저주스러운 바람이 부는 대로 이리저리 떠다녔습니다.

9일 동안 그렇게 표류하던 중, 10일째 되는 어두운 밤에 큰 파도가 밀려와 나를 테스프로티아(Thesprotia; 이오니아 해 동남쪽에 접한 지역) 바닷가로 쓸어가더군요. 거기서 테스프로티아 사람의 왕인 페이돈(Pheidon)은 고맙게도 나를 노예 아닌 손님으로 맞아주었습니다. 피로와 악천후 때문에 엉망이 된 나를 마침 그의 아들이 구해서 왕의 궁전으로 데려갔기 때문입니다. 그곳에서 나는 오디세우스에 대한 소문을 들었습니다. 그 왕은 자기가 오디세우스를 융숭하게 대접했다는 겁니다. 또한 궁에서 일하던 모든 사람들은 오디세우스에게 온갖 보물들을 선물했다면서, 청동이며 황금 등을 보여주더군요. 거기에는 아마 10대째 자손들까지도 먹고살 수 있을 만큼 엄청난 보물들이 쌓여 있었습니다.

그때 오디세우스는 도도네(Dodona; 그리스 북서부의 에페이로스

지방 산속에 있는 제우스의 신탁의 땅)로 떠났다고 합니다. 그곳에 있는 신의 나무인 키 큰 떡갈나무에게 제우스 신의 뜻을 알아보고, 이타카 섬으로 무사히 돌아갈 수 있는 방도를 찾기 위해서였답니다. 그리고 왕은 내 앞에서 몸소 신에게 술을 올리면서 그를 고향으로 귀국시키기 위해 배도 항구에 대기시켜 놓았으며, 선원들도 모두 채비를 마쳤다고 맹세하더군요. 하지만 그는 먼저 나를 돌려보내게 되었습니다. 때마침 테스프로티아 사람들의 배가 밀이 많이 나는 둘리키움(Dulichium; 이오니아 해에 있는 섬)으로 떠나게 되었기 때문입니다. 그래서 왕은 선원들에게 나를 정중히 호송하도록 명령했습니다. 하지만 그들은 나를 노예로 팔아먹을 생각이었습니다. 그들은 내 겉옷과 속옷을 벗겨버리더니 누더기 같은 것을 던져주더군요. 지금 내가 걸치고 있는 옷이 바로 그것입니다.

저녁때가 되어 이타카에 이르자, 널빤지를 잘 깔아놓은 배 안에 나를 묶어 놓고 그들은 배에서 내리자마자 식사를 하러 가더군요. 그런데 신께서 다시 나를 고난에서 구해주시더군요. 밧줄을 쉽게 끊을 수 있어 머리를 누더기로 가린 채 바다로 뛰어내린 나는 헤엄을 쳐 그들에게서 빠져나왔습니다. 그리하여 우거진 숲으로 들어가 간신히 몸을 감추고 있었지요. 그들은 내가 없어진 것을 알고 고함을 지르며 사방으로 나를 찾아 헤매더군요. 그러나 얼마 뒤 포기를 했는지 그냥 배를 타고 떠나버렸어요. 내가 안전하게 몸을 숨긴 것은 신의 덕택인 것 같습니다. 그리고 나를 친절하신 당신 곁으로 가까이 오게 한 것도 아직 더 살라는 신의 계시인가 봅니다."

그러자 돼지치기 에우마이오스가 말했다.

"아, 당신은 참으로 가엾은 손님이시구려. 당신의 고난과 방황을 듣자니 가슴이 뭉클합니다. 나는 그동안 당신의 심정이 어떠했을지 조금은 짐작이 가오. 하지만 당신의 말 중에 왠지 앞뒤가 안 맞는 데가 있는 것 같소. 당신 같은 분이 거짓말을 할 까닭이 없겠지만, 우리 주인님이 행방불명된 것으로 알고 있는 나로서는 당신 이야기가 믿기지 않소. 그런데 나는 돼지들을 지키느라, 고을에 내려가지 않고 사람들과도 접촉이 없답니다. 만약 어디서 소식이라도 있어서 페넬로페 님이 와 달라고 할 때를 빼놓고 말입니다. 그러니 당신도 꽤 고생을 한 모양이지만, 신께서 당신을 이곳으로 보낸 이상 거짓말까지 해가며 비위를 맞추려는 생각은 아예 접어주시오."

이에 대해 오디세우스가 대답했다.

"당신은 왜 그리 사람을 믿지 못하는 마음을 품고 있습니까. 이토록 맹세를 하는 이야기까지 믿으려 하지 않으니 말입니다. 그럼 우리 서로 약속을 합시다. 그리고 이제부터 올림포스에 계신 신을 증인으로 세우도록 합시다. 당신의 주인어른이 돌아오신다면 나에게 겉옷과 속옷을 새로 입혀 둘리키움으로 돌아갈 수 있도록 보내주시오. 나는 그곳으로 가는 것이 예전부터 소망이었으니까요. 또한 당신 말대로 당신의 주인님이 돌아오지 않는다면, 하인들을 시켜 나를 절벽 밑으로 떠밀어버리도록 하시오. 다른 거지들이 더 이상 헛소리를 지껄이지 못하도록 말입니다."

그러자 착한 에우마이오스가 말했다.

"노인장, 내가 그런 짓을 한다면 세상 사람들은 나를 비난하고 그런 소행을 널리 퍼뜨릴 것이오. 나더러 당신에게 융숭한 대접을 하고 나서는 이번에는 귀중한 당신의 생명을 빼앗으란 말이오? 정녕 내가 그런 짓을 한다면 일부러 제우스 님을 모독하는 것이오."

이렇게 두 사람 사이에 이야기가 오가고 있었는데, 얼마 후에 돼지들과 돼지치기 들이 몰려와 돼지들을 각기 우리 속에 가두어 쉬게 했다.

이때 에우마이오스가 동료들을 부르며 말했다.

"가장 살찐 돼지 한 마리를 잡아 오게. 먼 나라에서 온 손님을 위해 제물을 바치고 대접도 해드려야겠어. 또 우리도 맛있는 것을 좀 먹어보세그려. 못된 놈들의 식성만 맞추느라고 그동안 고생만 했지 않은가."

에우마이오스는 청동칼로 사정없이 장작을 팼다. 부하들은 포동포동한 다섯 살배기 돼지를 데리고 오더니 불 옆에 세웠다. 순박한 에우마이오스는 불사의 신들을 잊지 않았다. 그래서 우선 의식의 첫 순서로, 흰 이빨을 가진 돼지의 머리털을 잘라 불속에 던지고 모든 신들에게 거룩한 오디세우스가 고향으로 돌아올 수 있게 해 주십사 기원했다.

그다음에 타다 남은 장작 토막을 치켜들었다가 내리치자, 돼지가 숨을 거두었다. 그러고는 돼지의 목을 자르고 턱을 그을려 순식간에 모두 발라냈다. 우선 다리에서 잘라낸 날고기를 푸짐한 비곗살 속에 끼우고, 보릿가루를 뿌린 다음 불속에 던졌다. 다음에는 나머지 부분을 잘게 썰어 꼬챙이에 꿰어 조심스럽게 구워냈다. 이때 사리분별이 확실한 에우마이오스가 몫을 분배하려고 일어섰다.

모두 잘라 일곱 몫으로 분배하더니, 그중 한 몫은 님프들에게, 또 한 몫은 마이아(Maia; 티탄족 아틀라스와 플레이오네 사이에 태어난 플레이아드들 중 맏딸)의 아들인 헤르메스 신에게 바쳤다. 나머지는 각자에게 나누어주었는데, 흰 이빨 달린 돼지 등덜미의 살코기는 고스란히 오디세우스에게 성의껏 대접했다. 이에 오디세우스가 말했다.

"에우마이오스여, 이 같은 행색을 한 나에게 이렇게 훌륭한 영접을 베풀어주시니 정말 감사합니다. 부디 나와 마찬가지로 당신에게도 제우스 신께서 호감을 가지시길."

그러자 에우마이오스가 말했다.

"아주 특이한 손님이시군요. 차린 음식은 마음껏 드세오. 사람이 바라는 일에 대해서는 신께서 해주실 일도 있고, 안 해주실 일도 있다오. 이는 무슨 일이든지 신께서는 뜻대로 행하실 수 있다는 말이오."

그들은 모두 음식을 실컷 먹은 뒤, 이윽고 잠자리에 들었다. 그날은 밤새도록 제우스 신께서 비를 내려주셨다

제 15 권

텔레마코스가 에우마이오스의 오두막을 찾다

한편 팔라스 아테나는 텔레마코스에게 하루빨리 귀국할 것을 종용하기 위해 라케다이몬으로 떠났다. 텔레마코스는 좀처럼 잠을 이루지 못하고 있었는데, 그때 팔라스 아테나가 베개 곁으로 다가와 말했다.

"텔레마코스여, 어서 메넬라오스를 독촉해서 귀국하도록 하는 것이 좋겠다. 네 어머니 페넬로페가 부친과 형제들로부터 에우리마코스와 결혼할 것을 재촉받고 있으니 말이다. 자칫하면 배신을 당하고 집안이 몰락할지도 모르니 어서 서둘러라. 또 하나 명심해 둘 것이 있는데, 이타카 섬과 험준한 사모스 섬 사이에서 그들이 너를 노리고 매복하고 있다는 것이다. 그러나 불사의 신들이 너를 지켜줄 것이다. 밤낮을 가리지 말고 계속 달리도록 해라. 그래서 이타카 섬의 맨 첫 해안에 이르거든 동지들을 마을로 가도록 하고, 너는 에우마이오스의 오두막으로 가야 한다. 너의 돼지를 지키는 그 남자는 충직하고 마음씨가 착한 사람이다. 그래서 거기서 하룻밤을 보낸 다음, 네가 무사하다는 소식을 페넬로페에게 전해달라고 에우마이오스에게 부탁해라."

여신은 이렇게 말하고 난 다음 올림포스를 향해 떠났다. 그리하여 오디세우스의 사랑스러운 아들은 포근히 잠들고 있는 네스토르의 아들을 조용히 깨우며 말했다.

"페이시스트라토스여, 눈을 떠봐요. 우리가 떠날 수 있도록 채비를 해야 합니다."

부스스 눈을 뜬 페이시스트라토스가 말했다.

"텔레마코스여, 그건 당치도 않은 소리네. 날이 밝으면 떠나도록 하세. 곧 있으면 날이 밝을 테니. 그리고 아트레우스의 아들인 메넬라오스 님이 많은 선물을 건네준 다음 정다운 말로 위로의 말을 전하고 보내드릴 테니 그때까지만 기다리세. 친절을 베풀어준 주인에게 폐를 끼친 손님은 언제나 잊지 않고 생각해야 하니까 말이지."

이렇게 말하자 곧 황금의자에 앉은 새벽의 여신이 찾아왔고, 용맹스런 메넬라오스는 머리카락이 눈부신 헬레네 곁을 떠나 두 사람 앞에 나타났다. 텔레마코스는 부지런히 단장을 마치고 문 밖으로 나가 그의 옆에 다가서며 말했다.

"제우스 신의 후손이며 병사들의 우두머리이신 메넬라오스 님, 제 마음은 고향으로 갈 것을 학수고대하고 있습니다. 그러니 저는 이만 고국으로 돌아가겠습니다."

그러자 메넬라오스가 말했다.

"텔레마코스여, 자네 마음이 그렇다면 나는 억지로 붙잡지는 않겠네. 그 누구라도 손님을 대접하는 데 지나친 애착을 갖거나 또는 소홀히 한다면, 손님은 괜히 부담을 느껴 화를 낼 걸세. 무슨 일이든 정도껏 하는 것이 현명한 게야. 손님이 묵는 동안은 정중

거위를 낚아채 가는 독수리

하게 대접하고 바라는 대로 해 드리는 것이 도리 아니겠는가. 그러
니 잠시만 기다려주게. 훌륭한 물건을 챙기는 동안만 말일세. 그
동안에 진수성찬을 들고 가도록 시녀들에게 명령하겠네. 그리고
자네가 원하는 바를 헤라 여신의 남편이신 제우스 신께서 이루어
주시길 빌겠네. 그럼 선물로 내가 가장 아끼는 보물들을 주겠네.
우선 섬세하게 세공된 황금 혼주병을 주지. 이것은 헤파이스토스
신의 작품이라네. 시돈(Sidon; 레바논 남부의 지중해 연안 지역)의 국
왕 파이디모스(Phaidimos)가 내게 선물로 주신 거라네."

그리고 아름다운 헬레네는 자신이 손수 만든 옷가지를 두 손으로 받쳐 들고 말했다.

"텔레마코스 님, 나도 헬레네의 손재주를 기념하는 뜻으로 이것을 드리겠습니다. 부디 당신께서 무사히 귀국하시길 바랍니다."

그래서 오디세우스의 아들은 그것을 기꺼이 받았다. 시녀가 아름다운 황금 그릇에 물을 담아 와 은쟁반 위에 손을 씻도록 부어주고, 늙은 시녀가 온갖 요리들을 식탁으로 날라 왔다. 그들은 이 음식들과 술을 맛있게 먹고 마시고 했다. 이윽고 텔레마코스와 네스토르의 뛰어난 아들은 많은 선물들을 실은 쌍두마차에 올라탔다. 그러자 황금빛 머리카락의 메넬라오스가 오른손에 마음을 흥겹게 하는 포도주 잔을 가지고 다가와 신들께 올린 다음, 술잔을 높이 들어 인사를 하면서 말했다.

"그럼 안녕히 가시기를. 그리고 네스토르 님께도 안부를 전해주게나. 트로이 성에서 우리 아카이아 인들이 싸웠을 때 정말 내게는 아버님이나 다름없이 정겹게 대해 주셨소."

이에 대해 영리한 텔레마코스가 대답했다.

"그럼요. 제우스 님이 돌보시는 군주님, 도착하자마자 말씀대로 보고해드리지요. 제가 고향으로 돌아가서 제 아버님을 만날 수 있다면 얼마나 좋겠습니까. 훌륭한 보물을 선물해주신 것과 융숭하게 대접해주신 은혜의 말을 아버님께 할 수 있다면 말입니다."

이렇게 그가 말했을 때, 독수리 한 마리가 안뜰에서 곱게 자란 하얀 거위를 발톱에 움켜잡고 한 바퀴 돌더니 오른쪽으로 날아갔다. 이 광경을 보고 모두들 기뻐했다. 그러자 네스토르의 아들 페이시스트라토스가 먼저 말을 꺼냈다.

"제우스 신이 돌보시는 메넬라오스 님, 우리 두 사람을 위해 신께서 이런 신기한 징조를 보이셨는지, 아니면 병사들의 우두머리인 당신을 위한 것인지 알 수 있을까요?"

이렇게 말하자, 메넬라오스는 이리저리 궁리해보았다. 그러자 긴 치맛자락을 드리운 헬레네가 대신 나서서 말했다.

"여러분, 잠깐만. 나는 저 새 점을 이렇게 풀이하는데요. 방금 집 안에서 자란 저 거위를 독수리가 낚아채 갔지요. 자기 새끼들을 산에 남겨두고 말입니다. 마찬가지로 오디세우스도 많은 재앙을 겪으면서 이곳저곳을 방랑한 끝에 고국으로 돌아와 반드시 보복을 할 것입니다. 어쩌면 벌써 돌아와 있을지도 모르며, 청혼자들에게 복수하기 위해 자신의 계책을 궁리하고 있을지도 모릅니다."

그 말에 오디세우스의 영리한 아들인 텔레마코스가 외쳤다.

"제발 제우스 님께서 그렇게 해주시기를 바랍니다. 그렇게 되면 집으로 돌아가 신에게와 마찬가지로 당신께도 기원을 드리고 싶어질 것입니다."

마차를 하루 종일 몰아 드디어 해가 저물고 사방이 잿빛으로 어두워졌을 때 두 사람은 페라이로 들어서서 강의 신 알페이오스 (Alpheius)가 낳은 오르틸로코스(Ortilochus)의 아들인 디오클레스의 저택에 도착했다. 거기서 하룻밤을 대접받은 다음, 새벽의 여신이 나타나자 두 사람은 다시 마차를 타고 채찍을 휘두르며 말을 몰아 순식간에 필로스의 험준한 섬에 이르렀는데, 그때 텔레마코스는 네스토르의 아들 페이시스트라토스에게 말했다.

"네스토르의 아드님이여, 우리는 처음부터 인연이 깊은 주객 간으로서 선조 때부터 절친한 집안이었소. 게다가 같은 연배이고요. 더구나 이번 여행은 우리를 한층 더 가깝게 해주었지요. 그러니 제발 나를 대접하실 작정으로 저택으로 데려가지 마시고 배를타게 해주십시오."

네스토르의 아들은 어떻게 할까 고민 끝에 마차를 돌려 배가 있는 곳으로 가서 훌륭한 선물들을 실어 주고 텔레마코스를 격려했다.

"자아, 어서 배에 오르시오. 내가 집에 돌아가 아버님께 말씀드리기 전에 어서 떠나세요. 아버님은 완고하시기 때문에 당신을 그대로 보내지 않고 이리로 쫓아오실 겁니다. 제 아버님이 쫓아오시면 곤란하니 어서 떠나시오."

이리하여 오디세우스의 아들은 물론 모두들 배를 타고 노잡이들은 노를 잡았다. 이렇게 바삐 서두르고 또 정성을 다하여 아테나 여신께 기원하고 있을 때, 한 사나이가 다가왔다. 그는 먼 나라 사람으로 아르고스에서 살인을 저지르고 도망쳐 온 점쟁이로 멜람푸스(Melampus; 예언자 족의 시조. 뱀이 그의 귀를 핥았기 때문에, 그는 모든 생물의 말을 이해하고, 예언의 능력을 얻었다고 한다.)의 후손이었다. 이 집안은 예전에는 많은 양을 길러낸 필로스의 부자였는데, 폭군인 넬레우스(Neleus)에게서 도망하여 타향인 아르고스로 옮겨 왔던 것이다. 온 천하의 누구보다도 거룩하다는 넬레우스가 그의 많은 재산들을 1년 동안이나 무력으로 탈취했던 것이다.

그 점쟁이의 이름은 테오클리메노스(Theoclymenus; 폴리페이데스의 아들이자 멜람푸스의 증손자)였다. 뱃머리에서 신께 기원을 하고 있던 텔레마코스 옆으로 그 점쟁이가 다가와 말했다.

"마침 당신이 여기서 제사를 올리기에 간절히 말씀드리는 바입니다. 이 제물과 신의 가호와 당신과 동행하는 모든 분들께 맹세합니다. 당신은 어느 가문의 자손이며 어떤 분인지, 그리고 당신의 나라와 부모님은 어디 계신지를 부디 솔직하게 대답해주시오."

이에 텔레마코스가 대답했다.

"처음 뵙지만 말씀대로 대답해 드리리다. 나는 이타카 사람으로 아버님은 오디세우스라고 합니다. 하지만 지금은 행방불명되셨기 때문에 저는 아버님 소식을 수소문하러 여기까지 찾아온 것입니다."

이에 대해 테오클리메노스가 말했다.

"당신과 마찬가지로 나도 고국을 떠나온 사람입니다. 참으로 여러 나라를 떠돌아다니는 것이 아마도 내 운명인가 봅니다. 사람을 죽였기 때문이죠. 아무튼 망명자로서 간절히 부탁드리니, 그들에게 붙잡히지 않도록 제발 이 배에 좀 태워주십시오."

그 말에 텔레마코스가 대답했다.

"그렇게 하시지요. 기꺼이 당신을 환영하겠습니다."

그리하여 텔레마코스는 배에 오른 데오클리메노스를 자기 옆자리에 앉혔다. 그리고 동지들을 격려해서 돛을 올리라고 명령하자, 곧장 돛대를 끌어올려 구멍에 맞춰 세우고 앞쪽의 밧줄을 비끄러맸다. 그리고 견고한 소가죽 끈으로 흰 돛폭을 끌어올렸다. 그러자 돛을 향해 빛나는 눈을 가진 아테나가 순풍을 보내 주었다. 모두들 텔레마코스가 과연 죽음을 모면할 수 있을는지, 아니면 청혼자들에게 당하고 말 것인지를 염려하면서 조금이라도 빨리 목적지에 도착하려고 일렁이는 파도를 힘껏 헤쳐 나갔다.

한편 오디세우스와 에우마이오스는 저녁식사를 하고 있었다. 그 옆에서는 다른 사나이들이 먹고 마시고 있었다. 이때 오디세우스는 자기를 그대로 오두막에 머물도록 할 것인지를 떠보기 위해서 다음과 같이 말을 걸었다.

"에우마이오스 님. 그리고 다른 분들도 좀 들어주시오. 나는 내일쯤 이곳을 나갔으면 합니다. 구걸을 하러 말입니다. 당신들의 양식을 축내는 게 미안하니 나에게도 일을 시키십시오. 내 부족하나마 당신네들의 힘이 되어 드리겠소. 그러니 나에게 유능한 안내자를 하나 딸려주셨으면 좋겠소. 나 혼자 거리에서 구걸하러 다니면 빵조각 하나 던져주지 않을 테니 말이오. 그리고 거룩한 오디세우스 님의 궁전에 이르게 되면, 아름다운 페넬로페 님께 소식을 전해드리고 나서, 우쭐거리는 청혼자들 틈에 끼여 곧 멋진 것을 보여주겠소. 무엇이든지 바라시는 대로. 허나 내가 지금 말한 것들을 명심하시오. 모든 인간들이 행하는 일에 대해 성공을 내려주시는 전령의 신이신 헤르메스님께서 저를 도와주기 때문에 아무도

시중드는 일에 나를 따를 사람이 없을 것이오. 불을 잘 피우는 일, 마른 장작을 패는 일, 고기를 썰어서 굽는 일, 술시중을 드는 일, 그리고 무엇이나든 천박한 자가 신분이 높은 사람에게 시중드는 일 등, 아무거나 시키시오."

그 말에 몹시 성난 표정의 에우마이오스가 말했다.

"노인장, 무슨 그런 말씀을 하시오. 정말 당신은 그 자리에서 그대로 죽고 말 작정이오? 청혼자들이 얼마나 난폭하고 흉악한지를 아직 모르고 있는가 보군요. 그들의 종노릇을 하기란 결코 쉬운 일이 아니라오. 젊고 얼굴이 반듯해야만 그들의 시중을 들 수 있다오. 그러니 잠자코 여기에 있도록 하시오. 나도 그렇고 다른 누구라도 당신을 푸대접할 사람은 없으니까요. 또 오디세우스의 사랑하는 아드님이 오신다면, 그분이 당신에게 겉옷과 속옷과 입을 것을 줄 것이고, 당신이 가고 싶은 대로 어디든 보내줄 것이오."

이에 대해 참을성 있고 존엄한 오디세우스가 대답했다.

"에우마이오스 님, 참으로 나를 대해주신 것만큼 제우스 신께서도 당신을 보호해주시도록 빌겠소. 당신은 나의 고달픈 방랑과 괴로운 한탄을 덜어주셨으니 말이오. 정말 어쩔 수 없이 방랑을 하는 것만큼 고통스러운 것은 없을 것입니다. 하지만 기왕이면 존엄한 오디세우스 님의 부모 이야기를 부디 내게 말해주시면 고맙겠소."

이에 돼지치기 에우마이오스가 말했다.

"노인장의 청을 들어드리지요. 라에르테스 님은 아직 살아 계시오. 하지만 항상 제우스 신께 기도를 드리는 게 일과지요. 한 번 떠난 채 돌아올 줄 모르는 아드님 때문에 무척 슬퍼하시고 있는 데다가, 부인마저 돌아가셨으니 말입니다. 참으로 마님께서는 막내딸 크리메네(Ctimene) 님과 나를 조금의 차이도 없이 길러 주셨지요. 또한 우리들이 나이가 들자, 아가씨는 사메(Same)로 시집을 보내시고 나에겐 좋은 옷가지를 입히시고 좋은 샌들을 신겨 주신 다음 시골로 보내셨지요. 나는 그분이 살아 계신 동안 가끔 찾아뵙는 게 낙이었어요. 그분은 고매한 아드님을 밤낮으로 그리다가 애처롭게 돌아가셨지요."

그러자 오디세우스가 말했다.

"아, 불쌍한 에우마이오스여, 당신도 부모 밑을 떠나서 무척이나 떠돌아다닌 모양이로군요. 어서 이야기를 계속해보시오."

그러자 어려서부터 돼지치기가 된 에우마이오스가 말했다.

"노인장, 참으로 그런 사연을 캐물으셨으니 술을 드시면서 조용히 들어보시구려. 마침 이야기를 즐기기 딱 좋은 밤이고, 게다가 너무 오래 잠을 잔다는 것도 건강에 안 좋으니까요. 그러니 졸린 사람은 잠자리로 돌아가도록 하시게. 우리는 오두막에서 요리를 먹으면서 지난날을 추억하면서 이 밤을 즐겨볼 테니 말이야. 만리 타향에서 유랑한 자에게는 고생도 낙이 되니 말일세.

자, 그럼 당신이 듣고 싶어 하는 이야기를 하지요. 혹시 시라(Syra)라는 섬을 아시는지요. 오르티기아(Ortygia) 너머 태양이 방향을 바꾸는 곳인데, 그리 넓지는 않지만 가축을 기르기 좋은 평화로운 섬이지요. 이곳에는 두 개의 고을이 있었는데, 뭐든지 양쪽에서 서로 나눠 쓰곤 했습니다. 그곳들을 제 아버님께서 다스렸지요. 그분은 오르메노스(Ormenus)의 아들 크테시오스(Ctesius)로서 불사의 신과도 같은 인물이었답니다. 그런데 항해로 이름난 포이니키아 인들이 그곳으로 오게 되었어요. 그들은 욕심 많은 사기꾼인데, 많은 보석들을 검은 배에 잔뜩 싣고 왔죠. 그런데 아버님의 저택에는 몸집이 좋고 늘씬하며 훌륭한 손재주를 가진 포이니키아 태생의 여자가 있었어요. 그녀를 사기꾼인 포이니키아 사람들이 유혹했답니다. 빨래터로 나간 그녀를 붙잡아, 으슥한 배 옆에서 정을 통했지요. 동침을 한 다음 포이니키아 인은 그녀의 신상에 대해 물어보았지요. 여자는 주저 없이 높다란 지붕이 솟아 있는 아버님의 저택을 가리키며 말했지요.

'나는 청동이 풍부한 시돈에서 왔으며, 아주 부자인 아리바스(Arybas)의 딸이에요. 한데 내가 밭에서 돌아오는 길에, 타포스 군도(Taphiae; 이오니아 해의 한 무리의 섬)의 해적들이 날 유괴하여 이곳에다 팔아넘긴 것이지요.'

그 말에 처녀와 동침한 사나이가 '그렇군. 그럼 지금이라도 우리를 따라 고향으로 돌아갈 생각은 없나. 그러면 부모님을 만날 수 있을 텐데.'라고 말하자, 처녀가 말했답니다.

'당신들이 날 아무 탈 없이 무사히 우리 집에까지 데려다주신다고 약속만 해주신다면 가지요.'

이렇게 말하자 모두들 여자가 하라는 대로 맹세를 했답니다. 그러고 나서 여자가 다음과 같이 덧붙였습니다.

'그러면 모두 비밀을 지키고, 혹시라도 우물가에서 나를 보고 아는 척하면 안 됩니다. 누가 집에 가서 우리 주인님께 이른다면 나와 당신네들은 죽음을 면치 못할 겁니다. 그러니 잠자코 물건이나 빨리 사 들이세요. 그리고 배에 물건이 가득 차거든 나에게 일러주세요. 나는 그동안 내 손에 닿는 대로 금을 훔쳐 놓겠어요. 또 뱃삯으로 훌륭한 것을 드리겠어요. 그것은 우리 마님의 아들인데, 무척 영리한 아이랍니다. 그 아이를 내가 돌보고 있기 때문에 쉽게 빼올 수 있을 거예요. 그 애를 팔면 당신들은 짭짤한 이익을 볼 수 있을 거예요.'

여자는 이렇게 말하고 주인집으로 돌아왔죠. 한편 포이니키아 무리들은 꼬박 1년 동안 우리나라에서 많은 물건을 사들였답니다. 그리고 그들 중 꾀가 많은 사나이가 우리 집에 찾아왔던 거죠. 호박을 사이에 끼워 맞춘 황금 사슬을 갖고 와서 우리 어머님께 보이며 값을 흥정했습니다. 그 틈을 타 그가 몰래 눈짓으로 여자에게 신호를 보내자 그녀는 내 손을 잡고 우리 집 밖으로 나갔지요. 그때 사랑방에는 잔치를 마친 상이 있었는데, 그녀는 거기서 술잔 세 개를 몰래 품고 나왔습니다. 나는 그때만 해도 철부지라 그녀의 손을 잡고 포이니키아 사람들의 배가 있는 곳까지 잠자코 따라 나섰죠. 그리고 뱃길을 떠났는데, 그때 제우스 님이 순풍을 보내주셨지요. 그리하여 6일 동안을 항해하다가 드디어 7일째 되던 날 아르테미스 님께서 그 여자에게 화살을 퍼부었지요. 그 여

화살을 쏘는 아폴론과 아르테미스

자가 배 밑바닥에 요란한 소리를 내면서 쓰러지자 그들은 여자를
바다에 던져버렸답니다. 그리고 그들은 결국 이타카 섬에 내려 나
를 라에르테스 님에게 팔아넘겼기 때문에 제가 지금 이곳에 발을
붙이게 되었던 겁니다."

이 말을 다 듣고 난 오디세우스가 말했다.

"에우마이오스 님이여, 자세한 이야기를 듣고 보니 정말 가슴이
아프구려. 그래 얼마나 마음이 괴로웠겠소. 그러나 제우스 님은

당신께 재앙과 함께 좋은 일도 내려주셨던 거요. 나는 이렇게 거리를 헤매는 처지이지만, 당신은 마음씨 좋은 주인을 만나 별다른 불편 없이 지내고 있으니 말이오."

두 사람은 잠시 눈을 붙였을 뿐 거의 밤을 새우다시피하며 이야기를 주고받았다.

한편 텔레마코스 일행은 뭍 가까이에 이르자, 돛을 내린 다음 곧바로 노를 저어 포구까지 가서 닻을 던져 밧줄을 잘 묶어놓았다. 그런 다음 바닷가에서 식사를 마쳤다. 그때 텔레마코스가 모두를 향해 말했다.

"여러분, 나는 이제부터 돼지치기 에우마이오스를 찾아가야겠소. 그래서 사정을 살펴본 다음에 우리 집으로 가겠소. 내일 아침 쯤이면 당신들에게 훌륭한 요리를 대접해 드릴 수 있을 거요. 달콤한 포도주와 맛있는 고기를 말이오."

이에 신 같은 성품의 테오클리메노스가 말했다.

"그럼 나는 도대체 어디로 가야 될까요?"

이에 영리한 텔레마코스가 대답했다.

"다른 때 같으면 나는 주저하지 않고 우리 집으로 모셨지요. 우리 집에서는 손님을 대접하는 데 모자람이 없으니까요. 하지만 당신도 아시다시피 지금은 당신을 잘 대접해 드리기가 곤란합니다. 그러니 당분간 에우리마코스라는 사람 집에 가 계세요. 그 사람은 현명한 폴리보스의 아들로, 이타카 섬에서는 신과 같은 존재이기도 합니다. 하지만 우리 어머님과 결혼해서 우리 아버님의 뒤를 이으려고 야심을 품고 있습니다. 혼례식보다 재앙의 날이 먼저 그들에게 닥칠 것인지 여부는 제우스 신만이 알고 계실 것이지만 말입니다."

그가 말을 끝내기도 전에 오른쪽으로 신의 충실한 사자인 매가 한 마리 날아갔다. 발톱으로 비둘기를 거머쥔 매는 텔레마코스의 앞으로 날개털을 떨어뜨렸다. 이것을 본 테오클리메노스는 텔레마코스의 손을 잡고 말했다.

"텔레마코스 님, 저 새는 신의 뜻에 의해 날아온 것입니다. 저는 새 점을 보기 때문에 금방 알 수 있지만, 당신 가문보다 더 권력을 굳게 잡을 수 있는 집안은 없을 것입니다. 영원히 말입니다."

그 말을 듣고 오디세우스의 아들 텔레마코스가 말했다.

"정말 그렇게만 된다면 당신께 내가 우정의 선물을 드릴 것입니다. 남들도 부러워할 만큼 말이오."

이렇게 말하고 그는 충실한 동료 페이라이오스를 향해 말했다.

"클리티오스의 아들 페이라이오스여, 자네는 동지들 가운데에서도 무슨 일에든 가장 믿음직했었지. 그러니 이번에는 이 손님을 자네 집에 모시고 가서 깍듯이 대접해 드릴 수 없겠나? 내가 우리 집에 들어설 수 있을 때까지만."

그러자 창으로 유명한 페이라이오스가 말했다.

"텔레마코스 님, 말씀대로 이분을 제가 돌봐드리지요. 결코 손님을 모시는 데 실례가 되는 일은 없을 것입니다."

이리하여 텔레마코스의 명령대로 모든 동지들은 밧줄을 풀고

배를 밀어낸 다음 마을로 향했다. 또한 텔레마코스는 날카로운 청
동창을 들고 걸음을 재촉하여 돼지치기 에우마이오스의 오두막
으로 향했다.

제 16 권

오디세우스와 텔레마코스가 만나다

한편 오디세우스와 돼지치기 에우마이오스는 날이 새자 아침
을 준비하고 일꾼들에게 돼지를 몰고 나가도록 했다. 그때 텔레마
코스가 당도했는데, 평소에는 마구 짖어대던 개들이 반가워하며
텔레마코스에게 꼬리를 흔들어댔다. 이때 인기척을 들은 오디세
우스가 에우마이오스에게 말했다.

"에우마이오스 님, 아무래도 누가 이쪽으로 오는 것 같아요. 이
웃 사람이 아니면 잘 아는 사람인지, 개들도 짖지 않고 꼬리를 치
는군요."

말을 마치기도 전에 텔레마코스가 문턱에 와 있었다. 에우마이
오스는 너무도 놀랍고 반가워 손으로 젓고 있던 붉은 포도주 그
릇을 그만 땅에 떨어뜨리고 말았다. 그는 마치 사랑하는 아들이
먼 나라에서 오랫동안 유학하고 돌아온 듯이 젊은 주인인 텔레마

코스의 두 손을 마주 잡으며 입을 맞추고 눈물을 흘렸다. 그러고는 울먹이면서 말했다.

"텔레마코스 님, 돌아오셨군요. 다시는 못 만날 줄 알았더니 이렇게 당당하게 돌아오셨군요. 어서 들어오십시오, 도련님. 도련님의 사랑스러운 모습을 실컷 보고 싶습니다."

그러자 영리한 텔레마코스가 대답했다.

"고마워요. 나도 그대가 무척 보고 싶었어요. 그리고 이곳의 상황을 좀 이야기해주세요. 어머님의 신변에 무슨 변화가 있는지, 또 아버님의 소식이라도 들었는지."

그 말에 에우마이오스가 말했다.

"물론 말씀드려야지요. 모친께서는 참을성 있게 성에 머물고 계신답니다. 하지만 날마다 눈물과 한탄으로만 지새고 있지요."

돼지치기 에우마이오스는 텔레마코스의 창을 받아 들었다. 텔레마코스는 문턱을 넘어 안으로 들어갔다. 그러자 아버지 오디세우스가 엉거주춤하면서 밖으로 나오려 했는데, 텔레마코스가 가로막으면서 말했다.

"노인장, 그대로 앉아 계십시오. 자리는 또 만들면 되니까요."

이 말에 오디세우스는 다시 자기 자리에 가서 앉았다. 에우마이오스는 텔레마코스를 위해 푸른 나뭇가지를 펼쳐 깐 다음 그 위에 염소 가죽을 깔아 놓았다. 오디세우스의 영리한 아들이 그곳에 앉았다. 그런 다음 돼지치기 에우마이오스는 그들을 위해 전날 밤 먹다 남은 고기를 가져왔다. 이어서 빵과 칡, 그리고 꿀처럼 달콤한 포도주를 들고 왔다. 그리하여 모두들 식탁에 둘러앉아 물릴 때까지 양껏 음식을 먹고 마셨다. 그때 텔레마코스가 천천히 입을 열었다.

"에우마이오스, 이분은 어디서 오셨는가? 걸어서 이곳까지 오기는 힘들고, 어떻게 이타카까지 왔는지 궁금하군요."

이에 에우마이오스가 대답했다.

"도련님, 제가 자초지종을 말씀드리지요. 이분은 크레타 섬 출신이며, 여러 곳들을 떠돌아다녔다고 합니다. 그것은 신께서 내려주신 운명이기도 하지만 말입니다. 그리하여 테스프로티아 뱃사람들에게서 탈출하여 이곳까지 오게 되었답니다. 그러니 주인님께서 이분을 돌봐드리는 것이 좋을 것 같습니다."

그러자 텔레마코스가 말했다.

"에우마이오스여, 내 처지에 어떻게 손님을 모실 수가 있겠소. 지금은 어머님의 청혼자들에게 눌려 있는 형편이고, 게다가 어머님도 두 가지 생각 때문에 갈피를 못 잡고 계시는데 말이오. 하지만 이분이 자네 집을 찾아왔으니 어떡하겠소. 내가 식량과 옷은 충분히 보내줄 테니 그대가 좀 돌봐드리세요. 이분을 청혼자들 틈으로 보내고 싶지 않네요. 글쎄 이만저만 못된 놈들이 아니라서 말이지. 막무가내로 시비를 걸어오면 어찌하겠소. 그렇게 되면 내가 매우 곤란해질 거요. 아무리 강철 같은 사람이라도 여러 놈들을 상대한다는 것은 힘 드는 일이니까요."

그 말에 참을성 있는 오디세우스가 말했다.

"도련님, 말씀 도중에 끼어들어 죄송합니다만, 정말 분통이 터져 견딜 수가 없군요. 청혼자들이 저택에 몰려와 만행을 저지르고 있다니 말입니다. 이처럼 훌륭하신 분을 없애려들다니. 오디세우스 님이 방랑길에서 돌아오신다면 걱정이 없겠지만, 도련님도 아직 젊으시니까 걱정 없지 않습니까? 무슨 다른 특별한 이유로 지금 곤경에 처해 있는 것은 아니겠지요? 섬 전체 사람이 당신에게 적의를 품고 있다거나, 스스로 자포자기하고 있다거나, 혹은 형제간에 말다툼 같은 것 때문에 말입니다. 하지만 아직은 희망이 있습니다. 내가 그들 모두의 재앙거리로 등장해 라에르테스의 아들 오디세우스의 성 안으로 들어가 본때를 보여줄 수도 있을 겁니다. 내 말이 거짓이라면 목을 쳐도 좋습니다. 그런 못된 놈들을 못 본 체한다는 것은 내 성미가 용납지 않을 것이니까요. 하지만 조만간 일이 끝날 것 같지는 않군요. 사실 나는 끼어들 아무 이유도 없는 주제이지만 말입니다."

이에 오디세우스의 사랑하는 아들 텔레마코스가 말했다.

"손님, 모든 섬사람들이 결코 내게 적의를 품었거나, 나를 경멸하거나 하는 것은 아닙니다. 또한 형제들 사이에 싸움이 있었던 것도 아닙니다. 크로노스의 아드님이 우리 집안을 그만큼 고독하게 만드셨지요. 증조부이신 아르케이시오스(Arceisius)는 라에르테스 한 분만을 낳았고, 또 라에르테스 님은 오직 외아들로서 오디세우스 님을 두셨고, 제 아버님 역시 부자간의 정도 나누지 못한 채 저만을 남겨두고 떠나버렸기 때문입니다. 그래서 지금은 속이 엉큼한 놈들만이 제 집에 잔뜩 모여들었답니다. 둘리키움, 사메, 자퀸토스에서 내로라하는 호족들과 이타카 섬에서도 권세를 가진 유력자들이 앞다투어 어머님께 구혼을 하면서 가산을 탕진하고 있는 실정입니다. 그러자 어머님은 구혼을 거절도 승낙도 못하고 한숨만 쉬고 있답니다. 이러다가는 저도 오래지 않아 미쳐버릴 것 같습니다. 그러나 모든 것들은 신들께서 하시는 일이니 할 수 없지요. 에우마이오스, 아무튼 자네는 내가 필로스에서 무사히 돌아왔다고 어머니에게 전해주시오. 나는 당분간 여기서 머물 작정이니까요. 또 명심할 것은 누구에게도 내가 왔다는 것을 눈치채지 못하게 해주시오."

이에 돼지치기의 우두머리인 에우마이오스가 대답했다.

"물론이지요, 그래도 라에르테스 님에게는 알려드리는 것이 어떨지요? 너무나 안돼 보여서 말입니다. 집안 걱정 때문에 그저 탄식만 하고 아무것도 거들떠보지 않아 뼈만 앙상하게 남아 있어서 말입니다."

이에 텔레마코스가 말했다.

"정말 내 가슴이 찢어질 것 같군요. 하지만 할아버님은 잠시 놔두세요. 사람이 모든 일을 자기 마음대로 할 수 있다면 얼마나 좋겠소. 그러니 그대는 어머님께 볼일이 끝나면 곧바로 돌아오시오. 그 대신 어머님께 믿을 만한 시녀를 할아버님께 보내달라고 하세요. 아무도 몰래 말입니다."

이렇게 해서 돼지치기 에우마이오스는 마을을 향해 떠났다. 그

오디세우스를 변신시키는 아테나 여신

때 늘씬하고 아름답고 눈부신 재주를 지닌 아테나 여신이 오두막 맞은편으로 왔다. 신들은 누구에게나 또렷하게 모습을 나타내지 않기 때문에 오디세우스와 개들은 알아보았으나, 텔레마코스는 그 모습을 보기는커녕 알아차리지도 못했다. 여신이 오디세우스에게 눈짓을 하여 신호를 보내자, 거룩한 오디세우스는 살며시 벽을 따라 여신 앞에 멈추어 섰다. 빛나는 눈을 가진 아테나 여신이 말했다.

"제우스의 후손인 오디세우스여, 이제부터는 아들에게 정체를 밝히도록 하세요. 그리하여 어떤 계책을 써서 청혼자들을 물리칠 수 있을 것인지를 상의하세요. 나는 그대들 곁에서 도와줄 테니 말이에요."

이렇게 말한 뒤 아테나 여신은 황금 지팡이로 오디세우스를 건드렸다. 그리고 우선 축축하게 젖은 베옷과 속옷을 어깨에 걸치도록 하고, 몸집을 크게 해서 젊음을 더해준 다음, 피부도 거무스름하게 바꾸어 놓고, 이마와 주름살도 펴지게 하고, 턱수염도 거무스름하게 달아 놓았다.

일을 마치고 여신은 다시 올림포스로 떠났다. 그리고 오디세우스는 오두막 안으로 들어갔는데, 이에 깜짝 놀란 텔레마코스는 오디세우스가 신이 아닌가 싶어 경외에 가득 찬 목소리로 물었다.

"손님이시여, 당신은 아마도 신이 아닌가 싶군요. 조금 전과는 아주 다른 모습으로 변했구려. 부디 제가 죄라도 지었다면 용서해 주십시오."

참을성이 많은 오디세우스가 대답했다.

"나는 결코 신이 아니라오. 어찌 나를 신에다 비한단 말인가. 나는 네 아버지인 오디세우스란다. 나 때문에 너는 갖은 고생을 했지. 그러니 얼마나 이 아비가 원망스럽겠느냐. 하지만 나는 무사들의 온갖 난장판 속에서도 살아남았단다."

오디세우스는 이제까지 참아왔던 눈물을 쏟으면서 아들의 뺨에 입을 맞추었다. 그러나 텔레마코스는 도무지 믿기지 않아 거듭 부인했다. 그러자 오디세우스는 지난 일들을 낱낱이 설명해 아들을 설득시키고, 그동안의 모든 역경을 곱씹으면서 설움이 복받쳐 사랑하는 아들을 얼싸안았다.

오디세우스의 영리한 아들 텔레마코스가 말문을 열었다.

"당신이 진정 훌륭한 창의 명수인 제 아버님이십니까? 너무도 뜻밖의 일이옵니다."

이에 존엄한 오디세우스가 말했다.

"그렇단다. 아테나 여신의 도움으로 여기까지 오게 된 것이지. 어서 그 엉큼한 청혼자 놈들을 해치울 수 있는 방책이나 생각해보자꾸나. 우선 청혼자들이 몇 명이나 되며, 그들의 이름과 그들이 어떻게 작당했는지를 말해보거라. 우리 둘이 해치울 수 있는지, 아니면 다른 사람들의 도움이 필요한지를 알아야겠다."

그 말에 텔레마코스가 말했다.

"네, 말씀해드리지요. 하지만 우리 둘만으로는 그들을 당해낼 도리가 없습니다. 청혼자들은 열 명이나 스무 명 정도가 아니니까요. 둘리키움 섬에서도 52명의 뛰어난 영주들과 함께 6명의 수행원이 따라왔고, 사메에서는 24명의 용사들이 왔으며, 자퀸토스에서는 아카이아 족인 혈기왕성한 청년 20명이 왔습니다. 그리고 이타카 섬에서도 20명의 청혼자들이 나섰답니다. 모두들 하나같이 뛰어난 무사들입니다. 그러니 여차해서는 우리가 그들에게 말려들어 변고를 당할 수도 있습니다. 아버님, 지금은 누구든지 우리를 진심으로 돕고 보호해줄 수 있는 사람을 물색해야 합니다."

이에 존엄하고 참을성 있는 오디세우스가 말했다.

"그렇다면 우리 모두가 정신을 바짝 차려야겠구나. 그리고 아테나 여신과 아버지 신이신 제우스의 힘을 빌려야겠다. 그래도 다른 지원자들을 더 물색해야 되겠구나."

이에 영특한 텔레마코스가 말했다.

"지금 말씀하신 두 분의 신이시라면 너무나 유능하신 지원군들입니다. 높은 구름 속에 앉아 계시기는 하지만, 그분들은 인간들뿐만 아니라 다른 불사의 신들도 지배하니까요."

그러자 오디세우스가 말했다.

"진정으로 두 분의 신께서 우리를 도와줄 것이다. 그냥 멀리서 구경만 하시지는 않으실 것이니까 말이다. 그러니 너도 아침 햇빛이 온 누리에 퍼지거든 집으로 가도록 하라. 그래서 오만방자한 청혼자들 틈에 있도록 하라. 나는 나중에 돼지치기 에우마이오스의 안내로 성 안으로 갈 것이니. 하지만 그놈들이 나를 성에서 내쫓으려고 못된 짓을 하더라도, 분하겠지만 꾹 참아야 하느니라. 설령 내 다리를 잡고 집 안에서 끌어내 온갖 푸대접을 하더라도 말이다. 그리고 아테나 신이 네 마음에 무언가 신호를 보내실 때에는 지체 말고 집 안에 있는 모든 무기들을 높다란 광 속에 숨겨놓도록 해라. 그리고 만일 청혼자들이 무기가 없어진 것을 눈치채고 심상치 않은 표정으로 너에게 묻거든, 적당히 둘러대거라. 하지만 우리 두 사람이 사용할 검 두 자루와 창 두 자루는 남겨두도록 해라. 또한 소가죽 방패도 여차하면 우리가 곧 손에 집어들 수 있도록 준비해 두어라. 이리하면 지혜로운 제우스 님과 팔라스 아테나 신께서 청혼자들을 홀려 놓을 계략을 펴실 거다. 또 한 가지, 내가 귀국한 것을 아무한테도 말하지 말라. 할아버님에게도 하인들에게도, 또 네 어머님에게도 절대로 말해서는 안 된다. 이 기회에 모든 사람들의 속마음을 떠보기로 하자."

오디세우스와 텔레마코스는 많은 이야기를 주고받았다.

한편 텔레마코스와 함께 온 뱃사람들은 항구 깊숙이 검은 배를 댄 다음 육지로 끌어올리고, 훌륭한 선물들을 클리티오스의 저택으로 가져갔다. 그리고 페넬로페에게 소식을 전하기 위해 전령사를 오디세우스의 성으로 보냈다. 가는 길에 전령사는 돼지치기 에우마이오스와 만나자 두 사람은 똑같은 임무를 띠고 오디세우스의 저택에 이르렀다. 에우마이오스는 곧장 페넬로페에게 달려가 텔레마코스가 일러준 대로 모든 사정들을 말씀드렸다. 그리고 오두막으로 가기 위해 대청에서 물러나왔고, 전령사는 시녀의 지시대로 임무를 수행했다.

한편 골머리를 앓으며 풀이 죽어 있는 청혼자들은 노소를 막론하고 아무도 얼씬 못 하도록 부하들에게 명령을 내린 다음 회의를 열고 있었다. 이윽고 에우페이테스의 아들 안티노스가 말했다.

"오, 이게 무슨 일이지. 신들이 그 녀석을 구해주시다니. 낮이나 밤이나 바람이 몰아치는 곳 앞에서 밤낮을 가리지 않고 망을 보고 있었는데 말이야. 그런데 어느새 신께서 그놈을 무사히 상륙하도록 했단 말일세. 아무튼 우리는 다른 계책을 꾸며야겠네. 그 녀

석은 눈치가 빠르고 사려분별력도 뛰어나기 때문에 자칫하다가
는 우리가 그놈의 함정에 빠질 수 있단 말이야. 그 녀석이 살아 있
는 한 모든 계획들은 차질을 빚을 수밖에 없을 것이니, 얼른 없애
버리는 것이 상책일세."

모두들 쥐 죽은 듯이 고요했다. 그때 암피노모스(Amphinomus)
가 일어서서 말했다. 밀이 많이 나고 풍부한 목초지가 있는 둘리
키움에서 온 청혼자들 중 가장 뛰어난 그는 아레티아스 왕(king
Aretias)의 손자이자 니소스(Nisus)의 아들이었다. 그는 페넬로페에
게 특히 잘 보인 사람이었는데, 왜냐하면 사리분별력을 갖추고 있
었기 때문이었다.

"여러분, 나로서는 텔레마코스를 살해한다는 것에 찬성할 수가
없군요. 왕족을 살해한다는 것은 도리에 어긋난 일입니다. 그러니
우선 신들의 의견을 묻는 게 옳을 것 같소. 만일 제우스신이 이 일
을 좋다고 승낙하신다면, 나도 그때는 쾌히 가담하겠소. 하지만
신이 허락을 안 하고 나무란다면 모두 거사를 그만두는 게 옳을
듯하오."

암피노모스가 이렇게 말하자 사람들은 모두 그에게 동의했다.
한편 페넬로페는 못된 짓을 일삼는 청혼자들 앞에 나서려고 했
다. 청혼자들이 아들을 파멸시키려고 음모를 꾸미고 있다고 전령
사 메논이 넌지시 말해주었기 때문이다. 그리하여 그녀는 시녀들
을 거느리고 궁전의 홀로 갔다. 그녀는 여왕다운 위엄으로 청혼자
들 앞에 이르자 베일을 두 볼까지 가리고 안티노스에게 말했다.

"안티노스 님, 당신은 아주 훌륭한 사람이로군요. 더구나 예전에 입은 은혜도 저버리고 말입니다. 그것은 제우스 님도 뻔히 알고 계신 일이 아닙니까. 그 일을 당신은 벌써 잊으셨나요. 당신의 아버님이 이곳으로 도피했을 때의 일을 말입니다. 당신의 아버님은 데스프로티아 사람들을 헤치고 괴롭혔기 때문에 백성들이 격분해서 당신 아버님을 살해하고 재산마저 탈취하려고 할 때, 오디세우스가 그들을 타이르고 날뛰는 사람들을 제지시켰던 일을 말이에요. 그런데 당신은 그런 은인의 재산을 탕진하며, 저에게 구혼을 하고 또 내 아들까지 죽이려 하다니 정말 나쁜 분이시로군요. 어서 당신의 음모를 중지하도록 하세요. 그리고 다른 사람들에게도 명령하여 다시는 그런 생각을 갖지 못하도록 하세요."

이에 폴리보스의 아들인 에우리마코스가 말했다.

"이카리오스의 따님이시며 눈치 빠른 페넬로페여, 안심하십시오. 또한 그런 일로 절대로 상심하지 마십시오. 그런 인간은 결코 있지도 않고 또 생겨날 리도 없으니까요. 내가 이 지상에서 두 눈을 뜨고 살아 있는 한 말입니다. 당신의 아들 텔레마코스를 살해한다는 것은 말도 안 됩니다. 이 자리에서 그런 인간이 나온다면 내가 당장 그놈과 이 검으로 결투하여 검은 피를 흘리게 할 것입니다. 트로이 성을 함락시켰던 오디세우스는 무릎에 나를 앉히고 구운 고기를 손에 놓고 먹여주었으며, 달콤한 포도주를 따라주기도 했으니까요. 또한 텔레마코스 님은 누구보다도 저와는 친한 사이입니다. 그러니 신께서 행하신 일이 아니면 청혼자들이 그를 죽일 수는 없을 것이니 안심하십시오."

이렇게 위로를 하는 에우리마코스야말로 텔레마코스를 죽일 음모를 항상 품고 있던 자였다.

페넬로페는 자기 방으로 돌아와 사랑하는 남편 오디세우스를 그리며, 빛나는 눈의 여신 아테나가 그녀의 눈에 잠의 술잔을 기울일 때까지 내내 울먹였다.

한편 돼지치기 에우마이오스는 저녁때가 되어서야 오디세우스와 그의 아들이 머물고 있는 오두막으로 돌아왔다. 그때서야 팔라스 아테나는 오디세우스를 지팡이로 건드려 이전처럼 백발노인에 거지 차림으로 변신시켰다. 돼지치기가 돌아오자 텔레마코스가 먼저 말했다.

"에우마이오스여, 이제 돌아왔는가. 그래 갔던 일은 잘 되고, 성 안에서 어떤 소문이 나돌고 있는지 좀 알아가지고 왔는가?"

그러자 돼지치기의 우두머리인 에우마이오스가 말했다.

"페넬로페 님에게 몰래 소식을 알리는 데만 정신을 쏟아 그럴 겨를이 없었습니다. 하지만 가는 길에 전령사를 만났지요. 또 한 가지 제가 분명히 목격한 사실을 말씀드리지요. 헤르메스 언덕 부근을 지나오다가 보았는데, 빠른 배가 우리 섬의 포구로 들어서고 있었습니다. 그 배에는 수많은 남자들이 타고 있었고, 방패와 삼지창을 들고 있었습니다. 그들은 틀림없이 어떤 계획을 감춘 자들 같았는데, 확실히는 잘 모르겠습니다."

그 말을 듣고 용맹한 텔레마코스와 존엄한 오디세우스는 서로 눈짓을 보내며 에우마이오스가 눈치채지 못하도록 의미심장한 웃음을 띠었다.

일을 마친 그들은 만찬이 준비되어 모두 실컷 먹고 마셔댔다. 만찬이 끝난 후 춤과 노래 순서가 있었다. 사람들은 만찬이 끝나자 달콤한 피로에 젖어 각기 자기들의 잠자리로 돌아갔다.

제 17 권

거지 차림으로 귀가한 오디세우스

장밋빛 손가락을 가진 새벽의 여신이 찾아오자, 거룩한 오디세우스의 아들 텔레마코스는 샌들을 신은 뒤, 손에 꼭 맞는 커다란 창을 집어 들었다. 어제 저녁에 오디세우스와 의논한 대로 저택으로 갈 생각이었다. 그리고 돼지치기 에우마이오스에게 말했다.

"에우마이오스여, 나는 성으로 가서 어머님을 만나야겠소. 아무래도 나를 직접 보시기 전에는 슬픔이 가시지 않으실 것 같아서 말이오. 또 그대에게 부탁하고 싶은 것이 있는데, 사정이 딱한 이 손님을 성에서 구걸을 할 수 있도록 모셔다 드리시오. 나는 할 일이 많아 모든 사람들을 다 돌볼 수 없으니 말이오. 그렇다고 손님을 여기에 계속 있게 할 수는 없는 노릇 아닙니까."

그러자 지혜로운 오디세우스가 말했다.

"도련님, 나도 언제까지나 여기에 남아 있기를 원치 않습니다. 거지는 거지답게 구걸을 하며 다녀야 훨씬 마음 편하니까요. 누구든 생각이 깊은 사람이라면 먹을 것을 나눠주겠지요. 그러니 어서 떠나시오. 나는 잠시 동안 불을 쬐고 난 뒤, 이 사람을 따라갈 겁니다. 이 차림으로 지금 성으로 떠났다가는 차가운 새벽이슬을 맞아 병을 얻기 십상일 테니까요."

이리하여 오디세우스의 사랑하는 아들 텔레마코스는 빠른 걸음으로 자기 집에 도착했다. 그의 모습을 맨 먼저 알아본 사람은 유모 에우리클레이아였다. 그녀는 염소 털을 평상 위에 펼치고 있다가 젊은 주인이 들어서는 걸 보자 이내 울먹이며 달려왔다. 다른 시녀들도 모두 달려 나와 그를 반가이 맞이했으며, 이어 아름답고 상냥한 페넬로페도 눈부신 치맛자락을 끌며 홀로 나왔다. 그녀는 울먹이면서 사랑하는 아들에게 두 팔을 내밀었다. 그리고 아들의 아름다운 두 눈에 입을 맞추고 감격에 겨워 말했다.

"장하다, 사랑스러운 내 아들아, 이제야 돌아왔구나. 나 몰래 배를 타고 필로스로 떠났다고 하기에 너를 영원히 못 볼 줄 알았는데 말이다. 어서 그동안에 있었던 일이나 말해 주려무나. 무슨 일들을 보고 겪었는지 말이다."

이에 슬기로운 텔레마코스가 말했다.

"어머님, 저는 아슬아슬한 파멸의 고비를 넘기고 오는 길입니다. 그보다도 어머님께서는 깨끗한 새 옷으로 갈아입으신 다음, 모든 신들께 기도를 올리도록 하십시오. 저는 돌아오는 길에 함께 온 손님이 있으니 그분을 모셔 오도록 하겠습니다."

그래서 페넬로페는 목욕을 한 다음 깨끗한 새 옷으로 갈아입고 2층으로 올라가 신들께 기도를 올렸다. 텔레마코스는 아테나 여신의 도움으로 품위를 빛내면서 대청을 가로질러 청혼자들이 있는 방으로 걸어갔다. 이 모습을 본 사람들은 모두 감탄하면서 입을 다물지 못했다. 그리고 오만방자한 청혼자들은 텔레마코스의 주위에 몰려들어 속으로는 갖은 음모를 꾸미고 있지만 겉으로는 온갖 아첨을 다 떨었다. 마침 그때 창 잘 쓰기로 이름 높은 페이라이오스가 손님을 데리고 회의장으로 들어섰다. 텔레마코스는 바로 그들에게로 다가갔는데, 그때 페이라이오스가 앞질러 말했다.

"텔레마코스 님, 당신의 시녀를 우리 집에 좀 보내주십시오. 메넬라오스 님이 주셨던 선물을 당신께 돌려드릴 수 있게 말입니다."

그러자 영리한 텔레마코스가 말했다.

"페이라이오스여, 그것은 잠시 자네가 보관하고 있게나. 내가 만일 청혼자들에게 쥐도 새도 모르게 살해된다면, 차라리 자네에게 선물을 넘겨주는 편이 낫지 않은가. 다른 청혼자들에게 빼앗기느니 자네에게 주어 행복을 누리도록 하고 싶네."

그리하여 그들은 궁전의 홀로 들어가서 겉옷을 벗어 팔걸이의자에 던진 다음, 시녀가 시켜 주는 목욕을 했다. 목욕이 끝나자 시녀들은 그들의 온몸에 올리브유를 바른 다음 양털로 된 겉옷과 보드라운 속옷을 입혀 주었다. 그리고 손을 씻을 수 있도록 황금

대접에 물을 담아 와 은그릇에 부어 주었다. 그것이 끝나자 매끈하고 휘황한 탁자를 펼치고 늙은 시녀가 구미에 맞는 온갖 음식을 날라 왔다. 이때 페넬로페는 맞은편 기둥 옆에 자리를 잡고 앉았다. 이윽고 자상한 페넬로페가 텔레마코스를 바라보며 말했다.

"텔레마코스여, 너의 아버님인 오디세우스께서 이곳을 떠나신 뒤로 나는 늘 슬픔과 걱정에 싸여 있단다. 게다가 너마저 시원스럽게 필로스에서 있었던 이야기를 안 해 주니 답답하기 그지없구나. 그러니 나는 기고만장한 청혼자들이 몰려들기 전에 이만 내 방으로 가서 누워야겠다."

그러자 텔레마코스는 자상한 어머니 페넬로페에게 백성들의 목자이신 네스토르를 찾아 필로스에 갔던 일이며, 메넬라오스 님을 만났던 이야기를 했다. 하지만 아버지인 오디세우스의 소문은 그다지 신통치 못한 것뿐이었다고 말하면서 어쩔 수 없이 귀국길에 올랐다고 했다.

그때 신이나 다름없는 테오클리메노스가 말했다.

"존엄한 오디세우스의 부인이신 페넬로페 님이여, 지금 아드님이 하신 이야기를 잘 모르시는 것 같아 제가 틀림없는 신탁을 해드리겠습니다. 거짓 없이 말입니다. 그러면 아무쪼록 제우스 신께서 굽어살피시기를 바라옵니다. 저는 거룩한 오디세우스 님의 신탁을 믿고 여기를 찾아왔습니다. 진정으로 말씀드리지만, 제가 새 점을 보니 오디세우스 님은 이미 조국 땅을 밟고 계십니다. 앉았거나 걸어 다니거나 말입니다. 또한 청혼자들의 악랄한 소행들도 이미 알고 계시며, 그자들에게 재앙을 내릴 계책을 꾸미고 계십니다."

그러자 페넬로페는 기뻐서 이렇게 말했다.

"손님이시여, 진정 그 말씀대로만 된다면 얼마나 좋겠습니까. 그렇게만 된다면 나는 당신께 많은 선물과 환대를 베풀 것입니다. 보는 사람마다 당신을 부러워할 정도로 말입니다."

한편 돼지치기 에우마이오스는 성으로 내려올 채비를 하고 있었다. 오디세우스는 보기에도 흉한 동냥자루를 둘러메고 울퉁불퉁한 지팡이를 잡았다. 늙고 볼품없고 구질구질한 행색의 오디세우스는 에우마이오스의 뒤를 따라 성으로 향했다. 그래서 이윽고 성 부근의 맑은 우물가에 이르렀을 때(이 우물은 마을 사람 전체가 사용하는 것으로, 네리토스와 이타코스, 그리고 폴리크토르가 만들었으며, 사방이 둥그스름한 형태로 되어 있었고, 버드나무가 그늘을 이루고 있었다), 그 옆에는 높다란 바위틈에서 맑은 물이 잔잔히 흐르고 있었고, 그곳에는 님프들을 위한 제단이 마련되어 있었다. 그리하여 그곳을 지나는 길손들은 모두 제물을 바치고 기도를 드리는 관습이 있었다. 험한 길을 따라 여기까지 온 오디세우스와 에우마이오스는 청혼자들의 만찬용으로 으뜸가는 염소를 끌고 가던 멜란티오스(Melanthius)와 마주쳤다. 그의 옆에는 여러 마리의 염소와 함께 두 사람이 따르고 있었다. 이때 이 패거리들은 오디세우스 일행을 보자, 시비를 걸고 입에 담지 못할 욕설을 퍼부어 오디세우스를 화나게 했다.

"저것 좀 보게. 정말 지저분한 놈이 저와 똑같은 놈을 달고 가는군. 신들은 역시 공평하단 말이야. 이렇게 비슷한 놈끼리 짝을 지어 놓으시니 말이야. 돼지치기, 너는 도대체 무얼 믿고 저렇게 더러운 거지를 끌고 다니냐? 도대체 어디로 갈 작정이냐. 문전걸식을 하며 이 집 저 집의 기둥에 어깨를 비벼대는 놈을 말이다."

이렇듯 함부로 입을 놀리면서 오디세우스의 옆구리를 발길로 걷어찼다. 오디세우스는 너무도 노여워 이 인정머리 없고 흉물스런 인간을 어떻게든 처리해버릴까 생각했다. 하지만 마음을 한층 더 굳게 먹고 화를 참았다. 그러자 돼지치기 에우마이오스는 그자들을 훈계하고 두 손을 높이 들어 기도했다.

"우물을 지키시는 님프들이시여, 아무쪼록 선의를 베풀어주시옵소서. 성은 이처럼 싸늘하고 난장판이 되어 있습니다. 어서 오디세우스 님이 오셔서 이런 안하무인격인 사람들의 허세를 송두리째 뽑아 산산조각이 나게 해주소서."

이에 염소치기 멜란티오스가 말했다.

"뭐라고? 이 돼먹지 못한 천한 인간아! 이 거지 녀석은 내가 조만간 배에 실어 이타카 섬에서 멀리 떨어진 곳으로 팔아다 주지. 정말이지 당장이라도 아폴론 님이 텔레마코스를 쏘아 죽이든지, 아니면 청혼자들의 손에 의해 급살을 당하든지 하면 좋겠네. 그리고 네놈도 성 안으로 들어오기만 하면 무사님들에게 몰매를 맞고 말 거다."

이렇게 지껄이던 염소치기는 서둘러서 궁전으로 향했다. 오디세우스 일행도 천천히 걸어서 성으로 갔다. 그리하여 염소치기가 먼저 만찬이 벌어지고 있는 궁전에 이르자, 곧 안으로 들어가 청혼자들 틈에 끼어 앉았다. 그는 에우리마코스와 가장 친한 사이였기에 그의 맞은편에 앉았다. 그러자 시녀들이 고기 조각과 음식을 날라다 그의 앞에 놓아주었고, 페미오스는 청혼자들을 위해 하프를 뜯으며 노래를 시작했다. 오디세우스 일행도 그 앞에 서 있었다. 울려 퍼지는 하프 소리와 훌륭한 궁을 본 오디세우스가 돼지치기 에우마이오스에게 말했다.

"이게 틀림없이 오디세우스 님의 궁전입니까? 대들보가 여러 개 겹친 데다가 대리석으로 된 벽면이며 세밀한 조각이 새겨져 있고, 숱한 나무와 꽃으로 둘러져 있는 이 훌륭한 저택이 말입니다. 게다가 고기 굽는 냄새가 코를 찌르고, 하프 소리가 울려오는 것을 보니 잔치가 벌어지고 있는가보군요."

그러자 에우마이오스가 대꾸했다.

"그런가보구려. 노인장은 눈치가 빠르시니까. 아무튼 여기서 서성거리지 말도록 합시다. 누군가가 우리를 보고 뭘 던지거나 비웃기라도 하면 곤란하니까요. 우리 둘 중 아무나 먼저 들어가 청혼자들 틈에 끼어듭시다."

그 말에 대해 오디세우스가 말했다.

"잘 알았습니다. 나는 이대로 남아 있는 것이 좋을 것 같네요. 내게도 생각은 있습니다. 아시다시피 나는 워낙 배짱이 두둑해서 어지간한 곤경쯤은 견딜 수 있어요. 그런데 꼬르륵거리는 이 배라는 놈은 어찌할 재간이 없다오. 사실 이놈의 배 때문에 망망대해

오디세우스를 알아본 충견 아르고스

를 넘어 적국으로 재앙을 실어 가기도 했지만 말입니다."

두 사람이 이렇게 수군거리는 바람에 지저분한 오물 속에 누워 있던 개가 꼬리를 쳐들었다. 이 개가 미처 제 구실도 하기 전에 주인인 오디세우스는 일리오스로 떠났었다. 아르고스(Argos)라는 이 개는 오디세우스가 사슴과 토끼 사냥에 데리고 다녔던 충견이었다. 요즘은 누구도 돌봐주지 않아 개벼룩이 들끓는 몸뚱이를 두엄더미에 비벼대고 있었다. 아르고스는 20년 만에 만난 오디세우스를 보자, 주인에게 달려갈 기력도 잃었는지 양쪽 귀를 늘어뜨리고 꼬리만 칠 뿐이었다. 오디세우스는 그 모습을 보자 눈물이 핑 돌았다. 그리고 에우마이오스 몰래 눈물을 훔치면서 말했다.

"에우마이오스 님, 저 개가 두엄 속에 묻혀 있기는 하지만 정말 모습만은 훌륭한데요. 그런데 과연 이 개가 겉모습처럼 빨리 달릴 수 있는지, 아니면 나리님들의 체면과 겉치레를 위해서 상머리에 놓아두고 있는지 모르겠군요."

이에 돼지치기의 우두머리인 에우마이오스가 말했다.

"이 개는 타국에서 돌아가신 주인님의 개랍니다. 만일 트로이를 향해 오디세우스 님이 떠나실 때의 모양 그대로라면, 당신은 아마 몹시 감탄했을 거요. 이 녀석은 깊은 숲속에서 무엇을 쫓든지 결코 짐승들을 놓친 적이 없다오. 그런데 이렇게 형편없는 꼬락서니가 되고 말았군요. 게다가 주인님은 고국을 떠나 타국에서 돌아가셨고, 여자들은 이 개에게 관심도 없어 음식 찌꺼기도 제대로 안 준다오."

그리하여 돼지치기 에우마이오스는 오만방자한 청혼자들이 있는 홀로 향했다. 돼지치기 에우마이오스를 금방 알아본 사람은 텔레마코스였다. 그는 에우마이오스에게 눈짓을 했다. 돼지치기의 우두머리인 에우마이오스는 자기도 눈짓으로 신호를 하고 마침 눈에 띄는 의자(이것은 고기 자르는 사람이 늘 앉아서, 식사하는 청혼자들에게 고기를 나누어 주던 의자였다)를 집어 들고 텔레마코스의 식탁 맞은편으로 가지고 가서 걸터앉았다. 그러자 늙은 시녀가 접시에 고기를 담아 가지고 와 그 앞에 놓고 빵도 갖다 주었다.

그 뒤를 따라 초라한 늙은 거지 행색의 오디세우스가 슬그머니 들어와 측백나무 기둥에 기대어 쪼그리고 앉았다. 흥겨운 만찬을 즐기고 있던 텔레마코스는 돼지치기 에우마이오스를 불러 오디세우스를 가리키며 빵과 고기를 갖다 주도록 했다. 그리고 그곳에 있는 모든 청혼자들에게 구걸을 하라고 일렀다. 에우마이오스는 음식을 오디세우스에게 갖다 주면서 텔레마코스의 말을 전했다. 그러자 오디세우스는 초라한 동냥자루 위에 그것을 받아 들고 말했다.

"제우스 신이시여, 부디 텔레마코스 님께 인간들 중에서도 가장 많은 복을 내려주시옵소서. 그리고 그분이 바라시는 모든 일이 성취되도록 기도드립니다."

그래서 오디세우스는 음유시인이 노래를 부르는 동안에 에우마이오스가 가져온 빵이며 고기를 먹었다. 오디세우스가 싫증이 나도록 음식을 먹고 나자, 신성한 음유시인의 노래도 그쳤다. 그러자 주위는 온통 시끄러운 소리로 떠들썩해졌다. 이 기회를 틈타 아테나 여신은 오디세우스 옆으로 다가와 충고하기를, 모든 청혼자들에게 가서 구걸을 하라고 말했다. 그래서 누가 율법을 어기는 무지막지한 사람이며, 누가 분수를 지키는 올바른 사람인지 가려보라고 했다. 그리하여 오디세우스는 몸을 일으켜 마치 옛날부터 거지 생활을 해왔던 것처럼 오른편에서부터 죽 손을 내밀며 구걸하기 시작했다. 그러자 염소치기 멜란디오스가 입을 열었다.

"세상에서도 가장 아름다운 왕비님께 구혼하시는 여러분들, 이제부터 제가 하는 말을 똑똑히 들어주십시오. 나는 조금 전에 이 사람을 보았습니다. 지금 저기 텔레마코스 님과 함께 앉아 있는 돼지치기 에우마이오스가 이 사람을 데려올 때 말입니다. 사실 저는 이 사람에 대해 많은 것을 알고 있지 못하지만, 도대체 어느 나라에서 온 사람인지 한번 물어보시기 바랍니다."

그러자 안티노스가 말했다.

"여보게, 돼지치기 에우마이오스. 자네는 왜 그자를 여기까지 데리고 왔나. 잔치를 망치고 음식을 축내기 위해 불러들였단 말인가."

그 말에 에우마이오스가 말했다.

"안티노스 님, 무슨 말씀을 그렇게 하십니까. 당신이 훌륭하다는 것은 모든 사람들이 다 알고 있는데, 어느 쓸개 빠진 녀석이 거지를 끌고 들어오겠습니까? 그것도 타국에서 말이오. 그런데 가만히 보니 당신은 여러 청혼자들 중에서도 유독 오디세우스님의 하인들에게 짓궂게 구는군요. 특히 나에게 말이오. 그러나 나는 모든 것들을 한 귀로 듣고 한 귀로 흘려버리겠소이다. 꿋꿋한 마음을 가지신 페넬로페 님과 영리한 텔레마코스 님이 이 궁전에 버젓이 살아 계시는 한은 말이오."

이에 텔레마코스가 조심스럽게 입을 열었다.

"에우마이오스여. 참으세요. 이 사람들은 원래 남을 비꼬는 일로 허송세월을 하는 사람들이니까요. 아예 대꾸도 하지 마세요."

그렇게 말하고 다시 안티노스를 바라보며 말했다.

"안티노스 님, 당신은 참으로 자애로우신 분처럼 행세하는군요. 마치 아버지가 자식에게 거지를 내쫓는 교육을 시키듯이 내 손으로 저 손님을 몰아내기를 바라니 말입니다. 하지만 신께서는 이런 일을 시키지 않습니다. 차라리 당신이 그에게 무얼 좀 갖다 주시지요. 그러면 나는 군소리도 하지 않을 테니까요. 하지만 당신은 그럴 생각이 조금도 없을 것입니다. 당신은 남에게 음식을 나누어주느니 당신 배가 터져버리도록 먹는 것을 더 좋아할 테니까요."

그 말에 화가 난 안티노스가 큰 소리로 말했다.

"건방진 소리 말게, 텔레마코스. 이만큼 청혼자들이 적선해주었으면 되었지, 또 무얼 바란단 말인가. 동냥주머니가 저만큼 찼으면 석 달 동안은 족히 배를 곯진 않을 걸세."

이렇게 말하고 나서 그는 다리를 올려놓았던 식탁 밑의 발판을 들먹거렸다. 오디세우스는 청혼자들에게 빵이나 고기 따위를 구걸하여 동냥자루에 담기 바빴다. 그런 다음 안티노스 앞으로 다가가서 말했다.

"적선하십시오, 나리. 제가 보기에 여기 계시는 모든 아카이아 사람들 가운데에서도 당신이 가장 높으신 영주님같이 보입니다. 그러니 다른 사람들보다도 더 두둑하고 먹음직한 빵을 적선해주십시오. 그러면 저는 당신의 존엄하신 이름을 사방팔방으로 알리고 다니겠습니다. 사실 저도 예전에는 의젓하게 살아갈 수 있을 만큼 대단한 재물을 많이 가지고 있었는데, 크로노스의 아들이신 제우스 신께서 빼앗아가버렸지요. 저는 키프로스 섬에서 위세를 떨쳤던 사람이요. 허나 거역할 수 없는 운명의 힘으로 인해 그만 이렇게 온갖 고난을 겪고 떠도는 신세가 되고 말았소."

이에 안티노스가 말했다.

"대관절 어떤 불사의 신께서 이렇게 귀찮은 놈을 보내셨나. 잔치를 완전히 망쳐놓는군. 정말 뻔뻔스럽고 염치라곤 눈곱만큼도 없는 놈이군. 돌아가면서 누구한테나 달라붙어 구걸하는군. 썩 꺼지지 못할까!"

그러자 오디세우스는 조금 뒤로 물러서며 말했다.

"당신은 보기보다 사려분별을 갖추지 못하신 분이로군요. 남의 집 음식에 신세를 지면서 가엾은 늙은이에게 빵 한 조각도 내주지 않겠다니 말이오."

그러자 안티노스는 치밀어 오르는 화를 못 참고 눈을 치켜뜨며 외쳤다.

"이 추잡한 놈. 그래 네가 여기서 온전하게 빠져나갈 수 있다고 생각하느냐."

그러면서 그는 발판을 들어 오디세우스의 오른쪽 어깨를 후려쳤다. 그러나 오디세우스는 꿈쩍도 하지 않은 채 오만한 안티노스를 바라보며 말했다.

"명심해두십시오. 세상에서 가장 아름다운 부인의 청혼자들이여, 내가 내 마음에 명령을 하여 말하는 것입니다만, 애당초 한 사나이가 자기 재산을 지키기 위해 싸우다가 뭇매를 맞았을 경우에는 한탄할 여지도 없을 것입니다. 그러나 나는 순전히 굶주린 창자 때문에 이런 쓴맛을 보고 있는 것입니다. 하지만 혹시 거지들을 수호하시는 신이나 복수의 신이 계신다면, 부디 나를 때린 저 안티노스가 혼인을 하기 전에 재앙을 받기를 비는 바입니다."

이에 에우페이테스의 아들 안티노스가 대꾸했다.

"떠돌아다니는 거지 주제에 잔말이 많구나. 그 주둥아리를 틀어막고 묶어서 강물에 처넣기 전에 얌전히 구걸한 음식이나 처먹어라."

지나친 안티노스의 말에 성미가 급한 몇몇 젊은이들이 화를 내며 말했다.

"안티노스여, 불운에 처해 있는 떠돌이를 자네가 때린 것은 온당치 못한 일이네. 그것은 오히려 재앙을 부르는 거나 다름없지. 만일 이 사람이 하늘에 계시는 불사의 신들 중 하나라면 어쩌려고 그러나. 사실 신들께서는 온갖 모습으로 변장하여 인간 세상에 내려와 인간의 본심을 떠보는 수가 있으니 말일세."

그러나 안티노스는 귀담아듣지도 않고, 거만스러운 몸짓으로 구차한 오디세우스를 노려볼 따름이었다.

한편 이런 상황을 모두 들은 페넬로페는 유모에게 이렇게 말했다.

"유모, 정말 모두가 보기 싫은 사람들뿐이야. 불쌍한 타국 사람이 어쩔 수 없이 구걸을 했다는데, 죽음의 신 같은 안티노스가 매정하게 그 사람의 등덜미를 때렸다오."

그리고 그녀는 한숨을 쉬면서 유모와 시녀의 위로를 받으며 내전의 베틀에 앉아 있다가 갑자기 돼지치기 에우마이오스를 불러들여 말했다.

"에우마이오스여, 내 부탁할 게 있어서 불렀다네. 그 손님을 좀 데리고 오게. 여러 나라를 많이 돌아다닌 모양이니, 혹시 어디선가에서 오디세우스 님에 대해 얻어들은 말이라도 있는지 알아보게 말이야."

그 말에 대해 에우마이오스가 말했다.

"마님, 그 사람은 보통 사람이 아닌 것 같습니다. 그 사람의 말은 틀림없이 마님의 마음을 사로잡을 것입니다. 저와도 꼬박 사흘 밤을 같이 보냈지요. 그는 크레타 섬을 다스리는 미노스 왕의 친척이라고 하는데, 온갖 고초를 다 겪으며 여러 곳을 떠돌아다닌 끝에 이곳에 온 모양입니다. 또 오디세우스 님에 대한 소식도 들었다고 우기고 있습니다. 그 사람의 말에 의하면 오디세우스 님은 풍성한 테스프로티아(Thesprotia; 그리스 서부의 이피로스 지역. 북쪽은 알바니아와 접하고 남서쪽은 이오니아 해에 접하고 있는 곳)의 마을에서 엄청난 재물을 가지고 오려고 준비하고 있답니다."

그러자 페넬로페는 만일 그 손님의 말이 사실이라면 구차한 옷을 버리게 하고, 겉옷이며 속옷 등을 주겠다고 하면서 얼른 그 손님을 모셔 오도록 했다. 그리하여 에우마이오스는 빵을 거머쥐고 먹고 있던 오디세우스 곁으로 가서 말했다.

"손님이시여, 어서 나를 따라오시오. 페넬로페 님이 당신을 찾고 계시오. 텔레마코스 님의 모친께서 말입니다. 오디세우스 님에 대해 묻고 싶은 것이 있는 모양입니다. 그리고 당신의 말이 확실하다면, 당신이 원하는 대로 다 베풀어주겠다고 하오. 성 전체를 돌아다녀 얻은 적선보다도 더 많은 것을 말입니다."

이에 인내심이 강한 오디세우스가 말했다.

"에우마이오스 님, 지금은 좀 곤란합니다. 내가 내전으로 들어 간다면 오만방자한 청혼자들이 또 무슨 흉악한 짓을 벌일지 모르 니까요. 당신도 조금 전에 보셨던 것처럼 아무 죄도 없는 나에게 뭇매를 가하지 않았습니까. 그러니 마음은 급하시겠지만 해질녘 까지 기다려 달라고 하십시오. 그때에는 오디세우스 님의 귀국 날 짜를 물어봐도 좋으니까요."

돼지치기 에우마이오스는 오디세우스의 뜻을 페넬로페에게 전 했다. 그러자 자상한 페넬로페는 눈을 동그랗게 뜨면서 말했다.

"어째서 그런 생각을 했을까? 떠돌아다니는 처지에 그토록 조심 성이 있는 것도 딱한 일이군."

그러자 돼지치기 에우마이오스가 말했다.

"자신을 구하자면 누구든지 그런 생각을 가지고 있을 것입니다. 우쭐거리면서 온갖 고약한 짓을 하는 놈들과 마주치지 않도록 말 입니다. 그러니 마님께서도 해질녘까지 기다렸다가 조용히 그 사 람의 이야기를 듣는 것이 좋을 것 같습니다."

이에 현명하고 눈치 빠른 페넬로페가 말했다.

"좋소, 타국에서 오신 손님의 뜻을 무시해서는 안 되지. 글쎄 어 떤 신분인지는 모르겠지만, 안티노스처럼 악랄한 사람은 아니겠 지."

페넬로페와 여러 가지 말을 주고받고 난 돼지치기 에우마이오 스는 다시 청혼자들이 먹고 마시고 즐기는 자리로 갔다. 그리고 텔레마코스에게 허리를 굽혀 소곤거렸다.

"도련님, 저는 이제 그만 가볼까 합니다. 도련님과 저의 생활 밑천인 돼지들을 지켜야 되지 않겠습니까. 그리고 도련님의 신변에 무슨 일이 생기지 않도록 조심하시기 바랍니다. 아카이아 족들 중에는 못된 짓을 꾸미는 사람들이 많으니까요. 도련님은 항상 마음 속으로 충분히 생각하면서 모든 일들에 잘 대처해 나가십시오."

이렇게 말하고 그는 잔치가 벌어지고 있는 홀을 떠났고, 텔레마코스는 그에게 내일 아침에 제물로 쓸 살진 돼지를 가져오라 명했다.

제 18 권

오디세우스와 거지 이로스의 실랑이

연회장에 이타카 거리에서 온통 구걸하고 다니는 젊은 거지가 한 명 나타났다. 그는 남달리 커다란 창자를 가지고 있었기 때문에 항상 무언가를 삼키고 마시는 것밖에 모르는 자였다. 이름은 아르나이오스(Arnaeus)라고 했는데 그것은 태어날 때 그의 어머니가 붙여준 이름이었고, 이 마을 청년들은 심부름꾼인 그 거지를 이로스(Irus; '심부름꾼'이라는 뜻)라고 불렀다. 이자가 나타나 오디세우스를 쫓아내려고 그에게 심한 욕설을 퍼부으면서 말했다.

"이 영감쟁이야, 지금 당장 너의 목덜미를 잡고 끌고 나가기 전에 어서 문 밖으로 썩 꺼지지 못해. 모두들 너를 끌어내라고 나에게 눈짓하고 있는 것도 모르는가. 그러니 나하고 한바탕 하기 전에 당장 꺼지란 말이야."

그자를 쳐다보면서 오디세우스가 말했다.

"건방진 소리 작작해라. 나는 너에게 피해준 적도 없거니와 그런 말도 하지 않았다. 그리고 누구든지 많은 물건을 너에게 적선하더라도 나는 조금도 샘을 내지 않을 거다. 게다가 이 저택은 아직 우리 두 사람이 같이 서 있을 만큼 넓다. 너도 다른 사람의 몫을 탐낼 필요는 없지 않은가. 너나 나나 똑같은 거지인데, 행복이라는 것은 신께서 우리에게 나누어주시는 몫이라고 생각해. 그러니까 힘으로 너무 나에게 덤비지 않는 것이 좋을 걸세. 내 화를 돋우지 않도록 말이야. 나는 비록 이렇게 늙었어도 네 가슴이나 혀를 피투성이로 만드는 것쯤은 식은 죽 먹기지만 그래서는 안 되니 하는 말이다. 그렇게 되면 내일부터 네가 라에르테스의 아들 오디세우스의 궁에는 다시 들어올 수 없게 될 테니까."

그러자 거지 이로스는 화가 치밀어 함부로 말했다.

"이것 봐, 이 허수아비 같은 녀석이 무슨 말을 지껄여대는 거냐. 부엌 일 보는 늙은 할망구처럼 말이야. 지금 당장에라도 이 두 손으로 아래턱을 쳐서 땅바닥에 뿌려 놓을 테다. 논밭을 파헤치는 돼지새끼처럼 몽둥이를 안겨줄 테니까. 그럼 자, 준비나 하시지. 너같은 녀석이 이렇게 젊은 나와 싸울 수 있는가 여기 있는 사람들이 잘 봐줄 테니. 한바탕 해보자구."

이렇게 두 사람은 높은 창문 앞의 잘 닦여진 방바닥 위에 서서 서로 화가 치밀어 거칠게 말을 주고받았다. 이 두 사람의 말을 듣고 패기에 넘쳐 보이는 젊은 안티노스는 통쾌한 듯 웃으면서 청혼 자들 사이에서 소리쳤다.

"들어보시오, 여러분. 여태껏 이런 일은 한 번도 없었습니다. 신께서 우리에게 이런 즐거움을 보내주신 것입니다. 이 낯선 손님과 이로스가 한판 겨뤄보겠답니다. 그러니 지금 당장 맞붙여 놓는 것이 어떻겠습니까."

이렇게 말하자 거기 있는 사람들이 모두 웃으며 자리에서 일어나 거지들의 주변에 몰려들었다. 그러자 다시 안티노스가 말했다.

"모두들 잘 들어보시오. 용감한 청혼자 여러분, 잠깐 할 말이 있습니다. 여기에 기름과 피를 가득 넣은 염소 창자가 화덕 위에 몇 개 놓여 있습니다. 두 사람 중 이긴 사람에게 그가 바라는 것을 마음대로 갖게 합시다. 그리고 이제부터는 여기서 늘 우리와 함께 식사를 하도록 허락해줍시다. 그러나 진 거지에게는 다시는 여기에 구걸하러 오지 못하도록 합시다."

이렇게 안티노스가 말하자 모두들 동의했다. 그들 사이에서 오디세우스가 말했다.

"귀하신 여러분, 온갖 고생으로 지쳐 있는 이 늙은이가 저 젊은 사람과 싸울 수는 없습니다. 하지만 내 굶주린 창자가 나를 싸움으로 내몰고 있소. 그러니 고귀하신 여러분들께서 제발 약속을 해주십시오. 절대로 누구든지 이로스의 편을 들어 힘센 손으로 나를 때려누이는 무도한 일은 하지 않겠다고 말입니다."

이렇게 말하자 사람들은 모두 그의 요구를 들어주었다. 그래서 그들이 맹세의 말을 끝내자, 이번에는 패기에 넘친 텔레마코스가 모든 사람들 앞에 나섰다.

"손님, 당신의 마음과 용기가 그토록 원한다면 이 사나이와 싸워도 좋습니다. 그리고 다른 아카이아 족 인간들을 무서워할 필요가 없습니다. 당신을 치려는 사람이 있다면 더 많은 사람들과 싸워야 할 겁니다. 바로 이 집 주인 노릇을 하는 사람은 나이며, 지체 있는 영주님 두 분께서도 찬성했습니다. 안티노스와 에우리마코스는 분별이 있는 분들입니다."

이렇게 말하자 사람들은 모두 찬성했다. 이윽고 오디세우스가 해진 겉옷을 벗어 허리에 감자 훌륭하고 튼튼한 허벅지와 떡 벌어진 어깨와 울룩불룩한 근육이 발달한 두 팔이 보였다. 게다가 아테나 여신이 옆에서 돌봐주어 그의 손발은 더욱 강인해졌던 것이다. 그러자 청혼자들은 모두 당황해서 서로 얼굴을 바라보면서 말했다.

"이제 이로스는 자기가 자청해서 끌어들인 화를 입게 될 거야. 저 노인네 다리 좀 봐."

모두들 이렇게 말하자, 이로스가 어쩔 줄 몰라 하고 있는데 하인들은 아랑곳하지 않고 겁에 질려 있는 그를 억지로 끌어냈다. 손발을 덜덜 떨고 있는 그를 안티노스는 꾸짖고 이름을 부르면서 말했다.

"이 느린 소 같은 놈아, 정말 네가 이 노인이 무서워서 벌벌 떨 거라면 차라리 이 자리에 없었던 편이 더 좋았을 것이다. 아니면 이 세상에 나오질 말았어야 해. 저 늙은이는 고생만 해 지칠 대로 지쳐 있는데도 겁을 내다니. 내 분명히 말해둔다. 만약 이 늙은이가 이긴다면 너를 검은 칠을 한 배에 태워 에케토스 왕이 있는 땅으로 보낼 테다. 그 왕은 모든 인간들을 무지막지하게 대하거든. 그는 분명 네 코와 귀를 무자비하게 칼로 베어 그대로 개들에게 먹게 할 것이다."

이렇게 말하자 이 사나이는 사시나무 떨듯 다리를 떨었다. 그런 그를 마당 가운데로 끌어내 두 사람 다 손을 들고 싸울 자세를 취하도록 했다. 이때 인내심 많고 거룩한 오디세우스는 여러 가지 생각에 잠겼다. 때려누인 다음 그대로 숨지게 할 것인지, 아니면 살짝 주먹질을 해 땅바닥에 뉘어버리고 말지, 여러 가지 생각 끝에 아카이아 족들의 주의가 자기에게 쏠리지 않을 정도로만 살짝 때려주기로 마음먹었다. 두 사람은 싸움을 시작했다. 이로스가 오디세우스의 오른쪽 어깨를 치자 오디세우스는 상대편 귀밑 목줄기를 쳐서 뼈를 부러뜨렸다.

그러자 이로스는 새빨간 피를 토해내면서 비명을 지르고 바닥에 쓰러졌다. 그러더니 발버둥을 치면서 이빨을 갈았다. 그러자 기분이 통쾌해진 청혼자들은 두 손을 들면서 배가 터지도록 웃었다. 오디세우스는 이로스의 다리를 질질 끌고 현관 앞을 가로질러 복도 아래 창문이 있는 앞뜰에 도착하자 정원 울타리에 그를 기대어놓고 한쪽 손에 지팡이를 쥐어주며 외쳤다.

"너는 개와 돼지나 쫓으면서 여기 앉아 있어. 너 같은 녀석은 다른 나라에서 온 사람들이나 거지들의 우두머리 노릇을 하려는 허튼수작은 그만 접어라. 치사스러운 놈아, 잘못하면 더 심한 봉변을 당할 테니까."

이렇게 말하고는 두 어깨에 초라한 자루를 메고 다시 제자리로 갔다. 한편 청혼자들은 통쾌하게 웃고 안으로 들어가면서 그에게 인사의 말을 던졌다.

"이봐, 제우스 신이나 다른 불사의 신들께서는 자네가 바라는 것과 좋아하는 것을 얻을 수 있게 해주실 걸세. 자네가 저 욕심쟁이 녀석이 온 나라 안을 떠돌아다니지 못하도록 해주었으니 말일세. 저놈을 당장 에케토스 왕에게 보내버려야겠어."

그들이 말하는 뜻을 알아차린 오디세우스는 흐뭇하게 생각했다. 안티노스는 여기서 기름과 피를 가득 채운 큰 주머니를 그에게 집어 주었다. 마음이 강직하고 사리분별력이 있어 페넬로페의 호감을 산 암피노모스는 바구니에서 빵을 두 조각 집어 그에게 건네준 다음 황금술잔을 권하며 말했다.

"손님이여, 반갑구려. 그대가 오랫동안 행복하길 바라오. 하지만 지금은 모진 고통을 겪고 있구려."

그러자 오디세우스가 대답했다.

"암피노모스 님, 정말 당신은 분별력이 있습니다. 당신이 훌륭한 조상을 모시고 있기 때문이오. 나는 둘리키움의 니소스의 명성을 익히 알고 있소. 그분의 아들이니 어련하시겠습니까. 그러니 제 말을 들어주십시오. 이 땅 위에서 살면서 움직이는 모든 것들 중에서 인간보다 더 가엾고 나약한 존재는 없습니다. 잘못을 저지르면 화를 입는다는 것을 전혀 깨닫지 못하기 때문입니다. 하지만 불행히도 신들께서 노여움을 품고 계실 때는 참을성 있게 그 노여움을 견디어 나가야 하는 것이 인간입니다. 이 땅 위에 살고 있는 인간이란 그런 것이며, 제우스 님이 마련해주시는 하루하루도 그렇습니다. 나도 전에는 인간들 사이에서 부귀와 영화를 누리고 있었고, 힘과 권력을 믿고 난폭하고 도리에 어긋나는 행동도 했었습니다. 부모나 형제들을 믿고 말입니다. 그러니 어떤 분이든지 도리에 벗어난 짓을 해서는 안 됩니다. 그리고 신들의 권유를 순순히 받아들이는 것이 좋습니다.

그런데도 한 무사의 재산을 탐내고 그 부인께 무례한 짓을 하고 있으니 인간들은 얼마나 많이 법과 도리에 벗어나는 행동을 하고 있는 걸까요. 그러나 그 무사가 자기 고국을 오래 떠나 있으리라고는 생각지 않습니다. 아니 바로 근처에 와 있을 것입니다. 그분이 그리운 고국에 돌아왔을 때는 누구도 그분과 만나지 말고 조용히 집에 있도록 신들께 기도드리겠습니다. 청혼자들과 그분이 만난다면 결코 피를 흘리지 않고는 끝을 맺지 못하리라고 생각하기 때문입니다."

이렇게 말하자 꿀 같은 포도주를 신에게 먼저 따른 다음 건배를 하고 나서 암피노모스의 손에 잔을 돌려 주었다. 그는 온갖 고민을 안은 채 고개를 흔들면서 궁 안으로 걸어갔다. 그는 무슨 변고가 생길 것 같아 마음에 걸렸으나, 죽음의 운명을 피할 수는 없었다. 아테나 여신이 이미 그의 운명을 예정해 놓아 텔레마코스의 창에 불가항력적으로 찔려 죽게 될 테지만, 지금은 다시 자기 자리로 돌아가 앉았다. 그때 빛나는 눈의 아테나 여신이 이카리오스의 딸이며 눈치가 빠른 페넬로페에게 이런 생각을 불어넣었다. 즉 청혼자들의 정열을 부추겨 자신이 더욱 소중한 존재라는 것을 남편과 아들에게 알려주기 위해 청혼자들 앞에 자기 모습을 드러내는 것이었다. 그래서 억지로 얼굴에 미소를 짓고 시녀를 불러 말했다.

"에울리노메여, 전에는 한 번도 생각해본 적이 없는 일을 지금 해보고 싶어. 청혼자들의 눈앞에 내 모습을 보여주는 거야. 나는 그들을 좋아하지 않지만 말이야. 그리고 아들에게 무슨 일이 있어도 흉포한 청혼자들과는 사귀지 말도록 일러주겠어. 그들은 입으로는 훌륭한 말을 지껄여대지만 돌아서서는 음흉한 흉계를 꾸미고 있으니까."

그러자 나이가 많은 시녀 에울리노메가 말했다.

"네, 정말 말씀하신 뜻은 사리에 맞습니다. 그러면 몸을 깨끗이 씻고 얼굴에 화장을 하신 뒤 아드님에게 가서 잘 말씀드리세요. 그렇게 눈물에 얼룩진 얼굴로 가시면 안 돼요. 마님이 특별히 불사의 신들에게 기도를 드려 턱수염이 덥수룩하게 난 아드님의 모습을 보고 싶다고 하셨던 만큼 이제 아드님도 어른이 되셨답니다."

그러자 이번에는 페넬로페가 말했다.

"에울리노메여, 그대의 친절한 마음은 알겠지만 몸을 말끔히 씻고 얼굴에 화장을 하는 일로 내 기운을 돋우려고 하지 말라. 꽃다운 내 매력은 이미 그분이 배를 타고 떠난 뒤 올림포스를 지키시는 신들이 내게서 빼앗아 갔으니. 궁전에서 내 옆을 지켜주도록 아우트노에(Autonoe)와 히포다미아(Hippodamia)에게 이리 오도록 전해라. 나 혼자서는 청혼자들 앞에 나타날 수 없으니 말이야."

이렇게 말하자 늙은 시녀는 다른 하녀들에게 명령을 전하기 위해 떠났다.

이때 아테나 여신은 또 다른 일을 생각해내어 페넬로페에게 달콤한 잠이 오게 했다. 그 틈에 거룩한 여신은 아카이아의 청혼자들이 매혹되어 바라보도록 귀중한 선물을 주었다. 우선 페넬로페를 멋진 관을 쓴 아프로디테 여신이 선녀들의 무도회에 갈 때의 옷차림으로 아름답게 꾸며 주었다. 그다음에는 좀 더 늘씬하고 풍만하며 살결도 깎아 놓은 흰 상앗빛으로 보이게 해 주었다. 그러고 나서 여신은 어디론가 사라져버렸다. 잠시 후 시녀들이 이쪽으로 오면서 재잘거리는 소리에 그녀는 단잠에서 깨어났다.

"내가 그만 깜박 잠이 들고 말았었네. 제발 이처럼 달콤한 죽음을 지금 당장 성스러운 아르테미스 님이 나에게 내려주셨으면 좋겠는데. 사랑하는 오디세우스의 뛰어난 덕망을 연모하면서, 더 이상 한탄이나 마음고생을 하지 않도록 말이야. 그분은 정말 아카이아 족의 용사들 중에서도 가장 훌륭한 분이었어."

이렇게 말하고 그녀는 두 시녀를 데리고 찬란하게 빛나는 2층

계단을 내려왔다. 마침내 청혼자들이 있는 곳에 도착한 그녀는 탄탄한 기둥 옆에 멈춰 섰다. 그리고 얼굴 앞의 넓은 베일을 눌러 쥐었다. 그 양쪽을 시녀들이 지키고 있었다. 그녀의 모습을 보자 그곳에 있던 청혼자들은 연모의 정이 솟구쳐 모두 매혹되고, 한번 안아보고 싶다는 욕망에 사로잡혀 무릎에 힘이 빠져버렸다. 그녀는 자기 아들 텔레마코스에게 말했다.

"텔레마코스, 이제 네 마음이나 생각이 분명치 못하구나. 어렸을 때는 지금보다 더 사리분별력이 뛰어났었지. 그런데 지금은 성인이 되었고 부귀영화를 갖춘 분의 자제라고 자부하는데, 너의 생각이나 마음은 그렇지 않은 것 같구나. 지금 이 궁 안에서 손님이 수치를 당하는 걸 그냥 바라보고만 있다니. 손님이 우리 궁전에 와서 받은 불친절한 대접 때문에 변고라도 생긴다면 어찌 되겠느냐. 그야말로 네 치욕이 되고 세상 사람들에게서 조롱을 당하게 될 거다."

이에 대해 텔레마코스가 대답했다.

"어머님, 아무리 화를 내시더라도 저는 할 말이 없습니다. 하지만 저도 속으로는 충분히 사리판단을 할 수 있습니다. 물론 모든 일에 다 현명한 생각을 가진다는 것이 불가능하지요. 여기 계시는 분들이 모두 음흉한 속셈으로 요리조리 핑계를 대면서 올바른 길에서 빗나가게 하지만 한 사람도 도와주는 사람이 없기 때문입니다. 그리고 아까 손님과 이로스와의 싸움은 청혼자들이 원했던 대로 끝나지 않았어요. 정말 제우스 대신이나 아폴론 신께 부탁드립니다만, 아까와 마찬가지로 청혼자들이 우리 궁 안에서 참패를 당해 머리가 거덜이라도 났으면 좋겠습니다. 마치 저 이로스가 문 앞에서 목을 건들거리고 있는 것처럼 모두 지쳐버렸으면 좋겠습니다. 주정꾼들처럼 발로 바로 서지도 못하고 손발의 뼈가 빠져 집에도 못 돌아가도록 말입니다."

이렇게 두 사람은 서로 말을 주고받았다. 그러자 에우리마코스가 입을 열어 페넬로페에게 말했다.

"이카리오스의 딸인 현명한 페넬로페여, 만일 아카이아 사람들 모두가 당신의 모습을 보았다면 더 많은 청혼자들이 당신의 궁전으로 몰려와서 아침부터 파티에 참석했을 것입니다. 그것은 당신이 어느 여인보다도 그 자태나 키나 또 마음속의 주도면밀한 생각까지 남달리 뛰어나기 때문입니다."

이에 대해 이번에는 현명한 페넬로페가 대답했다.

"에우리마코스 님, 아르고스 사람들이 일리오스를 향해 출발했을 때, 신께서 이미 나의 뛰어난 자태나 몸매를 앗아가고 말았습니다. 이 사람들 중에는 제 남편 오디세우스도 함께 갔습니다만, 그분이 돌아와 나의 명예를 되찾아주기 전까지는 그저 눈물만 흘리고 있을 뿐입니다. 남편은 고국을 떠나면서 출정할 때 나의 오른쪽 손목을 잡으면서 이렇게 말씀하시고 떠나셨습니다.

'아내여, 나는 아카이아 용사들이 트로이에서 모두 안전하게 귀국하리라고는 생각지 않소. 트로이에도 당당한 무사들이 많기 때문이오. 그러니 신께서 나를 귀국시켜 줄지 말지는 알 수가 없소.

그러니 당신에게 모든 것을 부탁하오. 내가 멀리 떠나 있지 않았을 때보다 궁전 안에 계시는 아버님과 어머님을 잘 보살펴주오. 그리고 내 아들이 어른이 되었다고 생각될 때, 그대는 집을 떠나 그대가 좋아하는 상대를 선택해서 다시 결혼해도 좋소.'

이 말이 이제는 현실이 되고 말았습니다. 그렇지만 지금 심한 괴로움이 가슴을 짓누르고 있습니다. 청혼하는 분들의 관습이 전에는 이렇지 않았기 때문입니다. 상대의 부모나 처녀에게 청혼하는 자들은 소나 양을 여러 마리 가지고 와 처녀의 집안 사람들에게 대접을 하고 귀중한 선물을 보내기도 했습니다. 남의 집 재산을 보상하지도 않고 축내는 일은 하지 않았습니다."

이 말을 듣고 오디세우스는 속으로 기뻐했다. 모든 청혼자들의 마음을 달콤한 말로 속여 용서해주면서 선물을 받으려는 것이었으나, 사실 그녀의 생각은 다른 데 있었다.

그러자 그녀에게 이번에는 에우페이테스의 아들 안티노스가 말했다.

"현명한 페넬로페여, 아카이아 족 중 청혼을 원하는 사람들은 선물을 가지고 올 것입니다. 선물을 받지 않고 거절하신다면 결코 예의가 아닙니다. 당신이 아카이아 족 중에서 가장 뛰어난 남자와 결혼하기 전까지 나는 어느 곳으로도 돌아가지 않으렵니다."

이렇게 안티노스가 말하자 그의 말에 모두 동의했다. 그래서 그들은 각자 하인을 집으로 보내 선물을 가져오게 했다. 안티노스의 하인은 훌륭한 오색찬란한 옷을 선물로 가져왔는데, 거기에는 열두 개의 황금 브로치가 붙어 있고 갈고리 쇠가 달려 있었다. 그리고 에우리마코스는 정교한 황금 목걸이를 가져왔는데, 거기 달린 호박구슬은 태양처럼 빛났다. 또 에우리다마스(Eurydamas)의 하인들은 귀고리 한 쌍을 가지고 왔는데 오디 같은 구슬이 세 개 달려 있었다. 그리고 폴릭토르(Polyctor)의 아들 페이산드로스 왕(king Pisander; 트로이 전쟁에서의 뮈르미돈의 대장)의 집에서는 더욱 훌륭한 목걸이를 가져오는 등, 아카이아 족의 청혼자들은 저마다 훌륭한 선물을 가져왔다.

이윽고 페넬로페는 2층으로 올라갔으며 시녀들은 아주 훌륭한 선물들을 날랐다. 한편 사람들은 가슴을 흔드는 춤과 노래에 마음껏 즐거워하면서 저녁때가 오기를 기다렸다.

모두들 즐겁게 보내는 동안 어둠이 찾아왔다. 얼마 후 불을 밝히기 위해 큰 촛대 세 개가 궁전에 설치되었다. 그리고 오디세우스의 시녀들이 번갈아가며 그것을 밝혀 주었다. 그런데 제우스의 피를 이어받은 지혜로운 오디세우스가 그녀들에게 말했다.

"오디세우스 님의 시녀들이여, 거룩한 왕비님이 계시는 궁전으로 돌아가 그 곁에서 왕비님을 위로해 드리세요. 내가 이 큰 촛대에 불이 꺼지지 않도록 할 테니까요. 아름다운 발코니에 새벽빛이 비칠 때까지 여러분들이 안 오시더라도 제가 지켜 드리지요."

이렇게 말하자 시녀들은 깔깔대며 웃었다. 붉은 볼의 멜란토(Melantho)는 그에게 마구 욕설을 퍼부었다. 그녀는 돌리오스(Dolius; 페넬로페가 오디세우스에게 시집갈 때 딸려 보낸 노예 정원사)

의 딸이었는데, 페넬로페가 자기 딸처럼 키워주었는데도 불구하고 페넬로페에게 고마움을 느끼지 못하고 있었다. 더구나 에우리마코스와 정분을 맺고 있는 여자였다. 그녀가 비꼬는 투로 오디세우스에게 욕설을 퍼부었다.

"볼품없는 떠돌이야, 머리가 어떻게 된 것 아니야. 지체 높으신 분들이 계신 곳에서 주책 떨지 말고 대장간에 가서 잘 생각이나 해라. 술에 취해 당치도 않은 소릴 지껄이고, 부랑자 이로스에게 승리했다고 우쭐대는군. 앞으로 이로스보다 더 강한 자가 곧 나타나 네놈 머리를 때려 피투성이를 만들어줄 거야. 힘센 손으로 방 밖으로 끌어낼 테니 조심해야 할 걸."

그녀의 얼굴을 쏘아보면서 오디세우스가 말했다.

"뻔뻔스러운 계집 같으니. 당장 네 손발을 잘라 없애도록 지금 곧 텔레마코스 님에게 말해줄 테다."

이렇게 시녀들의 간담을 서늘하게 만들어 놓자, 시녀들은 모두 두려움으로 파랗게 질렸다. 오디세우스는 타오르는 촛대 옆에서 불을 지키며 장승처럼 서서 모든 사람들을 살피고 있었다. 그러면서도 그는 반드시 해야 할 일들을 깊이 궁리하고 있었다.

아테나 여신은 교만한 청혼자들이 무자비하게 구는 것을 멈추게 하지 않았다. 라에르테스의 아들 오디세우스의 분노를 더욱 솟구치도록 하기 위해서였다.

먼저 에우리마코스가 오디세우스에게 욕설을 퍼부어 동료들의 웃음거리로 만들려고 했다.

"세상에서도 유명한 왕비의 청혼자 여러분, 내 말 좀 들어보시오. 이 사나이가 오디세우스의 궁전에 온 것은 신의 뜻에서가 아닙니다. 지금 이자의 머리털이라곤 하나도 눈에 보이지 않으니, 마치 촛불이 그의 머리에서 비치는 것 같습니다."

이렇게 말하고 나서 오디세우스에게 권했다.

"이봐, 나그네, 내 하인이 되지 않겠는가? 돌을 모아 울타리도 만들고 큰 나무를 심어 키우기도 한다면, 나는 먹을 것을 거르지 않고 주고 또 신발도 줄 테다. 그러나 넌 밭일은 싫어할 것이다. 그래서 거리를 돌아다니며 구걸을 하는 것이지. 언제나 허기에 지쳐 있는 네 창자를 채우려고 말이야."

그러자 오디세우스가 말했다.

"에우리마코스 님, 정말로 우리 둘이서 해도 긴 여름에 밭일을 할 수 있었으면 좋겠습니다. 만약 목초 베기를 한다면 난 흰 낫을 사용하겠소. 그리고 당신도 그런 것을 들고 잔뜩 우거진 곳에 가서 식사도 하지 말고 아주 어두워질 때까지 겨뤄 봅시다. 예를 들어 소를 모는 일이라면 제일 좋은 다갈색의 황소를, 그것도 풀을 실컷 뜯어먹고 나이도 같고 등에 업은 짐 무게도 같아 그 힘을 절대로 무시 못 할 정도의 소로 말입니다.

이건 또 다른 이야기지만 크로노스의 작은 신이 어디선가 싸움을 걸어오게 한다면, 방패와 창 두 개와 관자놀이에 꼭 맞는 청동제 투구만 준다면 나는 앞장서서 싸우는 것을 보여드리겠습니다. 그때 당신은 내 배창자를 업신여기지는 못할 것입니다. 그리고 당신은 자기를 너무나 훌륭한 사람이라고 자부하는 것 같습니다. 교제 범위가 좁은 데다가 변변하지 못한 놈만 사귀기 때문입니다. 저 대문이 굉장히 넓게 열려 있지만, 이제 곧 현관에서 그곳으로 도망칠 때는 아주 좁게 보일 것입니다."

오디세우스가 이렇게 지껄여대자 에우리마코스는 더 화가 치밀어 큰 소리로 말했다.

"뭐라고, 이 못된 놈아! 어디다 대고 무슨 불손한 소리를 지껄여대는 거냐. 함부로 입을 놀리는 것을 보니 술이 취했거나, 아니면 부랑자 이로스에게 승리했다고 정신이 돌아버린 게구나."

이렇게 소리를 지르고 나서 발판을 집어 들었다. 오디세우스를 향해 던진 발판은 술을 따르는 시종의 오른팔에 맞았다. 이에 시종은 비명을 지르면서 쓰러졌다. 그러자 청혼자들 사이에서 와자하게 떠들어대는 소리가 들려왔다. 그중 한 사람이 말했다.

"정말 저 떠돌이가 여기에 오기 전에 어디 길가에서 죽었더라면 좋았을걸. 그랬다면 이런 소동은 일어나지 않았을 것 아닌가. 그런데 지금 거지가 소란을 피우고 있으니 맛있는 음식을 즐기려던 생각이 싹 가시고 말았네. 돼먹지 못한 놈이 판을 치고 있으니 말이야."

이에 용감한 텔레마코스가 말했다.

"별말씀을 다 하십니다. 당신들은 정신없이 식사도 했고 마실 것도 다 마셨습니다. 아마 신께서 당신들에게 화를 내고 계시는 것 같습니다. 어느 분이든 내가 쫓아내지는 않겠지만, 여러분들이 알아서 댁으로 돌아가셨으면 합니다."

그러자 청혼자들은 모두 입술을 깨물고 눈을 부릅뜨며 텔레마코스를 노려보았다. 그리고 아레티오스의 손자이자 니소스의 아들인 암피노모스가 대꾸했다.

"아, 여러분, 저 손님은 오디세우스의 궁 앞에서 텔레마코스가 도와주도록 내버려 둡시다. 우리는 어서 술이나 더 마시도록 합시다."

그러자 모두 이 말에 찬성하고, 다시 제자리에 앉았다. 그들을 위해서 물리오스(Mulius)가 혼주병에 술을 섞었다. 둘리키움에서 온 전령사이며 암피노모스의 시종인 그 사람이 모든 사람들에게 돌아가면서 술을 따랐다.

여기서 그들은 지복한 신들에게 신주를 바친 뒤, 실컷 술을 마시고는 잠을 청하기 위해 각자 집으로 돌아갔다.

제 19 권

오디세우스가 페넬로페 앞에 나타나다

모든 사람들이 잠자리로 돌아가자, 마침내 오디세우스와 텔레마코스만이 저택에 남게 되었다. 오디세우스는 팔라스 아테나 여신의 힘을 빌려 아들에게 말했다.

"텔레마코스, 무기를 감춰 놓도록 하자. 만약 청혼자들이 무기를 찾거든 차분히 이렇게 얘기하거라. '연기를 쐬지 않도록 간수해 두었습니다. 오디세우스 님이 두고 가실 때와는 달리 모양이 형편없이 달라졌기 때문입니다. 또 속담에 쇠붙이라는 것은 무사들을 유혹하는 힘이 있다고 하니 혹시 당신들이 술에 취해 무기를 함부로 다루면 잔치는 물론 청혼도 못 하게 될 테니까요.'라고 말이다."

그러자 텔레마코스는 아버지의 말에 따라 유모 에우리클레이아를 불러내 다음과 같이 말했다.

"유모, 모든 시녀들은 한 명도 방에서 나오지 못하게 했으면 좋겠어. 아버님의 무기를 모두 창고에다 감추어버릴 때까지 말이야. 아버님이 안 계시는 동안 무기를 너무 소홀히 했어. 내가 철이 없었던 탓이기도 하지만, 이제부터는 불기가 닿지 않는 곳에 보관해 두어야겠어."

유모는 조용히 시녀들의 방문을 모두 닫았다. 오디세우스와 영리한 아들 텔레마코스는 빛나는 눈의 여신 아테나의 힘을 빌려 모든 무기를 다 운반했다. 그들 앞에는 아테나 여신이 황금 촛대를 손에 들고 밝은 빛을 비쳐 주었다. 그러자 영리한 텔레마코스가 말했다.

"아버님, 모든 것들이 정말 이상합니다. 방의 벽들이나 마른 전나무로 된 칸막이들이 모두 타오르는 불길 같아요. 하늘에 계시는 불사의 신들 중의 한 분이 분명 우리 집에 찾아오신 것 같습니다."

이에 오디세우스가 말했다.

"텔레마코스, 잠자코 있어라. 이것은 올림포스에 계시는 신들이 하는 일이란다. 그러니 너는 이제 그만 침실로 돌아가거라. 나는 여기 남아서 시녀들이나 네 어머니를 시험해보아야겠다."

이리하여 텔레마코스는 횃불의 인도를 받아 침실로 향했다. 오디세우스는 홀로 대청에 앉아서 아테나 여신의 도움으로 여러 가지 궁리를 하고 있었다. 이때 페넬로페가 시녀들과 함께 나왔다. 황금의 아프로디테나 아르테미스 여신과 같은 모습의 페넬로페는 상아와 은으로 된 소용돌이 무늬가 새겨져 있고, 보들보들한 산양가죽이 덮여 있는 안락의자에 앉았다. 그러자 시녀들이 빵과 고기와 포도주 잔을 식탁 위에 날라다 놓기 시작했다. 그때에 멜란토가 오디세우스를 보자 이내 야단을 쳤다.

"이 거지야, 아직도 여기 남아 있었구나. 어서 썩 나가지 못해. 그래 밤새도록 우리를 골탕 먹일 작정이냐. 궁 안 구석구석을 돌아다니면서 시비를 걸려고 작정했나. 이 불붙은 장작개비로 쫓아내기 전에 썩 꺼지라고!"

그 말에 오디세우스가 푸념을 하면서 답했다.

"여보시오, 시녀님. 아무리 내 행색이 이렇지만 너무 푸대접을 하는구려. 사방팔방을 떠돌아다니는 거지라고 괄시를 하는 건가. 하지만 예전에는 나도 남보란 듯이 산 적이 있었다오."

이렇게 시녀와 실랑이를 벌이고 있는 광경을 보자 페넬로페는 시녀를 꾸짖고 에우리노메(Eurynome)에게 이렇게 말했다.

낮에는 짜고 밤에는 풀다 시녀들에게 들킨 페넬로페의 베짜기

　"에우리노메, 의자와 그 위에 덮을 양털을 가지고 오너라. 그리고 저 손님을 모시고 오너라. 오디세우스 님에 대해 알고 있다니 자세히 묻고 싶구나."

　이렇게 명령하자 늙은 시녀 에우리노메는 의자를 가져다 놓고 그 위에 양털을 깔았다. 그러자 오디세우스가 그곳에 가 앉았다.

　페넬로페가 먼저 입을 열었다.

　"타국에서 오신 손님, 제가 지금부터 여쭙는 말에 거짓 없이 대답해주세요. 우선 당신은 어디서 온 분이며, 대체 어떤 신분의 사람입니까?"

그러자 오디세우스가 말했다.

"아름다운 부인이시여, 당신은 정말로 지체가 높고 이 세상 어느 누구도 당신을 비난할 사람은 없을 것입니다. 그런데 당신은 제 쓰라린 사연을 되씹게 하는 것 같아 마음이 아플 뿐입니다. 제발 제 쓰라린 과거를 묻지 말아주십시오. 분별도 없이 항상 슬픔에 젖어 있는 것은 참으로 어리석은 일이니까요."

이에 페넬로페가 말했다.

"손님이시여, 지금 제 처지도 무척이나 고통스럽고 슬프답니다. 오디세우스 님이 일리오스로 떠나기 전의 저는 어느 여자도 따르지 못할 정도로 우아하고 아름다웠답니다. 그러나 지금은 오디세우스 님을 연모하는 마음으로 가득 차 있는 저를 수많은 청혼자들이 괴롭히는 바람에 무척 초췌해졌고 한숨과 고통으로 나날을 보내고 있을 뿐입니다. 처음에 저는 청혼자들을 피하기 위해 베틀을 방 안에 들여다 놓고 폭 넓은 베를 짰었습니다. 그 이유를 청혼자들에게 말해주었지요. '여러분들, 당신들의 마음은 무척 초조하겠지만 좀 기다려주십시오. 저는 연로한 시아버지 라에르테스 님의 수의를 만들 베를 짜야겠습니다. 만일 시아버지의 수의를 지을 베도 없다면 이타카의 여자들은 나를 욕할 것입니다.' 그렇게 청혼자들을 설득시켰지요. 그리고 낮에는 큰 베틀에서 베를 짜고 밤에는 횃불을 켜 놓고 그것을 다시 풀곤 했답니다. 그리하여 3년 동안은 청혼자들을 속일 수 있었는데, 돼먹지 못한 시녀들이 고자질하는 바람에 그것도 헛일이 되고 말았습니다. 지금은 혼인을 피할 수도 없고 다른 꾀도 생각해내지 못하고 있는 실정이지요. 그동안 제우스 신의 도움으로 아들은 의젓한 어른으로 성장했어요. 아무튼 당신의 이야기를 듣고 싶군요. 당신이라고 돌멩이나 측백나무에서 태어난 것은 아니겠지요."

그러자 오디세우스가 대답했다.

"존엄한 오디세우스의 눈치 빠른 부인이시여, 저의 사연을 듣고 싶어 하는 까닭이 무엇입니까. 정 소원이시라면 이야기해드리지요. 지금의 저보다 더한 슬픔으로 가득 차게 될지라도 말입니다. 저는 크레타 출신입니다. 그 섬은 쪽빛 바다 한가운데에 자리 잡고 있는 매우 아름답고 풍요로운 땅입니다. 그곳에는 90개의 마을이 있으며 언어가 다른 주민들이 섞여 살고 있습니다. 아카이아 족도 있었고 용맹스런 에티오크레티스 족(Eteocretans; 크레타 원주민), 부족이 셋인 도리스 족(Dorians)과, 고명한 페라스고이 족(Pelasgi) 등이 있지요. 그 가운데에서도 크노소스(Cnossus)라는 거대한 성도(成都)가 있는데, 미노스 왕이 9년 동안 왕위에 올라 제우님의 법령을 베풀었답니다. 바로 그분이 저의 조부이시며, 도량이 넓으신 데우칼리온(Deucalion; 미노스와 파시파에의 아들이자 카트레우스, 글라우코스, 안드로게오스의 형제. 그는 테세우스의 친구이며 칼리돈의 사냥에 참가했다. 메리오네스의 조부이기도 하다.)의 부친이십니다. 데우칼리온 님은 저와 이도메네우스(Idomeneus)를 낳았는데, 그는 흰 배들을 이끌고 아트레우스 집안의 두 왕과 함께 일리오스 원정길에 올랐습니다. 제 이름은 아이톤(Aethon)이라 하는데 그때 바로 오디세우스 님을 보았습니다. 저희 집에서는 그분을 초대하여 많은 선물을 드리고 정중히 대접해드리기도 했습니다. 물론 그분과 함께 온 동지들에게도 달콤한 붉은 포도주를 대접하고 희망하시는 모든 일들이 성취되시도록 제물로 바치는 소까지 대접해드렸습니다. 그래서 12일 동안 존엄한 아카이아 분들은 저의 집에 머무르셨습니다. 그러다가 13일째가 되는 날에야 오디세우스 님은 배를 띄우셨습니다."

오디세우스는 거짓말을 하면서도 진짜 이야기를 하는 것처럼 자연스러웠다. 그래서 그 말을 듣는 페넬로페는, 마치 높은 산에 쌓였던 눈이 녹아서 흐르는 듯 눈물을 흘리며 처절한 모습으로 오디세우스를 바라보았다. 비탄에 젖어 우는 아내의 모습에 오디세우스는 가슴이 찢어질 것만 같았으나 끝내 신분을 감추고 두 눈을 미동도 하지 않았다. 하염없이 눈물을 흘리면서 줄곧 흐느끼던 페넬로페가 다시 말문을 열었다.

"그러면 손님, 이번에는 당신 이야기를 시험해보려고 합니다. 진정으로 당신이 존엄하신 내 남편과 신이나 다름없는 동지들을 대접하셨다고 하니 당신도 증명하실 수 있을 것입니다. 그때 내 남편의 차림새며 얼굴 모습이며, 또 남편을 따라온 동지들은 어떤 사람들이었는지요."

그 말에 대해 오디세우스가 말했다.

"그토록 오랫동안 헤어져 있던 분 이야기를 한다는 것은 정말 어렵습니다. 그분이 배를 타고 떠나신 지 벌써 20년이나 됐으니까요. 하지만 제 기억을 더듬어보도록 하지요. 그러니까 오디세우스 님은 자홍색 털실로 짠 망토를 걸치고 계셨습니다. 두 겹으로 된 것이었지요. 또 옷 고리는 황금으로 된 두 개의 버클로 되어 있었습니다. 그 앞면에는 그림이 그려져 있었는데, 신음하고 있는 알록달록한 사슴을 개가 앞발 사이에 잡고 있었습니다. 바지는 마치 양파 껍질처럼 반짝거렸습니다. 그 모습이 눈부시게 찬란해 많은 시녀들은 그분을 감탄의 눈길로 바라볼 뿐이었습니다. 그런데 한 가지 명심할 것은, 그 옷이 본래의 자기 옷이었는지 아니면 누구에게서 선물 받았는지 모른다는 것입니다. 아무튼 그분 옆에는 전령이 따르고 있었다는 것도 말씀드리겠습니다. 그 사람은 어깨가 둥그스름하고 살결이 검으며 은발을 가진 자로서 오디세우스 님보다 나이가 많아 보였습니다. 그분의 이름은 에우리바테스(Eurybates)라고 했고 오디세우스 님은 누구보다도 그분을 위하셨습니다."

그렇게 확실한 여러 가지 증거를 들은 페넬로페는 가슴이 벅차 눈물을 흘리면서 말했다.

"손님, 전에는 정말 불쌍하신 분이셨지만 지금은 우리 집의 귀중한 손님이 되셨습니다. 방금 이야기하신 옷들은 모두 제가 지어 드린 것이었습니다. 만일 청혼자들 중에서 당신에게 해코지하는 자가 있다면 그는 더 큰 봉변을 당하게 될 겁니다. 그자가 아무리 화가 나더라도 여기서는 아무 일도 못 할 테니까요. 당신은 변변하지 못한 차림새지만 지식이 많으신 것 같군요. 인간이란 본디 유한한 존재이기 때문에, 인색하고 악행을 좋아하는 사람은 분명 죽은 뒤에도 고통을 받으며, 살아 있는 동안에도 재앙을 얻을 겁니다. 그러나 고결하고 깨끗한 좋은 사람이라면 그에게 대접받은 사람들이 그 평판을 널리 세상에 알릴 것이며, 그 덕망을 많은 사람들이 찬양할 겁니다."

이에 오디세우스가 말했다.

"아아, 존엄하고 지혜로운 오디세우스 님의 부인이시여. 당신은 정말 훌륭하신 분입니다. 저는 방랑생활을 하면서부터 담요도 이불도 싫어졌습니다. 그저 쉬고만 싶을 뿐입니다. 또 발을 씻을 물도 바라지 않고, 이 궁전의 시녀가 제 발을 씻어주는 것도 거절하겠습니다. 다만 저와 같은 고생을 많이 해서 마음이 다져진 분이 계신다면 그분께 제 발을 씻어주도록 부탁하고 싶습니다."

이에 눈치 빠르고 현명한 페넬로페가 말했다.

"다정스러운 손님, 여태까지 타국에서 우리 집에 오신 손님 중에서 당신처럼 현명하고 무엇이든 잘 아시는 분은 없었습니다. 마침 여기에 분별력이 있고 마음이 넓은 나이 든 시녀가 있답니다. 그분은 오디세우스 님을 지극하게 돌봐주신 둘도 없이 착한 분이랍니다. 이제는 일할 나이가 지났지만 당신 발을 씻겨줄 것입니다. 사리가 밝은 에우리클레이아, 속히 주인님과 같은 연배가 되시는 저 손님의 발을 씻겨드려라. 혹시 오디세우스 님도 지금 이분과 같은 행색을 하고 계실지도 모르니까. 정말 마음이 아프구나. 인간이 불행해지면 늘 저런 모습이 되고 말거든."

그녀가 이렇게 말하자 늙은 하녀는 손님의 모습이 너무나 불쌍해 얼굴을 두 손으로 가리고 뜨거운 눈물을 흘리면서 울먹이는 소리로 말했다.

"아, 손님을 위해서라면 무슨 일이든 못 하겠습니까. 당신은 신을 공경하는 것 같은데도, 제우스 님이 당신을 미워하시는 것 같군요. 당신만큼 제우스 신께 제물을 바치고 살찐 돼지의 허벅지를 바친 사람도 드물 테지요. 그런데도 당신은 사방천지를 헤매면서 온갖 고통을 맛보고 고향에 돌아갈 기회마저도 빼앗겨버렸으니 말이에요. 우리 오디세우스 님도 당신과 같은 곤경을 겪고 계실지도 모르지요. 여기서 당신이 겪은 모든 일과 마찬가지로, 주인님도 어느 훌륭한 저택에 들어갔을 때 뭇 여자들과 몹쓸 사내들이 조롱하며 욕설을 퍼부었을지도 모르죠. 그 여자들의 욕설과 모욕을 피하려고 당신은 발 씻기를 거절하시겠지만 저는 당신의 더러워진 발을 씻겨 드리겠어요. 저는 그 일이 조금도 싫지 않으니까요. 더구나 당신은 지금은 안 계시지만, 저의 주인님과 비슷하거든요. 오디세우스 님은 당신과 같은 목소리와 걸음걸이를 가지고 계셨지요. 이제 당신의 발을 씻겨 드리겠어요. 자상하신 페넬로페 님이 제게 시키신 일이고, 저 또한 당신의 불행한 모습을 눈뜨고 볼 수가 없으니까요."

이에 오디세우스가 말했다.

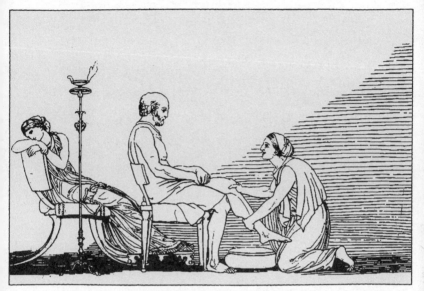

오디세우스의 발을 씻겨주는 에우리클레이아

"감사합니다. 당신이 이렇게까지 비천한 저를 생각해주시다니. 저는 이따금 사람들로부터 제가 오디세우스 님을 닮았다는 이야기를 들었습니다."

그러자 늙은 시녀는 큰 대야를 가지고 와서 찬물을 부은 뒤 뜨거운 물로 알맞게 온도를 맞추어 놓았다. 오디세우스는 난로 가까이에 등을 돌리고 앉아 되도록 어두컴컴한 쪽으로 발을 돌렸다. 자칫하다가는 자기의 신상이 드러날지도 모르기 때문이었다. 그의 다리에는 아테나 여신의 불찰로 예전 오디세우스의 흉터가 그대로 남아 있었다. 그래서 늙은 유모는 구차한 손님의 발을 잡고 샅샅이 씻겨주기 시작했을 때 얼핏 그의 상처를 발견했다. 그것은 일찍이 아우톨리코스(Autolycus)와 그의 아들들과 함께 파르나소스(Parnassus; 그리스 중부 코린트 만 북부의 델포이 중앙에 위치한 석회암 산)에 사냥을 하러 나갔을 때 멧돼지의 이빨에 물린 상처였다. 아우톨리코스는 오디세우스의 외할아버지로서 세상 사람들 사이에 훔치는 솜씨와 거짓말을 잘 하는 재주로 유명한 사람이었다. 그것은 아우톨리코스가 헤르메스 신의 마음에 들 만한 어린 염소와 살찐 돼지의 허벅지를 제물로 바친 덕택에 얻은 재주였다. 아우톨리코스가 이타카의 풍요한 땅으로 자기 딸이 낳은 어린아이를 보러 왔다. 만찬이 끝난 뒤 에우리클레이아는 사랑스런 갓난아기를 아우톨리코스의 무릎에 올려놓고 말했다.

"아우톨리코스 님, 당신이 직접 이 갓난아기에게 이름을 지어주십시오. 당신은 귀여운 따님이 어서 아이를 낳기를 무척 기다리셨지요. 어서 좋은 이름을 생각해보십시오, 아우톨리코스 님."

이에 아우톨리코스가 대답했다.

"나의 의젓한 사위와 사랑스러운 딸아, 이제 내가 지어주는 어떤 이름이든 간에 이 아이에게 반드시 붙여주기 바란다. 나는 여태껏 온 누리를 메우고 있는 모든 사람들로부터 증오의 대상이 되어왔단다. 수완이 좋은 나를 모든 사람들은 두려워했었지. 그러니 이 아이의 이름을 오디세우스(증오, 적의를 받은 자)라고 붙이는 것이 좋겠다. 그리고 이 아이가 자라서 어른이 되어 어머니의 고향인 외갓집을 찾아 파르나소스를 방문한다면 나는 거기에 있는 내 재산을 나눠줘서 오디세우스를 기쁘게 해주고 싶다."

그리하여 오디세우스는 혈기 있게 성장하자 파르나소스로 갔던 것이다. 훌륭한 선물을 받고 외할아버지의 모습도 볼 겸 해서 그가 거기에 당도하자 아우톨리코스와 그의 아들들은 오디세우스를 환영했다. 외할머니인 암피테아(Amphithea)는 오디세우스를 두 손으로 얼싸안고 기쁨의 눈물을 글썽이면서 그의 손과 두 눈에 키스를 했다. 또한 외할아버지인 아우톨리코스는 아들들을 불러서 식사준비를 시켰다. 아들들은 아버지의 명령에 따라 즉시 다섯 살이 된 암소를 잡아 요리 준비를 하고 갖은 과일과 붉은 포도주를 곁들여 잔치를 베풀었다. 그날은 온종일 해가 서산으로 완전히 사라질 때까지 마음껏 먹고 마시고 했다. 그리고 드디어 칠흑 같은 어둠이 찾아오자 모두들 잠의 여신이 베푸는 잠자리로 들어가 포근한 잠을 청했다.

다음 날 장밋빛 손가락을 한 새벽의 여신이 찾아오자, 모두들 일어나 식사를 준비하여 실컷 먹고 난 뒤 아우톨리코스의 아들들은 숲속으로 사냥을 나섰는데, 오디세우스도 따라갔다. 그리하여 파르나소스 산의 험준한 구릉지대를 지나 사방에 나무가 울창한 숲속에 이르렀다. 이름 모를 짐승들이 우는 소리가 간간이 들려오고 괴상한 모양의 고목들이 음침하게 드리워진 곳이었다. 이에 사람들보다 먼저 사냥개들이 짐승이 지나간 발자국을 뒤쫓아갔으며, 그 뒤로 아우톨리코스의 아들들이 쫓아갔고, 오디세우스는 그들에 섞여 사냥개를 바짝 뒤따라 창을 흔들면서 뛰어갔다. 그곳은 비도 새어들지 못할 정도로 나무들이 꽉 들어차 있었고, 나뭇잎이 수북이 쌓여 있었다. 나무가 빼곡하게 들어찬 그 음침한 그늘 밑에 거대한 멧돼지의 잠자리가 있었다. 개를 몰며 사냥꾼들이 가까이 다가오는 소리를 들은 멧돼지는 등줄기의 털을 곤두세우고 눈에는 불을 켠 채 사냥꾼들 바로 앞으로 달려들었다. 이때 용감한 오디세우스가 다부진 손으로 긴 창을 들고 단번에 찔러 죽이려고 앞으로 나갔다. 멧돼지는 달려오는 오디세우스를 앞질러서 비스듬히 뛰어와 그의 무릎에 부딪히면서 뾰족한 이빨로 종아리를 찌르고 말았다. 하지만 뼈까지는 닿지 않았다. 동시에 오디세우스는 번쩍이는 날카로운 창으로 멧돼지의 어깨를 찔렀다. 순간 굉장한 신음소리와 함께 큰 멧돼지가 땅바닥으로 고꾸라져버렸다. 죽은 멧돼지를 아우톨리코스의 아들들이 잘 처치하고, 또한 기백이 넘치고 신과도 같은 오디세우스의 상처를 붕대로 잘 감아 검붉은 피를 지혈시켰다. 그리고 모든 장비를 챙겨 아우톨리코스의 저택으로 돌아왔다.

아우톨리코스와 그의 아들들은 오디세우스를 정성껏 치료해주고 값비싼 선물들을 주었다. 그러자 오디세우스는 무척 기뻐했으며, 그런 모습을 본 아우톨리코스가 더 기뻐했다. 얼마 동안 머문 뒤 오디세우스는 다시 그리운 이타카 섬으로 돌아왔다. 그리고 부모님께 파르나소스에서 있었던 모든 일들과 또 사냥을 가서 멧돼지를 잡다가 입은 성스러운 상처를 보여주기도 하면서 덕분에 굉장한 멧돼지를 잡은 일 등을 자랑스럽게 이야기했다.

지금 늙은 유모는 그 흉터를 발견하자 너무도 기쁨에 넘치고 놀라워서 그만 손바닥으로 받치고 있던 오디세우스의 발을 떨어뜨리고 말았다. 그러자 그의 다리는 청동 그릇에 소리를 내면서 한쪽으로 기울어지고 바닥에 물이 엎질러졌다. 늙은 유모는 너무도 감격스러워 두 눈에 눈물이 가득 괴면서 목이 메어 소리도 나오지 않았다. 잠시 후 그녀는 목 메인 소리로 말했다.

"틀림없이 오디세우스 님이시군요. 그런데 저는 당신의 다리를 만져보기 전에는 주인님인 줄 몰랐답니다."

그러고는 페넬로페 쪽을 바라보았다. 그것은 자상한 안주인에게 존엄한 오디세우스가 지금 이 궁전 안에 계시다는 것을 알려드리려는 마음에서였다. 한편 페넬로페는 아테나 여신의 유인으로 아무것도 눈치채지 못한 채 다른 곳에 마음을 쏟고 있었다.

오디세우스는 늙은 유모의 팔목을 붙잡았다. 그러고는 조심스럽게 말했다.

"유모, 자네는 나를 파멸시키고 싶진 않겠지. 내가 태어났을 때부터 나를 돌봐주고 키워준 사람이니까. 나는 온갖 고초를 겪은 끝에 20년 만에 간신히 돌아온 거야. 그러니 그대가 알아챘다고 하더라도, 또 신께서 그대에게 나의 귀국을 알게 해주셨다고 하더라도 자네는 조용히 있어야 해. 궁전에 있는 모든 사람들이 눈치채지 못하도록 말일세. 만일 이를 어길 경우에는, 신께서 내가 교만한 청혼자들을 처치하도록 해주셔서 내 궁전에 있는 다른 시녀들을 죽일 때 그대가 유모라고 해도 결코 용서해주지 않을 거야. 이 일은 내가 지금 말했듯이 반드시 실현될 테니 말이야."

그 말에 대해 남달리 눈치가 빠른 에우리클레이아가 대답했다.

"제가 언제까지나 섬기는 주인님, 정말 무슨 말씀을 그렇게 하십니까. 제가 얼마나 입이 무겁다는 것을 잘 알고 계시면서 말입니다. 신께 맹세하지만 절대로 비밀을 지키겠어요. 그런데 한 가지 말씀드리고 싶은 것이 있답니다. 만약 신께서 주인님 손으로 오만무례한 청혼자들을 처치하도록 해주신다면 그때에는 궁 안에 있는 시녀들 모두의 본심을 가르쳐드리죠. 누가 무례한 짓을 했고 누가 죄를 지었는지 말이에요."

이에 지혜로운 오디세우스가 말했다.

"유모, 그런 시녀들에 대해서 자네가 무슨 말을 할 수 있겠나. 조금도 그럴 필요가 없어. 그건 내 힘으로도 충분해. 그러니 그런 것에는 신경 쓸 필요 없다네. 다만 입 조심하고 모든 일들을 신들께 맡겨두게나."

그리하여 늙은 시녀는 조용히 일어나 대야의 물을 다시 떠 왔다. 이윽고 그녀는 오디세우스의 발을 씻긴 다음 올리브유를 골고루 발라 주었다. 오디세우스는 흉터를 누더기 속에 감추고 페넬로페가 있는 난롯가의 의자로 다가갔다. 그리고 발을 말리기 시작했는데, 이때 페넬로페가 말문을 열었다.

"친근하신 손님, 한 가지만 더 물어보겠어요. 이 물음에만 답해주시고 편안한 잠자리로 들어가셨으면 합니다. 조금 있으면 아무리 괴롭고 머리가 복잡한 사람이라도 달콤한 잠에 들 시간이니까요. 신들께서 저에게 헤아릴 수 없는 슬픔을 내리셨으므로 낮에는 탄식하기도 하고 울기도 하나, 그래도 제 일에 전념을 해보려고 시녀들이 일하는 것을 일일이 돌보면서 마음을 달래기도 합니다. 하지만 일단 밤이 되어 모든 사람이 잠들면 저는 잠자리에 누워 끝없는 번뇌에 가슴을 태우면서 탄식에 젖어 몸을 뒤척이다가 그대로 밤을 지샌답니다. 정말 하루하루가 괴롭기만 합니다. 저 판다레우스(Pandareus; 남편 제토스의 쌍둥이 형제인 암피온(Amphion)과 그의 아내인 니오베(Niobe)가 여섯 명의 아들과 여섯 명의 딸을 둔 것을 시기하였다. 그래서 아에돈은 니오베의 맏아들을 죽이려고 했다. 그러나 실수로 그만 자신의 아들인 이틸로스를 죽이고 말았다.)의 딸 회갈색 나이팅게일(nightingale)이 기운이 돌기만 하면 얼마나 고운 소리로 울부짖는지, 그리고 우거진 나뭇잎에 앉아 몇 번이고 목청을 돋우어 사랑하는 아들 이틸로스(Itylus)의 일을 탄식하며 얼마나 울어대는지 당신은 아십니까. 예전의 그 아들은 제토스 왕(king Zethus)의 자식이었는데 그녀의 실수로 죽었답니다. 그와 마찬가지로 지금 제 가슴도 갈가리 찢겨 번민하고 있어요. 저는 하인들과 지붕이 높은 큰 궁전을 지키면서 제 아들과 더불어 남편을 위해 수절하며, 백성들의 평판을 소중히 간직하려고 애를 쓰고 있어요. 그러나 한편으로는 아카이아 사람 중에서 가장 뛰어난 분이 궁전에 와서 청혼을 하며 끊임없이 결혼 선물을 보내오고 있는데, 그분을 따라갈까 하는 마음이 생기기도 하지요. 아들이 아직 철도 들기 전에는 재혼은 생각할 엄두도 못 냈었지요. 지금은 아들도 커서 어른이 다 되었고, 텔레마코스는 저더러 친정으로 돌아가 있으라고 합니다. 아카이아 족들이며 모든 청혼자들이 우리의 재산을 축내고 있어 아들도 속으로 무척 초조해하고 있답니다.

아무튼 지금 제가 말하고 싶은 것은 제 꿈을 좀 해몽해주셨으면 하는 거예요. 꿈에 우리 집에서 거위 20마리가 물통에서 밀을 먹고 있었어요. 저는 그것을 바라보면서 마음을 달래고 있었지요. 그러자 산 쪽에서 큰 솔개가 날아오더니 거위들의 목을 물어 모두 죽여버렸어요. 그리고 솔개는 하늘 높이 날아 올라가고 죽은 거위만이 이리저리 나동그라져 저를 슬프게 했답니다. 저는 그 꿈속에서 흐느껴 울고 있었는데, 곱게 머리를 땋아 올린 아카이아 족 여자들이 내 곁에 모여들었어요. 그러자 하늘 높이 날아갔던 솔개가 다시 날아와서 대들보 꼭대기에 앉아, 울고 있는 저에게 사람의 음성으로 말하는 것이었어요.

'염려하지 말라, 타국에까지 평판이 자자한 이카리오스 님의 딸이여. 이건 꿈이 아니라 현실이 될 것이다. 거위는 청혼자들을 가리킴이고, 나는 솔개로 보이겠지만 너의 남편이다. 그리하여 모든 청혼자들에게 비참한 최후를 안겨줄 것이다.'

그래서 저는 안도의 숨을 내쉬고 달콤한 잠에서 깨어났답니다. 그리고 사방을 둘러보니 거위들은 평소와 다름없이 물통에서 파닥거리며 밀을 쪼아 먹고 있더군요."

이에 대해 오디세우스가 말했다.

"그 꿈은 다른 방법으로는 도저히 해몽할 수가 없을 것입니다. 꿈속의 오디세우스 님이 그것을 정확하게 해명해주셨으니 말입니다. 그러니 청혼자들은 전부 몰살될 것이 확실합니다. 그들 중 누구도 죽음의 운명에서 헤어나지는 못할 것입니다."

이에 페넬로페가 말했다.

"다정스런 손님, 본래 꿈이라는 것은 믿을 수 없는 것이며 정해진 이치도 없고, 또 그 해몽이 실현될지 안 될지 모르는 것입니다. 하지만 허망한 꿈에는 두 개의 문이 있다더군요. 하나는 뿔로 된 것이고 또 다른 하나는 상아로 되어 있답니다. 꿈 중에서도 쪼개진 상아로 된 문에서 나오는 꿈은 사람을 속여 성취되지 않습니다만, 손질된 뿔의 문을 통해 나오는 꿈은 언제든 누구에게나 사실 그대로 실현된다고 합니다. 만일 제가 꾼 그 꿈이 뿔의 문을 통해 나왔다면 얼마나 좋겠어요. 그렇다면 저나 텔레마코스에게는 그보다 경사스러운 일이 없을 거예요. 당신에게 한 가지 밝혀두고 싶은 것이 있군요. 이제부터 밝아오는 새벽의 여신은 검은 먹구름을 갖고 오실 것이라는 사실입니다. 저는 이 궁전을 떠나게 될지도 몰라요. 그러기에 저는 청혼자들에게 솜씨 자랑 내기를 시키려고 해요. 그래서 경기의 과녁으로 쌍날 도끼를 놓겠어요. 그 도끼는 오디세우스 님이 배의 용골을 버텨주는 받침대처럼 이 집 안에 줄줄이 놓아두었던 것인데, 모두 열두 개가 있습니다. 그분은 꽤 먼 곳에서 활을 쏘아 그 도끼 구멍 과녁을 맞히셨지요. 그러니 누구든

활을 쏘아 열두 개의 도끼 구멍 과녁을 꿰뚫는 분을 따라서 저는 이 궁을 떠날 것입니다."

이 말에 지략이 풍부한 오디세우스가 대답했다.

"존엄하시고 지혜로운 라에르테스의 아들 오디세우스 님의 아름다운 부인이시여. 저도 그 경기를 여는 것에 찬성합니다. 청혼자들이 그 과녁을 맞히기 위해 활을 쥐고 줄을 당기기 전에 오디세우스 님은 이리로 오실 테니까요."

그러자 페넬로페가 말했다.

"손님이시여, 진정으로 말씀드리지만 당신이 이렇게 제 옆에서 언제까지나 이야기를 해주신다면 저는 절대로 졸지 않을 거예요. 하지만 누구든 영원히 졸음이 안 올 수는 없겠지요. 잠이란 생명의 근원이니까요. 오디세우스 님이 저주스러운 도시(트로이)로 떠나신 뒤로는 언제나 눈물 젖은 침실이었지만 그래도 내전으로 들어가겠어요. 당신도 편히 주무시도록 하세요."

그러면서 그녀는 2층 침실로 올라갔다. 그녀는 침실에 가자마자 무너지듯이 몸을 쓰러뜨리고, 팔라스 아테나가 그녀의 눈꺼풀에 잠을 쏟아줄 때까지 사랑하는 남편 오디세우스를 생각하며 눈물을 흘렸다.

제 20 장

거만한 청혼자들과 재앙을 알리는 데오클리메노스

오디세우스는 잠자리에 들었다. 먼저 황소 가죽을 바닥에 깐다음, 그 위에 청혼자들이 잡아먹은 양의 털을 깔아놓았다. 오디세우스가 자리에 눕자 에우리노메가 이불을 덮어 주었다. 그리고 시녀들은 밖으로 나갔는데 그녀들은 청혼자들과 동침을 하며 깔깔거리고 문란한 밤을 보내고 있었다. 이에 오디세우스는 격분하여 당장 일어나 청혼자들을 하나씩 처치해버릴까, 아니면 그냥 잠들도록 놔둘까 이리저리 궁리했다. 그는 마치 낯선 사람을 보고 으르렁거리는 개처럼 마음을 억누를 수가 없었지만 북받치는 감정을 스스로 꾸짖었다.

"심장아, 참아라. 너는 이보다 더 심한 것들도 참아냈도다. 무시무시한 키클롭스가 네 동지들을 잡아먹던 때에도 말이다. 그때너는 잘도 참아냈었지. 기지를 발휘해 그 동굴에서 빠져나올 때까지 말이다."

이렇게 가슴을 어루만지며 꾸짖자 심장은 이내 잠잠해졌다. 하지만 그의 머리는 온갖 상념들로 가득 차 있었다. 그는 그 생각들을 하나씩 정리하느라 여념이 없었다. 이때 잠의 안식을 채워주기 위해서 아테네 여신이 오디세우스의 머리맡을 찾아와 다정스럽게 말했다.

"오, 가엾은 사람아. 왜 이리도 잠 못 이루고 있나요. 이곳은 당신 집이고, 또 사랑스러운 아내와 자랑스러운 젊은 아들이 있는데 말이에요."

그러자 오디세우스가 말했다.

"여신이여, 그건 나도 모르는 바가 아닙니다. 하지만 내 마음속을 괴롭히는 것이 있습니다. 어떻게 하면 사악한 청혼자들을 내 손으로 해치울 수 있느냐 하는 것입니다. 게다가 더 어려운 고민이 있습니다. 비록 내가 제우스 신이나 당신의 도움으로 그놈들을 처치하더라도 그 뒷감당을 어떻게 할 수 있을까요."

이에 아테네가 말했다.

"무슨 말을 하는 거예요. 대부분의 신들은 나의 지혜만 못하고 사람들도 나를 믿고 의지하는데, 당신만 못 미더워하고 있어요. 나는 여신이고 당신의 모든 재앙을 막아주지 않았나요? 당신에게 분명히 이야기해두지요. 50명이나 되는 포악한 무리들이 우리 둘을 죽이려고 에워싼다 하더라도, 당신은 그들의 소 떼나 양 떼들을 빼앗아 올 수 있을 거예요. 그러니 이제부터는 잠들도록 하세요. 뜬눈으로 밤을 지새운다는 것은 무척 힘든 일이니까요. 당신은 이제 재앙으로부터 벗어날 테니 그리 염려하지 마세요."

오디세우스의 눈꺼풀에 잠이 오게 만들어준 아테나는 올림포스로 되돌아갔다. 이내 온몸을 나른하게 하는 잠이 오디세우스를 사로잡았고 온갖 번민에서 그를 해방시켜 주었다.

그 무렵 마음씨 착한 페넬로페는 설움이 북받쳐 흐느끼고 있었

폭풍이 하늘 높이 데려가는 판타레오스의 딸들

다. 그녀는 울음을 그치고 아르테미스 여신에게 기도를 올렸다.

"제우스의 따님이신 위대한 아르테미스 여신이여, 제발 저의 가슴에 화살을 쏘아 죽여주세요. 아니면 폭풍이 판다레오스의 딸들을 하늘 높이 데려갔듯이, 저를 낚아채 소용돌이치는 오케아노스 강어귀에 떨궈주세요. 신께서 부모를 앗아가는 바람에 그녀들은 고아가 되었습니다만 아프로디테가 치즈와 꿀과 달콤한 포도주를 먹여 키워주었습니다. 헤라 여신도 그녀들에게 모든 여인들 중에서도 가장 뛰어난 용모와 현명함을 갖추어주셨고, 아테네 여신은 훌륭한 손재주를 부여해주셨습니다. 그런데 어느 날 아프로 디테가 올림포스 산으로 올라가 그녀들에게 혼례를 치러주려고 제우스 님에게 갔습니다. 그분은 모든 인간의 행복과 불행을 잘 알고 계시기 때문이었지요. 하지만 그 사이에 폭풍이 그녀들을 유괴해 무시무시한 복수와 저주의 여신들에게 시녀로 넘겨버렸습니다. 이처럼 저도 하늘에 계신 신들께서 저버려주시길 원합니다. 그리하여 오디세우스 님과 저세상에서 다시 만나게 해주세요. 낮 동안에는 가슴 태우며 하염없이 한탄하고 흐느낄지라도, 밤이 되어 잠의 노예가 된다는 것은 정말 싫어요. 그 잠이라는 것은 좋은 일이든 나쁜 일이든 잊게 하지요. 그런데다 신께서는 제게 악몽을 꾸게 하고 있어요. 바로 이전 밤에도 남편과 꼭 닮은 분이 제 곁에 누워 있었답니다. 그 모습은 남편이 원정을 떠날 때와 마찬가지였어요. 정말 꿈이 아닌 듯싶었지요. 제 남편은 과연 어디에 계시는 걸까요."

이렇게 기도를 마치자 밤이 지나고 날이 밝았다. 오디세우스는 아내의 울음소리를 듣자 잠시 마음이 산란해지고, 페넬로페가 이미 자기를 알아보고 머리맡에 다가와 있는 것만 같았다. 그래서 덮고 있던 겉옷과 양털을 걷어 안락의자에 올려놓고 황소 가죽은 밖으로 가지고 나가 치워버린 뒤, 두 손을 높이 쳐들고 하늘에 기도했다.

"제우스 신이여, 당신께서 저를 땅과 바다 위를 이리저리 끌고 다니신 뒤 결국은 조국으로 돌아오게 하셨으니, 정말이지 저한테는 엄청난 고뇌를 주셨습니다. 그러니 부디 이 집 안에서 잠이 깨어 있는 자들 중 그 누구든 입을 열어 좋은 예언을 하도록 해주십시오."

오디세우스의 기도를 들은 제우스는 곧 드높은 구름 사이로 번쩍이는 올림포스 산에서 우레를 울려 주었다. 이 소리를 들은 오디세우스는 기뻐서 어쩔 줄을 몰랐다. 때마침 집 안에는 열두 명의 여자들이 빵을 만들기 위해 밀과 보리를 빻고 있었다. 그중에서 다른 여자들은 일을 마치고 잠자리로 들어갔는데, 아직 한 여자만이 남아 일을 하고 있었다. 그때 이 여자는 절구질을 멈추고 예언을 중얼거렸다.

"제우스 신이여, 신들과 모든 인간들을 지배하는 당신은 맑은 하늘에서 우레를 울리셨습니다. 그런데 구름은 어디에도 보이지 않습니다. 이것은 분명 누군가에게 특별한 예언을 하시려는 것입니다. 그렇다면 가엾은 저에게도 한마디만 하게 해주십시오. 청혼자들이 오디세우스 님의 궁에서 만찬을 드는 것도 오늘이 마지막이 되도록 해주소서. 그들은 저희를 끝없이 일을 시키고 있습니다. 제발 그들이 어디서도 만찬을 들지 못하도록 해주소서."

이 말을 들은 오디세우스는 무척 기뻐했다. 몹쓸 청혼자들에게 복수할 수 있을 것 같은 느낌이 들었기 때문이다.

아침이 되자 다른 시녀들이 대청으로 몰려와 화덕에 불을 지폈다. 텔레마코스는 잠자리에서 일어나 의관을 갖추고 어깨에 칼을 둘러맨 다음 가죽신을 신었다. 예리한 청동촉을 끼운 창을 손에 쥔 그는 대청으로 나와 에우리클레이아를 불러 물었다.

"유모, 손님 대접은 어떻게 했소. 어머님은 착하신 분이시지만 가끔 신경에 거슬리는 일을 하시잖소."

그러자 에우리클레이아가 대답했다.

"도련님, 어머님은 손님을 정중히 모셨으니까 제발 아무 잘못도 없는 어머님을 꾸짖지 마세요. 먹을 것도 많이 나누어 주시고, 손님이 잠자리에 들 때에는 시녀들에게 잠자리를 갖추어 드리라고 분부하셨답니다. 하지만 그분은 온갖 학대를 받아온 처지라서 그런지 잠자리에 요를 깔고 자는 걸 마다하시며, 손질도 안 한 황소 가죽과 양가죽을 깔고 헛간에서 주무신다고 하셨어요. 그렇지만 대청 방 하나를 내드리고 겉옷을 덮어드렸답니다."

텔레마코스는 복도를 가로질러 개 두 마리를 데리고 밖으로 나갔다. 그러자 에우리클레이아는 시녀들에게 집 안 청소와 음식 준비를 시키고 살림을 돌보았다.

이때 돼지치기 에우마이오스가 가장 튼실한 돼지 세 마리를 끌고 오디세우스의 저택으로 들어왔다. 그 돼지들을 뜰에 풀어 둔 다음 에우마이오스는 오디세우스에게 다가와 상냥하게 말을 걸었다.

"손님, 어떻습니까. 아카이아 족 사람들이 당신을 이전보다 잘 대접해주던가요, 아니면 여전하던가요?"

그러자 오디세우스가 말했다.

"정말이지 에우마이오스 님, 신들께서 이런 못된 짓에 천벌을 내렸으면 좋겠습니다. 그들은 무례하기 짝이 없소. 정말이지 남의 집에서 염치도 없이 이 무슨 짓이란 말이오."

이때 염소치기 멜란디오스가 다른 염소치기 두 사람과 함께 청혼자들의 상에 올릴 가장 좋은 염소를 끌고 왔다. 염소치기들은 누각 밑에 염소를 매어놓고 오디세우스에게로 다가왔다. 그중에서 멜란디오스가 큰 소리로 오디세우스를 나무랐다.

"이놈의 부랑자가 아직도 여기에 있다니, 언제까지 귀찮게 굴며 구걸할 작정이냐. 다른 곳은 갈 생각도 없느냐? 그렇다면 너와 나는 서로 주먹맛을 볼 수밖에 없겠구나. 네놈은 체면도 없이 동냥질을 한단 말이야. 다른 곳에도 아카이아 사람들의 잔치는 얼마든지 있단 말이다."

이에 오디세우스는 아무런 대꾸도 하지 않고 고개를 숙이며 꾹 참아냈다. 마음속으로는 이 몹쓸 놈을 호되게 혼내 줄 생각을 하면서.

그때 목동들의 우두머리인 필로이티오스가 새끼를 낳지 않은 암소와 몇 마리 염소들을 끌고 들어왔다. 그는 암소를 뜰에 매어놓은 다음, 돼지치기 에우마이오스에게 오디세우스를 가리키며 말했다.

"에우마이오스여, 저 손님은 누구입니까. 아는 분이요, 아니면 친척입니까? 보아하니 영주님같이 보이는데 말이오. 신들께서는 비록 영주라 할지라도 그들 신상에 슬픈 운명을 안겨줄 때는 형편없이 남루하게 만드신단 말이야."

그는 오디세우스에게 다가가 오른손을 잡으며 말했다.

"손님이시여, 지금은 몹시 고생스럽겠지만 점차 나아질 겁니다. 손님을 보니 괜히 이상스레 마음이 설레는군요. 오디세우스 님이 생각나서 눈물이 앞을 가립니다. 아마 그분도 살아계신다면 이런 누더기를 걸치고 어디에선가 헤매고 계실 겁니다. 하지만 이미 돌아가서서 하데스의 궁전으로 가셨다면 어찌 그 원통함을 풀 수 있 겠습니까! 그분은 참으로 자상한 분이었답니다. 지금은 못된 청혼 자들이 이 집 안에서 설치고 있으니 가슴만 답답할 뿐이오. 그래 서 나는 다른 곳으로 도망칠까도 생각했으나, 나보다 더 불운한 오 디세우스 님을 포기할 수가 없었답니다. 혹시라도 오디세우스 님 이 돌아오셔서 못된 청혼자들을 이 저택에서 몰아내지나 않으실 까 해서 말이오."

이에 오디세우스가 말을 받았다.

"소 치는 분이여, 당신은 매우 선량한 이의 말귀를 알아듣는 사 람 같습니다. 그래서 말해두겠소이다. 당신이 여기 있는 동안에 분명코 오디세우스 님은 이리로 돌아올 것입니다."

그러자 필로이티오스가 대답했다.

"지금 그 이야기를 제우스 신께서 들어주신다면 얼마나 좋겠소. 그렇게만 된다면 아마 당신도 내가 얼마만큼 재능을 지녔는지를 알게 될 거요."

한편 청혼자들은 텔레마코스를 살해할 음모를 꾸미고 있었다. 이때 갑자기 뒷발톱에 한 마리의 비둘기를 움켜쥔 독수리가 그들 을 향해 왼쪽에서 날아왔다. 그러자 암피노모스가 모두를 보고 말했다.

"동지들이여. 아무래도 텔레마코스를 죽이려는 이 계획은 이루 어질 것 같지 않네. 그 대신 만찬이나 들러 가세."

그리하여 그들은 오디세우스의 대청으로 올라가 겉옷을 의자에 걸쳐놓은 뒤 양과 염소와 돼지들을 제물로 도살했다. 그리고 내장을 구워 모두에게 돌렸다. 한편 소치기들은 포도주를 대접에 따라놓고 마시고 있었고, 우두머리인 필로이티오스는 모두에게 빵을 나누어 주었다. 식탁은 고기와 음식으로 가득했으며 모두들 분주히 왔다 갔다 했다. 오디세우스는 대청 문턱에 자리 잡고 앉았는데, 아테네 여신은 오디세우스의 마음을 시험하기 위해 오만한 청혼자들을 도구로 선택했다. 거기에는 오디세우스의 가슴속에 고통의 참맛을 느끼게 해주려는 의도도 들어 있었다.

안하무인격의 청혼자들은 오디세우스에게 온갖 욕설을 퍼부었다. 이에 텔레마코스는 다부진 말로 오디세우스에게 이 잔치에 참석할 특권을 안겨 주었다. 그러자 오디세우스의 앞에도 시녀들이 구운 내장과 빵을 내다 주었다. 이때 야비한 사메(Same) 출신의 크테시포스(tesippus)라는 사람이 청혼자들에게 말했다.

"청혼자 여러분들, 내가 한마디 해야겠소. 저 손님은 이미 우리하고 똑같은 몫을 받아 챙겼소. 텔레마코스를 찾아온 손님을 푸대접한다는 것은 좋지 못한 일이니까 말이오. 그래서 나도 저 사람한테 선물을 할까 하오. 저자가 아니면 목욕탕 청소부든 다른 어느 하인이든 고맙게 받아 가지도록 말이오. 이 오디세우스의 저택에 있는 사람이라면 누구든지 그것을 기꺼이 받아들일 것이오."

이렇게 말한 그는 접시에 놓여 있던 암소다리를 손으로 집어 오디세우스의 머리를 향해 힘껏 던졌다. 하지만 오디세우스는 고개를 살짝 피해 그것을 탄탄한 벽에 부딪치게 했다. 그리고는 속으로 몹시 비아냥거리며 잔인한 웃음을 지었다. 그러자 텔레마코스가 크테시포스에게 나무라듯 말했다.

"크테시포스 님, 이건 당신을 위해서 참 다행이었습니다. 손님이 당신이 던진 물건을 훌륭하게 피했으니 말이오. 만일 그것이 손님의 머리에 맞았다면 내가 창으로 당신을 찔러버렸을 거요. 아마도 당신 아버지는 여기서 결혼식은커녕 장례식을 치렀을 것이오. 그러니 모두들 이 저택에서 오만방자한 짓은 그만두도록 하시오. 나는 무척 오랫동안 참고 견디어 왔소, 아무튼 더 이상 나한테 악의를 품고 난폭한 짓은 하지 말아주시오. 이제 나도 어린아이는 아니니까요."

그러자 사람들은 모두 물을 끼얹은 듯이 조용해졌다. 잠시 뒤 다마스토르(Damastor)의 아들인 아겔라오스(Agelaus)가 말했다.

"여러분, 텔레마코스의 말에 어느 누구도 화를 내거나 시비를 걸 수는 없을 것입니다. 그의 말은 하나도 틀린 게 없으니까요. 그러니까 우리도 이제부터는 저 이방인과 하인들을 대하던 태도를 고치기로 합시다. 하지만 텔레마코스 님과 어머니에게도 해주고 싶은 말이 있습니다. 지금 두 사람은 마음속으로 오디세우스의 귀국을 바라고 있습니다만, 사실상 지금으로서는 오디세우스 님이 돌아온다는 것은 불가능합니다. 그러니 당신도 마음을 돌리시고 어머님에게 누구든지 가장 뛰어나고 선물을 가장 많이 보내는 사람과 결혼하시도록 권하십시오. 그러면 당신은 아버님의 유산을 지키며 편안하게 식사나 술을 마실 수 있을 것이고, 페넬로페 님은 새로운 남편의 저택으로 가서 새 살림을 맡게 되실 테니 말이오."

이 말에 텔레마코스가 답했다.

"아겔라오스여, 나는 결코 어머님의 결혼을 늦추려는 것은 아닙니다. 오히려 누구든지 멋진 분과 결혼하기를 바라고 있습니다."

이에 청혼자들은 의미 있는 웃음을 입가에 띤 채 가슴을 졸이고 있었다. 이들은 과연 누가 페넬로페와 동침을 하고 오디세우스의 재산을 차지할 것인지를 생각하며 기대에 부풀어 있었다. 이때 예언자 데오클리메노스(Theoclymenus)가 말했다.

"정말 불행한 인간들이군. 당신들 앞에 드리워진 이 무서운 그림자는 도대체 무엇이란 말인가. 당신들은 머리끝부터 발끝까지 온통 시커먼 악귀의 혼으로 덮여 있도다. 뺨은 눈물로 흠뻑 젖었고, 공중에는 곡소리가 넘쳐나는군. 더구나 훌륭한 이 궁전의 벽과 천정에서는 핏물이 떨어지고. 마당에는 지옥으로 가는 유령들이 가득 줄지어 있노라. 아, 태양은 하늘에서 자취를 감추고 불길한 어둠이 사방을 내리깔고 있구나."

이에 폴리보스의 아들 에우리마코스가 코웃음을 치면서 말했다.

"지금 막 굴러온 이방인인 것 같은데, 정신이 얼떨떨한 모양이군. 여봐라, 뭣들 하느냐, 저 사람을 당장 길거리로 내쫓아버려라."

그 말에 대해 데오클리메노스가 답했다.

"에우리마코스여, 당신에게 결코 배웅할 사람을 붙여달라고는 하지 않겠네. 나에게는 두 눈과 귀가 있네. 그리고 두 다리도 멀쩡하고. 게다가 분별력도 남보다 뒤지지 않다네. 이것들에 의지해서 나는 밖으로 나가려 하네. 오디세우스 님의 저택에서 난폭한 짓을 하고 무도한 일을 꾸민 당신들에게 닥쳐올 재앙이 분명히 보이는구나. 이제 청혼자들 그 누구도 그 재앙을 면치 못하리라."

이렇게 말하고 데오클리메노스는 저택에서 나와 곧바로 자기를 반겨주는 피라이오스(Piraeus)의 집으로 향했다. 하지만 청혼자들은 서로 얼굴을 쳐다보고 껄껄거리면서 데오클리메노스를 비웃었다. 어떤 오만한 청혼자는 텔레마코스에게 빈정거리며 약을 올렸다. 이에 텔레마코스는 파렴치한 청혼자들을 처치할 기회를 엿보면서 대청 문간에서 음식을 먹고 있는 오디세우스를 힐끔 쳐다보았다.

제 21 권

청혼자들과 활쏘기 시합을 하는 오디세우스

한편 페넬로페는 2층 창문가에 앉아, 웃고 떠들고 조롱하고 말다툼하느라 온 집 안이 떠들썩한 광경을 바라보고 있었다. 이때 빛나는 눈의 아테나 여신은 페넬로페의 마음속에 한 생각을 떠오르게 했다. 오디세우스의 저택 안에서 청혼자들끼리 경기를 벌이게 한다는 생각이었다. 그래서 그녀는 상아로 된 손잡이가 달린 청동 열쇠를 쥐고 내실의 높은 층계를 올라갔다. 거기에는 황금이며 청동, 또 많은 보물들이 가득했으며 오디세우스가 사용하던 화살들도 있었다. 그 화살은 오디세우스가 예전에 빚을 받으러 라케다이몬에 갔을 때 역시 열두 필의 암말을 찾으러 온 이피토스(Iphitus)가 선물로 준 것이었다. 그래서 오디세우스는 그 답례로 날카로운 검과 튼튼한 창을 선물했다. 하지만 제우스의 아들 헤라클레스가 이피토스를 살해하는 바람에 함께 식사를 할 수가 없었다. 오디세우스는 이 활을 우정의 기념으로 남겨 두었기 때문에 집에서만 사용했다.

페넬로페가 으리으리한 문을 달아놓은 창고 앞에 이르러 그 문을 열어젖히자 황소 울음소리를 내며 문이 열렸다. 그녀는 약간 높은 마루방으로 걸음을 옮겼다. 그 창고에는 여러 개의 함들이 있었으며, 그 속에는 향내 나는 옷들이 들어 있었다. 그녀는 우선 벽에 걸린 화살 자루를 벗겼다. 이것은 화려한 천에 감싸여 있었다. 그녀는 남편의 화살을 꺼내 무릎 위에 올려놓고 통곡했다. 마음이 후련해질 때까지 실컷 눈물을 흘린 그녀는 화살통을 들고 오만한 청혼자들이 모여 있는 홀로 향했다. 그녀의 뒤를 두 명의 시녀가 얌전히 따랐다.

이들 일행이 이윽고 청혼자들 앞에 이르자 페넬로페가 말했다.

"참으로 용맹이 넘치는 청혼자들이시여, 제 말을 똑똑히 들으세요. 당신네들은 주인도 없는 제 집에 와서 끊임없이 많은 것들을 요구했어요. 그리고 저에게 청혼하겠다는 명목으로 제 재산 일부를 축내고 계셨지요. 그렇다면 청혼자들이여, 저는 경기를 열기로

오디세우스의 활을 무릎 위에 놓고 통곡하는 페넬로페

하겠습니다. 여기 존엄하신 오디세우스 님의 활이 놓여 있으니 누구든지 이 활을 당겨서 열두 개의 도끼 구멍을 단번에 뚫는 분이 있다면 그분과 결혼하겠습니다. 그리고 꿈에도 잊지는 못할 이 집을 정식으로 떠나기로 하겠어요."

이렇게 말한 뒤 페넬로페는 돼지치기 에우마이오스에게 잿빛 강철 도끼를 받아서 내려놓도록 했다. 그러자 에우마이오스는 눈물을 글썽거렸고, 옆에서 주인의 활을 본 소치기도 흐느껴 울었다. 그러자 안티노스가 그들을 불러 나무랐다.

"너희 촌놈들은 정말 어린애처럼 철딱서니가 없구나. 둘이서 약속이나 한 듯 눈물을 찔끔거려 마님의 마음을 흩트려놓다니. 안그래도 마음이 뒤숭숭하실 텐데 말이다. 어서 눈물을 그치고 화살을 받아 놓거라. 내 생각에 이것은 호락호락하게 다룰 물건이 아닌 것 같구나. 사실 여기 모인 사람들 중에서도 옛날에 오디세우스만큼 힘센 사람은 없을 것 같다. 내가 아직 어렸을 때였지만, 내 눈에는 오디세우스 님의 활 쏘는 모습이 지금도 눈에 선하구나."

말은 그렇게 했지만 그는 마음속으로는 그 열두 개의 과녁을 모두 맞힐 생각을 하고 있었다. 누구보다도 먼저 명예로운 오디세우스의 솜씨를 존중할 입장이면서도 그는 마음이 들떠 있었다. 그러고는 동지들과 덩달아 홀에 있는 오디세우스를 깔보고 업신여겼다.

이때 그 무리들 속에서 텔레마코스가 용기를 내서 말했다.

"아, 내가 망령이 들었나보군. 정말로 크로노스의 아드님이신 제우스 신이 내게서 사리분별력을 모두 앗아가셨단 말인가. 내 어머님이 정말 현명하시기는 하지만, 이 집을 떠나 다른 사나이를 따라가신다니! 그런데도 나는 웃으면서 철부지처럼 즐기고 있다. 하지만 청혼자 여러분, 기왕 이렇게 된 바에야 한번 겨뤄보시기 바랍니다. 지금으로서는 이처럼 뛰어난 여인은 아카이아 전체를 뒤진다고 해도, 또한 신성한 필로스에도 아르고스에도 미케네에도 없을 것입니다. 그건 당신들 자신에게 물어봐도 잘 아실 것입니다. 그러니 지금 새삼스럽게 어머님 칭찬을 할 필요가 있겠습니까. 자, 어서 갖은 핑계를 대서 우물거리거나 미루지 말고 당장 결판을 짓

오디세우스의 활을 청혼자들에게 가져가는 페넬로페

는 게 좋겠지요. 당신들은 용감한 사람들이니. 나도 직접 시합에 나설 생각입니다. 내가 이 활로 명중시켜 어머님이 나를 두고 떠나지 못하도록 하겠어요. 이제는 나도 제법 아버님의 훌륭한 무기를 다룰 수 있으니까요."

이렇게 말하고 난 그는 두 어깨에서 붉은 겉옷을 벗어던지고 날카로운 검을 어깨에서 내려놓았다. 그리고 맨 먼저 도끼를 세워 고랑을 판 다음 주위의 흙을 돋아 꽉꽉 밟아서 다졌다. 그가 이렇게 빈틈없이 도끼를 세워 놓자, 그곳에 있던 모든 사람들은 그 모습을 감탄한 듯 바라보았다. 그다음 그는 문지방으로 가서 활을 이리저리 살펴보았다. 그리고 세 번이나 그것을 당기려고 부들부들 떨며 애를 썼지만 모두 헛수고에 그치고 말았다. 마음속으로는 시위를 당겨 쇠도끼를 관통시키려고 했지만 마음먹은 대로 되지 않았다. 그가 네 번째로 화살을 들려고 했을 때, 오디세우스는 눈짓으로 그만두라는 신호를 보냈다. 그래서 텔레마코스는 다시 힘차게 모두를 보고 말했다.

"정말 안타깝군요. 장차 나는 졸장부가 되고 말 모양입니다. 아니면 아직 어린 탓에 팔에 힘이 모자랐던 모양입니다. 아무튼 나보다 팔 힘이 뛰어나신 분들은 활을 손에 쥐어보십시오. 그래서 이 경기를 마무리하도록 합시다."

이렇게 말하며 활시위를 단단히 죄어 윤이 나는 판자 위에 내려놓았다. 그러자 모두를 향해 안티노스가 말했다.

"그럼 동지 여러분, 오른쪽에서부터 차례로 시합에 응해보기로 합시다."

그러자 모두들 그에 찬성했다. 안티노스는 맨 먼저 오이노프스(Oenops)의 아들 레이오데스(Leiodes)를 지명했다. 이자는 땔감을 관장하고 있었는데, 항상 훌륭한 혼주병 앞에 앉는 게 버릇이었다. 그동안 그는 다른 사람들의 못된 행동을 못마땅하게 여기고 분개하고 있었다. 그는 문지방에 서서 활을 시험해보았으나 줄을 당길 수가 없었다. 줄을 당기기도 전에 팔에서 힘이 빠져버렸기 때문이었다. 결국 그는 다른 청혼자들을 향해 말했다.

"여러분, 나는 못 하겠습니다. 다른 분에게 넘겨드리지요. 그러나 이 활은 숱한 용사들에게 재난을 가져올 것입니다. 생명에도 영혼에도 말이지요. 이제는 누구든 간에 마음속으로는 오디세우스의 부인 페넬로페와 결혼할 것을 희망하는 동시에 절망할 것입니다. 그러니 차라리 가져온 선물로 다른 아카이아 처녀들에게 청혼하는 것이 나을 것 같습니다. 그리고 페넬로페 님도 누구든지 가장 많은 선물을 보낸 사람, 그래서 연분으로 나타난 사람과 결혼하시는 것이 옳을 것입니다."

그러자 그를 비난하면서 안티노스가 말했다.

"레오데스여, 자네는 지금 무슨 돼먹지 못한 소리를 지껄이는 것인가. 몹시 불쾌하군. 정말이지 이 활이 용사들의 생명이나 영혼에 화를 미치게 한단 말인가. 자네가 활시위를 당길 수 없다니 말일세. 하지만 그건 자네 모친께서 자네를 활의 명수로 낳아주지 않은 탓이네. 그러니 두고 보게나. 이제 나와 용맹스런 다른 청혼자들이 활시위를 당겨줄 테니까."

이렇게 말하며 염소치기 멜란디오스에게 명령했다.

"멜란디오스여, 어서 여기에다 불을 피우게. 젊은 양반들이 몸을 좀 녹인 다음 기름을 몸에 바르고 활 겨루기를 시작해야겠네."

그러자 멜란디오스는 이내 양탄자를 평상 위에 깐 다음 남겨두었던 기름덩이를 꺼내 왔다. 그리고 평상 옆에 불을 피워 올려 젊은이들이 몸을 녹이도록 해 주었다. 몸을 녹인 젊은이들은 순서대로 나와 활시위를 당겨보았지만, 아무도 당기는 자가 없었다. 그러나 안티노스와 에우리마코스만은 포기하지 않고 안간힘을 쓰고 있었다.

그때 돼지치기와 소치기는 슬그머니 밖으로 나갔는데, 오디세우스도 그들의 뒤를 따라 나갔다. 이윽고 그들이 안마당을 지나 대문 밖으로 나설 때 오디세우스가 그들에게 말을 걸었다.

"이보시오, 두 분. 잠깐만 내 말에 귀를 기울여주시오. 이것은 내 가슴속에 숨겨 두고 싶은 말일지도 모르지만, 내 마음이 발설을 허락하였습니다. 만일 오디세우스 님이 돌아오신다면, 당신들은 오디세우스 님 편에 설 겁니까 아니면 청혼자들 편을 들 겁니까?"

이에 소치기가 말했다.

"구름을 지배하시는 제우스 님께서 오디세우스 님이 귀국하게 해주신다면야 얼마나 좋겠소. 그렇게 된다면 내 팔이 어떤 역할을 할지 당신은 아시게 될 텐데 말이오."

그러자 에우마이오스도 그와 마찬가지로 대답했고 모든 신들에게 기도를 드리며 존엄한 오디세우스가 귀국하기를 간절히 빌었다. 오디세우스는 그들의 속내를 헤아리자 두 사람을 향해 말했다.

"내가 바로 예전의 너희들의 주인 오디세우스다. 나는 수많은 고난을 겨우 이겨내고 20년 만에 고향 땅을 밟은 것이다. 정말 너희들만이 내 귀국을 애타게 바라고 있었구나. 그러니 너희들에게 당연한 일이긴 하겠지만, 진실을 말해주마. 신들이 오만한 청혼자들을 내 손으로 물리치게 해준다면, 그때는 충분히 보상을 해주겠다. 이후로는 텔레마코스와 친형제처럼 지낼 수 있게 해주겠다. 이제 나를 확실히 알아볼 수 있도록 증거를 보여주마."

이렇게 말하며 오디세우스는 누더기를 젖히고 정강이의 큼직한 흉터를 보여 주었다. 그러자 그들은 울음을 터뜨리며 기쁨에 겨워 오디세우스의 머리와 어깨와 손에 입맞춤을 했다.

이에 오디세우스는 마음을 진정시키고 말했다.

"자, 둘 다 눈물을 거두어라. 그리고 이제부터 내가 이르는 말을 명심해야 한다. 너희들은 성 안의 문을 모두 닫고 누구도 이곳을 빠져나가지 못하게 해야 한다. 그리고 에우마이오스는 내게 활을 가져다다오."

그들이 명령을 수행하러 떠나자 오디세우스는 다시 홀로 돌아왔다. 이때 안티노스와 에우리마코스는 지칠 대로 지쳐 아폴론 신의 제사를 핑계 대고 술잔치에 여념이 없었다. 이때 오디세우스가 말했다.

"세상에 이름 높은 왕비님의 청혼자이신 여러분, 내 말을 똑똑히 들어주시오. 특히 에우리마코스 님과 안티노스 님께 부탁드리겠습니다. 우선 활쏘기를 멈추고 신들께 맡겨버리자는 게 내 의견입니다. 그리고 나도 한번 팔 힘을 시험해보도록 허락해주십시오. 혹시 왕년의 그 실력이 남아 있는지 말이오, 죄송하지만 나도 당신들 틈에 끼어 시합을 해보고 싶습니다."

이렇게 말하자 그들은 당치도 않다는 듯이 화를 냈다. 그리고 여기저기에서 오디세우스에게 갖은 욕설과 야유를 퍼부었다. 이에 눈치 빠른 페넬로페가 외쳤다.

"청혼자 여러분, 조용히 하세요. 텔레마코스의 손님을 못살게 구는 것은 예의에 어긋납니다. 저분도 활시위를 당길 수 있도록 해 줘야 됩니다. 모든 사람은 다 평등하니까요."

이렇게 말을 주고받는 동안, 돼지치기는 구부러진 활을 들고 오디세우스에게 가까이 가려고 했다. 그러자 청혼자들은 모두 이를 나무라며 욕설을 퍼부었다.

"도대체 그 활을 어디로 가져가는 것이냐, 고리타분한 돼지치기 놈아. 네놈은 곧 네가 기른 개한테 물려 죽을 것이다, 이 불한당 같은 놈아."

청혼자들이 일제히 달려드는 바람에, 돼지치기는 기가 죽어 들고 가던 활을 그대로 그 자리에다 놓아버렸다. 그러자 텔레마코스가 위엄 있게 말했다.

"여보게, 상관 말고 어서 활을 가져다드리게. 내가 아직 나이는 어리지만 그대를 시골로 쫓아버리지는 않을 걸세. 오만방자한 청혼자들이 함부로 사람을 다루는 것은 옳지 못한 짓이라네."

그러자 청혼자들은 두려움이 섞인 눈초리로 그를 바라보면서도, 어리석은 마음에 조그만 소리로 그를 비웃고 있었다. 한편 지혜로운 오디세우스는 활을 손에 들고 구석구석 살피고 나서, 이내 마치 커다란 하프나 노래를 잘 익힌 사람이 양쪽 끝에다 잘 꼰 양의 창자에서 뽑은 실을 건 후, 익숙하게 새 줄을 고리에 죄는 것처럼, 힘 하나 들이지 않고 활시위를 죄었다. 때마침 제우스 신이 천둥을 울리자 불길한 조짐을 느낀 청혼자들은 초조해지면서 급기야 얼굴까지 창백해졌다. 오디세우스는 여유 있게 목표를 똑바로 겨누어 화살을 쏘았다. 그러자 나란히 세워 놓았던 열두 개의 도끼 구멍을 한 치도 빗나가지 않고 모두 꿰뚫어버렸다. 그는 텔레마코스를 향해 말했다.

"텔레마코스여, 나는 홀 문 앞에 앉아 있을망정 당신을 욕되게 하진 않았소. 내 근력은 아직 녹슬지 않고 튼튼하구려. 조금 전만해도 청혼자들은 나를 조롱하고 비웃었지만 말이오. 하지만 이제는 아카이아 족 사나이들을 위해 저녁 준비를 할 시간이오. 식사가 끝나면 이번에는 다른 시합을 벌입시다. 잔치의 흥을 돋우어주는 가무나 하프 연주를 곁들여서 말이오."

이렇게 말하며 텔레마코스에게 눈을 찡긋해서 신호를 보냈다. 그러자 텔레마코스는 날카로운 검을 허리에 차고 손으로 창을 집어 들었다. 그리고 번쩍이는 청동으로 온몸을 무장한 채 아버지 곁의 평상으로 걸어왔다.

제 22 권

오디세우스가 청혼자들을 토벌하다

오디세우스는 누더기를 벗어 던지고, 우람한 모습으로 문지방으로 뛰어올랐다. 그리고 활과 화살이 가득 들어 있는 화살통을 메고 청혼자들 앞에 나서서 말했다.

"이제 바야흐로 너희의 운명의 날이 다가왔다. 나는 아폴론 신께서 나한테 영예를 주실지 시험해보겠다."

이렇게 말하면서 그는 안티노스를 향해 날카로운 화살을 겨누었다. 이때 안티노스는 황금술잔을 들고 포도주를 마시려던 참이었다. 그는 향연에 참석한 사나이들에게 죽음의 여신이 찾아오리라는 것은 꿈에도 생각지 않고 태연자약하게 웃음을 짓고 있었다. 그러나 그의 목줄기에 화살이 박히면서 모든 꿈은 자취도 없이 사라지고 손에서 술잔이 떨어졌다. 붉은 피가 그의 콧구멍에서 샘물처럼 쏟아져 내렸다. 순간 그가 앞의 탁자를 걷어차는 바람에 빵과 구운 고기 등이 온통 피로 물들었다.

그가 고꾸라지는 것을 보고 청혼자들이 놀라 자빠지자 향연장은 일대 아수라장이 되었다. 자리에서 펄쩍 뛰어 일어난 그들은 집 안을 이리저리 살피며 창이나 방패를 찾아보았지만 눈에 띄지 않았다. 그들은 화가 치밀어 오디세우스를 비난했다.

"부랑자 주제에 무사에게 활을 당기다니, 천벌을 받을 놈이다. 이제 곧 험악한 벌이 네놈한테 내릴 것이다. 네놈은 우리가 보고 있는 앞에서 이타카 섬의 젊은이들 중에서도 가장 뛰어난 자를 무참하게 죽였다. 그러니 네놈은 여기서 당연히 독수리 먹이가 되어야 한다."

이에 너나 할 것 없이 한 마디씩 거들었다. 그때까지도 그들은 오디세우스가 어쩌다 실수로 무사를 죽인 줄로만 알았다. 실은 자

청혼자들에게 활을 겨누는 오디세우스

기들에게도 모두 파멸의 오라가 걸려 있다는 것을 전혀 눈치채지
못했던 것이다. 한편 그들을 노려보며 오디세우스가 말했다.

"이놈들아, 내가 이제는 영원히 못 돌아올 줄 알고 내 집 재산을
축내고 시녀들을 강제로 끌어다 동침을 했더냐. 내가 이렇게 눈이
시퍼렇게 살아 있는데 내 아내에게 추파를 던지다니. 네놈들은 하
늘이 무섭지도 않더냐. 네놈들에게 쏟아지는 세상 사람들의 분노
도 느끼지 못하느냐. 허나 이제 네놈들은 모조리 파멸의 오랏줄
에 걸려들었다."

그의 말에 청혼자들은 모두 얼굴이 새파랗게 질렸다. 이윽고 사
태를 알아차린 그들은 그 자리에서 도망치려고 주위를 두리번거

렸으나, 에우리마코스만은 그래도 떨리는 목소리로 입을 열었다.

"당신이 틀림없이 이타카 섬 사람인 오디세우스라면 방금 당신이 한 말은 모두 지당하오. 아카이아 족 사내들이 지지른 온갖 행위들이 도리에 어긋나는 것은 사실이오. 하지만 모든 악업의 장본인이던 안티노스는 이미 죽었소. 이 사람이 모든 만행을 저질렀는데, 그는 페넬로페 님과의 결혼보다는 스스로가 이타카 왕국의 왕이 되려는 생각을 품고 있었소. 그래서 당신의 아들까지도 없애려는 음모를 꾸몄던 것이오. 하지만 지금은 이미 그자도 죽었으니, 당신은 자신이 다스리는 나라 사람인 우리를 넓은 아량으로 용서하시오. 그러면 우리도 이제 각자 집으로 돌아가 궁에서 탕진한 재산을 배상하겠소. 제각기 소 20마리와 흡족할 만큼의 황금과 청동을 보상하도록 하지요. 그때까지는 당신이 아무리 화를 낸다 할지라도 부당한 짓이라고 비난할 사람은 아무도 없을 것입니다."

그를 줄곧 노려보던 오디세우스가 대꾸했다.

"에우리마코스여, 자네들이 조상 대대로 물려받은 재산을 모두 배상한다 하더라도, 아니 더 가져온다 해도 나는 노여움이 풀리지 않을 것이다. 자, 맞서 싸우든지 아니면 도망가든지 마음대로 해라. 혹시 자네들 중에 죽음과 재앙을 막을 수 있는 자가 있다면 말이다. 하지만 이 파멸의 불씨를 피할 자는 아무도 없을 것이다."

그의 말에 청혼자들은 모두 다리가 벌벌 떨리고 가슴이 조마조마해 그만 자리에 주저앉고 말았다. 그래도 에우리마코스가 다시 입을 열었다.

"동지 여러분, 저기 있는 자는 무적의 솜씨를 그대로 거두지는 않을 거요. 우리를 모조리 없애기 전에 활을 쥔 손을 멈추지 않을 거요. 그러니 우리도 함께 맞서 싸우는 게 어떻겠소. 만일 그를 문간에서 몰아낼 수 있으면, 그리고 거리로 달려 나가 소리를 칠 수 있다면 이자가 활을 쏘는 것도 이것이 마지막일 것입니다."

그는 큰 소리로 외치더니 양면에 날이 선 청동칼을 뽑아 들었다. 그와 동시에 무섭게 고함을 치며 오디세우스를 향해 달려들었다. 그러자 오디세우스가 그를 향해 화살을 날려 가슴을 겨냥한 것이 간장에 가서 박혀버렸다. 그는 손에 쥔 칼을 떨어뜨리고 탁자 위에 몸을 걸치며 그대로 쓰러져버렸다. 에우리마코스는 단말마의 고통 때문에 땅에다 이마를 박고, 두 다리로 팔걸이의자를 걷어찼지만, 두 눈에는 벌써 검은 그림자가 드리워졌다.

이때 암피노모스가 오디세우스에게 정면으로 달려들어 칼을 뽑아 들고 어떻게든 문간에서 비켜 세우려고 애를 썼지만, 텔레마코스가 재빨리 청동을 끼운 창으로 뒤에서 등을 찌르자 쿵 소리와 함께 쓰러졌다. 텔레마코스는 암피노모스한테 꽂힌 창을 내버려둔 채 물러섰다. 그 이유는 자기가 창을 뽑고 있을 때, 청혼자들 중 누군가가 칼을 들고 달려들거나, 앞으로 엎드린 사이에 찌를지도 모른다고 여겼기 때문이다. 그는 사랑하는 아버지 곁으로 바싹 다가서서 근심스럽게 속삭였다.

"아버님, 이제 곧 방패와 창 두 개와 청동 투구를 갖다 드리겠어요. 저도 속히 달려가 무구를 갖추고 오겠습니다. 그리고 돼지치기와 소치기에게도 무장을 하라고 이르고 오겠습니다."

그러자 오디세우스가 대답했다.

"내 손에 방어할 수 있는 화살이 아직 남아 있는 동안에 얼른 다녀오너라. 저들이 한꺼번에 문을 문 쪽으로 밀려오는 날에는 큰일이다."

이 말을 듣고 텔레마코스는 아버지의 말대로 광으로 달려갔다. 거기에는 훌륭한 무기들이 보관되어 있었다. 그는 그중에 방패 네 개와 창 여덟 개에 청동을 끼우고, 말털 장식이 달린 청동투구를 집어 들었다. 그것들을 가지고 아버지 곁으로 달려온 그는 먼저 청동 무기로 무장을 했다. 그러자 오디세우스는 남아 있는 화살로 청혼자 한 명을 겨냥해서 쓰러뜨렸다. 마침내 화살이 떨어지자 홀의 한쪽 벽에 활을 세워 놓고, 두 어깨에 네 겹의 소가죽 방패를 걸쳤다. 그리고 머리에 말꼬리 장식을 단 황금투구를 썼다. 그러고는 손에 청동을 끼운 튼튼한 창 두 개를 집어 들었다.

그런데 튼튼하게 쌓아올린 벽에는 뒷문이 있었다. 또 문지방 가장 높은 곳 바로 옆에는 거대한 홀에서 옆으로 난 통로가 있고, 거기에는 꼭 들어맞는 판자문이 통로를 막고 있었다. 오디세우스는 바로 그 문을 돼지치기에게 망을 보도록 명령해 두었다. 그곳만이 유일한 공격 지점이었기 때문이다. 아겔라오스가 입을 열어 모두에게 말했다.

"여러분, 누가 뒷문으로 빠져나가 마을 사람들에게 알려 구원을 청하는 것이 가장 좋은 방책 같습니다. 그렇게 되면 이 사나이도

활 쏘는 것이 마지막이 될 거요."

그러자 이번에는 염소치기 멜란디오스가 입을 열었다.

"아겔라오스 님, 그건 당치도 않은 말입니다. 공교롭게도 바로 옆에 안마당으로 통하는 커다란 문이 있습니다. 옆으로 난 그런 통로는 지나기가 무척 어려우며, 자칫하면 혼자서 모두를 거기로 밀어 넣을 수도 있습니다. 그러니 이렇게 해봅시다. 여러분이 무장할 수 있도록 제가 무기를 가지고 오지요. 오디세우스와 그 아들이 무기를 감추어 둔 곳을 알 수 있을 것 같아서요."

멜란디오스는 이렇게 말하고 오디세우스의 내전으로 향했다. 그래서 거기에 숨겨진 열두 개의 방패와 창, 그리고 그 수만큼의 말꼬리를 단 청동투구를 재빨리 끄집어내 청혼자들에게 넘겨 주었다. 이리하여 청혼자들이 무장을 하고 기다란 창을 휘둘러대자 오디세우스도 무릎에 힘이 빠지고 마음이 졸아드는 것 같았다. 정말로 큰일이라는 걸 느끼자 곧 텔레마코스에게 말했다.

"텔레마코스, 이건 아무래도 시녀들 중 누군가가 저들과 내통하고 있는 것 같은데. 아니면 멜란디오스 놈일까."

이에 이번에는 텔레마코스가 대답했다.

"아버님, 이건 제 잘못입니다. 창고 문을 그만 열어놓은 채 달려왔어요. 그걸 누군가가 눈여겨보았던 모양입니다. 에우마이오스, 어서 창고 문을 잠그고 오세요. 그리고 이것이 시녀들 짓인지 아니면 멜란디오스의 짓인지 알아보고 오시오. 틀림없이 그놈 짓일 거야."

그들이 서로 이런 이야기를 주고받고 있을 때 멜란디오스는 또

다시 내전의 창고로 갔다. 그런데 마침 돼지치기가 그것을 보고 옆에 있는 오디세우스에게 말했다.

"오디세우스 님, 저놈이 제가 짐작한 대로 창고로 가는군요. 이리로 끌고 올까요. 저놈이 저지른 죄를 모두 합쳐 죗값을 치르게 해야 합니다."

이 말에 오디세우스가 말했다.

"그래, 나와 텔레마코스는 오만한 청혼자들을 이 홀 안에 붙들어놓겠다. 그러니 너희 둘이서 저놈을 창고 속에 처박고 뒤의 판자문을 꼭 잠가두어라. 그리고 오랏줄로 저놈을 꽁꽁 묶어서 오랜 고통을 맛보도록 천장 대들보에 매달아 놓아라."

이 말이 떨어지자마자 두 사람은 곧 창고로 갔다. 그리고 입구의 기둥 모퉁이에서 멜란디오스를 기다렸다. 그때 염소치기 멜란디오스는 한 손에 휘황찬란한 투구를 들고, 다른 손에는 낡고 폭이 넓은 방패를 부둥켜안고 문지방을 넘어섰다. 그때 이것을 보고 있던 두 사람이 그에게 달려들어 머리를 잡아 안으로 끌고 들어가 몹시 당황하는 그를 땅바닥에 내동댕이친 다음 묶어버렸다. 그를 향해 돼지치기 에우마이오스가 큰 소리로 꾸짖었다.

"이놈 멜란디오스, 이제야말로 온종일 뜬눈으로 망을 보게 생겼구나. 포근한 잠자리에서 말이다. 아무튼 너는 일찍 탄생하셔서 황금의자에 앉아 계시는 새벽의 여신이 오케아노스 강 옆에 나타나시는 것도 볼 수 있겠지. 네놈이 염소를 가져다가 청혼자들에게 바치는 시간에 말이다."

이렇게 말하고 이 두 사람은 무장을 하고 문을 잠근 다음, 오디세우스에게로 돌아갔다. 거기에서 그들은 기세등등하게 대치했다. 바로 그때 청혼자들 근처에 아테나 여신이 멘토르로 변신을 하고 내려왔다. 그 모습을 보자 오디세우스는 기쁨에 들떠 말했다.

"멘토르 님, 이 재앙에서 우리를 보호해주십시오. 나는 당신한테는 정성을 다했다고 생각합니다. 어릴 적 친구니까요."

이런 말을 한 것은 그가 용사들의 기상을 돋우어주는 아테나 여신이란 것을 짐작했기 때문이다. 한편 청혼자들은 저마다 욕설을 내뱉었다. 맨 처음에는 다마스토르의 아들 아겔라오스가 외쳤다.

"멘토르여, 자기편이 되어 청혼자들과 싸우라는 오디세우스의 감언이설에 넘어가지 말게나. 이제 우리의 계획이 어떤 것이라는 걸 보여줄 테니. 오디세우스를 돕다가는 이놈들 부자를 한꺼번에 때려잡았을 때 네놈도 함께 당할 거야. 그리고 네 목을 청동칼로 쳐버릴 때는 네놈의 재산도 남김없이 오디세우스의 재산과 함께 날아갈 줄 알아라. 그리고 네 자식들도 가만 두지 않을 것이고, 네 아내도 이타카 마을을 자유롭게 다니지는 못할 거다."

이 말을 듣고 아테나 여신은 한층 화가 치밀어 오디세우스를 나무랐다.

"오디세우스여, 당신은 이제 백전불굴의 기개도 용기도 없단 말이오. 옛날에 헬레네를 되찾기 위해 9년 동안 트로이 군과 싸웠던 때처럼 말이오. 그때는 수많은 용사들을 이끌고 처절한 전쟁에서 승리했었지. 그런 재주가 이제는 다 어디가고, 자기 집과 재산을 찾으러 왔으면서도 청혼자들을 막을 용기가 없다고 한탄한단 말이오. 그렇다면 어서 이리 와 내 옆에서 지켜보도록 하시오. 그럼 당신도 알키모스의 아들 멘토르가 남의 빚을 갚는 데는 얼마나 명백한 사람인가를 알게 될 거요."

이렇게 말했지만 아테나는 결코 일방적인 승리를 거두게 하지 않고, 오디세우스와 그의 아들의 기력과 무술을 시험해보려 했다. 그래서 여신은 제비의 모습으로 날아올라 검게 그을린 홀의 천장 서까래에 앉았다.

한편 청혼자들 쪽에서는 아겔라오스, 에우리노모스(Eurynomus), 암피메돈(Amphimedon), 데모프톨레모스(Demoptolemus)와 폴리크토르의 아들 페이산드로스, 그리고 용맹한 폴리보스 등을 격려했다. 이들이 아직 살아남은 청혼자들 중에서도 특히 힘에서나 일에서나 가장 뛰어난 자들이었다. 이때 청혼자들을 보고 아겔라오스가 입을 열어 청혼자들을 격려했다.

"여러분, 이제는 이미 저 사나이도 지쳐버려 곧 손을 멈출 거요. 그리고 멘토르 놈도 허황된 큰소리만 치고 달아나버렸으니 저놈들은 문 앞에 혼자 남아 있는 셈이오. 그러니 우리 모두가 한꺼번에 창을 던지지 말고 우선 여섯 사람만 던집시다. 어쩌면 제우스 신이 허락하셔서 오디세우스를 명중시킬지도 모를 일이니. 다른 놈들은 생각할 필요도 없어요. 저자만 없애버리면 되오."

모두가 그 말에 따라 창을 던졌지만, 아테나 여신께서 그 창을 모두 빗나가게 했다. 이윽고 청혼자들의 창을 모두 피한 오디세우스가 그들을 향해 말했다.

"이젠 내가 말을 할 차례군. 우리도 청혼자들에게 창을 던지라고 말이야. 저놈들이 이전에 못된 짓을 하고도 부족해서 우리를 죽이려 안달이 난 꼴을 더 이상 지켜볼 수가 없구나."

이렇게 말하자마자 네 사람 모두 날카로운 창을 일제히 던졌다. 오디세우스는 데모프톨레모스를, 텔레마코스는 에우리노모스를, 돼지치기 에우마이오스는 엘라토스(Elatus)를, 그리고 소치기인 필로이티오스는 페이산드로스를 쓰러뜨렸다. 쓰러진 사람들이 모두 땅바닥을 이빨로 물어뜯는 것을 본 남은 청혼자들은 홀의 구석으로 몸을 피했다. 그래서 이쪽에서는 시체에서 여섯 개의 창을 뽑아냈다.

청혼자들은 또다시 기세를 높여 창을 던져보았지만, 이 창들도 아테나 여신이 빗나가게 했다. 그나마 암피메돈의 창이 텔레마코스의 손목을 스쳤기 때문에 약간의 상처를 입었다.

한편 크테시포스는 방패 위를 넘어서 긴 창으로 에우마이오스의 어깨에 상처를 입혔는데, 그것도 위로 빠져나가더니 땅바닥에 떨어졌다. 다음에는 또다시 현명하고 지략이 뛰어난 오디세우스 편에서 청혼자들에게 창을 던질 차례였다. 그래서 오디세우스가 에우리다마스를, 텔레마코스는 암피메돈을 쓰러뜨리고, 돼지치기는 폴리보스를, 소치기는 크테시포스의 가슴에 창을 던졌다. 필로이티오스는 우쭐해져서 상대에게 소리쳤다.

"이 더러운 입을 가진 폴리테르세스(Polytherses)의 아들 크테시포스야, 너는 주제넘은 생각에 우쭐해서 큰소리치지 않는 게 좋을 거다. 네 운명은 신들에게 맡기는 편이 좋을 거란 말이다. 신은 너보다 몇 배나 현명하시니까 말이다. 이건 아까 네가 오디세우스 님에게 던진 소다리에 대한 보답이다."

한편 오디세우스는 긴 창으로 아겔라오스의 가슴을 찔렀다. 이것을 본 텔레마코스는 레이오크리토스의 배를 창으로 찔러 쓰러뜨렸다. 이때 아테나 여신이 인간의 생명을 앗아가는 염소 가죽 방패를 서까래 위에서 높이 쳐들자, 청혼자들은 간담이 서늘해져서 이리 뛰고 저리 뛰며 갈팡질팡하는 꼴이 마치 때로 몰려다니는 암소와도 같았다.

그런가 하면 다른 한쪽은 발톱이 꼬부라지고 날카로운 부리를 가진 독수리들이 산기슭으로부터 급강하해서 작은 새들을 덮쳤을 때와도 같았다. 마치 꼼짝도 못 하고 움츠리고 있던 새들이 겨우 아지랑이 속으로 날아가려 했으나 독수리들이 다시 덮치는 바람에 꼼짝도 못 하는 경우처럼, 청혼자들도 그와 같은 꼴을 당해 땅바닥에는 온통 유혈이 낭자했다.

그런 와중에 레이오데스는 오디세우스에게 달려와 그의 무릎에 매달려 애걸복걸했다.

"오디세우스 님, 당신 무릎에 매달려 간청하오니 부디 저에게 자비를 베푸소서. 나는 이 저택의 시녀들을 희롱한 적도, 못된 짓을 저지른 적도 없습니다. 오히려 난 다른 청혼자들을 말린 사람입니다. 하지만 그들은 내 말을 못 들은 체했습니다. 다만 점쟁이 노릇을 했을 뿐인데 함께 죽어야 한다면, 좋은 일을 해도 아무런 대가가 없다는 말이 되지 않겠습니까."

그러나 오디세우스는 그를 노려보면서 말했다.

"정말 네가 점쟁이라면, 넌 여기서 수없이 기도를 드렸을 텐데. 그때마다 나의 귀국이 멀어지고, 또 사랑하는 내 아내가 누구든 따라가서 그의 아이를 낳도록 빌었겠지. 그러니 네놈도 죽어 마땅하다."

이렇게 말하며 오디세우스는 창을 하나 집어 들더니 그의 목덜미에 내리꽂았다. 이것을 본 음유시인 페미오스 역시 마지막 불행을 피할 생각으로 끙끙대고 있었다. 그는 손에 큰 하프를 들고 문 옆에 어정쩡하게 서 있으면서 갈피를 잡지 못하고 있었다. 홀에서 빠져나가 정원에 있는 제우스의 제단 뒤에 숨을까? 아니면 오디세우스의 발밑에 엎드려 항복할까? 그는 고민 끝에 오디세우스의 무릎을 끌어안고 애원하는 편이 낫겠다는 결론을 내렸다.

그는 바닥에 하프를 놓아두고 급히 오디세우스에게로 가서 무릎을 잡고 말했다.

"오디세우스 왕이시여, 그대 앞에 엎드려 빕니다. 부디 은혜를 내리시어 저를 불쌍히 여기소서. 만일 신과 인간에게 음악을 들려주는 음유시인인 저를 베신다면, 후에 슬픔이 따를 것입니다. 노래는 따로 누구한테서 배운 것이 아니라 제 스스로 익힌 것입니다. 신께서 입김을 불어 제 마음속에 많은 노래를 심어주었지요. 제 목을 베기를 원치 않으신다면, 당신께도 신이 심어 주신 제 가슴속의 노래를 뽑아 올리겠습니다. 또한 아드님이신 텔레마코스

오디세우스에게 목숨을 구걸하는 음유시인 페미오스

께서도 저의 무고함을 증명해주실 겁니다. 저는 자발적으로 연회
석상에서 노래를 부른 것이 아닙니다. 그들은 수도 많았고 모두
저보다 힘이 세서 어쩔 수 없이 불려 나왔던 것입니다."

　이렇게 애원하는 음유시인의 소리를 옆에서 듣고 있던 텔레마
코스가 아버지에게 말했다.

　"아버지, 잠깐만 참으십시오. 이 무고한 음유시인에게 칼을 대
지 마소서. 그리고 저의 시종 메돈도 구해주소서. 저 사람은 제가
어렸을 때 늘 저를 돌보아주었습니다. 부디 그가 분노의 칼을 맛

보지 않게 해주소서."

메돈은 의자 밑으로 기어들어가 쇠가죽을 뒤집어쓰고 숨어 있어 죽음을 면하고 있던 중이었다. 텔레마코스가 말하는 것을 듣고 있던 그는 재빨리 의자 밑에서 쇠가죽을 벗고 뛰쳐나와 엎드려 애원했다.

"왕자님이시여, 전 여기 있었습니다. 제발 제 목숨을 살려주시도록 아버님께 여쭈어 주소서. 무섭도록 시퍼런 칼을 제 목에 대지 않게 해주소서. 왕께서는 지금 그대의 가족과 집안을 모욕해 온 청혼자들에게 크게 분노하고 계셔서 칼날을 주체하지 못하실 겁니다."

그러자 오디세우스가 웃으면서 그에게 말했다.

"메돈, 걱정 말아라. 안 그래도 그자들을 처단하는 중에 네가 죽지 않을까 걱정했다. 네 목숨은 무사할 테니, 이제 세상으로 나가 악보다 덕이 얼마나 고귀한지를 널리 전하도록 하라. 어서 저 음유시인과 함께 시체에서 떨어져 뜰로 나가 있거라. 내가 이 집에서 할 일을 모두 마칠 때까지 거기서 기다려라."

그리하여 두 사람은 홀을 빠져나와 제우스 신의 제단 옆에 앉았다. 그러나 아직도 죽음의 공포에서 벗어나지 못해 불안스럽게 주위를 살피고 있었다.

그러는 사이 오디세우스는 집 안을 이리저리 둘러보았다. 혹시 청혼자들 중 누군가 살아남은 자가 있지 않을까 하는 생각에서였다. 하지만 그들은 모두 피와 모래로 뒤범벅이 되어 있었다. 마치 바닷물이 그리워 모래사장에 즐비하게 뒹구는 물고기들의 생명을 뜨거운 햇볕이 앗아간 것처럼, 오디세우스에게 죽음을 당한 청혼자들은 어깨를 나란히 하고 늘어져 있었다.

이때 오디세우스가 아들을 향해 말했다.

"텔레마코스여, 어서 유모 에우리클레이아를 데려오너라. 내 생각을 그녀에게 전해야겠으니 말이다."

텔레마코스는 아버지의 지시에 따라 유모 에우리클레이아에게 일렀다.

"유모, 그대는 우리 집 시녀들의 우두머리이니 어서 이리 나오게. 아버님이 부르신다네. 자네한테 하실 말씀이 있다고 하시네."

그러나 그녀는 대답도 못 한 채 겁에 질려 있었다. 그녀에게는 피와 먼지로 범벅이 된 오디세우스가 마치 사자처럼 보였다. 그는 다리와 팔, 손, 할 것 없이 모두 피투성이였던 것이다. 한참 후에야 그녀는 그 자리에서 참혹하지만 뭔가 기뻐해야 할 일이 이루어졌다는 걸 짐작하고 환호성을 질렀다. 그러자 오디세우스는 그녀를 가로막으며 말했다.

"이보게, 속으로만 좋아하게나, 죽은 사람들 앞에서 의기양양하게 군다는 건 그리 좋은 행동이 아니라네. 이자들은 신들께서 정해 주신 운명과 만행 때문에 신세를 망쳐버린 거야. 자, 그럼 이제 자네는 시녀들을 홀로 불러 모으게나. 나를 푸대접한 시녀들뿐만 아니라 죄가 없는 시녀들도 불러 모으게."

그 말에 상냥한 유모 에우리클레이아가 대답했다.

"그렇다면 주인님, 제가 사실대로 말씀드리겠습니다. 이 궁 안에는 모두 50명의 시녀들이 있습니다. 그녀들은 모두 여러 가지 일을 맡아보도록 훈련시켜 놓았습니다. 그런데 그중 열두 명이 뻔뻔스럽게도 청혼자들에게 몸을 맡겼으며, 저를 얕보고 페넬로페 님에게까지도 건방지게 굴었답니다. 더구나 도련님은 이제 겨우 어린 티를 벗은 때라 마님께서는 아직 도련님께 시녀들을 부리는 걸 허용하지 않았는데도 말입니다. 하여간 제가 마님께 알려드려야겠습니다. 마님은 어느 신께서 잠을 주셔서 곤히 주무시고 계십니다."

그러자 오디세우스가 말했다.

"아직은 마님을 깨우지 말게. 자네는 못된 짓을 저지른 시녀들이나 이리로 불러오게나."

이렇게 말하자 늙은 시녀는 급히 걸어 나갔다. 한편 오디세우스는 텔레마코스와 소치기, 돼지치기를 불러 지시했다.

"그럼 지금부터 시체를 치우도록 하게. 그리고 시녀들에게도 그렇게 전하게. 그래서 온 집 안을 말끔히 정리한 다음, 시녀들은 홀 밖으로 끌어내 안뜰에 모아놓고 목숨이 끊어져 애욕의 상념이 아주 없어지도록 장검으로 처단하는 거야. 그런 생각에 사로잡혀 청혼자들과 어울려 놀아났으니까."

그 사이에 시녀들이 몰려왔다. 시녀들은 흐느끼면서 시체들을 날라다 앞뜰 주랑 밑에 서로 기대어 놓았다. 오디세우스가 직접 명령을 내렸기 때문에 어쩔 도리가 없었다. 마침내 홀이 말끔히 정돈되자 시녀들을 빈틈없는 안뜰의 울타리와 둥그런 정자 사이의 비좁은 곳에 가두었다. 이윽고 그들을 향해 텔레마코스가 말을 꺼냈다.

"정말이지 목을 베더라도 너희들의 더러운 죄는 씻어지지 않을 것이다. 너희들은 나와 어머님의 얼굴에 먹칠을 했지. 더군다나 밤이면 청혼자들과 함께 밤을 지샜다."

텔레마코스는 검푸른 배의 뱃머리를 매놓은 굵은 밧줄을 정자의 둥그런 기둥에 맨 다음, 발이 땅에 닿지 못하도록 빙 둘러 높게 줄을 매어 놓았다. 시녀들은 마치 둥지로 돌아가 잠을 청하려는데 비참한 죽음을 맞게 된 새들처럼 울타리 안에서 고스란히 목을 내밀어야만 했다. 그 목에는 모두 밧줄이 걸려 있었다.

시녀들의 차례가 끝나자 이번에는 멜란디오스가 끌려 나왔다. 그는 코가 잘리고 남근마저 뽑혔다. 이것으로 모든 일은 끝난 셈이었다. 이윽고 오디세우스는 상냥한 유모 에우리클레이아를 향해 말했다.

"유모, 재앙을 막는 유황을 가져오게. 그리고 불도. 그리고 나서 자네는 페넬로페에게 이리 오라고 전하게. 또 궁 안의 모든 시녀들을 모두 이리 모이도록 서둘러 주게나."

그러자 유모 에우리클레이아가 대답했다.

"참으로 주인님의 말씀은 모두 지당하십니다. 곧 속옷을 가져오겠으니 그 남루한 옷은 이제 벗으십시오."

그 말에 오디세우스가 말했다.

"우선 홀에 불부터 피워주게."

그의 분부대로 에우리클레이아는 곧 불과 유황을 가져왔다. 오디세우스는 유황을 피워 홀과 안뜰 구석구석을 깨끗이 정화시켰다. 그러는 동안 늙은 시녀는 여자들에게 오디세우스의 분부를 전하고 홀로 모이도록 일렀다.

제 23 권

오디세우스와 페넬로페의 재회

이윽고 늙은 시녀는 오디세우스의 소식을 알리려고 활짝 웃으면서 2층으로 올라갔다. 페넬로페는 텔레마코스의 말대로 내전에 머물고 있었다. 유모는 흥분을 감추지 못하고 잠들어 있는 페넬로페를 깨워 공손히 자초지종을 설명해 주었다. 하지만 페넬로페는 그 말을 믿으려 들지 않고 오히려 에우리클레이아가 농담을 한다고 꾸짖었다. 그러면서도 페넬로페는 한편에 약간의 희망을 안고 아래층으로 내려왔다. 오디세우스는 제단이 있는 높은 마루에서 아래를 내려다보고 있었다. 아직도 남루한 차림으로 서 있었기 때문에, 아니 그보다도 오디세우스가 살아 돌아왔다는 사실이 너무 믿기지 않아서 페넬로페는 그의 모습을 그저 멍하니 쳐다보고만 있을 뿐이었다. 그런 서먹한 광경을 보자 텔레마코스는 어머니에게 나무라듯 말했다.

"어머님, 왜 이리도 냉정하십니까. 아버님을 눈앞에 두고 말입니다. 정말이지 다른 사람 같으면 살아 돌아온 남편에게 당장 달려갈 텐데 말이에요. 그런데 어머님은 그렇게 서 계시다니 정말 냉정하시군요. 기막힌 고초를 겪고 20년 만에 겨우 고향에 돌아온 남편에게 말입니다. 어머님 마음은 늘 이렇게 돌처럼 차갑단 말입니까."

그러자 페넬로페가 대답했다.

"텔레마코스, 내 마음은 너무 놀라 마비되어버린 것만 같구나. 이 마음을 무엇으로 표현할 수가 있겠느냐. 하지만 이분이 정말 오디세우스 님이시며 집으로 돌아오셨다는 것이 틀림없다면, 나는 확인하고 싶구나. 너도 알고 있겠지만 오디세우스 님만이 가지고 있는 그 표적을 말이다."

참을성 있고 거룩한 오디세우스는 미소를 머금으며 텔레마코스에게 말했다.

"텔레마코스여, 어머님께 나를 마음대로 시험해보라고 하거라. 곧 알게 될 테니까. 또 그렇게 하는 것이 당연하지. 지금은 내가 너무 초라한 행색이니까 말이다. 그리고 우리는 죽은 청혼자들을 어떻게 처리하는 것이 좋은지를 상의해보자. 귀하고 뛰어난 사람들을 무자비하게 죽였으니 말이다."

이에 대해 텔레마코스가 말했다.

"세상 사람들은 아버님이 생각해내신 계책이 가장 옳다고 여길

페넬로페와 재회하는 오디세우스

것입니다. 사실 죽어야만 하는 인간 세계의 그 누구도 아버님과 대결하려는 자는 없을 것입니다. 우리는 모두 아버님을 따를 것이고, 우리의 힘이 자라는 데까지 늘 아버님을 모실 것입니다."

그러자 오디세우스가 말을 받았다.

"그렇다면 우선 목욕을 하고 정갈한 옷으로 갈아입도록 하자. 시녀들에게도 모두 제각기 말끔하게 꾸미도록 일러라. 그런 다음 신성한 음유시인에게 노래를 부르고 하프를 뜯게 하여 이타카 섬을 온통 환희로 물들게 하라."

이리하여 오디세우스의 명령에 따라 시녀들이 물을 데워 목욕할 준비를 해놓자, 에우리클레이아가 오디세우스의 몸을 씻겨주고 올리브유를 발라 주었다. 그리고 부드러운 속옷과 정갈한 겉옷을 입혀 주었다. 또 아테나 여신은 오디세우스에게 머리끝부터 발끝까지 골고루 아름다움을 듬뿍 뿌려 주었다. 헤파이스토스와 팔라스 아테나가 온갖 기술을 습득시킨 자가 만든 훌륭한 작품처럼 오디세우스를 가꾸어 놓은 뒤, 그가 목욕탕에서 나왔을 때는 마치 불사의 신과도 같았다.

마침내 페넬로페와 재회한 오디세우스는 언제나 진실로 사랑하는 아내를 끌어안고 하염없이 눈물을 흘렸다. 또한 페넬로페도 오디세우스와 마찬가지로 설움과 환희에 복받쳐 몸 둘 바를 모르고 있었다. 마치 바다에서 풍랑을 만나 한없이 떠돌다가 육지를 만난 것처럼 남편의 귀환을 기뻐하며 남편에게 잠시의 틈도 주지 않고 그 옆에 매달려 있었다. 밤이 깊어가는 줄도 모르고 두 사람은 그동안 못 다한 이야기들을 주고받았다. 빛나는 눈의 아테나가 다른 일을 생각해내지 않았더라면, 그들은 새벽의 여신이 찾아올 때까지 밤새도록 들뜬 마음으로 울고 웃고 했을 것이다. 아테나 여신은 밤의 여신을 오래도록 붙잡아놓고, 새벽의 여신은 태양의 여신 옆에서 꼼짝 못하도록 했다.

드디어 오디세우스가 아내에게 말했다.

"페넬로페여, 우리는 아직 고행에서 벗어난 것이 아니라오. 그러니 이제부터는 더욱 조심스럽게 만사를 처리해야 하오. 나는 몹시

어렵고 힘든 일들을 끝마쳐야만 하오. 아무튼 침실로 갑시다. 상
쾌한 잠에 몸을 맡기고 그동안 온갖 시름에 시달리던 마음을 위
로해야겠소."

그러자 자상한 페넬로페가 말했다.

"침실은 언제라도 편히 쉴 수 있도록 준비되어 있습니다. 신들께
서는 당신의 귀국을 내다보고 계셨으니까요. 하지만 당신에게 아
직 남아 있다는 힘든 일을 저도 돕고 싶군요. 그러니 이야기를 좀
해주세요."

그리하여 말이 오가는 동안에 유모 에우리클레이아와 시녀는
활활 타오르는 횃불 밑에다 보드라운 천을 펼쳐 잠자리를 마련했
다. 침실을 빈틈없이 꾸미는 일이 끝나자, 시녀들의 안내로 페넬로
페와 오디세우스는 오랜만에 달콤한 잠에 취하도록 침실로 갔다.
그리하여 두 사람은 그리움과 사랑으로 마음을 달래고, 쌓이고
쌓인 이런저런 회포를 풀면서 서로의 마음을 위로했다.

이야기는 우선 오디세우스가 키코네스 족을 이겨낸 것부터 시
작해서 개와 비슷한 요괴 스킬라의 이야기며, 또한 동지들이 태양
신의 소를 죽이는 바람에 하늘을 관장하는 제우스 신이 벼락을
떨어뜨린 이야기 등 도무지 끝이 없었다. 이야기를 끝마쳤을 때,
나른한 잠이 그들의 근심 걱정을 모두 잊어버리게 해 주었다.

빛나는 눈의 여신 팔라스 아테나는 오디세우스와 페넬로페가
서로 실컷 회포를 풀고, 상쾌한 잠도 충분히 취했으리라고 짐작될
무렵 오케아노스의 황금의자에 꼼짝 못 하게 만들어놓았던 새벽

페넬로페에게 앞으로 조심할 일들을 일러주고 아버지께로 떠나는 오디세우스

의 여신을 곧바로 하늘에 오르게 했고, 세상 사람들에게 빛을 내려주었다. 그때 오디세우스도 푹신한 침상에서 일어나 아내에게 말했다.

"아내여, 이제는 둘 다 싫증이 날 만큼 고난을 겪어왔소. 나는 제우스 신의 시험에 이리저리 고생했고, 당신은 나를 기다리느라 울면서 세월을 보냈소. 그러나 지금은 우리가 똑같이 오랜 세월 동안 기다리고 기다린 보람이 있어 다시 만나게 되었으니 지금부터는 남아 있는 재산을 당신이 잘 관리해주시오. 그리고 나는 나무들이 무성한 아버님 농장에 다녀오겠소. 훌륭한 아버님을 뵈러 말이오. 아버님은 그동안 나 때문에 몹시 슬퍼하며 세월을 보내셨다고 들었소. 그러니 말하지 않아도 당신은 이미 알고 있겠지만, 한 가지 일러둘 것이 있소. 머지않아 태양이 떠오르자마자 청혼자들에 대한 소문이 사방으로 퍼질 것이오. 그러니 당신은 시녀들을 데리고 위층에 올라가 꼼짝 말고 있어요. 절대로 누구를 만나서도 안 되며, 누구를 문책해서도 안 되오."

그리고 나서 그는 두 어깨에 무사 도구를 걸머지고, 텔레마코스와 소치기와 돼지치기를 깨워 떠날 채비를 갖추라고 명령했다. 모든 준비가 끝나자 오디세우스를 선두로 일행은 라에르테스가 있는 저택으로 향했다.

제 24 권

평화를 되찾은 이타카 섬

키레네(Cyllene) 산에서 태어난 헤르메스 신은 청혼자들의 영혼을 불러냈다. 헤르메스 신은 황금 지팡이(카드케우스Caduceus 라고 불린다)로 영혼들을 정렬시켜 끌고 갔다. 영혼들은 신음소리를 내다가 곧 웃음소리를 내며 헤르메스의 뒤를 따라가는가 하면, 마치 박쥐들이 커다란 동굴 속에서 가냘픈 소리를 내며 이리저리 날아

헤르메스의 뒤를 따라가는 청혼자들의 영혼

가듯이 서로 엉켜 홀쩍홀쩍 울면서 따라가기도 했다. 이들은 오
케아노스 대양과 레브카스(Levkas; 영어로는 Leucas) 바위를 지나
자 태양의 문과 꿈의 동산에 다다랐다. 그 위에 있는 극락 초원에
이르자 죽은 자들의 망령들이 서로 신세타령을 하고 있었다.

한편 오디세우스 일행은 마을을 떠나 라에르테스의 농장으로
향했다. 이곳은 예로부터 라에르테스가 가꾸던 땅으로 무척 고생
한 끝에 얻은 것이었다. 이곳에는 그의 훌륭한 집이 있고 그 집을
사방으로 둘러싼 소작인들과 하인들의 작은 집이 줄지어 있었다.
오디세우스 일행은 노인 돌리오스(Dolius)의 안내로 모두 저택 안

으로 들어가 라에르테스 노인을 찾았다.

오디세우스의 아버지는 잘 손질된 밭에서 잡초를 뽑고 있었다. 그는 누덕누덕 기운 초라하고 지저분한 옷을 입고, 머리에는 때에 찌들어 꾀죄죄한 염소가죽 두건을 쓰고 있었다. 존엄하고 참을성 있는 오디세우스는 아버지의 너무도 노쇠하고 비참해 보이는 모습을 바라보고 배나무 밑에 멈춰 서서 눈물을 흘렸다. 그리고 마음속으로 이 생각 저 생각을 하며 망설였다. 지금 당장 아버지에게 달려가 입을 맞추어야 할지, 아니면 차근차근 자초지종을 밝혀 아버지의 마음을 떠보아야 할지를. 오디세우스는 아버지를 향해 걸어갔다. 마침 늙은 아버지는 머리를 숙이고 밭을 걸어가는 중이었다. 오디세우스가 그에게 말을 걸었다.

"저어, 노인장, 당신은 참 훌륭하신 분처럼 보이는군요. 이렇게 손질이 잘 된 과수원을 소유하고 계시니 말이오. 올리브나무도, 배나무도, 무화과나무도, 거기에다 채소밭도 잘 손질되어 있군요. 그러나 단 한 가지 흠 잡히는 데가 있는데, 부디 화내지 말고 들어주세요. 다른 것들을 다 잘 돌보면서 당신 자신에게 충분한 뒷바라지를 하지 않고 않군요. 입으신 옷도 보기 흉하고 노년의 추함에 얽매여 있으니 말입니다. 당신의 모습은 조금도 남의 하인같이 보이지는 않는데 왜 그런 모습을 하고 계십니까. 저에게 그 이유를 말씀해주세요. 저는 지금 멀리서 이곳에 막 도착해 이 마을의 습관에 익숙하지가 않으니까요."

이에 라에르테스가 눈물을 흘리면서 대답했다.

잡초를 뽑고 있는 늙고 초라한 아버지를 몰래 지켜보는 오디세우스

　"타국에서 오신 분이여, 여기는 이타카라는 섬입니다. 하지만
이곳에는 지금 난폭한 사나이들이 모여 만행을 저지르고 있다오.
내 아들은 오디세우스라고 하는데, 이곳의 영주였소. 그런데 그는
돌아오지 않고, 이 이타카 섬은 점점 패망의 그림자가 짙어가고 있
다오. 나는 아들이 돌아오기 전에는 두 눈을 감지 못하고 죽을 것
이오. 정말이지 내 아들의 모습을 단 한 번만이라도 볼 수 있다면
소원이 없겠소. 그렇게만 된다면 나는 아무런 바람도 없이 세상을
떠날 수 있을 텐데 말이오."

이렇게 말하고 나서 노인은 깊은 절망에 빠져버렸다. 그는 두 손에 잡초를 움켜쥐고 백발을 흩날리면서 통곡했다. 아버지의 이런 모습을 보자 오디세우스의 마음은 심히 요동치고 콧구멍에서는 단 콧김이 마냥 새어 나왔다. 그는 곧장 아버지에게 달려들어 입을 맞추고 말했다.

"아버님, 제가 바로 당신의 아들 오디세우스입니다. 저는 20년 만에 고향을 찾아왔습니다. 그리고 못된 짓들을 일삼던 청혼자들을 모조리 처치하고 오는 길입니다. 그러니 어서 눈물을 거두십시오."

이에 깜짝 놀란 라에르테스가 말했다.

"정말 당신이 내 아들이란 말이오. 너무 얼떨떨해서 나는 믿을 수가 없구려. 그렇다면 당장 내가 납득할 만한 증거를 보여주시오. 정말로 당신이 내 아들이라면 말이오."

그러자 오디세우스는 자기만이 증명할 수 있는 흉터를 보여 주었다. 드디어 아버지와 아들은 서로 얼싸안으며 감격의 눈물을 흘렸다. 한참 뒤 그들은 정신을 차리고 앞으로 다가올 마지막 재난에 대비하기 위해 저택으로 들어가 모든 군사들을 무장시켰다. 살육당한 청혼자들의 친척들이 보복을 하거나 보상을 받기 위해 이곳으로 몰려올 것이 분명했기 때문이었다.

이야기는 바뀌어 천상에서도 아테나 여신과 제우스 신이 자리를 마주하고 있었다. 이때 빛나는 눈의 아테나 여신이 먼저 말을 꺼냈다.

"신들의 아버지이시고 크로노스의 아드님이신 제우스 신이여, 왕 중에서도 최고이신 당신의 그 가슴속에는 무슨 생각을 감추고 계십니까. 제 물음에 대답해주시기를 바랍니다. 앞으로도 더 하계에 무서운 싸움을 시키실 겁니까, 아니면 양쪽을 화해시켜 평화를 가져올 겁니까?"

그러자 제우스 신이 대답했다.

"내 딸 팔라스 아테나여, 어째서 그걸 나에게 물어보느냐? 오디세우스가 귀국하면 청혼자들을 모두 죽이고 보복을 하게 한 것은 애초에 네가 꾸민 일이 아니었더냐! 그러니 네 생각대로 모든 것을 처리해도 난 너를 꾸짖지 않을 것이다. 네 마음대로 하려무나. 하지만 내가 충고는 해주지. 내가 생각하기에 가장 합리적인 걸 말이다. 오디세우스가 청혼자들을 무찌른 다음에는 마을 사람들의 형제와 아들들이 서로 용서하고 살육을 잊도록 해라. 그리고 서로 평화의 서약을 맺게 하여 오디세우스가 왕위를 오래 보존토록 해주어라."

이렇게 말한 제우스는 서둘러 아테나와 함께 올림포스의 봉우리를 뛰어넘었다.

한편 세상에서는 라에르테스와 오디세우스 일행이 식사를 마치고, 오디세우스가 먼저 말을 꺼냈다.

"누구든지 밖을 좀 살펴보고 오게나. 마을 사람들이 몰려와 우리 가까이에 있으면 큰일이니까."

그러자 돌리오스의 아들 중 하나가 밖으로 망을 보러 나갔다. 그리고 마을 사람들이 아주 가까이 다가오는 걸 본 그는 이내 되돌아와 오디세우스에게 보고했다.

"큰일입니다. 그들은 벌써 이 근처에 와 있습니다. 우리도 당장 공격할 준비를 해야겠습니다."

이에 모두들 일어나 재빨리 무장을 했다. 오디세우스 일행 네 명과 돌리오스의 아들 여섯 명, 그리고 백발이 성성한 라에르테스와 돌리오스도 그들처럼 갑옷을 입었다. 모두들 번쩍거리는 청동 갑옷으로 무장을 마치자 오디세우스를 선두로 문밖을 나섰다.

이들 바로 근처에 제우스 님의 딸인 아테나 여신이 멘토르(Mentor)로 변장하고 나타났다. 그의 모습을 보고 오디세우스는 몹시 기뻐하며 자신이 사랑하는 아들을 향해 말했다.

"텔레마코스여, 이제는 너도 어른이 되었으니 각오는 단단히 하고 있겠지. 신들께서는 전쟁에 나서는 용사들 가운데서 누가 가장 뛰어난가를 판가름할 것이다. 우리 집안은 대대로 무력에서는 흠잡을 곳이 없었으니 너도 막중한 사명감을 갖고 싸워야 한다."

이에 텔레마코스가 대답했다.

"자애로우신 아버님, 저를 지켜봐주시기를 바랍니다. 결코 아버님과 우리 집안의 명예를 실추시키지는 않을 겁니다."

라에르테스는 부자가 주고받는 말을 듣고 기뻐하며 말했다.

"도대체 오늘이 무슨 날인가. 친절하신 신들이여, 참으로 기쁜 일입니다. 아들과 손자 녀석이 용맹을 놓고 서로 겨루어보겠다니 말입니다."

이때 아테나 여신이 그에게 다가가 말했다.

"이봐요, 아르케이시오스(Arceisius)의 아들이여, 나의 가장 친한 친구여. 파란 눈의 여신과 그의 아버지 제우스 신에게 맹세를 한 다음 자세를 취해 창을 힘껏 던져 보시오."

이렇게 말하고 팔라스 아테나는 커다란 용기를 노인에게 불어 넣어 주었다. 그래서 그는 제우스 신과 아테나 여신에게 기도를 올리고 곧바로 기다란 창을 힘껏 던졌다. 그것은 에우페이테스(Eupeithes)의 투구에 맞아 오른쪽을 꿰뚫었다. 이에 그가 큰 소리를 내며 넘어지더니 갑옷이 그 몸 위에서 덜거덕하고 소리를 냈다. 그러자 오디세우스와 명성 높은 그 아들은 적군의 선두 대열로 달려들어, 칼과 쌍갈래 창으로 사정없이 찔러댔다. 이런 상황을 고려해볼 때 염소가죽 방패를 지닌 제우스의 딸 아테나 여신이 적의 군사들에게 큰 소리로 외치지 않았더라면 모두 몰살당해 한 사람도 살아 돌아갈 수 없었을지도 몰랐다.

"이타카 사람들이여, 더 이상 피를 보지 말고 이 무시무시한 전투를 당장 멈추시오."

이렇게 외치는 아테나 여신의 말은 창백한 공포가 되어 적들을 옴짝달싹 못하게 했다. 공포에 질린 사람들은 손에서 무기를 떨어뜨리고는 모두 목숨을 건지려고 자기 고향을 향해 줄행랑을 쳤다. 하지만 오디세우스는 높은 하늘을 나는 독수리처럼 무서운 소리로 외치며 도망치는 자들을 뒤쫓아갔다. 그때 크로노스의 아들 제우스 신이 화염을 뿜는 벼락을 던지자 바로 아테나 여신의 앞에 떨어졌다. 그것을 본 아테나는 오디세우스를 향해 말했다.

"제우스의 후손인 라에르테스의 지혜로운 아들 오디세우스여, 이제 싸움을 그만 두시오. 그렇지 않으면 제우스 신께서 크게 화를 내실 거요."

팔라스 아테나의 말에 오디세우스는 흐뭇해 하면서 기꺼이 순종했다. 그리하여 염소가죽 방패를 가진 제우스의 딸 아테나는 멘토르의 모습과 음성을 빌려 양쪽을 설득하고 화해시킨 뒤 평화의 서약을 맺도록 했다.